COURAGE
BRAVERY
DETERMINATION

ハリー・ポッター シリーズ

ハリー・ポッターと賢者の石

ハリー・ポッターと秘密の部屋

ハリー・ポッターとアズカバンの囚人

ハリー・ポッターと炎のゴブレット

ハリー・ポッターと不死鳥の騎士団

ハリー・ポッターと謎のプリンス

ハリー・ポッターと死の秘宝

イラスト版 ジム・ケイ＝絵

ハリー・ポッターと賢者の石

ハリー・ポッターと秘密の部屋

ハリー・ポッターとアズカバンの囚人

ホグワーツ・ライブラリー

幻の動物とその生息地

クィディッチ今昔

（コミック・リリーフとルーモスを支援）

吟遊詩人ビードルの物語

（ルーモスを支援）

J. K. ローリング

ハリー・ポッターと賢者の石

20周年記念版

松岡佑子＝訳

静山社

Bloomsbury Publishing, London, Oxford, New York, New Delhi and Sydney

First published in Great Britain in 1997 by Bloomsbury Publishing Plc 50 Bedford Square,
London WC1B 3DP

www.bloomsbury.com

Bloomsbury is a registered trademark of Bloomsbury Publishing Plc

This edition published in June 2017

For Jessica, who loves stories,
For Anne, who loved them too,
And for Di, who heard this one first.

物語が好きな娘、ジェシカに
同じく物語が好きだった母、アンに
この本を最初に知った妹、ダイに

目次

レーヴィ・ピンフォールドの絵とともに

グリフィンドール

GRYFFINDOR

◆初めに

グリフィンドールに行くならば
勇気ある者が住《す》まう寮《りょう》
勇猛果敢《ゆうもうかかん》な騎士道《きしどう》で
ほかとはちがうグリフィンドール

（1巻《かん》・第7章「組分《くみわ》け帽子《ぼうし》」）

ホグワーツで最も勇敢《ゆうかん》で大胆《だいたん》な寮《りょう》へ、**ようこそ**。本に書かれた世界を眺《なが》めるだけで満足する人や、傍観《ぼうかん》して流れに身を任《まか》せる人たちとは違《ちが》い、グリフィンドール生は、なんらかの形で世の中に自分の証《あかし》を残さないと気が済《す》まない。創始者《そうししゃ》のゴドリック・グリフィンドールの範にならい、正しいと信ずることのためには、ひるまずに立ち上がることを、寮生《りょうせい》の誇《ほこ》りとしている。

グリフィンドールに「組分け」られた生徒たちは、輝《かがや》かしい仲間をもつことになる。偉大《いだい》な魔法《まほう》

GODRIC
GRYFFINDOR

使《つか》いが大勢《おおぜい》、この寮《りょう》から巣立っていった。もっとも有名なのは、「生き残った男の子」、ハリー・ポッター。多くの魔法使《まほうつか》いが同時代で最強の魔法使《まほうつか》いと認《みと》める、ホグワーツ校長のアルバス・ダンブルドア教授《きょうじゅ》も、ハリーに続く有名人だ。

グリフィンドール生が先頭に立つと、ほかの寮生《りょうせい》がそれに従《したが》う。高等尋問官《じんもんかん》のアンブリッジ教授《きょうじゅ》が校長だった時代に、生徒たちの秘密《ひみつ》の防衛団《ぼうえいだん》を組織《そしき》しようと言いだしたのは、グリフィンドール生のハーマイオニー・グレンジャーだった。

グリフィンドール生はまた、痛快《つうかい》なことを好み、栄光のためには恐《おそ》れげもなく危険《きけん》を冒《おか》す。ウィーズリー悪戯専門店《いたずらせんもんてん》（w・w・w）を創設《そうせつ》する才覚——そして、携帯沼地《けいたいぬまち》でアンブリッジ教授《きょうじゅ》を挑発《ちょうはつ》する度胸《どきょう》を持ち合わせていたのは、ほかならぬグリフィンドール生の、フレッドとジョージ・ウィーズリーだった。

グリフィンドール生の多くは、その勇気と強い意志《いし》で際立《きわだ》った輝《かがや》きを見せる。「不死鳥の騎士団《きしだん》」の確固《かっこ》たる中核《ちゅうかく》を成したのはグリフィンドール生だった。忠実《ちゅうじつ》で勇敢《ゆうかん》——闇《やみ》の勢力《せいりょく》と対決するとき、グリフィンドール生ほど力強い味方はない。

◆グリフィンドールの誉《ほま》れ

グリフィンドール生は勇敢《ゆうかん》なことで知られる。ネビル・ロングボトムは、長い間、家族から魔法《まほう》力《りょく》のないスクイブだと思われていたが、魔法使《まほうつか》いだとわかった時から、有名な闇祓《やみばら》いだった両親の名に恥《は》じないようにという、過大《かだい》な期待をかけられることになる。組分《くみわ》け帽子《ぼうし》は、ネビルをハッフルパフに入れるか、グリフィンドールに入れるかで本人と長いやりとりをして、ほとんど立往生《たちおうじょう》状態《たい》になった。ネビルはハッフルパフに入りたいと思い、帽子《ぼうし》はグリフィンドールに入れたいと考えたのだ。最終的には帽子《ぼうし》が押《お》し切《き》ったが、その後ネビルは、真のグリフィンドール生であることを度々証明《たびたびしょうめい》した。その最たる例が、分霊箱《ぶんれいばこ》のナギニを切《き》り捨《す》てた時だ。

すばやいなめらかな動きで、ネビルは自分にかけられていた「金縛《かなしば》りの術《じゅつ》」を解《と》いた。炎上《えんじょう》していた帽子《ぼうし》が落ち、ネビルはその奥《おく》から、何か銀色の物を取り出した。輝《かがや》くルビーの柄《つか》――。

銀の剣《つるぎ》を振《ふ》り下《お》ろす音は、押《お》し寄《よ》せる大軍の叫《さけ》びと、巨人《きょじん》のぶつかり合う音、ケンタウルスのひづめの音にのまれて聞こえなかったが、剣《つるぎ》の動きはすべての人の目を引きつけた。一太刀《ひとたち》で、ネビルは大蛇《だいじゃ》の首を切り落とした。首は玄関《げんかん》ホールからあふれ出る明かりにぬめぬめと光り、回りながら空中高く舞《ま》った。ヴォルデモートは口を開け、怒《いか》りの叫《さけ》びを上げたが、その声は誰《だれ》の耳にも届《とど》かなかった。そして大蛇《だいじゃ》の胴体《どうたい》は、ドサリとヴォルデモートの足元に落ちた。

（7巻《かん》・第36章「誤算《ごさん》」）

◆寮《りょう》の創始者《そうししゃ》、ゴドリック・グリフィンドール

ゴドリック・グリフィンドールは、イングランドの西部地方の荒野《こうや》で誕生《たんじょう》した。生まれた村は、

彼《かれ》の栄誉《えいよ》を称《たた》えて、後に「ゴドリックの谷」と名付けられた。同時代随一《ずいいち》の決闘《けっとう》の名手であり、自分の寮《りょう》には、最も勇敢《ゆうかん》で大胆《だいたん》な生徒を選んだ。マグルの差別に対して戦い、マグル生まれの魔法使《まほうつか》いや魔女《まじょ》の教育を擁護《ようご》した。ともに学校を設立《せつりつ》したサラザール・スリザリンとは良き友人だったが、ホグワーツに純血《じゅんけつ》の魔法使《まほうつか》いだけを受け入れるべきかどうかで対立し、その結果、サラザール・スリザリンは学校を去った。ゴドリック・グリフィンドールの帽子《ぼうし》は、年齢《ねんれい》が千歳《さい》を超《こ》えているが、今もなおホグワーツの組分けの儀式《ぎしき》に使われている。

◆寮《りょう》の記念の宝《たから》

グリフィンドールの剣《つるぎ》は、ゴブリンのラグヌック一世が鍛《きた》えた品だ。純銀製《じゅんぎんせい》の柄《つか》には卵《たまご》大のルビーがいくつもはめられ、鍔《つば》の下にはゴドリック・グリフィンドールの名が刻《きざ》まれている。この魔《ま》法《ほう》の剣《つるぎ》は、真のグリフィンドール生が助けを必要とするときに、「組分《くみわ》け帽子《ぼうし》」の中から引《ひ》き抜《ぬ》くことができる。ゴブリンたちは、この剣《つるぎ》が正当に自分たちに属《ぞく》する、失われた宝《たから》であると見ている。

◆寮《りょう》の紋章《もんしょう》

グリフィンドールの紋章《もんしょう》になっている動物は、強大なライオ

GRYFFINDOR

ンで、勇敢《ゆうかん》さを象徴《しょうちょう》している。寮《りょう》を表す色は紅《くれない》と金色《こんじき》。

◆寮《りょう》のゴースト

名前　ニコラス・ド・ミムジー＝ポーピントン卿《きょう》、別名は、「ほとんど首無《くびな》し」ニック

外見　巻《ま》き毛《げ》の長髪《ちょうはつ》で、ほとんど切り落とされた首を、チュニックに付いているひだ襟《えり》で被《おお》っており、羽飾《はねかざ》り付きのしゃれた帽子《ぼうし》をかぶっている。

死に方　ニコラス卿《きょう》は、レディ・グリーブの歯を魔法《まほう》でまっすぐにしようとして失敗したため――かわりに牙《きば》を一本はやしてしまった――斬首刑《ざんしゅけい》に処《しょ》せられた。不幸なことに、処刑《しょけい》に使われた斧《おの》が鈍《なま》っていて、45回も首を切られたのに、完全には切り落とされなかった。

後悔　「ほとんど首無《くびな》し」ニックは、すっぱりと斬首《ざんしゅ》されなかったことを恨《うら》んでいる。そのために、「首無《くびな》し狩《がり》」競技《きょうぎ》のリーダーである「すっぱり首無《くびな》し」パトリック・デラニー＝ポドモア卿《きょう》が、ニックの入会を拒《こば》んでいるからだ。

禁じられた森
ハグリッドの小屋
暴れ柳
温室
ホグワーツ城
ホグズミード駅

ホグズミード
クィディッチ競技場
練習用のピッチ
箒置き場
ホグワーツ魔法魔術学校の地図
HOGWARTS SCHOOL of WITCHCRAFT WIZARDRY

第一章　生き残った男の子

プリベット通り四番地の住人ダーズリー夫妻《ふさい》は、「おかげさまで、私《わたくし》どもはどこから見てもまともな人間です」というのが自慢《じまん》だった。不思議とか神秘《しんぴ》とかそんな非常識《ひじょうしき》はまるっきり認《みと》めない人種で、まか不思議な出来事《できごと》が彼《かれ》らの周辺で起こるなんて、とうてい考えられなかった。

ダーズリー氏は、穴《あな》あけドリルを製造《せいぞう》しているグラニングズ社の社長だ。ずんぐりと肉づきがよい体型のせいで、首がほとんどない。そのかわり巨大《きょだい》な口ひげが目立っていた。奥《おく》さんのほうはやせて、金髪《きんぱつ》で、なんと首の長さが普通《ふつう》の人の二倍はある。垣根越《かきねご》しにご近所の様子を詮索《せんさく》するのが趣味《しゅみ》だったので、鶴《つる》のような首は実に便利だった。ダーズリー夫妻《ふさい》にはダドリーという男の子がいた。どこを探《さが》したってこんなに出来《でき》のいい子はいやしない、というのが二人の親ばかの意見だった。

そんな絵に描《か》いたように満ち足りたダーズリー家にも、たった一つ秘密《ひみつ》があった。何より怖《こわ》いのは、誰《だれ》かにその秘密《ひみつ》をかぎつけられることだった。

——あのポッター一家のことが誰《だれ》かに知られてしまったら、一巻《かん》の終わりだ。

ポッター夫人はダーズリー夫人の実の妹だが、二人はここ数年、一度も会ってはいなかった。それどころか、ダーズリー夫人は妹などいないというふりをしていた。何しろ、妹もそのろくでなしの夫も、ダーズリー家の家風とはまるっきり正反対だったからだ。

——ポッター一家がふいにこのあたりに現《あらわ》れたら、ご近所の人たちが何と言うか、考えただけでも身の毛がよだつ。

ポッター家にも小さな男の子がいることを、ダーズリー夫妻《ふさい》は知ってはいたが、ただの一度も会ったことがない。

——そんな子と、うちのダドリーが関わり合いになるなんて……。

それもポッター一家を遠ざけている理由の一つだった。

さて、ある火曜日の朝のことだ。ダーズリー一家が目を覚ますと、外はどんよりとした灰色《はいいろ》の空だった。物語はここから始まる。まか不思議なことがまもなくイギリス中で起ころうとしているなんて、そんな気配は曇《くも》り空《ぞら》のどこにもなかった。ダーズリー氏は鼻歌まじりで、仕事用の思いっきりありふれた柄《がら》のネクタイを選んだ。奥《おく》さんのほうは大声で泣きわめいているダドリー坊《ぼう》やをやっとこさベビーチェアに座《すわ》らせ、嬉々《きき》としてご近所のうわさ話を始めた。

窓《まど》の外を、大きなふくろうがバタバタと飛び去っていったが、二人とも気がつかなかった。

八時半、ダーズリー氏は鞄《かばん》を持ち、奥《おく》さんのほおにちょこっとキスして、それからダドリー坊《ぼう》やにもバイバイのキスをしようとしたが、しそこなった。坊《ぼう》やがかんしゃくを起こして、コーンフレークを皿ごと壁《かべ》に投げつけている最中だったからだ。「わんぱく坊主《ぼうず》め」ダーズリー氏は満足げに笑いながら家を出て、自家用車に乗り込《こ》み、四番地の路地をバックで出ていった。

広い通りに出る前の角のところで、ダーズリー氏は初めて、何かおかしいぞと思った。――なんと猫《ねこ》が地図を見ている――ダーズリー氏は一瞬《いっしゅん》、目を疑《うたが》った。もう一度よく見ようと急いで振《ふ》り返《かえ》ると、確《たし》かにプリベット通りの角にトラ猫《ねこ》が一匹《ぴき》立ち止まっていた。しかし、地図のほうは見えなかった。ばかな、いったい何を考えているんだ。きっと光のいたずらだったにちがいない。ダーズリー氏は瞬《まばた》きをして、もう一度猫《ねこ》をよく見なおした。猫《ねこ》は見つめ返した。角を曲がり、広い通りに出たとき、バックミラーに映《うつ》っている猫《ねこ》が見えた。なんと、今度は「**プリベット通り**」と書かれた標識《ひょうしき》を読んでいる――いや、「**見て**」いるだけだ。猫《ねこ》が地図やら標識《ひょうしき》やらを読めるはずがない。ダーズリー氏は体をブルッと振《ふ》るって気をとりなおし、猫《ねこ》のことを頭の中から振《ふ》り払《はら》った。街に向かって車を走らせているうちに、彼《かれ》の頭は、その日に取りたいと思っている穴《あな》あけドリルの大口注文のことでいっぱいになった。

ところが、街はずれまで来たとき、ドリルなど頭から吹っ飛《ふ》《と》ぶようなことが起こったのだ。いつもの朝の渋滞《じゅうたい》にまきこまれ、車の中でじっとしていると、奇妙《きみょう》な服を着た人たちがうろうろしているのが、いやでも目についた。マントを着ている。

──おかしな服を着た連中にはがまんがならん──近ごろの若《わか》いやつらの格好《かっこう》ときたら！　マントも最近のばかげた流行なんだろう。

ハンドルを指でいらいらとたたいていると、ふと、すぐそばに立っているおかしな連中が目に留《と》まった。何やら興奮《こうふん》してささやき合っている。けしからんことに、とうてい若《わか》いとはいえないやつが一組まじっている。

──あの男なんか自分より年をとっているのに、エメラルド色のマントを着ている。どういう神経《しんけい》だ！

まてよ。ダーズリー氏は、はたと思いついた。

──くだらん芝居《しばい》をしているにちがいない──きっと、連中は寄付《きふ》集めをしているんだ……そうだ、それだ！

やっと車が流れはじめた。数分後、車はグラニングズ社の駐車場《ちゅうしゃじょう》に着き、ダーズリー氏の頭は穴《あな》あけドリルに戻《もど》っていた。

ダーズリー氏のオフィスは十階で、いつも窓《まど》に背《せ》を向けて座《すわ》っていた。そうでなかったら、今朝《けさ》は穴《あな》あけドリルに集中できなかったかもしれない。真っ昼間からふくろうが空を飛び交うのを、ダーズリー氏は見ないですんだが、道行く多くの人はそれを目撃《もくげき》した。ふくろうが次から次へと飛んで行くのを指さしては、いったいあれは何だと口をあんぐりあけて見つめていたのだ。ふくろうなんて、たいがいの人は夜にだって見たことがない。一方ダーズリー氏は、昼までしごくまともに、ふくろうとは無縁《むえん》で過《す》ごした。五人の社員をどなりつけ、何本か重要な電話をかけ、また少しガミガミどなった。おかげで昼までは上機嫌《じょうきげん》だった。それから、少し手足を伸《の》ばそうかと、道路のむかい側にあるパン屋まで歩いて買い物に行くことにした。

マントを着た連中のことはすっかり忘《わす》れていたのに、パン屋の手前でまたマント集団《しゅうだん》に出会ってしまった。そばを通《とお》り過《す》ぎるとき、ダーズリー氏は、けしからんとばかりににらみつけた。しかし、なぜかこの連中は、ダーズリー氏を不安な気持ちにさせた。このマント集団《しゅうだん》も、何やら興奮《こうふん》してささやき合っていた。しかも、寄付《きふ》集めの空《あ》き缶《かん》が一つも見当たらない。パン屋からの帰り道、大きなドーナツを入れた紙袋《かみぶくろ》を握《にぎ》り、また連中のそばを通《とお》り過《す》ぎようとしたそのとき、こんな言葉が耳に飛《と》び込《こ》んできた。

「ポッターさんたちが、そう、わたしゃそう聞きました……」

「……そうそう、息子《むすこ》のハリーがね……」

ダーズリー氏はハッと立ち止まった。恐怖《きょうふ》が湧《わ》き上がってきた。いったんはヒソヒソ声のするほうを振《ふ》り返《かえ》って、何か言おうかと思ったが、まてよ、と考えなおした。

ダーズリー氏は猛《もう》スピードで道を横切り、オフィスにかけ戻《もど》るや否《いな》や、秘書《ひしょ》に「誰《だれ》も取り継《つ》ぐな」と命令し、ドアをピシャッと閉《し》めて電話をひっつかみ、家の番号を回しはじめた。しかし、ダイヤルし終わらないうちに気が変わった。受話器を置き、口ひげをなでながら、ダーズリー氏は考えた。

――まさか。自分はなんて愚《おろ》かなんだ。ポッターなんて珍《めずら》しい名前じゃない。ハリーという名の男の子がいるポッター家なんて、山ほどあるにちがいない。考えてみりゃ、甥《おい》の名前がハリーだったかどうかさえ確《たし》かじゃない。一度も会ったこともないし、ハービーという名だったかもしれない。いやハロルドかも。こんなことで妻《つま》に心配をかけてもしょうがない。妹の話がちらっとでも出ると、あれはいつも取《と》り乱《みだ》す。無理もない。もし**自分の**妹があんなふうだったら……それにしても、いったいあのマントを着た連中は……。

昼からは、どうも穴《あな》あけドリルに集中できなかった。五時に会社を出たときも、何かが気になり、外に出たとたん誰《だれ》かと正面衝突《しょうとつ》してしまった。

「すみません」

ダーズリー氏はうめき声を出した。相手は小さな老人で、よろけて転びそうになっていた。

数秒後、ダーズリー氏は老人がスミレ色のマントを着ているのに気づいた。地面にばったりとはいつくばりそうになったのに、まったく気にしていない様子だ。それどころか、顔が上下に割《わ》れるかと思うほど大きくニッコリして、道行く人が振《ふ》り返《かえ》るほどのキーキー声でこう言った。

「旦那《だんな》、すみませんなんてとんでもない。今日は何があったって気にしませんよ。ばんざい！『例のあの人』がとうとういなくなったんですよ！ あなたのようなマグルも、こんな幸せなめでたい日はお祝いすべきです」

小さな老人はダーズリー氏のおへそのあたりをいきなりギュッと抱《だ》きしめると、立ち去っていった。ダーズリー氏はその場に根が生えたように突《つ》っ立《た》っていた。まったく見ず知らずの人に抱《だ》きつかれた。マグルとか何とか呼《よ》ばれたような気もする。くらくらしてきた。急いで車に乗《の》り込《こ》むと、ダーズリー氏は家に向かって走りだした。どうか自分の幻想《げんそう》でありますように……幻想《げんそう》などけっして認《みと》めないダーズリー氏にしてみれば、こんな願いを持つのは生まれて初めてだった。

やっとの思いで四番地に戻《もど》ると、真っ先に目に入ったのは——ああ、何たることだ——今朝《けさ》見かけた、あの、トラ猫《ねこ》だった。今度は庭の石垣《いしがき》の上に座《すわ》り込《こ》んでいる。まちがいなくあの猫《ねこ》だ。目のまわりの模様《もよう》がおんなじだ。

「シッシッ！」

ダーズリー氏は大声を出した。

猫《ねこ》は動かない。じろりとダーズリー氏を見ただけだ。まともな猫《ねこ》がこんな態度《たいど》をとるものだろうか、と彼《かれ》は首をかしげた。それから気をしゃんと取りなおし、家に入っていった。妻《つま》には何も言うまいという決心は変わっていなかった。奥《おく》さんは、すばらしくまともな一日を過《す》ごしていた。夕食を食べながら、隣《となり》のミセス何とかが娘《むすめ》のことでさんざん困《こま》っているとか、ダドリー坊《ぼう》やが「イヤッ！」という新しい言葉を覚えたとかを夫に話して聞かせた。ダーズリー氏はなるべくふだんどおりに振《ふ》る舞《ま》おうとした。ダドリー坊《ぼう》やが寝《ね》たあと、居間《いま》に移《うつ》ったところで、ちょうどテレビの最後のニュースが始まった。

「さて最後のニュースです。全国のバードウォッチャーによれば、今日はイギリス中のふくろうがおかしな行動を見せたとのことです。通常《つうじょう》、ふくろうは夜に狩《かり》をするので、昼間に姿《すがた》を見かけることはめったにありませんが、今日は夜明けとともに、何百というふくろうが四方八方に飛び交う光景が見られました。なぜふくろうの行動が急に夜昼逆《ぎゃく》になったのか、専門家《せんもんか》たちは首をかしげています」

そこでアナウンサーはニヤリと苦笑いした。

「ミステリーですね。ではお天気です。ジム・マックガフィンさんどうぞ。ジム、今夜もふくろうが降《ふ》ってきますか？」

「テッド、そのあたりはわかりませんが、今日《きょう》おかしな行動をとったのはふくろうばかりではありませんよ。視聴者《しちょうしゃ》のみなさんが、遠くはケント、ヨークシャー、ダンディー州からお電話をくださいました。昨日《きのう》、私《わたし》は雨の予報《よほう》を出したのに、かわりに流れ星がどしゃ降《ぶ》りだったそうです。たぶん早々と『ガイ・フォークスの焚《た》き火《び》祭り』でもやったんじゃないでしょうか。みなさん、祭りの花火は来週ですよ！　いずれにせよ、今夜はまちがいなく雨でしょう」

安楽椅子《いす》の中でダーズリー氏は体が凍《こお》りついたような気がした。イギリス中で流れ星だって？　真っ昼間からふくろうが飛んだ？　マントを着た奇妙《きみょう》な連中がそこいら中にいた？　それに、あのヒソヒソ話。ポッター一家がどうしたとか……。

奥《おく》さんが紅茶《こうちゃ》を二つ持って居間《いま》に入ってきた。まずい。妻《つま》に何か言わなければなるまい。ダーズリー氏は落ち着かない咳払《せきばら》いをした。

「あー、ペチュニアや。ところで最近、おまえの妹から便りはなかったろうね」

案の定、奥《おく》さんはびくっとして怒《おこ》った顔をした。二人ともふだん、奥《おく》さんに妹はいないということにしているのだから当然だ。

「ありませんよ。どうして？」

とげとげしい返事だ。

「おかしなニュースを見たんでね」

ダーズリー氏はもごもご言った。

「ふくろうとか……流れ星だとか……それに、今日《きょう》、街に変な格好《かっこう》をした連中がたくさんいたんでな」

「**それで？**」

「いや、ちょっと思っただけだがね……もしかしたら……何か関わりがあるかと……その、なんだ……**あれ**の仲間と」

奥《おく》さんは口をすぼめて紅茶《こうちゃ》をすすった。ダーズリー氏は「ポッター」という名前を耳にした、と思いきって打ち明けるべきかどうか迷《まよ》ったが、やはりやめることにした。そのかわり、できるだけさりげなく聞いた。

「あそこの息子《むすこ》だが……確《たし》かうちのダドリーと同じくらいの年じゃなかったかね？」

「そうかも」

「何という名前だったか……。確《たし》かハワードだったね」

「ハリーよ。私《わたし》に言わせりゃ、下品でありふれた名前ですよ」

「ああ、そうだった。おまえの言うとおりだよ」

ダーズリー氏はすっかり落《お》ち込《こ》んでしまった。二人で二階の寝室《しんしつ》に上がっていくときも、彼《かれ》はまったくこの話題には触《ふ》れなかった。

奥《おく》さんがトイレに行ったすきに、こっそり寝室《しんしつ》の窓《まど》に近寄《ちかよ》り、家の前をのぞいてみた。あの猫《ねこ》はまだそこにいた。何かを待っているように、プリベット通りの奥《おく》のほうをじっと見つめている。

――これも自分の幻想《げんそう》なのか？　これまでのことは何もかもポッター一家と関わりがあるのだろうか？　もしそうなら……もし自分たちがあんな夫婦《ふうふ》と関係があるなんてことが明るみに出たら……ああ、そんなことには耐《た》えられない。

ベッドに入ると、奥《おく》さんはすぐに寝入《ねい》ってしまったが、ダーズリー氏はあれこれ考えて寝《ね》つけなかった。

――しかし、万々が一ポッターたちが関わっていたにせよ、あの連中が自分たちの近くにやってくるはずがない。あの二人やあの連中のことをわしらがどう思っているか、ポッター夫《ふ》妻《さい》は知っているはずだ……何が起こっているかは知らんが、わしやペチュニアが関わり合いになることなどありえない――そう思うと少しホッとして、ダーズリー氏はあくびをして寝返《ねがえ》りを打った。

――わしらにかぎって、絶対《ぜったい》に関わり合うことはない……。

――なんという大まちがい――

ダーズリー氏がとろとろと浅い眠《ねむ》りに落ちたころ、塀《へい》の上の猫《ねこ》は眠《ねむ》る気配さえ見せていなかった。銅像《どうぞう》のようにじっと座《すわ》ったまま、瞬《まばた》きもせずプリベット通りの奥《おく》の曲がり角を見つめていた。隣《となり》の道路で車のドアをバタンと閉《し》める音がしても、二羽《わ》のふくろうが頭上を飛び交っても、毛一本動かさない。真夜中近くになって、初めて猫《ねこ》は動いた。

猫《ねこ》が見つめていたあたりの曲がり角に、一人の男が現《あらわ》れた。あんまり突然《とつぜん》、あんまりスーッと現《あらわ》れたので、地面から湧《わ》いて出たかと思えるぐらいだった。猫《ねこ》はしっぽをピクッとさせて、目を細めた。

プリベット通りで、こんな人は絶対《ぜったい》見かけるはずがない。ひょろりと背《せ》が高く、髪《かみ》やひげの白さから見て相当の年寄《としよ》りだ。髪《かみ》もひげもあまりに長いので、ベルトにはさみ込《こ》んでいる。ゆったりと長いローブの上に、地面を引きずるほどの長い紫《むらさき》のマントをはおり、かかとの高い、留《と》め金飾《がねかざ》りのついたブーツをはいている。明るいブルーの眼《め》が、半月形のめがねの奥《おく》でキラキラ輝《かがや》き、高い鼻が途中《とちゅう》で少なくとも二回は折れたように曲がっている。この人の名はアルバス・ダンブルドア。

名前も、ブーツも、何から何までプリベット通りらしくない。しかし、ダンブルドアはまったく気にしていないようだった。マントの中をガサゴソとせわしげに何か探《さが》していたが、誰《だれ》かの視線《しせん》に気づいたらしく、ふっと顔を上げ、通りのむこうからこちらの様子をじっとうかがっている猫《ねこ》を見つけた。そこに猫《ねこ》がいるのがなぜかおもしろいらしく、クスクスと笑うと、「やっぱりそうか」とつぶやいた。

探《さが》していたものが内ポケットから出てきた。銀のライターのようだ。ふたをパチンと開け、高くかざして、カチッと鳴らした。

一番近くの街灯が、ポッと小さな音を立てて消えた。

もう一度カチッといわせた。

次の街灯がゆらめいて闇《やみ》の中に消えていった。「灯消《ひけ》しライター」を十二回カチカチ鳴らすと、十二個《こ》の街灯は次々と消え、残る灯りは、遠くの、針《はり》の先でつついたような二つの点だけになった。猫《ねこ》の目だ。まだこっちを見つめている。いま誰《だれ》かが窓《まど》の外をのぞいても、好奇心《こうきしん》で目を光らせたダーズリー夫人でさえ、何が起こっているのか、この暗闇《くらやみ》ではまったく見えなかっただろう。ダンブルドアは「灯消《ひけ》しライター」をマントの中にスルリとしまい、四番地のほうへと歩いた。そして塀《へい》の上の猫《ねこ》の隣《となり》に腰《こし》かけた。一息おくと、顔は向けずに、猫《ねこ》に向かって話しかけた。

「マクゴナガル先生、こんなところで奇遇《きぐう》じゃのう」

トラ猫《ねこ》のほうに顔を向け、ほほえみかけると、猫《ねこ》はすでに消えていた。かわりに、厳格《げんかく》そう

な女の人が、あの猫《ねこ》の目の周りにあったしま模様《もよう》とそっくりの四角いめがねをかけて座《すわ》ってい
た。やはりマントを、しかもエメラルド色のを着ている。黒い髪《かみ》をひっつめて、小さな髷《まげ》にし
ている。

「どうして私《わたくし》だとおわかりになりましたの？」

女の人は見破《みやぶ》られて動揺《どうよう》していた。

「まあまあ、先生。あんなにコチコチな座《すわ》り方をする猫《ねこ》なんていやしませんぞ」

「一日中れんが塀《べい》の上に座《すわ》っていればコチコチにもなります」

「一日中？　お祝いしておればよかったじゃろうに。ここに来る途中《とちゅう》、お祭りやらパーティや
ら、ずいぶんたくさん見ましたぞ」

マクゴナガル先生は怒《おこ》ったようにフンと鼻を鳴らした。

「ええ、確《たし》かにみんな浮《う》かれていますね」

マクゴナガル先生はいらいらした口調だ。

「みんなもう少し慎重《しんちょう》になるべきだとはお思いになりませんか？　まったく……マグルたちで
さえ、何かあったと感づきましたよ。何しろニュースになりましたから」

マクゴナガル先生は灯りの消えたダーズリー家の窓《まど》をあごでしゃくった。

「この耳で聞きましたよ。ふくろうの大群《たいぐん》……流星群《りゅうせいぐん》……そうなると、マグルの連中もまった

くのおばかさんじゃありませんからね。何か感づかないはずはありません。ケント州の流星群《りゅうせいぐん》だなんて――ディーダラス・ディグルのしわざですわ。あの人はいつだって軽はずみなんだから」

「みんなを責《せ》めるわけにはいかんじゃろう」

ダンブルドアはやさしく言った。

「この十一年間、お祝いごとなぞほとんどなかったのじゃから」

「それはわかっています」

マクゴナガル先生は腹立《はらだ》たしげに言った。

「だからといって、分別を失ってよいわけはありません。みんな、なんて不注意なんでしょう。真っ昼間から街に出るなんて。しかもマグルの服に着替《きが》えもせずに、あんな格好《かっこう》のままでうわさ話をし合うなんて」

ダンブルドアが何か言ってくれるのを期待しているかのように、マクゴナガル先生はちらりと横目でダンブルドアを見たが、何も反応《はんのう》がないので、話を続けた。

「よりによって、**『例のあの人』**がついに消え失せたちょうどその日に、今度はマグルが私《わたくし》たちに気づいてしまったらとんでもないことですわ。ダンブルドア先生、『あの人』は本当に**消えてしまった**のでしょうね？」

「確《たし》かにそうらしいのう。我々《われわれ》は大いに感謝《かんしゃ》しなければ。レモンキャンディはいかがかな？」

「**なんですって？**」

「レモンキャンディじゃよ。マグルの食べる甘《あま》い物じゃが、わしゃ、これが好きでな」

「けっこうです」

レモンキャンディなど食べている場合ではないとばかりに、マクゴナガル先生は冷ややかに答えた。

「いま申し上げましたように、たとえ『例のあの人』が**消えた**にせよ……」

「まあまあ、先生、あなたのように見識《けんしき》のおありになる方が、彼《かれ》を名指しで呼《よ》べないわけはないでしょう？　『例のあの人』なんてまったくもってナンセンス。この十一年間、ちゃんと名前で呼《よ》ぶようみんなを説得し続けてきたのじゃが。『ヴォルデモート』とね」

マクゴナガル先生はぎくりとしたが、ダンブルドアはくっついたレモンキャンディをはがすのに夢中《むちゅう》で気づかないようだった。

「『例のあの人』なんて呼《よ》び続《つづ》けたら、混乱《こんらん》するばかりじゃよ。ヴォルデモートの名前を言うのが恐《おそ》ろしいなんて、理由がないじゃろうが」

「そりゃ、先生にとってはないかもしれませんが」

マクゴナガル先生は驚《おどろ》きと尊敬《そんけい》の入りまじった言い方をした。

「だって、先生はみんなとはちがいます。『例のあ』……いいでしょう、ヴォルデモートが恐《おそ》れていたのはあなた一人だけだったということは、みんな知っていますよ」

「おだてないでおくれ」

ダンブルドアは静かに言った。

「ヴォルデモートには、わしにはけっして持つことができない力があった」

「それは、あなたがあまりに——そう……**気高くて**、そういう力を使おうとなさらなかったからですわ」

「あたりが暗くて幸いじゃよ。こんなに赤くなったのはマダム・ポンフリーがわしの新しい耳あてをほめてくれたとき以来じゃ」

マクゴナガル先生は鋭《するど》いまなざしでダンブルドアを見た。

「ふくろうが飛ぶのは、**うわさが飛ぶ**のに比《くら》べたらなんでもありませんよ。みんながどんなうわさをしているか、ご存《ぞん》じですか？　なぜ彼《かれ》が消えたのだろうとか、何が彼《かれ》にとどめを刺《さ》したのだろうかとか」

マクゴナガル先生はいよいよ核心《かくしん》に触《ふ》れたようだ。一日中冷たい、固い塀《へい》の上で待っていた本当のわけはこれだ。猫《ねこ》に変身していたときも、自分の姿《すがた》に戻《もど》ったときにも見せたことがない、射《い》るようなまなざしで、ダンブルドアを見すえている。ほかの人が何と言おうが、ダンブルドアの口から聞かないかぎり、絶対《ぜったい》信じないという目つきだ。ダンブルドアは何も答えず、レモンキャンディをもう一個《こ》取り出そうとしていた。

「みんなが何とうわさしているかですが……」

マクゴナガル先生はもう一押《ひとお》ししてきた。

「昨夜、ヴォルデモートがゴドリックの谷に現《あらわ》れた。ポッター一家がねらいだった。うわさではリリーとジェームズが……ポッター夫妻《ふさい》が……あの二人が……**死んだ**……とか」

ダンブルドアはうなだれた。マクゴナガル先生は息をのんだ。

「リリーとジェームズが……信じられない……信じたくなかった……ああ、アルバス……」

ダンブルドアは手を伸《の》ばしてマクゴナガル先生の肩《かた》をそっとたたいた。

「わかる……よーくわかるよ……」

沈痛《ちんつう》な声だった。

マクゴナガル先生は声を震《ふる》わせながら話し続けた。

「それだけじゃありませんわ。うわさでは、一人息子のハリーを殺そうとしたとか。でも――失敗した。その小さな男の子を殺すことはできなかった。なぜなのか、どうなったのかはわからないが、ハリー・ポッターを殺しそこねたとき、ヴォルデモートの力が打《う》ち砕《くだ》かれた――だから彼《かれ》は消えたのだと、そういううわさです」

ダンブルドアはむっつりとうなずいた。

「それじゃ……やはり**本当なんですか？**」

マクゴナガル先生は口ごもった。

「あれほどのことをやっておきながら……あんなにたくさん人を殺したのに……小さな子供《こども》を殺しそこねたって言うんですか？　驚異《きょうい》ですわ……よりによって、彼《かれ》にとどめを刺《さ》したのは子《こ》供《ども》……それにしても、一体全体ハリーはどうやって生《い》き延《の》びたんでしょう？」

「想像《そうぞう》するしかないじゃろう。本当のことはわからずじまいかもしれん」

マクゴナガル先生はレースのハンカチを取り出し、めがねの下から眼《め》に押《お》し当てた。ダンブルドアは大きく鼻をすすると、ポケットから金時計を取り出して時間を見た。とてもおかしな時《と》計《けい》だ。針《はり》は十二本もあるのに、数字が書いていない。そのかわり、小さな惑星《わくせい》がいくつも時《と》計《けい》の縁《ふち》を回っていた。ダンブルドアにはこれでわかるらしい。時計《とけい》をポケットにしまうと、こう言った。

「ハグリッドは遅《おそ》いのう。ところで、あの男じゃろう？　わしがここに来ると教えたのは」

「そうです。一体全体**なぜ**こんなところにおいでになったのか、たぶん話してはくださらないのでしょうね？」

「ハリー・ポッターを、おばさん夫婦《ふうふ》のところへ連れてくるためじゃよ。親せきはそれしかいないのでな」

「まさか――**まちがっても、**ここに住んでいる連中のことじゃないでしょうね」

マクゴナガル先生ははじかれたように立ち上がり、四番地を指さしながら叫《さけ》んだ。

「ダンブルドア、だめですよ。今日《きょう》一日ここの住人を見ていましたが、ここの夫婦《ふうふ》ほど私《わたし》たちとかけはなれた連中はまたといませんよ。それにここの息子《むすこ》ときたら――母親がこの通りを歩いているとき、お菓子《かし》が欲《ほ》しいと泣きわめきながら母親を蹴《け》り続けていましたよ。ハリー・ポッターがここに住むなんて！」

「ここがあの子にとって一番いいのじゃ」

ダンブルドアはきっぱりと言った。

「おじさんとおばさんが、あの子が大きくなったらすべてを話してくれるじゃろう。わしが手紙を書いておいたから」

「手紙ですって？」

マクゴナガル先生は力なくそうくり返すと、また塀《へい》に座《すわ》りなおした。

「ねえ、ダンブルドア。手紙でいっさいを説明できるとお考えですか？　連中は絶対《ぜったい》あの子のことを理解《りかい》しやしません！　あの子は有名人です――伝説の人です――今日《きょう》のこの日が、いつかハリー・ポッター記念日になるかもしれない――ハリーに関する本が書かれるでしょう――

私《わたくし》たちの世界でハリーの名を知らない子供《こども》は一人もいなくなるでしょう!」

「そのとおり」

ダンブルドアは半月めがねの上から真面目な目つきをのぞかせた。

「そうなればどんな少年でも舞《ま》い上がってしまうじゃろう。歩いたりしゃべったりする前から有名だなんて! 自分が覚えてもいないことのために有名だなんて! あの子に受け入れる準《じゅん》備《び》ができるまで、そうしたことからいっさい離《はな》れて育つほうがずっといいということがわからんかね?」

マクゴナガル先生は口を開きかけたが、思いなおして、のどまで出かかった言葉をのみ込《こ》んだ。

「そう、そうですね。おっしゃるとおりですわ。でもダンブルドア、どうやってあの子をここに連れてくるんですか?」

ダンブルドアがハリーをマントの下に隠《かく》しているとでも思ったのか、マクゴナガル先生はちらりとマントに目をやった。

「ハグリッドが連れてくるよ」

「こんな大事なことをハグリッドに任《まか》せて――あの……賢明《けんめい》なことでしょうか?」

「わしは自分の命でさえハグリッドに任《まか》せられるよ」

「何もあれの心根がまっすぐじゃないなんて申しませんが」

マクゴナガル先生はしぶしぶ認《みと》めた。

「でもご存《ぞん》じのように、うっかりしているでしょう。どうもあれときたら――おや、何かしら？」

低いゴロゴロという音があたりの静けさを破《やぶ》った。二人が通りの端《はし》から端《はし》まで、車のヘッドライトが見えはしないかと探《さが》している間に、音は確実《かくじつ》に大きくなってきた。二人が同時に空を見上げたときには、音は爆音《ばくおん》になっていた。――大きなオートバイが空からドーンと降《ふ》ってきて、二人の目の前に着陸した。

巨大《きょだい》なオートバイだったが、それにまたがっている男に比《くら》べればちっぽけなものだ。男の背《せ》丈《たけ》は普通《ふつう》の二倍、横幅《よこはば》は五倍はある。許《ゆる》しがたいほど大きすぎて、それになんて荒々《あらあら》しい――ぼうぼうとした黒い髪《かみ》とひげが、長くもじゃもじゃとからまり、ほとんど顔中を覆《おお》っている。手はごみバケツのふたほど大きく、革《かわ》ブーツをはいた足は赤ちゃんイルカぐらいある。筋肉《きんにく》隆々《りゅうりゅう》の巨大《きょだい》な腕《うで》に、何か毛布《もうふ》にくるまったものを抱《かか》えていた。

「ハグリッドや」

ダンブルドアはホッとしたような声で呼《よ》びかけた。

「やっと来たのう。いったいどこからオートバイを手に入れたのかね？」

「借りたんでさ。ダンブルドア先生さま」

大男はそうっと注意深くバイクから降《お》りた。

「ブラック家の息子《むすこ》のシリウスが借してくれたんで。先生、この子を連れてきました」

「問題はなかったろうね？」

「はい、先生。家はあらかた壊《こわ》されっちまってたですが、マグルたちが群《む》れ寄《よ》ってくる前に、無事に連れ出しました。ブリストルの上空を飛んどったときに、この子は眠《ねむ》っちまいました」

ダンブルドアとマクゴナガル先生は、毛布《もうふ》の包みの中をのぞき込《こ》んだ。かすかに、男の赤《あか》ん坊《ぼう》が見えた。ぐっすり眠《ねむ》っている。漆黒《しっこく》のふさふさした前髪《まえがみ》、そして額《ひたい》には不思議な形の傷《きず》が見えた。稲妻《いなずま》のような形だ。

「この傷《きず》があの……」マクゴナガル先生がささやいた。

「そうじゃ。一生残るじゃろう」

「ダンブルドア、何とかしてやれないんですか？」

「たとえできたとしても、わしは何もせんよ。傷《きず》はけっこう役に立つものじゃ。わしにも一つ左ひざの上にあるがね、完全なロンドンの地下鉄地図になっておる……さてと、ハグリッドや、その子をこっちへ——早くすませたほうがよかろう」

ダンブルドアはハリーを腕《うで》に抱《だ》き、ダーズリー家のほうに行こうとした。

「あの……先生、お別れのキスをさせてもらえねえでしょうか？」

ハグリッドが頼《たの》んだ。

大きな毛むくじゃらの顔をハリーに近づけ、ハグリッドはチクチク痛《いた》そうなキスをした。そして突然《とつぜん》、傷《きず》ついた犬のような声でワオーンと泣きだした。

「シーッ！　マグルたちが目を覚ましてしまいますよ」

マクゴナガル先生が注意した。

「す、す、すまねえ」

しゃくりあげながらハグリッドは大きな水玉模様《もよう》のハンカチを取り出し、その中に顔をうずめた。

「と、とってもがまんできねえ……リリーとジェームズは死んじまうし、かわいそうなちっちゃなハリーはマグルたちと暮《く》らさなきゃなんねえ……」

「そう、ほんとに悲しいことよ。でもハグリッド、自分を抑《おさ》えなさい。さもないとみんなに見つかってしまいますよ」

マクゴナガル先生は小声でそう言いながら、ハグリッドの腕《うで》をやさしくポンポンとたたいた。

ダンブルドアは庭の低い生《い》け垣《がき》をまたいで、玄関《げんかん》へと歩いていった。そっとハリーを戸口に置くと、マントから手紙を取り出し、ハリーをくるんだ毛布《もうふ》にはさみ込《こ》み、二人のところに戻《もど》ってきた。三人は、まるまる一分間そこにたたずんで、小さな毛布《もうふ》の包みを見つめていた。ハグリッドは肩《かた》を震《ふる》わせ、マクゴナガル先生は目をしばたたかせ、ダンブルドアの目からはいつものキラキラした輝《かがや》きが消えていた。

「さてと……」

ダンブルドアがやっと口を開いた。

「これですんだ。もうここにいる必要はない。帰ってお祝いに参加しようかの」

「へい」

ハグリッドの声はくぐもっている。

「バイクは片《かた》づけておきますだ。マクゴナガル先生、ダンブルドア先生さま、おやすみなせぇまし」

ハグリッドは流れ落ちる涙《なみだ》を上着のそででぬぐい、オートバイにさっとまたがり、エンジンをかけた。バイクはうなりを上げて空に舞《ま》い上《あ》がり、夜の闇《やみ》へと消えていった。

「後ほどお会いしましょうぞ。マクゴナガル先生」

ダンブルドアはマクゴナガル先生のほうに向かってうなずいた。マクゴナガル先生は答えるかわりに鼻をかんだ。

ダンブルドアはくるりと背《せ》を向け、通りのむこうに向かって歩きだした。曲がり角で立ち止まり、また銀の「灯消《ひけ》しライター」を取り出し、一回だけカチッといわせた。十二個《こ》の街灯がいっせいにともり、プリベット通りは急にオレンジ色に照らしだされた。トラ猫《ねこ》が道のむこう側の角をしなやかに曲がっていくのが見える。そして四番地の戸口のところには毛布《もうふ》の包みだけがぽつんと見えた。

「幸運を祈《いの》るよ、ハリー」

ダンブルドアはそうつぶやくと、靴《くつ》のかかとでくるくるっと回転し、ヒュッというマントの音とともに消えた。

こぎれいに刈《か》り込《こ》まれたプリベット通りの生《い》け垣《がき》を、静かな風が波立たせた。墨《すみ》を流したような夜空の下で、通りはどこまでも静かで整然としていた。まか不思議な出来事《できごと》が、ここで起こるとは誰《だれ》も思ってもみなかったことだろう。赤《あか》ん坊《ぼう》は眠《ねむ》ったまま、毛布《もうふ》の中で寝返《ねがえ》りを打った。片方《かたほう》の小さな手が、脇《わき》に置かれた手紙を握《にぎ》った。自分が特別だなんて知らずに、有名だなんて知らずに、ハリー・ポッターは眠《ねむ》り続けている。数時間もすれば、ダーズリー夫人が戸を開け、ミルクの空き瓶《びん》を外に出そうとしたとたん、悲鳴を上げるだろう。その声でハリーは目を覚ますだろう。それから数週間は、いとこのダドリーにこづかれ、つねられることになるだろうに……そんなことは何も知らずに、赤《あか》ん坊《ぼう》は眠《ねむ》り続けている……ハリーにはわかるはずもないが、こうして眠《ねむ》っているこの瞬間《しゅんかん》にも、国中の人が、あちこちでこっそりと集まり、杯《さかずき》を挙げ、ヒソヒソ声で、こう言っているのだ。

「生き残った男の子、ハリー・ポッターに乾杯《かんぱい》！」

第二章　消えたガラス

ダーズリー夫妻《ふさい》が目を覚まし、戸口の石段《いしだん》に赤《あか》ん坊《ぼう》がいるのを見つけてから、十年近くがたった。プリベット通りは少しも変わっていない。太陽が、昔と同じこぎれいな庭のむこうから昇《のぼ》り、ダーズリー家の玄関《げんかん》の真鍮《しんちゅう》の「4」の数字を照らした。その光が、はうように居間《いま》に射《さ》し込《こ》んでゆく。ダーズリー氏があの運命的なふくろうのニュースを聞いた夜から、居間《いま》はまったく変わっていなかった。ただ暖炉《だんろ》の上の写真だけが、長い時間のたったことを知らせている。十年前は、ぽんぽん飾《かざ》りのついた色とりどりの帽子《ぼうし》をかぶり、ピンクのビーチボールのような顔をした赤《あか》ん坊《ぼう》の写真がたくさん並《なら》んでいた……ダドリー・ダーズリーはもう赤《あか》ん坊《ぼう》ではない。写真には金髪《きんぱつ》の大きな男の子が写っている。初めて自転車に乗った姿《すがた》、お祭りの回転木馬の上、パパと一緒《いっしょ》にコンピュータ・ゲーム、ママに抱《だ》きしめられてキスされる姿《すがた》。この部《へ》屋《や》のどこにも、この家にもう一人《ひとり》少年が住んでいる気配はない。

しかし、ハリー・ポッターはそこにいた。いまはまだ眠《ねむ》っているが、もう、そう長くは寝《ね》ていられないだろう。ペチュニアおばさんが目を覚ました。おばさんのかん高い声で、一日の騒《そう》音《おん》が始まるのだ。

「さあ、起きて！　早く！」

ハリーは驚《おどろ》いて目を覚ました。おばさんが部屋《へや》の戸をドンドンたたいている。

「起きるんだよ！」と金切り声がした。

おばさんがキッチンのほうに歩いていく音、それからフライパンをこんろにかける音がした。仰向《あおむ》けになったままで、ハリーはいままで見ていた夢《ゆめ》を思い出そうとしていた。いい夢《ゆめ》だったのに……。空飛ぶオートバイが出てきたっけ。ハリーは前にも同じ夢《ゆめ》を見たような不思議な心地《ここち》がした。

「まだ起きないのかい？」おばさんが戸のむこうに戻《もど》ってきて、きつい声を出した。

「もうすぐだよ」

「さあ、支度《したく》をおし。ベーコンの具合を見ておくれ。焦《こ》がしたら承知《しょうち》しないよ。今日はダドリーちゃんのお誕生日《たんじょうび》なんだから、何もかも完璧《かんぺき》にしなくちゃ」

ハリーはうめいた。

「何か言ったかい？」

おばさんが戸の外からかみつくように言った。

「何にも言わないよ。何にも……」

ダドリーの誕生日《たんじょうび》――どうして忘《わす》れていたんだろう。ハリーはのろのろと起き上がり、靴《くつ》下《した》を探《さが》した。ベッドの下で見つけた靴下《くつした》の片方《かたほう》にはりついていたクモを引きはがしてから、ハリーは靴下《くつした》をはいた。クモにはもう慣《な》れっこだ。何しろ階段《かいだん》下の物置はクモだらけだったし、そこがハリーの部屋《へや》だったのだから。

服を着ると、ハリーは廊下《ろうか》に出てキッチンに向かった。食卓《しょくたく》はダドリーの誕生日《たんじょうび》のプレゼントの山に埋《う》もれてほとんど見えなかった。欲《ほ》しがっていた新しいコンピュータもあるようだし、二台目のテレビやレース用自転車ももちろんあった。ダドリーがなぜレース用自転車を欲《ほ》しがるのか、ハリーにとってはまったくの謎《なぞ》だった。太って運動嫌《ぎら》いなのに――誰《だれ》かにパンチを食らわせる運動だけは別だけど……。ダドリーはハリーをお気に入りのサンドバッグにしていたが、よく空振《からぶ》りした。一見そうは見えなくても、ハリーはとてもすばしっこかったのだ。

暗い物置に住んでいるせいか、ハリーは年の割《わり》には小柄《こがら》でやせていた。その上、着るものはハリーの四倍も大きいダドリーのお古ばかりだったので、ますますやせて小さく見えた。ハリーは、ひざこぞうが目立つような細い脚《あし》で、細面の顔に真っ黒な髪《かみ》、輝《かがや》く緑色の目をしていた。丸いめがねをかけていたが、ダドリーの顔面パンチがしょっちゅう飛んでくるので、セロハンテープであちこちはりつけてあった。自分の顔でたった一つ気に入っていたのは、額《ひたい》にうっすらと見える稲妻形《いなずまがた》の傷《きず》だ。物心ついたときから傷《きず》があった。ハリーの記憶《きおく》では、ペチュニアおばさんに真っ先に聞いた質問《しつもん》は「どうして傷《きず》があるの」だった。

「おまえの両親が自動車事故《じこ》で死んだときの傷《きず》だよ。質問《しつもん》は許《ゆる》さないよ」

これがおばさんの答えだった。**質問《しつもん》は許《ゆる》さない**――ダーズリー家で平穏《へいおん》無事に暮《く》らすための第一の規則《きそく》だった。

ハリーがベーコンを裏返《うらがえ》していると、バーノンおじさんがキッチンに入ってきた。

朝の挨拶《あいさつ》がわりにおじさんは一喝《いっかつ》した。

「髪《かみ》をとかせ！」

だいたい週に一度、おじさんは新聞越《ご》しにハリーを上目づかいに見ながら、髪《かみ》を短く切れと大声を出すのだった。同級生の男の子を全部束《たば》にしてもかなわないほど、ひんぱんにハリーは散髪《さんぱつ》させられたが、まったくむだだった。切っても切ってもすぐ元どおりに伸《の》びるのだ。しかもありとあらゆる方向に。

ハリーが卵《たまご》を焼いていると、ダドリーが母親に連れられてキッチンに入ってきた。父親そっくりだ。大きなピンクの顔で、首はほとんどなく、薄《うす》い水色の小さな目をして、たっぷりとしたブロンドの髪《かみ》が、縦《たて》にも横にも大きい顔の上に載《の》っかっている。おばさんはダドリーのことをよく、天使のようだわ、と言ったが、ハリーは、豚《ぶた》がかつらをつけたみたいだ、と思っていた。

ハリーは食卓《しょくたく》の上にベーコンと卵《たまご》の皿を並《なら》べた。プレゼントのせいでほとんどすきまがないので、そう簡単《かんたん》には置けない。ダドリーのほうは、プレゼントの数を数えていたが、突然《とつぜん》顔色を変えてパパとママを見上げた。

「三十六だ。去年より二つ少ないや」

「坊《ぼう》や、マージおばさんの分を数えなかったでしょう。パパとママからの大きな包みの下にありますよ」

「わかったよ。でも三十七だ」

ダドリーの顔に血がのぼってきた。ハリーはダドリーのかんしゃく玉が大爆発寸前《だいばくはっすんぜん》なのを感じて、いつテーブルがひっくり返されてもいいように大急ぎでベーコンに食らいついた。

おばさんもあきらかに危険《きけん》に気づいたらしく、あわてて言った。

「今日《きょう》お出かけしたとき、あと二つ買ってあげましょう。どう？　かわいこちゃん。あと二個《こ》もよ。それでいい？」

ダドリーはちょっと考《かんが》え込《こ》んだ。かなり難《むずか》しい計算らしかったが、やがて、のろのろと言った。

「そうすると、ぼく、三十……三十……」

「三十九よ、かわいい坊《ぼう》や」

「そうか、そんならいいや」

ダドリーはドッカと座《すわ》り込《こ》み、一番手近にあった包みをわしづかみにした。

バーノンおじさんはクスクス笑った。

「やんちゃ君はパパと同じで、絶対損《ぜったいそん》したくないってわけだ。なんてすごい子だ！　ダドリーや」

パパはダドリーの髪《かみ》をくしゃくしゃっとなでた。

電話が鳴り、おばさんがキッチンを出ていった。おじさんもハリーも、ダドリーが包みを解《と》くのを眺《なが》めていた。レース用自転車、8ミリカメラ、ラジコン飛行機、新しいコンピュータ・ゲーム十六本、ビデオレコーダー……おばさんが戻《もど》ってきたときは、金の腕時計《うでどけい》の包みをビリビリ破《やぶ》っているところだった。おばさんは怒《おこ》ったような困《こま》ったような顔で現《あらわ》れた。

「バーノン、大変だわ。フィッグさんが脚《あし》を骨折《こっせつ》しちゃって、この子を預《あず》かれないって」

おばさんはハリーのほうをあごでしゃくった。

ダドリーはショックで口をあんぐり開けたが、ハリーの心は踊《おど》った。毎年、誕生日《たんじょうび》になると、ダドリーは友達《ともだち》と二人で、おじさんとおばさんに連れられ、アドベンチャーパークやハンバーガーショップ、映画《えいが》などに出かけることになっていた。ハリーはいつも置いてけぼりで、二筋《すじ》むこうに住んでいる変わり者のフィッグばあさんに預《あず》けられていた。ハリーはそこが大嫌《だいきら》いだった。家中キャベツの臭《にお》いがするし、おまけにばあさんがいままで飼《か》った猫《ねこ》の写真を全部、無理やり見せるからだ。

「どうします？」

ペチュニアおばさんは、ハリーが仕組んだと言わんばかりに恐《おそ》ろしい顔でハリーをにらんだ。ハリーは骨折《こっせつ》したばあさんに同情《どうじょう》すべきだと思ったが、これから一年間はティブルスやらスノーイー、ミスター・ポーズ、タフティーなどの猫《ねこ》の写真を見ないですむと思うと、同情《どうじょう》しろというほうが無理だった。

「マージに電話したらどうかね」とおじさんが提案《ていあん》した。

「バカなこと言わないで。マージはこの子を嫌《きら》ってるのよ」

ダーズリー夫妻《ふさい》はよくこんなふうに、ハリーの目の前で、本人をまるで無視《むし》して話をした。いやむしろ、ハリーを言葉の通じないけがらわしいナメクジのように見ていた。

「それなら、ほれ、何ていう名前だったか、おまえの友達《ともだち》の――イボンヌ、どうかね」

「バケーションでマジョルカ島よ」

「僕《ぼく》をここに置いていったら」

そうなることを期待しながらハリーが口をはさんだ。――いつもとちがうテレビ番組を自分で選んで見ることができるかもしれないし、ひょっとするとダドリーのコンピュータをいじったりできるかもしれない――

おばさんはレモンを丸ごと飲《の》み込《こ》んだような顔をした。

「それで、帰ってきたら家がバラバラになってるってわけ？」

「僕《ぼく》、家を爆破《ばくは》したりしないよ」

誰《だれ》もハリーの言うことを聞いていなかった。

「動物園まで連れて行ったらどうかしら……それで、車の中に残しておいたら……」

おばさんが気のりのしない様子で言った。

「しかし新車だ。ハリーを一人で中に残しておくわけにはいかん……」

ダドリーはわんわん泣きだした。うそ泣きだ。ここ何年も本当に泣いたことなんてないが、顔をゆがめてめそめそすれば、母親が欲《ほ》しいものは何でもくれることを知っているのだ。

「ダッドちゃん、ダドリーちゃん、泣かないで。ママがついているわ。おまえの特別な日を、あいつなんかにだいなしにさせたりしやしないから！」

おばさんはダドリーを抱《だ》きしめた。

「ぼく……いやだ……あいつが……く、く、くるなんて！」

しゃくりあげるふりをしながらダドリーがわめいた。

「いつだって、あいつが、めちゃめちゃにするんだ！」

抱《だ》きしめている母親の腕《うで》のすきまから、ダドリーはハリーに向かって意地悪くニヤリと笑った。ちょうどその時、玄関《げんかん》のベルが鳴った。

「ああ、なんてことでしょう。みんなが来てしまったわ！」

おばさんは大あわてだった。——やがてダドリーの一の子分、ピアーズ・ポルキスが母親に連れられて部屋《へや》に入ってきた。ねずみ顔のガリガリにやせた子だ。ダドリーが誰《だれ》かを殴《なぐ》るときに、腕《うで》を後ろにねじ上げる役をするのはたいていこの子だ。ダドリーはたちまちうそ泣きをやめた。

三十分後、ハリーはダーズリー一家の車の後部座席《ざせき》にピアーズ、ダドリーと一緒《いっしょ》に座《すわ》り、生まれて初めて動物園に向かっていた。信じられないような幸運だった。おじさんもおばさんも、結局ハリーをどうしていいか、ほかに思いつかなかったのだ。ただし、出発前にバーノンおじさんは、ハリーをそばに呼《よ》んだ。

「言っておくがな……」

おじさんは大きな赤ら顔をハリーの目の前につきつけた。

「小僧《こぞう》、変なことをしてみろ。ちょっとでもだ、そしたらクリスマスまでずっと物置に閉《と》じ込《こ》めてやる」

「僕《ぼく》、何もしないよ。ほんとだよ……」

しかし、おじさんは信じていなかった。ハリーの言うことをいままで誰《だれ》も信じてくれなかった。

困《こま》ったことに、ハリーのまわりでよく不思議なことが起きたし、自分がやったんじゃないとダーズリー夫妻《ふさい》にいくら訴《うった》えてもむだだった。

ある時、床屋《とこや》から帰ってきたハリーが、散髪《さんぱつ》する前と同じように髪《かみ》が伸《の》びているのを見て業をにやしたペチュニアおばさんが、キッチンバサミでクリクリに刈《か》り上《あ》げたことがあった。「醜《みにく》い傷《きず》を隠《かく》すため」と前髪《まえがみ》だけは残してくれたが、あとはほとんど丸坊主《まるぼうず》になった。ダドリーはハリーを見てばか笑いしたし、ハリーは翌日《よくじつ》の学校のことを思うと眠《ねむ》れなかった。ただでさえ、だぶだぶの服を着てセロハンテープだらけのめがねをかけたハリーは物笑いの種だった。しかし、翌朝《よくあさ》起きてみると、髪《かみ》は刈《か》り上《あ》げる前とまったく変わらなかった。おかげでハリーは一週間、物置に閉《と》じ込《こ》められた。どうしてこんなに早く髪《かみ》が伸《の》びたのかわからないと、ハリーがいくら言っても**だめ**だった。

またある時は、おばさんがダドリーのお古の吐《は》き気《け》がするようなセーター――茶色でオレンジ色の毛玉が浮《う》き上《あ》がっていた――を無理にハリーに着せようとしたが、ハリーの頭からかぶせようと、おばさんがやっきになればなるほど、服はどんどん小さくなった。とうとう、指人形ならいざ知らず、ハリーにはとうてい着られないほどに縮《ちぢ》んでしまった。おばさんが、きっと洗濯《せんたく》で縮《ちぢ》んだのだと決めつけたので、このときはハリーはおしおきを受けずにすんでホッとした。

反対にひどい目にあったのが、学校の屋根事件《じけん》だった。いつものようにダドリー軍団《ぐんだん》に追いかけられたハリーは、気がついたら食堂の屋根の煙突《えんとつ》の上に腰《こし》かけていた。これには誰《だれ》よりもハリー自身が驚《おどろ》いた。ダーズリー家には女校長先生から、ハリーが学校の建物によじ登ったと、たいそうご立腹《りっぷく》の手紙がきた。しかし、ハリーがやったことといえば──物置に閉《と》じ込《こ》められたとき、外にいるバーノンおじさんにも大声でそう言ったのだが──食堂の外にあった大きな容器《ようき》の陰《かげ》に飛び込《こ》もうとしただけだったのだ。ハリーはジャンプした拍子《ひょうし》に風にさらわれたにちがいないと思った。

しかし、今日《きょう》は絶対《ぜったい》おかしなことがあってはならない。学校でも、物置でも、キャベツ臭《くさ》いフィッグばあさんの居間《いま》でもないところで一日を過《す》ごせるのだから、ダドリーやピアーズと一緒《いっしょ》だって文句《もんく》は言えない。

運転をしながら、おじさんはおばさんを相手にブツブツ不平を言った。何しろ不平を言うのが好きなのだ。会社の人間のこと、ハリーのこと、市議会のこと、ハリーのこと、銀行のこと、ハリーのこと、ざっとこんなところがお気に入りのネタだった。今朝《けさ》は、オートバイがやり玉に上がった。

「……ムチャクチャな音を出して走りおって。チンピラどもが」

オートバイに追《お》い抜《ぬ》かれたときにおじさんが言った。

「僕《ぼく》、オートバイの夢《ゆめ》を見た」ハリーは急に思い出した。「空を飛んでたよ」

バーノンおじさんはとたんに前の車にぶつかりそうになった。運転席からぐるっと振《ふ》り向きざま、口ひげをはやした巨大《きょだい》な赤かぶのような顔で、おじさんはハリーをどなりつけた。

「オートバイは空を飛ばん！」

ダドリーとピアーズがクスクス笑った。

「飛ばないことはわかってる。ただの夢《ゆめ》だよ」

ハリーは何にも言わなきゃよかったと思った。ダーズリー夫妻《ふさい》はハリーが質問《しつもん》するのも嫌《きら》ったが、もっと嫌《きら》ったのは、夢《ゆめ》だろうが漫画《まんが》だろうが、何かがまともではない行動をする話だった。ハリーがそんな話をすると、まるで危険《きけん》なことを考えているとでも思っているようだった。

その日はお天気もよく、土曜日で、動物園は家族連れで混《こ》み合っていた。ダーズリー夫妻《ふさい》は入口でダドリーとピアーズに大きなチョコレートアイスクリームを買い与《あた》えた。ハリーを急いでアイス・スタンドから遠ざけようとしたが、間に合わず、愛想のよい売り子のおばさんが、坊《ぼう》やは何がいいのと聞いたので、しかたなしにハリーにも安いレモンアイスを買い与《あた》えた。これだってけっこういける、とアイスをなめながら、ハリーはみんなと一緒《いっしょ》にゴリラのおりを眺《なが》めた。ゴリラが頭をかいている姿《すがた》がダドリーそっくりだ。あれで金髪《きんぱつ》だったらな……。

こんなにすばらしい朝を過《す》ごしたのは、ハリーにとって久《ひさ》しぶりだった。昼近くになると、ダドリーもピアーズも動物に飽《あ》きてきたので、かわりにお気に入りのハリー殴《なぐ》りを始めるかもしれないと思い、ハリーは慎重《しんちょう》に二人から少し離《はな》れて歩くようにした。園内のレストランでお昼を食べたが、ダドリーはチョコレートパフェが小さいとかんしゃくを起こし、おじさんがもう一つ買ってやるはめになり、ハリーはパフェのお下がりを食べることを許《ゆる》された。

あとになって思えば、こんないいことばかりが続くはずがなかった。

昼食のあとで、爬虫類《はちゅうるい》館を見た。館内はヒヤッとして暗く、壁《かべ》に沿《そ》ってガラスケースが並《なら》び、中には照明がついていた。ガラスのむこうにはいろいろなトカゲや蛇《へび》がいて、材木や石の上をするするとはい回っていた。ダドリーとピアーズは巨大《きょだい》なコブラと、人間でもしめ殺しそうな太いニシキヘビを見たがった。ダドリーはすぐに館内で一番大きな蛇《へび》を見つけた。バーノンおじさんの車を二巻《ま》きにして砕《くだ》いてくずかごに放《ほう》り込《こ》みそうな大蛇《だいじゃ》だ——ただし、いまはそういうムードではないらしい。それどころかぐっすり眠《ねむ》っている。

ダドリーは、ガラスに鼻を押《お》しつけて、つやつやと光る茶色のとぐろを見つめていた。

「動かしてよ」

ダドリーは父親にせがんだ。おじさんはガラスをトントンとたたいたが、蛇《へび》は身じろぎもしない。

「もう一回やって」

ダドリーが命令した。おじさんは拳《こぶし》でドンドンとガラスをたたいたが、蛇《へび》は眠《ねむ》り続けている。

「つまんないや」

ダドリーはブーブー言いながら行ってしまった。

ハリーはガラスの前に来て、じっと蛇《へび》を見つめた。蛇《へび》のほうこそ退屈《たいくつ》のあまり死んでしまっても不思議はない。一日中、ガラスをたたいてチョッカイを出すバカな人間ども以外に友達《ともだち》もいない……物置で寝起《ねお》きするほうがまだましだ。ドアをドンドンやられるのはペチュニアおばさんが朝起こしに来るときだけだし、少なくともハリーは家の中を歩き回れる。

突然《とつぜん》、蛇《へび》はギラリと光る目を開け、ゆっくり、とてもゆっくりとかま首をもたげ、ハリーの目線と同じ高さまで持ち上げた。

蛇《へび》がウィンクした。

ハリーは目を見張《みは》った。あわてて誰《だれ》か見ていないかと、周りを見まわした。大丈夫《だいじょうぶ》だ。ハリーは蛇《へび》に視線《しせん》を戻《もど》し、ウィンクを返した。

蛇《へび》はかま首をバーノンおじさんとダドリーのほうに伸《の》ばし、目を天井《てんじょう》に向けた。その様子は、明らかにハリーにこう言っていた。

「**いつもこうさ**」

蛇《へび》に聞こえるかどうかわからなかったが、ガラス越《ご》しにハリーはそうつぶやいた。

「わかるよ」

「ほんとにいらいらするだろうね」

蛇《へび》は激《はげ》しくうなずいた。

「ところで、どこから来たの？」

蛇《へび》はガラスケースの横にある掲示板《けいじばん》を尾《お》でツンツンとつついた。ハリーがのぞいてみると、

ボア・コンストリクター　原産地＝ブラジル

と書いてある。

「いいところなの？」

蛇《へび》はもう一度、尾《お》で掲示板《けいじばん》をつついた。

この蛇《へび》は動物園で生まれました

「そうなの……じゃ、ブラジルに行ったことがないんだね？」

蛇《へび》がうなずいたとたん、ハリーの後ろで耳をつんざくような大声がして、ハリーも蛇《へび》も跳《と》び上《あ》がりそうになった。

「ダドリー！　ダーズリーおじさん！　早く来て蛇《へび》を見て。信じられないようなことやってるよ！」

ダドリーがドタドタと、それなりに全速力でやってきた。

「どけよ、おいっ」

ダドリーがハリーの肋骨《ろっこつ》にパンチを食らわせた。不意を食らってハリーはコンクリートの床《ゆか》にひっくり返った。次の瞬間《しゅんかん》の出来事《できごと》は、あっという間だったので、どんなふうに起こったのか誰《だれ》にもわからなかった。最初、ダドリーとピアーズがガラスに寄《よ》りかかった。次の瞬間《しゅんかん》、二人は恐怖《きょうふ》の叫《さけ》びを上げて飛びのいた。

ハリーは起き上がり、息をのんだ。蛇《へび》のケースのガラスが消えていた。大蛇《だいじゃ》はすばやくとぐろをほどき、ずるずると外にはい出した。館内にいた客たちは叫《さけ》び声《ごえ》を上げ、出口に向かってかけだした。

蛇《へび》がするするとハリーのそばを通《とお》り過《す》ぎるとき、誓《ちか》ってもいい、ハリーは確《たし》かに、低い、シューシューという声を聞いたのだ。

「ブラジルへ、俺《おれ》は行く——シュシュシュ、ありがとよ。アミーゴ」

爬《は》虫《ちゅう》類《るい》館の飼育《しいく》係はショック状態《じょうたい》だった。

「でも、ガラスは、ガラスはいったいどこに？」と言い続けていた。

園長は自らペチュニアおばさんに濃《こ》くて甘《あま》い紅茶《こうちゃ》をいれ、ペコペコと謝《あやま》った。ピアーズとダドリーはわけのわからないことを口走るばかりだった。ハリーが見ていたかぎりでは、蛇《へび》は通りがかりざまに二人のかかとにかみつくふりをしただけなのに、バーノンおじさんの車に全員が戻《もど》ったときには、ダドリーは「蛇《へび》に足を食いちぎられそうになった」と言い、ピアーズは「うそじゃない、蛇《へび》がしめ殺そうとした」と言った。しかしハリーにとって最悪だったのは、だんだん落ち着いてきたピアーズが言った言葉だった。

「ハリーは蛇《へび》と話してた。ハリー、そうだろ？」

バーノンおじさんはまずピアーズを無事に家から送り出すまでどうなるのをがまんし、それからハリーの処分《しょぶん》に取りかかった。怒《いか》りのあまり、おじさんは声も出なかった。やっとのことで、

「行け――物置――出るな――食事抜《ぬ》き」

と言うと、椅子《いす》に倒《たお》れこんでしまった。おばさんは急いでおじさんに飲ませるブランデーの大瓶《おおびん》を取りにいった。

ハリーが暗い物置に入ってからだいぶ時間がたった。時計《とけい》が欲《ほ》しいと思った。どのぐらい時間がたったのかわからないし、ダーズリー一家が眠《ねむ》ってしまったかどうかもわからない。みん

ながら寝静《ねしず》まるまではキッチンでこっそり盗《ぬす》み食《ぐ》いをすることもできない。

ダーズリー一家と暮《く》らしてほぼ十年が……思い出すかぎりみじめな十年が過《す》ぎた。赤《あか》ん坊《ぼう》のときから、両親が自動車事故《じこ》で死んでから、ずっとだ。両親が死んだとき、自分が車の中にいたかどうかさえ思い出せない。ときどき、物置の中で長い時間を過《す》ごしながら、一生懸命《けんめい》思い出をたぐっていると、不思議な光景が見えてくることがあった。目のくらむような緑の閃光《せんこう》と焼けつくような額《ひたい》の痛《いた》みだ。緑の光がどこから出ているのかは想像《そうぞう》がつかなかったが、ハリーはきっと、これが自動車事故《じこ》なんだ、と思った。両親のことはまったく思い出せなかった。おじさんもおばさんも一度も話してくれないし、もちろん質問《しつもん》は禁《きん》じられていた。この家のどこにも両親の写真はなかった。

小さかったころ、ハリーは誰《だれ》か見知らぬ親せきが自分を迎《むか》えにやってくることを何度も何度も夢見《ゆめみ》た。しかし、そんなことは一度も起こらなかった。ダーズリー一家しか家族はなかった。それなのに、ときどき、街で見知らぬ人がハリーのことを知っているのではないかと思うことがあった――そう思いたかったのかもしれない――。見知らぬばかりか、実に奇妙《きみょう》な人たちだった。一度は、おばさんやダドリーと一緒《いっしょ》に買い物に出たとき、店の中で紫色《むらさきいろ》のシルクハットをかぶった小さな男の人がハリーにおじぎをした。おばさんは、知っている人なのかと激《はげ》しくハリーを問いつめ、何も買わずに二人を連れて店を飛び出した。一度はバスの中で、緑ずくめのとっぴな格好《かっこう》をしたおばあさんがハリーに向かってうれしそうに手を振《ふ》った。つい先日も、ひどく長い紫《むらさき》のマントを着たハゲ頭の男が、街中でハリーとしっかり握手《あくしゅ》までして、そのまま一言も言わずに立ち去った。一番奇妙《きみょう》なのは、ハリーがもう一度よく見ようとしたとたん、こうした人たちが消えてしまうことだった。

学校でもハリーはひとりぼっちだった。だぶだぶの服に壊《こわ》れためがねをかけたおかしなハリー・ポッターが、ダドリー軍団《ぐんだん》に憎《にく》まれていることをみんな知っていたし、誰一人《だれひとり》、ダドリー軍団《ぐんだん》に逆《さか》らおうとはしなかったのだ。

第三章 知らない人からの手紙

大蛇《だいじゃ》の逃亡《とうぼう》事件《じけん》のおかげで、ハリーはいままでで一番長いおしおきを受けた。やっとお許《ゆる》しが出て、物置から出してもらったときには、もう夏休みが始まっていた。ダドリーは、と言えば、買ってもらったばかりの8ミリカメラをとっくに壊《こわ》し、ラジコン飛行機も墜落《ついらく》させ、おまけに、レース用自転車に初めて乗ったその日に、プリベット通りを松葉杖《づえ》で横切っていたフィッグばあさんにぶつかって、転倒《てんとう》させてしまうという事件《じけん》まで引き起こしていた。

休みが始まっていたのはうれしかったが、ハリーは毎日のように遊びにやってくるダドリーの悪友から逃《のが》れることはできなかった。ピアーズ、デニス、マルコム、ゴードン、みんなそろいもそろってデカくてウスノロばかりだったが、なかでもとびきりデカで、ウスノロなのがダドリーだったので、軍団《ぐんだん》のリーダーはダドリーだった。あとの四人はダドリーのお気に入りのスポーツ「ハリー狩《がり》」に参加できるだけで大満足だった。

そういうわけで、ハリーは、なるべく家の外でぶらぶらして過《す》ごすことにした。夏休みさえ終われば――それだけがわずかな希望の光だった。九月になれば七年制《ねんせい》の中等学校に入る。そうすれば、生まれて初めてダドリーから離《はな》れられる。ダドリーはバーノンおじさんの母校、「名門」私立《しりつ》スメルティングズ男子校に行くことになっていた。ピアーズ・ポルキスもそこに入学する。ハリーは地元の、普通《ふつう》の、公立ストーンウォール校へ行くことになっていた。ダドリーにはこれがゆかいでたまらない。

「ストーンウォールじゃ、最初の登校日に新入生の頭をトイレに突《つ》っ込《こ》むらしいぜ。二階に行って練習しようか？」

「遠慮《えんりょ》しとくよ。トイレだって君の頭みたいに気味の悪いものを流したことはないよ。突《つ》っ込《こ》まれたほうこそいい迷惑《めいわく》だ……トイレのほうが吐《は》き気《け》がするだろうさ」

そう言うが早いか、ハリーはすばやくかけだした。ダドリーはハリーの言ったことの意味をまだ考えていた。

七月に入り、ペチュニアおばさんは、ダドリーを連れてロンドンまでスメルティングズ校の制服《せいふく》を買いに出かけた。ハリーはフィッグばあさんに預《あず》けられはしたが、いつもよりましだった。飼《か》い猫《ねこ》の一匹《ぴき》につまずいて脚《あし》を骨折《こっせつ》してからというもの、フィッグばあさんは前ほど猫《ねこ》好きではなくなったらしい。ハリーはテレビを見ることを許《ゆる》されたばかりか、チョコレートケーキを一切れもらった。何年もしまいこんであったような味がした。

その夜、ダドリーはピカピカの制服《せいふく》を着て居間《いま》を行進してみせた。スメルティングズ男子校では、みんな茶色のモーニングにオレンジ色のニッカーボッカーをはき、平ったい麦わらのカンカン帽《ぼう》をかぶる。てっぺんにこぶ状《じょう》の握《にぎ》りのある杖《つえ》を持つことになっていて、これはもっぱら先生が見ていないすきをねらって、生徒が互《たが》いに殴《なぐ》り合うために使われる。卒業後の人生に役立つ訓練らしい。

真新しいニッカーボッカー姿《すがた》のダドリーを見て、バーノンおじさんは、人生で最も誇《ほこ》らしい瞬間《しゅんかん》だと声をつまらせた。ペチュニアおばさんは、こんなに大きくなって、こんなにハンサムな子が、私《わたし》のちっちゃなダドリー坊《ぼう》やだなんて信じられないと、うれし泣きした。ハリーはとても何か言うどころではなく、笑いをこらえるのに必死で、あばら骨《ぼね》が二本は折れたかと思うほど苦しかった。

翌朝《よくあさ》、朝食を食べにハリーがキッチンに入ると、ひどい悪臭《あくしゅう》が漂《ただよ》っていた。洗《あら》い場に置かれた大きなたらいから臭《にお》ってくる。近づいてのぞくと、灰色《はいいろ》の液体《えきたい》に汚《きたな》らしいボロ布《ぬの》がプカプカ浮《う》いていた。

「これ、何？」

してはいけないのにハリーは質問《しつもん》した。そういうとき、ペチュニアおばさんは必ず唇《くちびる》をギュッと結ぶ。

「おまえの新しい制服《せいふく》だよ」

「そう。こんなにびしょびしょじゃないといけないなんて知らなかったな」

ハリーはあらためてたらいに目をやりながら言った。

「おだまり！　ダドリーのお古をわざわざおまえのために灰色《はいいろ》に染《そ》めてやってるんじゃないか。仕上がればちゃーんとした制服《せいふく》になるよ」

とうていそうは思えなかった。でもハリーは何も言わないほうがいいと思った。食卓《しょくたく》に着いて、ストーンウォール入学一日目の自分の姿《すがた》を想像《そうぞう》した……たぶん年とった象の皮を着たみたいに見えるだろうな……でもそれは考えないことにした。

ダドリーとバーノンおじさんが入ってきて、臭《にお》いに顔をしかめた。バーノンおじさんはいつものように朝刊《ちょうかん》を広げ、ダドリーは、片時《かたとき》も手放さないスメルティングズ校の杖《つえ》で食卓《しょくたく》をバンとたたいた。

その時、郵便受《ゆうびんう》けが開き、郵便《ゆうびん》が玄関《げんかん》マットの上に落ちる音がした。

「ダドリーや。郵便《ゆうびん》を取っておいで」と新聞の陰《かげ》からバーノンおじさんの声。

「ハリーに取らせろよ」

「ハリー、取ってこい」

「ダドリーに取らせてよ」

「ダドリー、スメルティングズの杖《つえ》でつついてやれ」

ハリーはスメルティングズ杖《づえ》をかわし、郵便《ゆうびん》を取りに行った。マットの上に三通落ちている。ワイト島でバケーションを過《す》ごしているバーノンおじさんの妹、マージからの絵葉書。請《せい》求《きゅう》書《しょ》らしい茶封筒《ちゃぶうとう》。それに……**ハリー宛《あて》の手紙**。

ハリーは手紙を拾い上げてまじまじと見つめた。心臓《しんぞう》は巨大《きょだい》なゴムひものようにビュンビュンと高鳴った。これまでの人生で、ただの一度もハリーに手紙をくれた人はいない。くれるはずの人もいない。友達《ともだち》も親せきもいない……。図書館に登録もしていないので、「すぐ返却《へんきゃく》せよ」などというぶっきらぼうな手紙でさえもらったことはない。それなのに手紙が来た。正真正《しょう》銘《めい》ハリー宛《あて》だ。

サレー州　リトル・ウィンジング

プリベット通り四番地　階段《かいだん》下の物置内

ハリー・ポッター様

何やら分厚《ぶあつ》い、重い、黄色みがかった羊皮紙の封筒《ふうとう》に入っている。宛名《あてな》はエメラルド色のインクで書かれている。切手は貼《は》られていない。

震《ふる》える手で封筒《ふうとう》を裏返《うらがえ》してみると、紋章《もんしょう》入りの紫色《むらさきいろ》のろうで封印《ふういん》がしてあった。真ん中に大きく〝H〟と書かれ、その周りをライオン、鷲《わし》、穴熊《あなぐま》、蛇《へび》が取り囲んでいる。

「小僧《こぞう》、早くせんか！」

キッチンからバーノンおじさんのどなり声がする。

「何をやっとるんだ。手紙爆弾《ばくだん》の検査《けんさ》でもしとるのか？」

自分のジョークでおじさんはクックックと笑った。

ハリーは手紙を見つめたままでキッチンに戻《もど》った。バーノンおじさんに請求書《せいきゅうしょ》と絵葉書を渡《わた》し、椅子《いす》に座《すわ》ってゆっくりと黄色の封筒《ふうとう》を開きはじめた。

バーノンおじさんは請求書《せいきゅうしょ》の封筒《ふうとう》をビリビリと開け、不機嫌《ふきげん》にフンと鼻を鳴らし、次に絵葉書の裏《うら》を返して読んだ。

「マージが病気だよ。くさりかけた貝を食ったらしい……」

とペチュニアおばさんに伝えたその時、ダドリーが突然叫《とつぜんさけ》んだ。

「パパ！　ねえ！　ハリーが何か持ってるよ」

ハリーは、封筒《ふうとう》と同じ厚手《あつで》の羊皮紙に書かれた手紙をまさに広げようとしていた。が、バーノンおじさんがそれをひったくった。

「それ、**僕**《ぼく》**の**だよ！」

ハリーは奪《うば》い返そうとした。

「おまえに手紙なんぞ書くやつがいるか！」

とバーノンおじさんはせせら笑い、片手《かたて》でパラッと手紙を開いてちらりと目をやった。とたんに、おじさんの顔が交差点の信号よりすばやく赤から青に変わった。それだけではない。数秒後には、くさりかけたおかゆのような白っぽい灰色《はいいろ》になった。

「ペ、ペ、ペチュニア！」

おじさんがあえぎながら言った。

ダドリーが手紙を奪《うば》って読もうとしたが、おじさんは手が届《とど》かないように高々と掲《かか》げていた。ペチュニアおばさんはいぶかしげに手紙を取り、最初の一行を読んだとたんに、一瞬《いっしゅん》、気を失うかのように見えた。

「バーノン、どうしましょう……あなた！」

二人は顔を見合わせ、ハリーやダドリーがそこにいることなど忘《わす》れたかのようだった。ダドリーは無視《むし》されることに慣《な》れていない。スメルティングズ杖《づえ》で、父親の頭をコツンとたたいた。

「ぼく、読みたいよ」

ダドリーがわめいた。

「**僕**《ぼく》**に**読ませて。それ、**僕**《ぼく》**の**だよ」

ハリーは怒《おこ》った。

「あっちへ行け！　二人《ふたり》ともだ」

バーノンおじさんは、手紙を封筒《ふうとう》に押《お》し込《こ》みながら、かすれた声でそう言った。

「僕《ぼく》の手紙を返して！」

ハリーはその場を動かなかった。

「ぼくが見るんだ！」

ダドリーも迫《せま》った。

「行けといったら行け！」

そうどなるやいなや、バーノンおじさんは、二人の襟首《えりくび》をつかんで部屋《へや》の外に放り出し、ピシャリとキッチンのドアを閉《し》めてしまった。どちらが鍵穴《かぎあな》に耳をつけられるか、ハリーとダドリーの無言の激《はげ》しい争奪戦《そうだつせん》はダドリーの勝ちに終わった。ハリーは争いでずり落ちためがねを片耳《かたみみ》からぶら下げたまま床《ゆか》にはいつくばり、ドアと床《ゆか》の間からもれてくる声を聞こうとした。

「バーノン。住所をごらんなさい……どうしてあの子の寝《ね》ている場所がわかったのかしら。まさかこの家を見張《みは》っているんじゃないでしょうね？」

「見張《みは》っている……スパイだ……跡《あと》をつけられているのかもしれん」

バーノンおじさんの興奮《こうふん》したつぶやき声が聞こえた。

「あなた、どうしましょう。返事を書く？　お断《ことわ》りです……そう書いてよ」

ハリーの目に、キッチンを行ったり来たりするおじさんのピカピカに磨《みが》いた黒い靴《くつ》が見えた。

「いや」

しばらくしておじさんはやっと口を開いた。

「いいや、ほうっておこう。返事がなけりゃ……そうだ、それが一番だ……何もせん……」

「でも……」

「ペチュニア！　我《わ》が家《や》にはああいう連中はお断《ことわ》りだ。ハリーを拾ってやったとき、誓《ちか》ったろう？　ああいう危険《きけん》なナンセンスは絶対《ぜったい》たたき出してやるって」

その夜、仕事から帰ったおじさんは、いままでただの一度もしなかったことをした。ハリーの物置にやってきたのだ。

「僕《ぼく》の手紙はどこ？」

バーノンおじさんの大きな図体が狭《せま》いドアから入ってきたとき、ハリーは真っ先に聞いた。

「誰《だれ》からの手紙なの？」

「知らない人からだ。まちがえておまえに宛《あ》てたんだ。焼いてしまったよ」

おじさんはぶっきらぼうに答えた。

「**絶対《ぜったい》に**まちがいなんかじゃない。封筒《ふうとう》に物置って書いてあったよ」

ハリーは怒《おこ》った。

「**だまらっしゃい！**」

おじさんの大声で、天井《てんじょう》からクモが数匹《ひき》落ちてきた。おじさんは二、三回深呼吸《しんこきゅう》して、無理に笑顔《えがお》を取りつくろったが、相当苦しい笑顔《えがお》だった。

「エー、ところで、ハリーや……この物置だがね。おばさんとも話したんだが……おまえもここに住むにはちょいと大きくなり過《す》ぎたことだし……ダドリーの二つ目の部屋《へや》に移《うつ》ったらいいと思うんだがね」

「どうして？」

「質問《しつもん》しちゃいかん！　さっさと荷物をまとめて、すぐ二階へ行くんだ」

おじさんはまたどなった。

ダーズリー家には寝室《しんしつ》が四部屋ある。バーノンおじさんとペチュニアおばさんの部屋《へや》、来客用（おじさんの妹のマージが泊《と》まることが多い）、ダドリーの寝《ね》る部屋《へや》、そこに入りきらないおもちゃやその他いろいろな物が、ダドリーの二つ目の部屋《へや》に置かれている。物置から全財産《ぜんざいさん》を二階の寝室《しんしつ》に移《うつ》すのに、ハリーはたった一回階段《かいだん》を上がればよかった。ベッドに腰《こし》かけて周りを見回すと、ガラクタばかりが置いてあった。買ってからまだ一か月しかたっていないのに、8ミリカメラは小型戦車の上に転がされていた。ダドリーは、たった一回その戦車に乗ったときに、隣《となり》の犬をひいてしまった。隅《すみ》に置かれたダドリーの一台目のテレビは、お気に入りの番組が中止になったと言って蹴《け》りつけ、大穴《おおあな》をあけてしまった。大きな鳥かごにはオウムが入っていたこともあったが、ダドリーが学校で本物の空気銃《くうきじゅう》と交換《こうかん》した。その銃《じゅう》は、ダドリーが尻《しり》に敷《し》いて銃身《じゅうしん》をひどく曲げてしまい、いまは棚《たな》の上にほったらかしになっている。ほかの棚《たな》は本でいっぱいだが、これだけは手を触《ふ》れた様子がない。

下からダドリーが母親に向かってわめいているのが聞こえた。

「あいつをあの部屋《へや》に入れるのは**いやだ**……あの部屋《へや》は**ぼくが使う**んだ……あいつを追い出してよ……」

ハリーはフッとため息をつき、ベッドに体を横たえた。昨日《きのう》までだったら、二階に住めるならほかには何もいらないと思っていた。今日のハリーは、手紙なしでこの部屋《へや》にいるより、手紙さえあれば物置にいてもいいと思った。

次の朝、みんなだまって朝食を食べた。ダドリーはショック状態《じょうたい》だった。わめいたり、父親をスメルティングズ杖《づえ》でたたいたり、わざと気分が悪くなってみせたり、母親を蹴飛《けと》ばしたり、飼《か》っていた亀《かめ》を放り投げて温室の屋根をぶち破《やぶ》ったりしたのに、それでも部屋《へや》は取《と》り戻《もど》せなかったからだ。ハリーは昨日《きのう》のいまごろのことを考え、玄関《げんかん》で手紙を開けてしまえばよかったと後悔《こうかい》していた。おじさんとおばさんは、暗い表情《ひょうじょう》で始終顔を見合わせていた。

朝の郵便《ゆうびん》が届《とど》いた。バーノンおじさんは、努めてハリーにやさしくしようとしているらしく、ダドリーに郵便《ゆうびん》を取りに行かせた。スメルティングズ杖《づえ》でそこらじゅうをたたきまくりながら、ダドリーは玄関《げんかん》に行った。やがて、ダドリーの大声がした。

「また来たよ！　**プリベット通り四番地、一番小さい寝室《しんしつ》、ハリー・ポッター様**——」

バーノンおじさんは首をしめられたような叫《さけ》び声《ごえ》を上げて椅子《いす》から跳び上《と　あ》がり、廊下《ろうか》をかけだした。続いてハリー——バーノンおじさんはダドリーを組《く》み伏《ふ》せて手紙を奪《うば》い取《と》ったが、ハリーが後ろからおじさんの首をつかんだので、三《み》つ巴《どもえ》となった。取っ組み合いの大混戦《こんせん》がしばらく続き、みんないやというほどスメルティングズ杖《づえ》を食らって、やがて息も絶《た》え絶《だ》えに立ち上がったのはバーノンおじさんだった。ハリーへの手紙をわしづかみにしている。

「物置に……じゃない、自分の部屋《へや》に行け」

おじさんはゼイゼイしながら命令した。

「ダドリー、おまえも行け……とにかく行け」

ハリーは移《うつ》ってきたばかりの自分の部屋《へや》の中をぐるぐる歩き回った。物置から引《ひ》っ越《こ》したことを誰《だれ》かが知っている。最初の手紙を受け取らなかったことを知っている。だったら差出人は必ずもう一度出すのでは？　今度こそ失敗しないようにするぞ。ハリーには名案があった。

壊《こわ》れた時計《とけい》を直しておいたので、目覚ましは翌朝《よくあさ》六時に鳴った。ハリーは目覚ましを急いで止め、こっそり服を着た。ダーズリー一家を起こさないように、電気もつけず、ひっそりと階《かい》段《だん》を下りた。

プリベット通りの角のところで郵便《ゆうびん》配達を待てばよい。四番地宛《あて》の手紙を受け取るんだ。忍《しの》び足《あし》で暗い廊下《ろうか》を渡《わた》り、玄関《げんかん》へと向かうハリーの心臓《しんぞう》は早鐘《はやがね》のように鳴った……。

「ウワーワワワァァァァァ！」

ハリーは空中に跳《と》び上《あ》がった——玄関《げんかん》マットの上で、何か大きくてグニャッとしたものを踏《ふ》んだ……何だ？　**生き物だ！**

二階の電気がついた。ハリーは度肝《どぎも》を抜《ぬ》かれた。大きくてグニャッとしたものは、なんと、バーノンおじさんの顔だった。おじさんは、まさにハリーのやろうとしたことを阻止《そし》するために、寝袋《ねぶくろ》にくるまって玄関《げんかん》のドアの前で横になっていたのだ。それから三十分、おじさんはえんえんとハリーをどなりつけ、最後に紅茶《こうちゃ》をいれてこいと命令した。ハリーはすごすごとキッチンに向かい、そこから玄関《げんかん》に戻《もど》ってきたちょうどその時、バーノンおじさんのひざの上に郵《ゆう》便《びん》が投《な》げ込《こ》まれた。緑色で宛名《あてな》が書かれた手紙が三通見えた。

「僕《ぼく》の……」

と言い終わらないうちに、おじさんはハリーの目の前で手紙をビリビリと破《やぶ》り捨《す》てた。

バーノンおじさんはその日、会社を休み、家の郵便受《ゆうびんう》けを釘《くぎ》づけにした。口いっぱいに釘《くぎ》をくわえたまま、おじさんはペチュニアおばさんに理由を説明した。

「いいか、**配達さえ**させなけりゃ連中もあきらめるさ」

「でもあなた、そんなことでうまくいくかしら」

「ああ、連中の考えることときたらおまえ、まともじゃない。わしらとは人種がちがう」

バーノンおじさんは、いましがたおばさんが持ってきたフルーツケーキで釘《くぎ》を打とうとしていた。

金曜には、十二通もの手紙が届《とど》いた。郵便受《ゆうびんう》けに入らないので、ドアの下から押《お》し込《こ》まれたり、横のすきまに差《さ》し込《こ》まれたり、一階のトイレの小窓《こまど》からねじ込《こ》まれたものも数通あった。バーノンおじさんはまた会社を休んだ。手紙を全部焼《や》き捨《す》て、釘《くぎ》と金槌《かなづち》を取り出すと、玄関《げんかん》と裏口《うらぐち》のドアのすきまというすきまに板を打ちつけ、誰一人《だれひとり》外に出られないようにした。釘《くぎ》を打ちながら、「チューリップ畑を忍《しの》び足《あし》」のせかせかした曲を鼻歌で歌い、ちょっとした物音にも跳《と》び上《あ》がった。

土曜日。もう手がつけられなくなった。二十四通のハリー宛《あて》の手紙が家の中に忍《しの》びこんできた。牛乳《ぎゅうにゅう》配達が、いったい何事だろうという顔つきで、卵《たまご》を二ダース、居間《いま》の窓《まど》からペチュニアおばさんに手渡《てわた》したが、その卵《たまご》の一個《こ》一個《こ》に丸めた手紙が隠《かく》してあったのだ。バーノンおじさんは、誰《だれ》かに文句《もんく》を言わなければ気がすまず、郵便局《ゆうびんきょく》と牛乳店《ぎゅうにゅうてん》に怒《いか》りの電話をかけた。ペチュニアおばさんはミキサーで手紙を粉々にした。

「おまえなんかにこんなにめちゃくちゃ話したがっているのはいったい誰《だれ》なんだ？」

ダドリーも驚《おどろ》いてハリーに聞いた。

日曜の朝、バーノンおじさんはつかれたやや青い顔で、しかしうれしそうに朝食の席に着いた。

「日曜は郵便《ゆうびん》は休みだ」

新聞にママレードを塗《ぬ》りたくりながら、おじさんは嬉々《きき》としてみんなに言った。

「今日はいまいましい手紙なんぞ――」

そう言い終わらないうちに、何かがキッチンの煙突《えんとつ》を伝ってヒューッと落ちてきて、おじさんの後頭部にコツンとぶつかった。次の瞬間《しゅんかん》、三十枚《まい》も四十枚《まい》もの手紙が、暖炉《だんろ》から雨あられと降《ふ》ってきた。ダーズリーたちはみんな身をかわしたが、ハリーは飛びついて手紙をつかまえようとした。

「出ていけ。**出ていくんだ！**」

　バーノンおじさんはハリーの腰《こし》のあたりをつかまえて廊下《ろうか》に放り出した。ペチュニアおばさんとダドリーは顔を腕《うで》でかばいながら部屋《へや》から逃《に》げ出《だ》した。バーノンおじさんがドアをピシャリと閉めたあとも、手紙《し》が部屋《へや》の中に洪水《こうずい》のようにあふれ出て壁《かべ》やら床《ゆか》やらではね返る音が聞こえてきた。

「これで決まりだ」

　バーノンおじさんは平静に話そうとしてはいたが、同時に口ひげをしこたま引《ひ》き抜《ぬ》いていた。

「みんな、出発の準備《じゅんび》をして、五分後にここに集合だ。家を離《はな》れることにする。着替《きが》えだけ持ってきなさい。問答無用だ！」

　口ひげを半分も引《ひ》き抜《ぬ》いてしまったおじさんの形相《ぎょうそう》はすさまじく、誰《だれ》も問答する気になれなかった。十分後、板をガンガンに打ちつけたドアをこじ開け、一行は車に乗り込《こ》み、高速道路を目指して突《つ》っ走《ぱし》っていた。ダドリーは後ろの席でグスグス泣いていた。テレビやビデオやコンピュータをスポーツバッグに詰《つ》め込《こ》もうとしてみんなを待たせたので、父親からガツンと頭に一発食らったのだ。

　一行を乗せて車は走った。どこまでも走った――ペチュニアおばさんさえ、どこに行くのかと質問《しつもん》もできない。バーノンおじさんはときどき急カーブを切り、進行方向と反対の方向に車を走らせたりした。

「振《ふ》り払《はら》うんだ……振《ふ》り切《き》るんだ」

そのたびにおじさんはブツブツ言った。

一行は一日中飲まず食わずで走りに走った。暗くなるころにはダドリーが泣きわめいていた。腹《はら》ペコで、お気に入りのテレビ番組は五本も見逃《みのが》したし、こんなに長時間、コンピュータ・ゲームでエイリアンを一人もやっつけなかったなんて、ダドリーの人生最悪の一日だった。

バーノンおじさんは、どこか大きな町はずれの、陰気《いんき》くさいホテルの前でやっと車を止めた。ダドリーとハリーはツイン・ベッドの部屋《へや》に泊《と》まった。湿《しめ》っぽい、かび臭《くさ》いシーツだった。ダドリーは高いびきだったが、ハリーは眠《ねむ》れないままに、窓辺《まどべ》に腰《こし》かけ、下を通《とお》り過《す》ぎる車のライトを眺《なが》めながら物思いに沈《しず》んでいた……。

翌朝《よくあさ》、かび臭《くさ》いコーンフレークと、缶詰《かんづめ》の冷たいトマトをのせたトーストの朝食をとった。ちょうど食べ終わったとき、ホテルの女主人がやってきた。

「ごめんなさいまっし。ハリー・ポッターという人はいなさるかね？　いましがた、フロントにこれとおんなじもんがざっと百ほど届《とど》いたがね」

女主人は、みんなが宛名《あてな》を読めるように手紙をかざして見せた。緑のインクだ。

コークワース州
レールビューホテル十七号室
ハリー・ポッター様

ハリーは手紙をつかもうとしたが、バーノンおじさんがその手を払《はら》いのけた。女主人は目を丸くした。

「わしが引き取る」

バーノンおじさんはすばやく立ちあがり、女主人について食堂を出ていった。

「ねえ、家に帰ったほうがいいんじゃないかしら？」

ペチュニアおばさんが恐《おそ》る恐《おそ》るそう言ったのはそれから数時間後だったが、車を走らせるバーノンおじさんにはまるで聞こえていない。いったいおじさんが何を探《さが》そうとしているのか、誰《だれ》にも皆目《かいもく》わからなかった。ある時は森の奥《おく》深くまで入り、降《お》りてあたりを見回し、頭《かぶり》を振《ふ》り、また車に戻《もど》り、また走り――ある時は耕《たがや》された畑のど真ん中で、またある時は吊《つ》り橋《ばし》の真ん中で、そしてまたある時は立体駐車場《ちゅうしゃじょう》の屋上で、おじさんは同じことをくり返した。

「パパ、気が変になったんじゃない？」

夕方近くになって、ダドリーがぐったりして母親に問いかけた。バーノンおじさんは海岸近くで車を止め、みんなを車に閉《と》じ込《こ》めて鍵《かぎ》をかけ、姿《すがた》を消した。

雨が降《ふ》ってきた。大粒《おおつぶ》の雨が車の屋根を打った。

「今日は月曜だ」

ダドリーは母親に向かって哀《あわ》れっぽい声を出した。

「今夜は『グレート・ハンベルト』があるんだ。テレビのある所に泊《と》まりたいよう」

月曜だ。ハリーは何か思い出しかけていた。もし月曜なら――曜日に関してはダドリーの言うことは信用できる……テレビのおかげで――もし本当にそうなら、明日《あす》は火曜日、そしてハリーの十一歳《さい》の誕生日《たんじょうび》だ。誕生日《たんじょうび》が楽しかったことは一度もない……去年のダーズリー一家からのプレゼントは、コートを掛《か》けるハンガーとおじさんのお古の靴下《くつした》だった。それでも、十一歳《さい》の誕生日《たんじょうび》は一生に一度しか来ない。

バーノンおじさんはにんまりしながら戻《もど》ってきた。長い、細い包みを抱《かか》えている。何を買ったのかとおばさんが聞いても、答えなかった。

「申し分のない場所を見つけたぞ。来るんだ。みんな降《お》りろ！」

外はとても寒かった。バーノンおじさんは、海のかなたに見える、何やら大きな岩を指さしている。その岩のてっぺんに、とほうもなくみすぼらしい小屋がちょこんとのっている――テレビがないことだけは保証《ほしょう》できる。

「今夜は嵐《あらし》が来るぞ！」

バーノンおじさんは上機嫌《じょうきげん》で手をたたきながら言った。

「このご親切な方が、船を貸《か》してくださることになった」

歯のすっかり抜《ぬ》けた老人がよぼよぼと近づいてきて、何やら気味の悪い笑みを浮《う》かべながら、鉛色《なまりいろ》の波打《なみう》ち際《ぎわ》に木の葉のように浮《う》かぶボロ船を指さした。

「食料は手に入れた。一同、乗船！」

バーノンおじさんが号令をかけた。

船の中は凍《こご》えそうな寒さだった。氷のような波しぶきと雨が首筋《くびすじ》を伝わり、刺《さ》すような風が顔を打った。何時間もたったかと思われるころ、船は岩にたどり着き、バーノンおじさんは先頭を切ってすべったり転んだりしながらオンボロ小屋へと向かった。

小屋の中はひどかった。海草の臭《にお》いがツンと鼻を刺《さ》し、板壁《いたかべ》のすきまからヒューヒューと風が吹《ふ》き込《こ》んでいた。おまけに火の気のない暖炉《だんろ》は湿《しめ》っていた。部屋《へや》は二つしかなかった。

バーノンおじさんの用意した食料は、ポテトチップ一人一袋《ふくろ》、バナナ四本しかなかった。暖《だん》炉《ろ》に火を入れようと、おじさんはポテトチップの空《あ》き袋《ぶくろ》に火をつけたが、くすぶってチリチリと縮《ちぢ》んだだけだった。

「いまならあの手紙が役立つかもしれんな。え？」

おじさんは楽しそうに言った。

おじさんは上機嫌《じょうきげん》だった。こんな嵐《あらし》の中、まさかここまで郵便《ゆうびん》を届《とど》けにくるやつはいまい、と思っているにちがいない。ハリーもおじさんと同意見だったが、上機嫌《じょうきげん》にはなれなかった。

夜になると、予報《よほう》どおり嵐《あらし》が吹《ふ》き荒《あ》れた。波は高く、しぶきがピシャピシャと小屋の壁《かべ》を打った。風は猛《たけ》り、汚《よご》れた窓《まど》をガタガタいわせた。ペチュニアおばさんは奥《おく》の部屋《へや》からかび臭《くさ》い毛布《もうふ》を二、三枚《まい》見つけてきて、ダドリーのために虫食いだらけのソファの上にベッドをこしらえた。おじさんとおばさんは、奥《おく》の部屋《へや》のデコボコしたベッドにおさまった。ハリーは床《ゆか》のやわらかそうな所を探《さが》して、一番薄《うす》い、一番ボロの毛布《もうふ》にくるまって体を丸くした。

夜がふけるにつれて、嵐《あらし》はますます激《はげ》しさを増《ま》した。ハリーは眠《ねむ》れなかった。ガタガタ震《ふる》えながら、何とか楽な姿勢《しせい》になろうと何度も寝返《ねがえ》りを打った。空腹《くうふく》でお腹《なか》が鳴った。ダドリーの大いびきも、真夜中近くに始まった雷《かみなり》のゴロゴロという低い音にかき消されていった。ソファからはみ出してぶらぶらしているダドリーの太った手首に、蛍光文字盤《けいこうもじばん》つきの腕時計《うでどけい》があった。あと十分でハリーは十一歳《さい》になる。

横になったまま、ハリーは自分の誕生日《たんじょうび》が刻一刻《こくいっこく》と近づくのを見ていた。おじさんやおばさんは覚えているのだろうか。手紙をくれた人はいまどこにいるのだろう。

――あと五分。ハリーは外で何かが軋《きし》むのを聞いた。屋根が落ちてきませんように。いや、落ちたほうが暖《あたた》かいかもしれない。あと四分。プリベット通りの家は手紙であふれているかもしれない。帰ったら一つぐらいは何とか抜《ぬ》き取《と》ることができるかもしれない。

――あと三分。あんなに強く岩を打つのは荒海《あらうみ》なのか？　それに――あと二分――あの奇《き》妙《みょう》なガリガリという音は何なのだろう？　岩が崩《くず》れて海に落ちる音か？

――十一歳《さい》まで、あと一分。三十秒……二十……十……九……いやがらせにダドリーを起こしてやろうか。……三……二……一……。

ドーン！

小屋中が震《ふる》えた。ハリーはびくっと跳《と》び起《お》きてドアを見つめた。誰《だれ》か外にいる。ドアをノックしている。

第四章　鍵《かぎ》の番人

ドーン。

もう一度、誰《だれ》かがノックした。ダドリーが跳《と》び起《お》きて、寝《ね》ぼけた声を上げた。

「なに？　大砲《たいほう》？　どこ？」

むこうの部屋《へや》でガラガラガッシャンと音がしたかと思うと、バーノンおじさんがライフル銃《じゅう》を手に、すっとんできた――あの細長い包みが何だったのか、いまわかった。

「誰《だれ》だ。そこにいるのは。言っとくが、こっちには銃《じゅう》があるぞ！」おじさんは叫《さけ》んだ。

一瞬《いっしゅん》の空白があった。そして……。

バターン！

蝶番《ちょうつがい》も吹っ飛《ふっと》び、ものすごい力で開けられた扉《とびら》が、轟音《ごうおん》を上げて床《ゆか》に倒《たお》れた。

戸口には大男が突《つ》っ立《た》っていた。ぼうぼうと長い髪《かみ》、もじゃもじゃの荒々《あらあら》しいひげに隠《かく》れて、顔はほとんど見えない。でも、毛むくじゃらの中から、真っ黒なコガネムシのような目がキラキラ輝《かがや》いているのが見える。

大男は窮屈《きゅうくつ》そうに部屋《へや》に入ってきた。身をかがめても、髪《かみ》が天井《てんじょう》をこすった。男は腰《こし》を折ってドアを拾い上げると、いとも簡単《かんたん》に元の枠《わく》にバチンと戻《もど》した。外の嵐《あらし》の音がやや薄《うす》らいで聞こえた。大男は振《ふ》り返《かえ》ってぐるりとみんなを見渡《みわた》した。

「茶でもいれてくれんかね？　いやはや、ここまで来るのは骨《ほね》だったぞ……」

男は大股《おおまた》でソファに近づき、恐怖《きょうふ》で凍《こお》りついているダドリーに言った。

「少しあけてくれや、太っちょ」

ダドリーは金切り声を上げて逃《に》げ出《だ》し、母親の陰《かげ》に隠《かく》れた。おばさんは震《ふる》えながらおじさんの陰《かげ》にうずくまっていた。

「オーッ、ハリーだ！」と大男が言った。

ハリーは恐《おそ》ろしげな、荒々《あらあら》しい黒い影《かげ》のような男の顔を見上げ、コガネムシのような目がくしゃくしゃになって笑いかけているのを見つけた。

「最後におまえさんを見たときにゃ、まだほんの赤《あか》ん坊《ぼう》だったなあ。父さんそっくりになった。でも目は母さんの目だなあ」と大男は言った。

バーノンおじさんは奇妙《きみょう》なかすれ声を出した。

「いますぐお引き取りを願いたい。家宅侵入罪《かたくしんにゅうざい》ですぞ！」

「だまれ、ダーズリー。くさった大スモモめ」

と言うやいなや、大男はソファの背《せ》ごしに手を伸《の》ばしておじさんの手から銃《じゅう》をひったくり、まるでゴム細工でもひねるかのようにやすやすと丸めて一結びにし、部屋《へや》の隅《すみ》に放り投げてしまった。

バーノンおじさんはまたまた奇妙《きみょう》な声を上げた。今度は踏《ふ》みつけられたネズミのような声だった。

「何はともあれ……ハリーや」

大男はダーズリーに背《せ》を向けてハリーに話しかけた。

「お誕生日《たんじょうび》おめでとう。おまえさんにちょいとあげたいもんがある……どっかで俺《おれ》が尻《しり》に敷《し》いちまったかもしれんが、まあ味は変わらんだろ」

黒いコートの内ポケットから、ややひしゃげた箱が出てきた。ハリーは震《ふる》える指で箱を開けた。中は大きなとろりとしたチョコレートケーキで、上には緑色の砂糖《さとう》で、**「ハリー　お誕生《たんじょう》日《び》おめでとう**」と書いてあった。

ハリーは大男を見上げた。ありがとうと言うつもりだったのに、言葉が途中《とちゅう》で迷子《まいご》になって、かわりに「あなたは誰《だれ》？」と言ってしまった。大男はクスクス笑いながら答えた。

「うんうん、まだ自己紹介《じこしょうかい》をしとらんかった。俺《おれ》はルビウス・ハグリッド。ホグワーツの鍵《かぎ》と領地《りょうち》を守る番人だ」

男は巨大《きょだい》な手を差し出し、ハリーの腕《うで》をブンブン振《ふ》って握手《あくしゅ》した。

「さあて、お茶にしようじゃないか。え？」

男はもみ手しながら言った。

「紅茶《こうちゃ》よりちょいと強い液体《えきたい》だってかまわんぞ。まあ、あればの話だがな」

大男は、チリチリに縮《ちぢ》んだポテトチップの空《あ》き袋《ぶくろ》が転がっているだけの、火の気のない暖炉《だんろ》に目をやると、フンと鼻を鳴らしながら、暖炉《だんろ》に覆《おお》いかぶさるようにして何やら始めた。次の瞬間《しゅんかん》、大男が身を引くと、暖炉《だんろ》にはごうごうと火が起こっていた。

火は湿《しめ》った小屋をチラチラゆらめく明かりで満たし、ハリーは温かい湯にとっぷりとつかったような温もりが体中を包むのを感じた。

大男はソファにドッカと座《すわ》った。ソファが重みで沈《しず》み込《こ》んだ。男はコートのポケットから次々にいろいろなものを取り出しはじめた。銅《どう》のやかん、ひしゃげたソーセージ一袋《ふくろ》、火かき棒《ぼう》、ティーポット、口の欠けたマグカップ数個《こ》、琥珀《こはく》色の液体《えきたい》が入った瓶《びん》。その液体《えきたい》を一杯《いっぱい》ひっかけてから、大男はお茶の準備《じゅんび》を始めた。やがて、ソーセージがジュージュー焼ける音と匂《にお》いで小屋中がいっぱいになった。誰《だれ》も声を出すものはいなかった。太くてやわらかそうな、少し焦げ目《こめ》のついたソーセージが六本、焼《や》き串《ぐし》からはずされたとき、ダドリーがそわそわしはじめたので、おじさんは一喝《いっかつ》した。

「ダドリー、この男のくれるものに、いっさいさわってはいかん」

大男はクックックと低く笑いながら言った。

「おまえのデブチン息子《むすこ》はこれ以上太らんでいい。ダーズリーとっつあん、余計《よけい》な心配だ」

男はソーセージをハリーに渡《わた》した。お腹《なか》がすいていたので、ハリーはこんなにおいしいものは食べたことがないと思った。それでも、目だけは大男に釘《くぎ》づけになっていた。誰《だれ》も説明してくれないので、とうとうハリーは口を開いた。

「あの、僕《ぼく》、まだあなたが誰《だれ》だかわからないんですけど」

大男はお茶をガブリと飲んで、手《て》の甲《こう》で口をぬぐった。

「ハグリッドって呼《よ》んでおくれ。みんなそう呼《よ》ぶんだ。さっき言ったように、ホグワーツの番人だ――ホグワーツのことはもちろん知っとろうな?」

「あの……、いいえ」

ハグリッドはショックを受けたような顔をした。

「ごめんなさい」ハリーはあわてて言った。

「**ごめんなさいだと?**」

ハグリッドは吠《ほ》えるような大声を出すと、ダーズリーたちをにらみつけた。ダーズリー親子は薄暗《うすぐら》いところで、小さくなっていた。

「ごめんなさいはこいつらのセリフだ。おまえさんが手紙を受け取ってないのは知っとったが、まさかホグワーツのことも知らんとは、思ってもみんかったぞ。なんてこった！　おまえの両親がいったいどこであんなにいろんなことを学んだのか、不思議に思わなんだのか？」

「いろんなことって？」ハリーが尋《たず》ねた。

「**いろんなことって、**だと？」

ハグリッドの雷《かみなり》のような声が響《ひび》く。

「ちょっとまった！」

ハグリッドは仁王立《におうだ》ちになった。怒《いか》りでハグリッドの体が小屋いっぱいに膨《ふく》れ上《あ》がったかのようだった。ダーズリー親子はすくみあがって壁《かべ》にはりついていた。

ハグリッドは、ダーズリーたちに詰《つ》め寄《よ》って、かみつくように言った。

「この子が……この子ともあろうものが……何も知らんというのか……まったく**何にも？**」

ハリーは、ちょっと言い過《す》ぎじゃないかと思った。学校にも行ったし、成績《せいせき》だってそう悪くなかったんだから。

「僕《ぼく》、**少しなら**知ってるよ。算数とか、そんなのだったら」

ハグリッドは首を横に振《ふ》った。

「**我々《われわれ》の**世界のことだよ。つまり、**おまえさんの**世界だ。**俺《おれ》の**世界。**おまえさんの両親の世界**のことだ」

「何の世界？」

ハグリッドはいまや爆発寸前《ばくはつすんぜん》の形相《ぎょうそう》だ。

「**ダーズリー！**」

ドッカーンときた。

バーノンおじさんは真《ま》っ青《さお》な顔で、何やら「ムニャムニャ」と意味のないことを言うばかりだった。ハグリッドはハリーを燃《も》えるような目で見つめた。

「じゃが、おまえさんの父さん母さんのことは知っとるだろうな。ご両親は**有名なんだ。おまえさんも**有名なんだよ」

「えっ？　僕《ぼく》の……父さんと母さんが有名だったなんて、ほんとに？」

「知らんのか……おまえは、知らんのか……」

ハグリッドは髪《かみ》をかきむしり、当惑《とうわく》したまなざしでハリーを見つめた。

「おまえさんは、自分が**何者なのか**知らんのだな？」

しばらくしてハグリッドはそう言った。

バーノンおじさんが急に声を取《と》り戻《もど》して、命令口調で言った。

「やめろ！　客人。いますぐやめろ！　その子にこれ以上何も言ってはいかん！」

ハグリッドはすさまじい形相《ぎょうそう》でおじさんをにらみつけた。そのものすごさときたら、たとえいまのダーズリー氏より勇敢《ゆうかん》な人がいたってしっぽを巻《ま》いただろう。ハグリッドの言葉は、一言一言怒《いか》りでわなわなと震《ふる》えていた。

「きさまは何も話してやらなかったんだな？　ダンブルドアがこの子のために残した手紙の中身を、一度も？　俺《おれ》はあの場にいたんだ！　ダンブルドアが手紙を置くのを見ていたんだぞ！それなのに、きさまはずーっとこの子に隠《かく》していたんだな？」

「いったい何を隠《かく》してたの？」ハリーは急《せ》き込《こ》んで聞いた。

「やめろ。絶対《ぜったい》言うな！」

おじさんはあわてふためいて叫《さけ》び、ペチュニアおばさんは、恐怖《きょうふ》で引きつった声を上げた。

「二人とも勝手にわめいていろ。ハリー——おまえは魔法使《まほうつか》いだ」

小屋の中が、シーンとした。聞こえるのはただ、波の音とヒューヒューという風の音……。

「僕《ぼく》が、**何だって？**」ハリーは息をのんだ。

「魔法使《まほうつか》いだよ、いま言ったとおり」

ハグリッドはまたソファにドシンと座《すわ》った。ソファがギシギシとうめき声を上げて、前より深く沈《しず》み込《こ》んだ。

「しかも、訓練さえ受けりゃ、そんじょそこらの魔法使《まほうつか》いよりすごくなる。なんせ、ああいう父さんと母さんの子だ。おまえは魔法使《まほうつか》いに決まっちょる。そうじゃねえか？　さて、手紙を読む時がきたようだ」

ハリーはついに黄色味がかった封筒《ふうとう》に手を伸《の》ばした。エメラルド色で宛名《あてな》が書いてある。

海の上

岩の上の小屋　床《ゆか》

ハリー・ポッター様

中から手紙を取り出し、読んだ。

ホグワーツ魔法魔術《まほうまじゅつ》学校

校長　アルバス・ダンブルドア

（マーリン勲章勲《くんしょうくん》一等、大魔法使《だいまほうつか》い、魔法《まほう》戦士隊長、最上級独立魔法使《どくりつまほうつか》い、国際魔法使《こくさいまほうつか》い連盟《れんめい》会員）

親愛なるポッター殿《どの》
このたびホグワーツ魔法魔術《まほうまじゅつ》学校にめでたく入学を許可《きょか》されましたこと、心よりお喜び申し上げます。
教科書並《なら》びに必要な教材のリストを同封《どうふう》いたします。
新学期は九月一日に始まります。七月三十一日必着でふくろう便にてのお返事をお待ちしております。
敬具《けいぐ》
副校長　ミネルバ・マクゴナガル

ハリーの頭で、まるで花火のように次々と疑問《ぎもん》がはじけた。何から先に聞いてよいのかわからない。しばらくしてやっと、つっかえながら聞いた。

「これどういう意味ですか？　ふくろう便を待つって」

「おっとどっこい。忘《わす》れるとこだった」

ハグリッドは「しまった」というふうにおでこを手でパチンとたたいたが、その力の強いこと、馬車馬でも吹《ふ》っ飛《と》んでしまいそうだ。そして、コートのポケットから今度はふくろうを引《ひ》っ張《ば》り出《だ》した……少しもみくちゃになってはいたが、生きている本物だ……それから、長い羽根ペンと……羊皮紙の巻紙《まきがみ》を取り出した。ハグリッドが歯の間から舌《した》を少しのぞかせながら走り書きするのを、ハリーは逆《さか》さまから読んだ。

ダンブルドア先生
ハリーに手紙を渡《わた》しました。
明日《あす》は入学に必要なものを買いに連れてゆきます。
ひどい天気です。お元気で。

ハグリッドより

ハグリッドは手紙をくるくるっと丸めてふくろうのくちばしにくわえさせ、戸を開けて嵐《あらし》の中に放った。そして、まるで電話でもかけたかのようにあたりまえの顔で、ソファに戻《もど》った。

ハリーはポカンと口を開けていることに気づいてあわてて閉《と》じた。

「どこまで話したかな?」とハグリッドが言ったとき、おじさんが灰色《はいいろ》の顔に怒《いか》りの表情《ひょうじょう》をあらわにし、暖炉《だんろ》の火の明るみにぐいと進み出た。

「ハリーは行かせんぞ」

「おまえのようなコチコチのマグルに、この子を引き止められるもんなら、拝見《はいけん》しようじゃないか」とハグリッドはうなった。

「マグ——何て言ったの？」気になってハリーは聞いた。

「マグルだよ。連中のような魔法族《まほうぞく》ではない者を俺《おれ》たちはそう呼《よ》ぶ。よりによって、俺《おれ》の見た中でも最悪の、極めつきの大マグルの家で育てられるなんて、おまえさんも不運だったなあ」

「ハリーを引き取ったとき、くだらんごちゃごちゃはおしまいにするとわしらは誓《ちか》った。この子の中からそんなものはたたき出してやると誓《ちか》ったんだ！　魔法使《まほうつか》いなんて、まったく！」

「知ってたの？　おじさん、僕《ぼく》があの、ま、魔法使《まほうつか》いだってこと、知ってたの？」

突然《とつぜん》ペチュニアおばさんがかん高い声を上げた。

「知ってたかですって？　**ああ、知ってたわ**。知ってましたとも！　あのしゃくな妹がそうだったんだから、おまえだってそうに決まってる。妹にもちょうどこれと同じような手紙が来て、さっさと行ってしまった……その**学校**とやらへね。休みで帰ってくるときにゃ、ポケットはカエルの卵《たまご》でいっぱいだし、ティーカップをネズミに変えちまうし。私《わたし》だけは、妹の本当の姿《すがた》を見てたんだよ……奇人《きじん》だって。ところがどうだい、父も母も、やれリリー、それリリーって、わが家に魔女《まじょ》がいるのが自慢《じまん》だった」

おばさんはここで大きく息を吸《す》い込《こ》むと、何年もがまんしていたものを吐《は》き出《だ》すように一気にまくしたてた。

「そのうち学校であのポッターに出会って、二人《ふたり》ともどっかへ行って結婚《けっこん》した。そしておまえが生まれたんだ。ええ、ええ、知ってましたとも。おまえも同じだろうってね。同じようにへんてこりんで、同じように……**まともじゃない**ってね。それから妹は、自業自得で吹《ふ》っ飛《と》んじまった。おかげでわたしたちゃ、おまえを押《お》しつけられたってわけさ！」

ハリーは真《ま》っ青《さお》で声も出ない。やっと口がきけるようになったとき、叫《さけ》ぶように言った。

「吹《ふ》っ飛《と》んだ？　自動車事故《じこ》で死んだって言ったじゃない！」

「自動車事故《じこ》！」

ハグリッドはソファからいきなり立ち上がり、怒《いか》りのうなり声を上げた。ダーズリー親子はあわててまた隅《すみ》っこの暗がりに逃《に》げ戻《もど》った。

「自動車事故《じこ》なんぞで、リリーやジェームズ・ポッターが死ぬわけがなかろう。魔《ま》法界《ほうかい》の子《こ》供《ども》は一人《ひとり》残らずハリーの名前を知っとるというのに、何たる屈辱《くつじょく》！　何たる恥《はじ》！　ハリー・ポッターが自分のことを知らんとは！」

「でも、どうしてなの？　いったい何があったの？」ハリーは急《せ》き込《こ》んで尋《たず》ねた。

ハグリッドの顔から怒《いか》りが消え、急に気づかわしげな表情《ひょうじょう》になった。

「こんなことになろうとは」

ハグリッドの声は低く、物憂《ものう》げだった。

「ダンブルドアが、おまえさんを捕《つか》まえるのに苦労するかもしれん、と言いなさったが、まさか、おまえさんがこれほど知らんとはなあ。ハリーや、おまえに話して聞かせるのは、俺《おれ》には荷が重すぎるかもしれん……だが、誰《だれ》かがやらにゃ……何も知らずにホグワーツに行くわけにはいくまいて」

ハグリッドはダーズリー親子をじろっと見た。

「さあ、俺《おれ》が知ってることをおまえさんに話すのが一番いいじゃろう……ただし、すべてを話すことはできん。まだ謎《なぞ》に包まれたままのところがあるんでな……」

ハグリッドは腰《こし》を下ろし、しばらくはじっと火を見つめていたが、やがて語りだした。

「事の起こりは、ある人からだと言える。名前は……こりゃいかん。おまえはその名を知らん。我々《われわれ》の世界じゃみんな知っとるのに……」

「誰《だれ》なの？」

「さて……できれば名前を口にしたくないもんだ。誰《だれ》も言いたがらんのだが」

「どうしてなの？」

「どうもこうも、ハリーや。みんな、いまだに恐《おそ》れとるんだよ。いやはや、こりゃ困《こま》った。いいかな、ある魔法使《まほうつか》いがおってな、悪の道に走ってしまったわけだ……悪も悪、とことん悪、悪よりも悪とな。その名は……」ハグリッドは一瞬《いっしゅん》息を詰《つ》めた、が、言葉にならなかった。

「名前を書いてみたら？」ハリーがうながした。

「うんにゃ、名前の綴《つづ》りがわからん。言うぞ、それっ！　**ヴォルデモート**」

ハグリッドは身震《みぶる》いした。

「二度と口にさせんでくれ。そういうこった。もう二十年も前になるが、この魔法使《まほうつか》いは仲間を集めはじめた。何人かは仲間に入った……恐《おそ》れて入った者もいたし、そいつがどんどん力をつけていたので、おこぼれに預《あず》かろうとした者もいた。暗黒の日々じゃよ、ハリー。誰《だれ》を信じていいかわからん。知らない連中とはとても友達《ともだち》になろうなんて考えられん……恐《おそ》ろしいことがいろいろ起こった。我々《われわれ》の世界をそいつが支配《しはい》するようになった。もちろん、立ち向かう者もいた……だが、みんな殺された。恐《おそ》ろしや……残された数少ない安全な場所がホグワーツだった。ダンブルドアだけは、『例のあの人』も一目置いていた。学校にだけはさすがに手出しができんかった。その時はな。そういうこった。

おまえの父さん、母さんはな、おれの知っとる中で一番すぐれた魔法使《まほうつか》いと魔女《まじょ》だったよ。在学《ざいがく》中は、二人ともホグワーツの首席だった！『あの人』が、何でもっと前に二人を味方に引き入れようとせんかったのか、謎《なぞ》じゃて……だが二人はダンブルドアと親しいし、闇《やみ》の世界とは関わるはずがないと知っとったんだろうな。

あやつは二人を説得できると思ったのかもしれんし……邪魔者《じゃまもの》として片《かた》づけようと思ったのかもしれん。わかっているのは、十年前のハロウィーンに、おまえさんたち三人が住んでいた村にあやつが現《あらわ》れたってことだけだ。おまえさんは一歳《さい》になったばかりだったよ。やつがおまえさんたちの家にやってきた。そして……そして……」

ハグリッドは突然《とつぜん》、水玉模様《もよう》の汚《きたな》いハンカチを取り出し、ボアーッと霧笛《むてき》のような音を響《ひび》かせて鼻をかんだ。

「すまん。だが、ほんとに悲しかった……おまえの父さん母さんのようないい人はどこを探《さが》したっていやしない……そういうこった。

『あの人』は二人を殺した。そしてだ、そしてこれがまったくの謎《なぞ》なんだが……やつはおまえさんも殺そうとした。きれいさっぱりやってしまおうというつもりだったんだろうな。もしかしたら、殺すこと自体が楽しみになっていたのかもしれん。ところができんかった。おまえの額《ひたい》の傷痕《きずあと》がどうしてできたか不思議に思ったことはありゃせんか？　並《なみ》の切《き》り傷《きず》じゃない。強力な悪の呪《のろ》いにかけられたときにできる傷《きず》だ。おまえの父さん母さんを殺し、家までめちゃめちゃにした呪《のろ》いが、おまえにだけは効《き》かんかった。ハリーや、だからおまえさんは有名なんだよ。あやつが目をつけた者で生き残ったのは一人もいない……おまえさん以外はな。当時最も力のあった魔法使《まほうつか》いや魔女《まじょ》が、何人も殺された……マッキノン家、ボーン家、プルウェット家……なのに、まだほんの赤《あか》ん坊《ぼう》のおまえさんだけが生き残った」

ハリーの心に言い知れぬ痛《いた》みが走った。ハグリッドが語り終わったとき、ハリーはあの目もくらむような緑の閃光《せんこう》を見た。これまでに思い出したときよりずっと鮮烈《せんれつ》に……そして、これまで一度も思い出さなかったことまで、初めて思い出した。冷たい、残忍《ざんにん》な高笑いを。

ハグリッドは沈《しず》んだ目でハリーを見ながら話を続けた。

「ダンブルドアの言いつけで、この俺《おれ》が、おまえさんを壊《こわ》れた家から連れ出した。この連中のところへおまえさんを連れてきた……」

「バカバカしい」

バーノンおじさんの声がした。ハリーは跳《と》び上《あ》がった。ダーズリー親子がいることをすっかり忘《わす》れていた。おじさんはどうやら勇気を取《と》り戻《もど》したらしい。拳《こぶし》を握《にぎ》りしめ、ハグリッドをはたとにらみつけた。

「いいか、よく聞け、小僧《こぞう》」おじさんがうなった。

「確《たし》かにおまえは少々おかしい。だが、恐《おそ》らく、みっちりたたきなおせば治るだろう……おまえの両親の話だが、まちがいなく、妙《みょう》ちくりんな変人だ。連中のようなのはいないほうが、世の中が少しはましになるとわしは思う。――あいつらは身から出たさび、魔法使《まほうつか》いなんて変な仲間と交わるからだ……思ったとおりだ。常々《つねづね》ろくな死に方はせんと思っておったわ……」

その時、ハグリッドがソファからガバッと立ち上がり、コートから取り出した使い古しのピンクの傘《かさ》を、刀のようにバーノンおじさんに突《つ》きつけながら言った。

「それ以上、一言でも言ってみろ、ダーズリー。ただじゃすまんぞ」

ひげもじゃの大男に傘《かさ》で串刺《くしざ》しにされる危険《きけん》を感じ、バーノンおじさんの勇気はまたもやくじけ、壁《かべ》にはりついてだまってしまった。

「それでいいんだ」

ハグリッドは息を荒《あら》げてそう言うと、ソファに座《すわ》りなおした。ソファはついに床《ゆか》まで沈《しず》み込《こ》んでしまった。

ハリーはまだまだ聞きたいことが山のようにあった。

「でもヴォル……あ、ごめんなさい……『あの人』はどうなったの？」

「それがわからんのだ。ハリー。消えたんだ。消滅《しょうめつ》だ。おまえさんを殺そうとしたその夜にな。だからおまえはいっそう有名なんだよ。最大の謎《なぞ》だ。なぁ……あやつはますます強くなっていた……なのに、なんで消えなきゃならん？

あやつが死んだと言う者もいる。俺《おれ》に言わせりゃ、くそくらえだ。やつに人間らしさのかけらでも残っているんなら死ぬこともあろうさ。まだどこかにいて、時の来るのを待っていると言う者もいるな。俺《おれ》はそうは思わん。やつに従《したが》っていた連中は我々《われわれ》のほうに戻《もど》ってきた。夢《ゆめ》から覚めたように戻《もど》ってきた者もいる。やつが戻《もど》ってくるんなら、そんなことはできまい。

やつはまだどこかにいるが、力を失ってしまった、そう考えている者が大多数だ。もう何もできないぐらい弱っているとな。ハリーや、おまえさんの何かが、あやつを降参《こうさん》させたからだよ。あの晩《ばん》、あやつが考えてもみんかった何かが起きたんだ……**俺《おれ》には**何かはわからんが。誰《だれ》にもわからんが……しかし、おまえさんの何かがやつに参ったと言わせたのだけは確《たし》かだ」

ハグリッドはやさしさと敬意《けいい》に輝《かがや》くまなざしでハリーを見た。ハリーは喜ぶ気にも、誇《ほこ》る気にもなれなかった。むしろ、とんでもないまちがいだという思いのほうが強かった。魔法使《まほうつか》いだって？　この僕《ぼく》が？　そんなことがありえるだろうか。ダドリーに殴《なぐ》られ、バーノンおじさんとペチュニアおばさんにいじめられてきたのに。もし本当に魔法使《まほうつか》いなら、物置に閉《と》じ込《こ》められそうになるたび、どうして連中をイボイボヒキガエルに変えられなかったんだろう？　昔、世界一強い魔法使《まほうつか》いをやっつけたなら、どうしてダドリーなんかが、おもしろがって僕《ぼく》をサッカーボールのように蹴《け》っていじめることができるんだろう？

「ハグリッド」ハリーは静かに言った。「きっとまちがいだよ。僕《ぼく》が魔法使《まほうつか》いだなんてありえないよ」

驚《おどろ》いたことに、ハグリッドはクスクス笑った。

「魔法使《まほうつか》いじゃないって？　えっ？　おまえが怖《こわ》かったとき、怒《おこ》ったとき、何も起こらなかったか？」

ハリーは暖炉《だんろ》の火を見つめた。そう言えば……おじさんやおばさんをカンカンに怒《おこ》らせたおかしな出来事《できごと》は、ハリーが困《こま》ったとき、腹《はら》を立てたときに起こった……ダドリー軍団《ぐんだん》に追いかけられたとき、どうやったのかわからないが、連中の手の届《とど》かないところに逃《に》げられたし……ちんちくりんな髪《かみ》に刈《か》り上《あ》げられて学校に行くのがとてもいやだったとき、髪《かみ》は、あっという間に元どおりに伸《の》びたし……最後にダドリーに殴《なぐ》られたとき、自分でもそうとは気づかず、仕返しをしたんじゃないか？　大蛇《だいじゃ》にダドリーを襲《おそ》わせたじゃないか。

ハリーはハグリッドに向かってほほえんだ。ハグリッドも、そうだろうという顔でニッコリした。

「なぁ？　ハリー・ポッターが魔法使《まほうつか》いじゃないなんて、そんなことはないぞ……見ておれ。おまえさんはホグワーツですごく有名になるぞ」

だが、おじさんはおとなしく引き下がりはしなかった。

「行かせん、と言ったはずだぞ」食いしばった歯の間から声がもれた。

「こいつはストーンウォール校に行くんだ。やがてはそれを感謝《かんしゃ》するだろう。わしは手紙を読んだぞ。準備《じゅんび》するのはバカバカしいものばかりだ……呪文《じゅもん》の本だの魔法《まほう》の杖《つえ》だの、それに……」

「この子が行きたいと言うなら、おまえのようなコチコチのマグルに止められるものか」

ハグリッドがうなった。

「リリーとジェームズの息子《むすこ》、ハリー・ポッターがホグワーツに行くのを止めるだと。たわけが。ハリーの名前は生まれた時から入学名簿《めいぼ》にのっとる。世界一の魔法《まほう》の名門校に入るんだ。七年たてば、見ちがえるようになろう。これまでとちがって、同じ仲間の子供《こども》たちとともに過《す》ごすんだ。しかも、ホグワーツの歴代の校長の中で最も偉大《いだい》なアルバス・ダンブルドア校長の下《もと》でな」

「**いかれたまぬけじじいが小僧《こぞう》に魔法《まほう》を教えるのに、わしは金なんか払《はら》わんぞ！**」

バーノンおじさんが叫《さけ》んだ。

ついに言葉が過《す》ぎたようだ。ハグリッドは傘《かさ》をつかんで、頭の上でぐるぐる回した。

「**絶対《ぜったい》に**」

雷《かみなり》のような声だった。

「**俺《おれ》の……前で……アルバス……ダンブルドアを……侮辱《ぶじょく》するな！**」

ハグリッドはヒューッと傘《かさ》を振《ふ》り下《お》ろし、ダドリーにその先端《せんたん》を向けた。一瞬《いっしゅん》、紫色《むらさきいろ》の光が走り、爆竹のような音がしたかと思うと、鋭い悲鳴がして、次の瞬間、ダドリーは太ったお尻を両手で押さえ、痛みでわめきながら床の上を跳びはねていた。ダドリーが後ろ向きになったとき、ハリーは見た――ズボンの穴から突き出しているのは、くるりと丸まった豚のしっぽだった。

バーノンおじさんは叫《さけ》び声《ごえ》を上げ、ペチュニアおばさんとダドリーを隣《となり》の部屋《へや》に引っぱっていった。最後にもう一度こわごわハグリッドを見ると、おじさんはドアをバタンと閉《し》めた。

ハグリッドは傘《かさ》を見下ろし、ひげをなでた。

「かんしゃくを起こすんじゃなかった」

ハグリッドは悔《く》やんでいた。

「だが、いずれにしてもうまくいかんかった。豚《ぶた》にしてやろうと思ったんだが、もともとあまりにも豚《ぶた》にそっくりなんで、変えるところがなかった」

ぼさぼさ眉毛《まゆげ》の下からハリーを横目で見ながら、ハグリッドが言った。

「ホグワーツではいまのことを誰《だれ》にも言わんでくれるとありがたいんだが。俺《おれ》は……その……厳密《げんみつ》に言えば、魔法《まほう》を使っちゃならんことになっとるんで。おまえさんを追いかけて、手紙を渡《わた》したりいろいろするのに、少しは使ってもいいとお許《ゆる》しが出た……この役目をすすんで引き受けたのも、一つにはそれがあったからだが……」

「どうして魔法《まほう》を使っちゃいけないの？」とハリーが聞いた。

「ふむ、まあ――俺《おれ》もホグワーツ出身で、ただ、俺《おれ》は……その……実は退学処分《たいがくしょぶん》になったんだ。三年生のときにな、杖《つえ》を真っ二つに折られた。だが、ダンブルドアが、俺《おれ》を森の番人としてホグワーツにいられるようにしてくださった。偉大《いだい》なお方だ。ダンブルドアは」

「どうして退学《たいがく》になったの？」

「もう夜も遅《おそ》い。明日《あす》は忙《いそが》しいぞ」

ハグリッドは大きな声で言った。

「町へ行って、教科書やら何やら買わんとな」

ハグリッドは分厚《ぶあつ》い黒のコートを脱《ぬ》いで、ハリーに放ってよこした。

「それを掛《か》けて寝《ね》るといい。ちいとばかりもごもご動いても気にするなよ。どっかのポケットにヤマネが二、三匹《びき》入っとるはずだ」

第五章　ダイアゴン横丁

翌朝《よくあさ》、ハリーは早々《はやばや》と目を覚ました。朝の光だと気づいても、ハリーは目を固く閉《と》じたままでいた。

「夢《ゆめ》だったんだ」

ハリーはきっぱりと自分に言い聞かせた。

「ハグリッドっていう大男がやってきて、僕《ぼく》が魔法使《まほうつか》いの学校に入るって言ったけど、あれは夢《ゆめ》だったんだ。目を開けたら、きっといつもの物置の中にいるんだ」

その時、戸をたたく大きな音がした。

「ほら、ペチュニアおばさんが戸をたたいている」

ハリーの心は沈《しず》んだ。それでもまだ目を開けなかった。いい夢《ゆめ》だったのに……。

トン、トン、トン、トン。

「わかったよ。起きるよ」ハリーはもごもごと言った。

起き上がると、ハグリッドの分厚《ぶあつ》いコートがハリーの体からすべり落ちた。小屋の中はこぼれるような陽の光だった。嵐《あらし》は過《す》ぎた。ハグリッドはペチャンコになったソファで眠《ねむ》っている。ふくろうが足の爪《つめ》で窓《まど》ガラスをたたいていた。くちばしに新聞をくわえている。

ハリーは急いで立ち上がった。うれしくて、胸《むね》の中で風船が大きく膨《ふく》らんだ。まっすぐ窓辺《まどべ》まで行って、窓《まど》を開け放った。ふくろうが窓《まど》からスイーッと入ってきて、新聞をハグリッドの上にポトリと落とした。ハグリッドはそれでも起きない。ふくろうはひらひらと床《ゆか》に舞《ま》い降《お》り、ハグリッドのコートを激《はげ》しくつっつきはじめた。

「だめだよ」

ハリーがふくろうを追《お》い払《はら》おうとすると、ふくろうは鋭《するど》いくちばしをハリーに向かってカチカチいわせ、獰猛《どうもう》にコートを襲《おそ》い続けた。

「ハグリッド、ふくろうが……」

ハリーは大声で呼《よ》んだ。

「金を払《はら》ってやれ」

ハグリッドはソファに顔をうずめたままもごもご言った。

「えっ？」

「新聞配達料だよ。ポケットの中を見てくれ」

ハグリッドのコートは、ポケットをつないで作ったみたいにポケットだらけだ……鍵束《かぎたば》、ナメクジ駆除剤《くじょざい》、ひもの玉、ハッカキャンディ、ティーバッグ……そしてやっと、ハリーは奇妙《きみょう》なコインを一つかみ引《ひ》っ張《ば》り出《だ》した。

「五クヌートやってくれ」

ハグリッドの眠《ねむ》そうな声がした。

「クヌート？」

「小さい銅貨《どうか》だよ」

ハリーは小さい銅貨《どうか》を五枚《まい》数えた。ふくろうは足を差し出した。小さい革《かわ》の袋《ふくろ》がくくりつけてある。お金を入れると、ふくろうは開けっ放しになっていた窓《まど》から飛び去った。

ハグリッドは大声であくびをして起き上がり、もう一度伸《の》びをした。

「出かけようか、ハリー。今日は忙《いそが》しいぞ。ロンドンまで行って、おまえさんの入学用品をそろえんとな」

ハリーは、魔法使《まほうつか》いのコインをいじりながらしげしげと見つめていた。そしてその瞬間《しゅんかん》、あることに気がついた。とたんに、幸福の風船が胸《むね》の中でパチンとはじけたような気持ちがした。

「あのね……ハグリッド」

「ん？」

ハグリッドはどでかいブーツをはきながら聞き返した。

「僕《ぼく》、お金がないんだ……それに、きのうバーノンおじさんから聞いたでしょう。僕《ぼく》が魔法《まほう》の勉強をしに行くのにはお金は出さないって」

「そんなことは**心配**いらん」

ハグリッドは立ち上がって頭をボソボソかきながら言った。

「父さん母さんがおまえさんに何にも残していかんかったと思うのか？」

「でも、家が壊《こわ》されて……」

「まさか！　家の中に金なんぞ置いておくものか。さあ、まずは魔法使《まほうつか》いの銀行、グリンゴッツへ行くぞ。ソーセージをお食べ。さめてもなかなかいける。……それに、おまえさんのバースデーケーキを一口、なんてのも悪くないな」

「魔法使《まほうつか》いの世界には**銀行まで**あるの？」

「一つだけだがな。グリンゴッツだ。小鬼《こおに》が経営《けいえい》しとる」

「**こ・お・に？**」

ハリーは持っていた食べかけソーセージを落としてしまった。

「そうだ……だから、銀行強盗《ごうとう》なんて狂気《きょうき》の沙汰《さた》だ、ほんに。小鬼《こおに》ともめ事を起こすべからずだよ、ハリー。何かを安全にしまっておくには、グリンゴッツが世界一安全な場所だ――。たぶんホグワーツ以外ではな。実は、ほかにもグリンゴッツに行かにゃならん用事があってな。ダンブルドアに頼《たの》まれて、ホグワーツの仕事だ」

ハグリッドは誇《ほこ》らしげに反り返った。

「ダンブルドア先生は大切な用事をいつも俺《おれ》に任《まか》せてくださる。おまえさんを迎《むか》えに来たり、グリンゴッツから何か持ってきたり……俺《おれ》を信用していなさる。な？」

「忘《わす》れ物《もの》はないかな。そんじゃ、出かけるとするか」

ハリーはハグリッドについて岩の上に出た。空は晴れわたり、海は陽の光に輝《かがや》いていた。バーノンおじさんが借りた船は、まだそこにあったが、嵐《あらし》で船底は水浸《みずびた》しだった。

「どうやってここに来たの？」

もう一艘《そう》船があるかと見回しながらハリーが聞いた。

「飛んで来た」

「**飛んで？**」

「そうだ……だが、帰り道はこの船だな。おまえさんを連れ出したから、もう魔法《まほう》は使えないことになっとる」

二人は船に乗《の》り込《こ》んだ。ハリーはこの大男がどんなふうに飛ぶんだろうと想像《そうぞう》しながら、ハグリッドをまじまじと見つめていた。

「しかし、漕《こ》ぐっちゅうのもしゃくだな」

ハグリッドはハリーにちらっと目配せした。

「まあ、なんだな、ちょっくら……エー、急ぐことにするが、ホグワーツではバラさんでくれるか？」

「もちろんだよ」

ハリーは魔法《まほう》が見たくてうずうずしていた。ハグリッドはまたしてもピンクの傘《かさ》を取り出して、船べりを傘《かさ》で二度たたいた。すると、船はすべるように岸に向かった。

「グリンゴッツを襲《おそ》うのはどうして狂気《きょうき》の沙汰《さた》なの？」

「呪《のろ》いとか……呪縛《じゅばく》だな」

ハグリッドは新聞を広げながら答えた。

「うわさでは、重要な金庫はドラゴンが守っとるということだ。それに、道に迷《まよ》うさ――グリンゴッツはロンドンの地下数百キロのところにある。な？　地下鉄より深い。何とか欲《ほ》しいものを手に入れたにしても、迷《まよ》って出てこられなけりゃ、餓死《がし》するわな」

ハグリッドが「日刊《にっかん》予言者新聞」を読む間、ハリーはだまっていま聞いたことを考えていた。新聞を読む間は邪魔《じゃま》されたくないものだということを、バーノンおじさんから学んではいたが、だまっているのは辛《つら》かった。生まれてこのかた、こんなにたくさん質問《しつもん》したかったことはない。

「魔法省《まほうしょう》がまた問題を起こした」

ハグリッドがページをめくりながらつぶやいた。

「魔法省《まほうしょう》なんてあるの？」

ハリーは思わず質問《しつもん》してしまった。

「あるとも。当然、ダンブルドアを大臣にと請《こ》われたんだがな、ホグワーツを離《はな》れなさるわけがない。そこでコーネリウス・ファッジなんてのが大臣になってな。あんなにドジなやつも珍《めずら》しい。毎朝ふくろう便を何羽《わ》も出してダンブルドアにしつこくお伺《うかが》いをたてとるよ」

「でも、魔法省《まほうしょう》って、いったい**何する**の？」

「そうさな、一番の仕事は魔法使《まほうつか》いや魔女《まじょ》があちこちにいるんだってことを、マグルに秘密《ひみつ》にしておくことだ」

「どうして？」

「**どうしてかだって？** そりゃあおまえ、みんなすぐに魔法《まほう》で物事を解決《かいけつ》したがるようになろうが。うんにゃ、我々《われわれ》は関わり合いにならんのが一番ええ」

その時、船は港の岸壁《がんぺき》にコツンとあたった。ハグリッドは新聞をたたみ、二人は石段《いしだん》を上って道に出た。

小さな町を駅に向かって歩く途中《とちゅう》、道行く人がハグリッドをじろじろ見た。無理もない。ハグリッドときたら、並《なみ》の人の二倍も大きいというだけでなく、パーキングメーターのようなごくあたりまえのものを指さしては、大声で、「あれを見たか、ハリー。マグルの連中が考えることときたら、え？」などと言うのだから。

ハリーはハグリッドに遅《おく》れまいと小走りで、息をはずませながら尋《たず》ねた。

「ねえ、ハグリッド。グリンゴッツに**ドラゴン**がいるって言ったね」

「ああ、そう言われとる。俺《おれ》はドラゴンが欲《ほ》しい。いやまったく」

「**欲《ほ》しい？**」

「ガキのころからずーっと欲《ほ》しかった。……ほい、着いたぞ」

駅に着いた。あと五分でロンドン行きの電車が出る。ハグリッドは「マグルの金」はわからんと、ハリーに紙幣《しへい》を渡《わた》し、二人分の切符《きっぷ》を買わせた。

電車の中で、ハグリッドはますます人目をひいた。二人分の席を占領《せんりょう》して、カナリア色のサーカスのテントのようなものを編《あ》みはじめたのだ。

「ハリー、手紙を持っとるか？」

編目《あみめ》を数えながらハグリッドが聞いた。

ハリーは羊皮紙の封筒《ふうとう》をポケットから取り出した。

「よし、よし。そこに必要なもののリストがある」
ハリーは、昨夜は気づかなかった二枚目《まいめ》の紙を広げて読んだ。

ホグワーツ魔法魔術《まほうまじゅつ》学校

制服《せいふく》

一年生は次の物が必要です。
一、普段着《ふだんぎ》のローブ　三着（黒）
二、普段着《ふだんぎ》の三角帽《ぼう》　昼用　一個《こ》（黒）
三、安全手袋《てぶくろ》　一組（ドラゴンの革《かわ》またはそれに類するもの）
四、冬用マント　一着（黒、銀ボタン）
衣類にはすべて名札をつけておくこと。

教科書

全生徒は次の本を各一冊準備《さつじゅんび》すること。

『基本呪文集《きほんじゅもんしゅう》(一学年用)』 ミランダ・ゴズホーク著《ちょ》
『魔法史《まほうし》』 バチルダ・バグショット著《ちょ》
『魔法論《まほうろん》』 アドルバート・ワフリング著《ちょ》
『変身術入門《へんしんじゅつ》』 エメリック・スィッチ著《ちょ》
『薬草とキノコ一〇〇〇種』 フィリダ・スポア著《ちょ》
『魔法薬調合法《まほうやく》』 アージニウス・ジガー著《ちょ》
『幻《まぼろし》の動物とその生息地』 ニュート・スキャマンダー著《ちょ》
『闇《やみ》の力——護身術《ごしんじゅつ》入門』 クエンティン・トリンブル著《ちょ》

その他学用品

杖《つえ》 一本
大鍋《おおなべ》 一つ(錫製《すずせい》、標準《ひょうじゅん》二型)
ガラス製《せい》またはクリスタル製《せい》の薬瓶《くすりびん》 一組
望遠鏡 一台

真鍮製《しんちゅうせい》はかり　一組

ふくろう、または猫《ねこ》、またはヒキガエルを持ってきてもよい。

一年生は個人《こじん》用の箒《ほうき》の持参を許《ゆる》されていないことを、保護者《ほごしゃ》はご確認《かくにん》ください。


「こんなのが全部ロンドンで買えるの？」

思ったことがつい声に出てしまった。

「どこで買うか知ってればな」とハグリッドが答えた。


ハリーにとって初めてのロンドンだった。ハグリッドは、どこに行くのかだけはわかっているらしかったが、普通《ふつう》の方法でそこに行くのには、まるで慣《な》れていないようだった。地下鉄の改札口が小さすぎてつっかえたり、席が狭《せま》いの、電車がのろいのと大声で文句《もんく》を言ったりした。

「マグルの連中は魔法《まほう》なしでよくやっていけるもんだ」

故障《こしょう》して動かないエスカレーターを上りながらも、ハグリッドはブツクサ言った。外に出ると、そこは店が建《た》ち並《なら》ぶにぎやかな通りだった。

ハグリッドは大きな体でゆうゆうと人ごみをかき分け、ハリーは後ろにくっついて行きさえすればよかった。本屋の前を通り、楽器店、ハンバーガーショップ、映画館《えいがかん》を通《とお》り過《す》ぎたが、どこにも魔法《まほう》の杖《つえ》を売っていそうな店はなかった。ごく普通《ふつう》の人でにぎわう、ごく普通《ふつう》の街だ。この足の下、何キロもの地下に、魔法使《まほうつか》いの金貨の山が本当に埋《う》められているのだろうか。呪文《じゅもん》の本や魔法《まほう》の箒《ほうき》を売る店が本当にあるのだろうか。みんなダーズリー親子がでっち上げた悪い冗談《じょうだん》では？　でもダーズリーたちにはユーモアのかけらもない。だから冗談《じょうだん》なんかじゃない。ハグリッドの話は始めから終わりまで信じられないようなことばかりだったが、なぜかハリーはハグリッドなら信用できた。

「ここだ」

ハグリッドが立ち止まった。

「『漏《も》れ鍋《なべ》』――有名なところだ」

ちっぽけな薄汚《うすよご》れたパブだった。ハグリッドに言われなかったら、きっと見落としてしまっただろう。足早に道を歩いていく人たちも、パブの隣《となり》にある本屋から反対隣《どなり》にあるレコード店へと目を移《うつ》し、真ん中の「漏《も》れ鍋《なべ》」にはまったく目もくれない。――変だな、ハグリッドと自分だけにしか見えないんじゃないか、とハリーは思ったが、そう口にする前に、ハグリッドがハリーを中へとうながした。

有名なところにしては、暗くてみすぼらしい。隅《すみ》のほうにおばあさんが数人腰《こし》かけて、小さなグラスでシェリー酒を飲んでいた。一人は長いパイプをくゆらしている。小柄《こがら》な、シルクハットをかぶった男がバーテンのじいさんと話している。じいさんはハゲていて、歯の抜《ぬ》けたクルミのような顔をしている。二人が店に入ると、低いガヤガヤ声が止まった。みんなハグリッドを知っているようだった。手を振《ふ》ったり、笑いかけたりしている。バーテンはグラスに手を伸《の》ばし、「大将《たいしょう》、いつものやつかい？」と聞いた。

「トム、だめなんだ。ホグワーツの仕事中でね」

ハグリッドは大きな手でハリーの肩《かた》をパンパンたたきながらそう言った。ハリーはひざがカクンとなった。

「なんと」バーテンはハリーをじっと見た。「こちらが……いやこの方が……？」

「漏《も》れ鍋《なべ》」は急に水を打ったように静かになった。

「やれうれしや」

バーテンのじいさんはささやくように言った。

「ハリー・ポッター……何たる光栄……」

バーテンは急いでカウンターから出てきてハリーにかけ寄《よ》ると、涙《なみだ》を浮《う》かべてその手を握《にぎ》った。

「お帰りなさい、ポッターさん。ほんとうにようこそお帰りで」

ハリーは何と言っていいかわからなかった。みんながこっちを見ている。パイプのおばあさんは火が消えているのにも気づかず、ふかし続けている。ハグリッドは誇《ほこ》らしげにニッコリしている。

やがてあちらこちらで椅子《いす》を動かす音がして、パブにいた全員がハリーに握手《あくしゅ》を求めてきた。

「ドリス・クロックフォードです。ポッターさん、ついにお会いできました。信じられませんわ」

「なんて光栄な。ポッターさん、光栄です」

「あなたと握手《あくしゅ》したいと願い続けてきました……舞《ま》い上《あ》がっています」

「ポッターさん。どんなにうれしいか、うまく言えません。ディグルです。ディーダラス・ディグルと言います」

「僕《ぼく》、あなたに会ったことがあるよ。お店で一度、僕《ぼく》におじぎしてくれたよね」

ハリーがそう言うと、ディーダラス・ディグルは興奮《こうふん》のあまりシルクハットを取り落とした。

「覚えていてくださった！　みんな聞いたかい？　覚えていてくださったんだ」

ディーダラス・ディグルはみんなを見回して叫《さけ》んだ。

ハリーは次から次と握手《あくしゅ》した。ドリス・クロックフォードなど、何度も握手《あくしゅ》を求めてきた。

青白い顔の若《わか》い男がいかにも神経質《しんけいしつ》そうに進み出た。片方《かたほう》の目がピクピクけいれんしている。

「クィレル教授《きょうじゅ》！」

ハグリッドが言った。

「ハリー、クィレル先生はホグワーツの先生だよ」

「ポ、ポ、ポッター君」

クィレル先生はハリーの手を握《にぎ》り、どもりながら言った。

「お会いできて、ど、どんなにう、うれしいか」

「クィレル先生、どんな魔法《まほう》を教えていらっしゃるんですか？」

「や、や、闇《やみ》の魔術《まじゅつ》に対するぼ、ぼ、防衛術《ぼうえいじゅつ》です」

教授《きょうじゅ》は、まるでそのことは考えたくないとでもいうようにボソボソ言った。

「きみにそれがひ、必要だというわけではな、ないがね。え！　ポ、ポ、ポッター君」

教授《きょうじゅ》は神経質《しんけいしつ》そうに笑った。

「学用品をそ、そろえにきたんだね？　わ、私《わたし》も、吸血鬼《きゅうけつき》の新しいほ、本をか、買いにいく、ひ、必要がある」

教授《きょうじゅ》は自分の言ったことにさえおびえているようだった。

みんなが寄《よ》ってくるので、教授《きょうじゅ》がハリーをひとり占《じ》めにはできなかった。それから十分ほど、ハリーはみんなから離《はな》れることができなかった。ガヤガヤ大騒《おおさわ》ぎの中で、ハグリッドの声がやっとみんなの耳に届《とど》いた。

「もう行かんと……買い物がごまんとあるぞ。ハリー、おいで」

ドリス・クロックフォードがまたまた最後の握手《あくしゅ》を求めてきた。

ハグリッドはパブを通《とお》り抜《ぬ》け、壁《かべ》に囲まれた小さな中庭にハリーを連れ出した。ごみ箱と雑草《ざっそう》が数本生えているだけの庭だ。

ハグリッドはハリーに向かって、うれしそうに笑いかけながら言った。

「ほれ、言ったとおりだろうが？　おまえさんは有名だって。クィレル先生まで、おまえに会ったときは震《ふる》えてたじゃねえか……もっとも、あの人はいっつも震《ふる》えてるがな」

「あの人、いつもあんなに神経質《しんけいしつ》なの？」

「ああ、そうだ。哀《あわ》れなものよ。秀才《しゅうさい》なんだが。本を読んで研究しとった間はよかったんだが、一年間実地に経験《けいけん》を積むちゅうことで休暇《きゅうか》を取ってな……どうやら黒い森で吸血鬼《きゅうけつき》に出会ったらしい。その上、鬼婆《おにばば》といやーなことがあったらしい……それ以来じゃ、人が変わってしもうた。生徒を怖《こわ》がるわ、自分の教えてる科目にもビクつくわ……さてと、俺《おれ》の傘《かさ》はどこかな？」

吸血鬼《きゅうけつき》？　鬼婆《おにばば》？　ハリーは頭がくらくらした。ハグリッドはといえば、ごみ箱の上の壁《かべ》のれんがを数えている。

「三つ上がって……横に二つ……」

ブツブツ言っている。

「よしと。ハリー下がってろよ」

ハグリッドは傘《かさ》の先で壁《かべ》を三度たたいた。すると、たたかれたれんがが震《ふる》え、次にくねくねと揺《ゆ》れた。そして真ん中に小さな穴《あな》が現《あらわ》れたかと思うとそれがどんどん広がり、次の瞬間《しゅんかん》、目の前に、ハグリッドでさえ充分《じゅうぶん》に通れるほどのアーチ形の入口ができた。そのむこうには石《いし》畳《だたみ》の曲がりくねった通りが、先が見えなくなるまで続いていた。

「ダイアゴン横丁にようこそ」

ハリーが驚《おどろ》いているのを見て、ハグリッドがニコーッと笑った。二人はアーチをくぐり抜《ぬ》けた。ハリーが急いで振《ふ》り返《かえ》ったときには、アーチは見る見る縮《ちぢ》んで固いれんが壁《かべ》に戻《もど》るところだった。

そばの店の外に積み上げられた大鍋《おおなべ》に、陽の光がキラキラと反射《はんしゃ》している。上には看板《かんばん》がぶら下がっている。

鍋屋《なべや》――大小いろいろあります――銅《どう》、真鋳《しんちゅう》、錫《すず》、銀――自動かき混《ま》ぜ鍋《なべ》――折りたたみ式

「一つ買わにゃならんが、まずは金を取ってこんとな」とハグリッドが言った。

目玉があと八つぐらい欲《ほ》しい、とハリーは思った。いろんな物を一度に見ようと、四方八方キョロキョロしながら横丁を歩いた。お店、その外に並《なら》んでいるもの、買い物客も見たい。薬問屋の前で、小太りのおばさんが首を振《ふ》り振《ふ》りつぶやいていた。

「ドラゴンの肝《きも》、三十グラムが十六シックルですって。バカバカしい……」

薄暗《うすぐら》い店から、低い、静かなホーホーという鳴き声が聞こえてきた。看板《かんばん》が出ている。

イーロップのふくろう百貨店――森ふくろう、このはずく、めんふくろう、茶ふくろう、白ふくろう

ハリーと同い年ぐらいの男の子が数人、箒《ほうき》のショーウィンドウに鼻をくっつけて眺《なが》めている。誰《だれ》かが何か言っているのが聞こえる。

「見ろよ。ニンバス２０００新型だ……超《ちょう》高速だぜ」

マントの店、望遠鏡の店、ハリーが見たこともない不思議な銀の道具を売っている店もある。コウモリの脾臓《ひぞう》やウナギの目玉の樽《たる》をうずたかく積み上げたショーウィンドウ。いまにも崩《くず》れてきそうな呪文《じゅもん》の本の山。羽根ペンや羊皮紙、薬瓶《くすりびん》、月球儀《げっきゅうぎ》……。

「グリンゴッツだ」ハグリッドの声がした。

小さな店の立《た》ち並《なら》ぶ中、ひときわ高くそびえる真っ白な建物だった。磨《みが》き上《あ》げられたブロンズの扉《とびら》の両脇《りょうわき》に、真紅《しんく》と金色の制服《せいふく》を着て立っているのは……。

「ほれ、あれが小鬼《ゴブリン》だ」

そちらに向かって白い石段《いしだん》を上りながら、ハグリッドがヒソヒソ声で言った。小鬼《ゴブリン》はハリーより頭一つ小さい。浅黒い賢《かしこ》そうな顔つきに、先のとがったあごひげ、それに、なんと手足の指の長いこと。二人が入口に進むと、小鬼《ゴブリン》がおじぎした。中には二番目の扉《とびら》があった。今度は銀色の両開きの扉《とびら》で、何か言葉が刻《きざ》まれている。

見知らぬ者よ　入るがよい
欲《よく》のむくいを　知るがよい
奪《うば》うばかりで　稼《かせ》がぬものは
やがてはつけを　払《はら》うべし
おのれのものに　あらざる宝《たから》
わが床下《ゆかした》に　求める者よ
盗人《ぬすびと》よ　気をつけよ
宝《たから》のほかに　ひそむものあり

「言ったろうが。ここから盗《ぬす》もうなんて、狂気《きょうき》の沙汰《さた》だわい」

とハグリッドが言った。

左右の小鬼《ゴブリン》が、銀色の扉《とびら》を入る二人におじぎをした。中は広々とした大理石のホールだった。百人を超える小鬼《ゴブリン》が、細長いカウンターのむこう側で、脚高《あしだか》の丸椅子《いす》に座《すわ》り、大きな帳簿《ちょうぼ》に書《か》き込《こ》みをしたり、真鍮《しんちゅう》のはかりでコインの重さを計ったり、片《かた》めがねで宝石《ほうせき》を吟味《ぎんみ》したりしていた。ホールに通じる扉《とびら》は無数にあって、これまた無数の小鬼《ゴブリン》が、出入りする人々を案内している。ハグリッドとハリーはカウンターに近づいた。

「おはよう」

ハグリッドが手のすいている小鬼《ゴブリン》に声をかけた。

「ハリー・ポッターさんの金庫から金を取りに来たんだが」

「鍵《かぎ》はお持ちでいらっしゃいますか？」

「どっかにあるはずだが――」

ハグリッドはポケットをひっくり返し、中身をカウンターに出しはじめた。かびの生えたような犬用ビスケットが一つかみ、小鬼《ゴブリン》の経理《けいり》帳簿《ちょうぼ》にバラバラと散らばり、小鬼《ゴブリン》は鼻にしわを寄《よ》せた。ハリーは右のほうにいる小鬼《ゴブリン》が、まるで真《ま》っ赤《か》に燃《も》える石炭のような大きいルビーを山と積んで、次々にはかりにかけているのを眺《なが》めていた。

「あった」

ハグリッドはやっと出てきた小さな黄金の鍵《かぎ》をつまみ上げた。

小鬼《ゴブリン》は、慎重《しんちょう》に鍵《かぎ》を調べてから、「承知《しょうち》いたしました」と言った。

「それと、ダンブルドア教授《きょうじゅ》からの手紙を預《あずか》ってきとる」

ハグリッドは胸《むね》を張《は》って、重々しく言った。

「七一三番金庫にある、『例の物』についてだが」

小鬼《ゴブリン》は手紙をていねいに読むと、「了解《りょうかい》しました」とハグリッドに返した。

「誰《だれ》かに両方の金庫へ案内させましょう。グリップフック！」

グリップフックも小鬼《ゴブリン》だった。ハグリッドが犬用ビスケットを全部ポケットに詰《つ》め込《こ》み終えてから、二人はグリップフックについて、ホールから外に続く無数の扉《とびら》の一つへと向かった。

「七一三番金庫の例の物って、何？」ハリーが聞いた。

「それは言えん」

ハグリッドはいわくありげに言った。

「極秘《ごくひ》だ。ホグワーツの仕事でな。ダンブルドアは俺《おれ》を信頼《しんらい》してくださる。おまえさんにしゃべったりしたら、俺《おれ》がクビになるだけではすまんよ」

グリップフックが扉《とびら》を開けてくれた。ハリーはずっと大理石が続くと思っていたので驚《おどろ》いた。そこは松明《たいまつ》に照らされた細い石造《いしづく》りの通路だった。急な傾斜《けいしゃ》が下へと続き、床《ゆか》には小さな線路がついている。グリップフックが口笛を吹《ふ》くと、小さなトロッコがこちらに向かって元気よく線路を上がってきた。三人は乗《の》り込《こ》んだ……ハグリッドもなんとか納《おさ》まった――発車。

くねくね曲がる迷路《めいろ》をトロッコはビュンビュン走った。ハリーは道を覚えようとした。左、右、右、左、三叉路《さんさろ》を直進、右、左、いや、とうてい無理だ。グリップフックが舵取《かじと》りをしていないのに、トロッコは行き先を知っているかのように勝手にビュンビュン走っていく。

冷たい空気の中を風を切って走るので、ハリーは、目がチクチクしたが、それでも目を大きく見開いたままでいた。一度は、行く手に火が噴《ふ》き出《だ》したような気がして、もしかしたらドラゴンじゃないかと身をよじって見てみたが、遅《おそ》かった――トロッコはさらに深く潜《もぐ》っていった。地底湖のそばを通ると、巨大《きょだい》な鍾乳石《しょうにゅうせき》と石筍《せきじゅん》が天井《てんじょう》と床《ゆか》からせり出していた。

「僕《ぼく》、いつもわからなくなるんだけど」

トロッコの音に負けないよう、ハリーはハグリッドに大声で呼《よ》びかけた。

「鍾乳石《しょうにゅうせき》と石筍《せきじゅん》って、どうちがうの？」

「三文字と二文字のちがいだろ。頼《たの》む、いまは何にも聞いてくれるな。吐《は》きそうだ」

確《たし》かに、ハグリッドは真《ま》っ青《さお》だ。小さな扉《とびら》の前でトロッコはやっと止まり、ハグリッドは降《お》りたものの、ひざの震《ふる》えが止まるまで通路の壁《かべ》にもたれかかっていた。

グリップフックが扉《とびら》の鍵《かぎ》を開けた。緑色の煙《けむり》がもくもくと噴《ふ》き出《だ》してきた。それが消えたとき、ハリーはあっと息をのんだ。中には金貨の山また山。高く積まれた銀貨の山。そして小さなクヌート銅貨《どうか》までザックザクだ。

「みーんなおまえさんのだ」ハグリッドはほほえんだ。

全部僕《ぼく》のもの……信じられない。ダーズリー一家はこのことを知らなかったにちがいない。知っていたら、瞬《また》く間《ま》にかっさらっていっただろう。僕《ぼく》を養うのにお金がかかってしょうがないとあんなにぐちを言っていたんだもの。ロンドンの地下深くに、こんなにもたくさん、僕《ぼく》の財産《ざいさん》がずーっと埋《う》められていたなんて。

ハグリッドはハリーがバッグにお金を詰《つ》め込《こ》むのを手伝《てつだ》った。

「金貨はガリオンだ。銀貨がシックルで、十七シックルが一ガリオン、一シックルは二十九クヌートだ。簡単《かんたん》だろうが。よーしと。これで、二、三学期分は大丈夫《だいじょうぶ》だろう。残りはここにちゃーんとしまっといてやるからな」

ハグリッドはグリップフックのほうに向きなおった。

「次は七一三番金庫を頼《たの》む。ところでもうちーっとゆっくり行けんか?」

「速度は一定となっております」

一行はさらに深く、さらにスピードを増《ま》して潜《もぐ》っていった。狭《せま》い角をすばやく回り込《こ》むたび、空気はますます冷え冷えとしてきた。トロッコは地下渓谷《けいこく》の上をビュンビュン走った。ハリーは暗い谷底に何があるのかと身を乗り出してのぞき込《こ》んだが、ハグリッドがうめき声を上げてハリーの襟首《えりくび》をつかみ引《ひ》き戻《もど》した。

七一三番金庫には鍵穴《かぎあな》がなかった。

「下がってください」

グリップフックがもったいぶって言い、長い指の一本でそっとなでると、扉《とびら》は溶《と》けるように消え去った。

「グリンゴッツの小鬼《ゴブリン》以外の者がこれをやりますと、扉《とびら》に吸《す》い込《こ》まれて、中に閉《と》じ込《こ》められてしまいます」とグリップフックが言った。

「中に誰《だれ》か閉《と》じ込《こ》められていないかどうか、ときどき調べるの？」とハリーが聞いた。

「十年に一度ぐらいでございます」

グリップフックはニヤリと笑った。こんなに厳重《げんじゅう》に警護《けいご》された金庫だもの、きっと特別なすごいものがあるにちがいない。ハリーは期待して身を乗り出した。少なくともまばゆい宝石《ほうせき》か何かが……。中を見た……なんだ、からっぽじゃないか、とはじめは思った。次に目に入ったのは、茶色の紙でくるまれた薄汚《うすよご》れた小さな包みだ。床《ゆか》に転がっている。ハグリッドはそれを拾い上げ、コートの奥深《おくぶか》くしまい込《こ》んだ。ハリーはそれがいったい何なのか知りたくてたまらなかったが、聞かないほうがよいことはわかっていた。

「行くぞ。地獄《じごく》のトロッコへ。帰り道は話しかけんでくれよ。俺《おれ》は口を閉《と》じているのが一番よさそうだからな」

もう一度猛烈《もうれつ》なトロッコを乗りこなして、陽の光に目をしばたたかせながら二人はグリンゴッツの外に出た。バッグいっぱいのお金を持って、まず最初にどこに行こうかとハリーは迷《まよ》った。ポンドに直したらいくらになるかなんて、計算しなくとも、ハリーはこれまでの人生で持ったことがないほどたくさんのお金を持っている……ダドリーでさえ持ったことがないほどの額《がく》だ。

「制服《せいふく》を買ったほうがいいな」

ハグリッドは「**マダム・マルキンの洋装店《ようそうてん》――普段着《ふだんぎ》から式服まで**」の看板《かんばん》をあごでさした。

「なあ、ハリー。『漏《も》れ鍋《なべ》』でちょっとだけ元気薬をひっかけてきてもいいかな？　グリンゴッツのトロッコにはまいった」

ハグリッドは、まだ青い顔をしていた。ハグリッドといったんそこで別れ、ハリーはどぎまぎしながらマダム・マルキンの店に一人で入っていった。

マダム・マルキンは、藤色《ふじいろ》ずくめの服を着た、愛想のよい、ずんぐりした魔女《まじょ》だった。

「坊《ぼっ》ちゃん。ホグワーツなの？」

ハリーが口を開きかけたとたん、声をかけてきた。

「全部ここでそろいますよ……もう一人《ひとり》お若《わか》い方が丈《たけ》を合わせているところよ」

店の奥《おく》のほうで、青白い、あごのとがった男の子が踏台《ふみだい》の上に立ち、もう一人の魔女《まじょ》が長い黒いローブをピンで留《と》めていた。マダム・マルキンはハリーをその隣《となり》の踏台《ふみだい》に立たせ、頭から長いローブを着せかけ、丈《たけ》を合わせてピンで留《と》めはじめた。

「やあ、君もホグワーツかい？」男の子が声をかけた。

「うん」とハリーが答えた。

「僕《ぼく》の父は隣《となり》で教科書を買ってるし、母はどこかその先で杖《つえ》を見てる」

男の子はけだるそうな、気取った話し方をする。

「これから、二人を引っぱって競技《きょうぎ》用の箒《ほうき》を見に行くんだ。一年生が自分の箒《ほうき》を持っちゃいけないなんて、わけがわからないね。父を脅《おど》して一本買わせて、こっそり持《も》ち込《こ》んでやる」

ダドリーにそっくりだ、とハリーは思った。

「君は自分の箒《ほうき》を持ってるのかい？」

男の子はしゃべり続けている。

「ううん」

「クィディッチはやるの？」

「ううん」

クィディッチ？　一体全体何だろうと思いながらハリーは答えた。

「僕《ぼく》はやるよ――父は僕《ぼく》が寮《りょう》の代表選手に選ばれなかったらそれこそ犯罪《はんざい》だって言うんだ。僕《ぼく》もそう思うね。君はどの寮《りょう》に入るかもう知ってるの？」

「ううん」

だんだん情《なさ》けなくなりながら、ハリーは答えた。

「まあ、ほんとのところは、行ってみないとわからないけど。そうだろう？　だけど僕《ぼく》はスリザリンに決まってるよ。僕《ぼく》の家族はみんなそうだったんだから……ハッフルパフなんかに入れられてみろよ。僕《ぼく》なら退学《たいがく》するな。そうだろう？」

「ウーム」

もうちょっとましな答えができたらいいのにとハリーは思った。

「ほら、あの男を見てごらん！」

急に男の子は窓《まど》のほうをあごでしゃくった。ハグリッドが店の外に立っていた。ハリーのほうを見てニッコリしながら、手に持った二本の大きなアイスクリームを指さし、これがあるから店の中には入れないよ、という手振《てぶ》りをしていた。

「あれ、ハグリッドだよ」

この子が知らないことを自分が知っている、とハリーはうれしくなった。

「ホグワーツで働いてるんだ」

「ああ、聞いたことがある。一種の召使《めしつか》いだろ?」

「森の番人だよ」

時間がたてばたつほど、ハリーはこの子が嫌《きら》いになっていた。

「そう、それだ。言うなれば野蛮人《やばんじん》だって聞いたよ……学校の領地《りょうち》内のほったて小屋に住んでいて、しょっちゅう酔《よ》っ払《ぱら》って、魔法《まほう》を使おうとして、自分のベッドに火をつけるんだそうだ」

「彼《かれ》って最高だと思うよ」

ハリーは冷たく言い放った。

「へえ?」

男の子は鼻先でせせら笑った。

「どうして君と一緒《いっしょ》なの? 君の両親はどうしたの?」

「死んだよ」

ハリーはそれしか言わなかった。この子に詳《くわ》しく話す気にはなれない。

「おや、ごめんなさい」

謝《あやま》っているような口振《くちぶ》りではなかった。

「でも、君の両親も僕《ぼく》らと同族なんだろう?」

「魔法使《まほうつか》いと魔女《まじょ》だよ。そういう意味で聞いてるんなら」

「ほかの連中は入学させるべきじゃないと思うよ。そう思わないか? 連中は僕《ぼく》らと同じじゃないんだ。僕《ぼく》らのやり方がわかるような育ち方をしてないんだ。手紙をもらうまではホグワーツのことだって聞いたこともなかった、なんてやつもいるんだ。考えられないようなことだよ。入学は、昔からの魔法使《まほうつか》い名門家族に限《かぎ》るべきだと思うよ。きみ、家族の姓《せい》は何て言うの?」

ハリーが答える前に、マダム・マルキンが「さあ、終わりましたよ、坊《ぼっ》ちゃん」と言ってくれたのを幸いに、ハリーは踏台《ふみだい》からポンと跳《と》び降《お》りた。この子との会話をやめる口実ができて好都合だ。

「じゃ、ホグワーツでまた会おう。たぶんね」と気取った男の子が言った。

店を出て、ハグリッドが持ってきたアイスクリームを食べながら——ナッツ入りのチョコレートとラズベリーアイスだ——、ハリーはだまりこくっていた。

「どうした？」ハグリッドが聞いた。

「何でもないよ」

ハリーはうそをついた。

次は羊皮紙と羽根ペンを買った。書いているうちに色が変わるインクを見つけて、ハリーはちょっと元気が出た。店を出てから、ハリーが聞いた。

「ねえ、ハグリッド。クィディッチってなあに？」

「なんと、ハリー。おまえさんがなんにも知らんということを忘《わす》れとった……クィディッチを知らんとは！」

「これ以上落《お》ち込《こ》ませないでよ」

ハリーはマダム・マルキンの店で出会った青白い少年の話をした。

「……その子が言うんだ。マグルの家の子はいっさい入学させるべきじゃないって……」

「おまえはマグルの家の子じゃねえ。おまえが何者なのかその子がわかっていたらなあ……その子だって、親が魔法使《まほうつか》いなら、おまえさんの名前を聞きながら育ったはずだ……魔法使《まほうつか》いなら誰《だれ》だって、『漏《も》れ鍋《なべ》』でおまえさんが見たとおりなんだよ。とにかくだ、そのガキに何がわかる。俺《おれ》の知ってる最高の魔法使《まほうつか》いの中には、長いことマグルの家系《かけい》が続いて、急にその子だけが魔法《まほう》の力を持ったという者もおるぞ……おまえの母さんを見ろ！　その姉《ねえ》さんがどんな人聞か見てみろ！」

「それで、クィディッチって？」

「俺《おれ》たちのスポーツだ。魔法族《まほうぞく》のスポーツだよ。マグルの世界じゃ、そう、サッカーだな――誰《だれ》だってクィディッチの試合に夢中《むちゅう》だ。箒《ほうき》に乗って空中でゲームをやる。ボールは四つあって……ルールを説明するのはちぃと難《むずか》しいなあ」

「じゃ、スリザリンとハッフルパフって？」

「学校の寮《りょう》の名前だ。四つあってな。ハッフルパフには劣等生《れっとうせい》が多いとみんなは言うが、しかし……」

「僕《ぼく》、きっとハッフルパフだ」ハリーは落《お》ち込《こ》んだ。

「スリザリンよりはハッフルパフのほうがましだ」ハグリッドの表情《ひょうじょう》が暗くなった。

「悪の道に走った魔法使《まほうつか》いや魔女《まじょ》は、みんなスリザリン出身だ。『例のあの人』もそうだ」

「ヴォル……あ、ごめん……『あの人』もホグワーツだったの？」

「ずいぶん昔のことだ」

次に教科書を買った。「フローリシュ・アンド・ブロッツ書店」の書棚《しょだな》には、天井《てんじょう》まで本がぎっしり積み上げられていた。敷石《しきいし》ぐらいの大きな革製本《かわせいぼん》やシルクの表紙で切手くらいの大きさの本もあり、奇妙《きみょう》な記号ばかりの本があるかと思えば、何にも書いてない本もあった。本などは読んだことがないダドリーでさえ、夢中《むちゅう》でさわったにちがいないと思う本もいくつかあった。ハグリッドは、ビンディクタス・ビリディアン著『呪《のろ》いのかけ方、解《と》き方《かた》──友人をうっとりさせ、最新の復讐《ふくしゅう》方法で敵《てき》を困《こま》らせよう～ハゲ、クラゲ脚《あし》、舌《した》もつれ、その他あの手この手～』を読みふけっているハリーを、引きずるようにして連れ出さなければならなかった。

「僕《ぼく》、どうやってダドリーに呪《のろ》いをかけたらいいか調べてたんだよ」

「それが悪いちゅうわけではないが、マグルの世界ではよっぽど特別な場合でねえと魔法《まほう》を使えんことになっちょる。それにな、呪《のろ》いなんておまえさんにはまだどれも無理だ。そのレベルになるにはもっとたーくさん勉強せんとな」

ハグリッドは「リストに錫《すず》の鍋《なべ》と書いてあるだろが」と言って純金《じゅんきん》の大鍋《おおなべ》も買わせてくれなかった。そのかわり、魔法薬《まほうやく》の材料を計るはかりは上等なのを一そろい買ったし、真鍮製《しんちゅうせい》の折りたたみ式望遠鏡も買った。次は薬問屋に入った。悪くなった卵《たまご》とくさったキャベツの混《ま》じったようなひどい臭《にお》いがしたが、そんなことは気にならないほどおもしろい所だった。ぬめぬめしたものを詰《つ》めた樽《たる》が床《ゆか》に立《た》ち並《なら》び、壁《かべ》には薬草や乾燥《かんそう》させた根、鮮《あざ》やかな色の粉末などが入った瓶《びん》が並《なら》べられ、天井《てんじょう》からは羽根の束、牙《きば》やねじ曲がった爪《つめ》が糸に通してぶら下げられている。カウンター越《ご》しにハグリッドが基本的《きほんてき》な材料を注文している間、ハリーは、一本二十一ガリオンの銀色の一角獣《ユニコーン》の角や、小さな、黒いキラキラしたコガネムシの目玉（一さじ五クヌート）をしげしげと眺《なが》めていた。

薬問屋から出て、ハグリッドはもう一度ハリーのリストを調べた。

「あとは杖《つえ》だけだな……おお、そうだ、まだ誕生《たんじょう》祝いをあげていなかったな」

ハリーは顔が赤くなるのを感じた。

「そんなことしなくていいのに……」

「しなくていいのはわかっとるよ。そうだ。動物をやろう。ヒキガエルはだめだ。だいぶ前から流行遅《りゅうこうおく》れになっちょる。笑われっちまうからな……猫《ねこ》、俺《おれ》は猫《ねこ》は好かん。くしゃみが出るんでな。ふくろうを買ってやろう。子供《こども》はみんなふくろうを欲《ほ》しがるもんだ。なんちゅうたって役に立つ。郵便《ゆうびん》とかを運んでくれるし」

イーロップふくろう百貨店は、暗くてバタバタと羽音がし、宝石《ほうせき》のように輝《かがや》く目があちらこちらでパチクリしていた。二十分後、二人は店から出てきた。ハリーは大きな鳥かごを下げている。かごの中では、雪のように白く美しいふくろうが、羽に頭を突《つ》っ込《こ》んでぐっすり眠《ねむ》っている。ハリーは、まるでクィレル教授《きょうじゅ》のようにつっかえながら何度もお礼を言った。

「礼はいらん」ハグリッドはぶっきらぼうに言った。

「ダーズリーのとこではプレゼントをもらうことなんぞなかったんだろうな。あとはオリバンダーの店だけだ……杖《つえ》はここにかぎる。杖《つえ》のオリバンダーだ。おまえさんは最高の杖《つえ》を持たにゃいかん」

魔法《まほう》の杖《つえ》……これこそハリーが本当に欲《ほ》しかった物だ。

最後の買い物の店は狭《せま》くてみすぼらしかった。はがれかかった金色の文字《もじ》で、扉《とびら》に「**オリバンダーの店——紀元前三八二年創業《そうぎょう》　高級杖《つえ》メーカー**」と書いてある。ほこりっぽいショーウィンドウには、色あせた紫色《むらさきいろ》のクッションに、杖《つえ》が一本だけ置かれていた。

中に入るとどこか奥《おく》のほうでチリンチリンとベルが鳴った。小さな店内に古ぼけた椅子《いす》が一つだけ置かれていて、ハグリッドはそれに腰《こし》かけて待った。ハリーは妙《みょう》なことに、規律《きりつ》の厳《きび》しい図書館にいるような気がした。新たに湧《わ》いてきたたくさんの質問《しつもん》をぐっとのみ込《こ》んで、ハリーは、天井《てんじょう》まで整然と積み重ねられた何千という細長い箱の山をながめた。なぜか首筋《くびすじ》がゾクゾクした。ほこりと静けさそのものが、密《ひそ》かな魔力《まりょく》を秘《ひ》めているようだった。

「いらっしゃいませ」

やわらかな声がした。ハリーは跳《と》び上《あ》がるほど驚《おどろ》いた。ハグリッドも跳《と》び上《あ》がったにちがいない。華奢《きゃしゃ》な椅子《いす》がバキバキと大きな音を立て、ハグリッドはあわてて椅子《いす》から立ち上がった。

目の前に老人が立っていた。店の薄明《うすあ》かりの中で、大きな薄《うす》い色の目が、二つの月のように輝《かがや》いている。

「こんにちは」ハリーがぎこちなく挨拶《あいさつ》した。

「おお、そうじゃ」と老人が言った。

「そうじゃとも、そうじゃとも。まもなくお目にかかれると思っておりましたよ、ハリー・ポッターさん」

ハリーのことをもう知っている。

「お母さんと同じ目をしていなさる。あの子がここに来て、最初の杖《つえ》を買っていったのがほんの昨日《きのう》のことのようじゃ。あの杖《つえ》は二十六センチの長さ。柳《やなぎ》の木でできていて、振《ふ》りやすい。妖精《ようせい》の呪文《じゅもん》にはぴったりの杖《つえ》じゃった」

オリバンダー老人はさらにハリーに近寄《ちかよ》った。ハリーは老人が瞬《まばた》きしてくれたらいいのにと思った。銀色に光る目が少し気味悪かったのだ。

「お父さんのほうはマホガニーの杖《つえ》が気に入られてな。二十八センチのよくしなる杖《つえ》じゃった。より力があって変身術《じゅつ》には最高のものじゃ。いや、父上が気に入ったと言うたが……実はもちろん、杖《つえ》のほうが持ち主の魔法使《まほうつか》いを選ぶのじゃよ」

オリバンダー老人が、ほとんど鼻と鼻がくっつくほどに近寄《ちかよ》ってきたので、ハリーには自分の姿《すがた》が老人の霧《きり》のような瞳《ひとみ》の中に映《うつ》っているのが見えた。

「それで、これが例の……」

老人は白く長い指で、ハリーの額《ひたい》の稲妻形《いなずまがた》の傷痕《きずあと》に触《ふ》れた。

「悲しいことに、この傷《きず》をつけたのも、わしの店で売った杖《つえ》じゃ」静かな言い方だった。

「三十四センチもあってな。イチイの木でできた強力な杖《つえ》じゃ。とても強いが、もしまちがった者の手に……そう、あの杖《つえ》が世の中に出て何をするのか、わしが知っておったらのう……」

老人は頭《かぶり》を振《ふ》り、そして、ふとハグリッドに気づいたので、ハリーはホッとした。

「ルビウス！　ルビウス・ハグリッドじゃないか！　また会えてうれしいよ……四十一センチの樫《かし》の木。よく曲がる。そうじゃったな」

「ああ、じいさま。そのとおりです」

「いい杖《つえ》じゃった、あれは。じゃが、おまえさんが退学《たいがく》になったとき、真っ二つに折られてしもうたのじゃったな？」

オリバンダー老人は急に険《けわ》しい口調になった。

「いや……あの、折られっちまいました。はい」

ハグリッドは足をもじもじさせながら答えた。

「でも、折れた杖《つえ》をずっと持っとります」

ハグリッドは威勢《いせい》よく言った。

「じゃが、まさか**使ってはおるまいの？」**オリバンダー老人が厳《きび》しく聞いた。

「とんでもねえ」

ハグリッドはあわてて答えたが、そう言いながらピンクの傘《かさ》の柄《え》をギュッと強く握《にぎ》りしめたのを、ハリーは見逃《みのが》さなかった。

「ふーむ」

オリバンダー老人は探《さぐ》るような目でハグリッドを見た。

「さて、それでは――ポッターさん。拝見《はいけん》しましょうか」

老人は銀色の目盛《めも》りの入った長い巻尺《まきじゃく》をポケットから取り出した。

「どちらが杖腕《つえうで》ですかな？」

「あ、あの、僕《ぼく》、右利きです」

「腕《うで》を伸《の》ばして。そうそう」

老人はハリーの肩《かた》から指先、手首からひじ、肩《かた》から床《ゆか》、ひざから脇《わき》の下《した》、頭の周り、と寸法《すんぽう》を採《と》った。測《はか》りながら老人は話を続けた。

「ポッターさん。オリバンダーの杖《つえ》は一本一本、強力な魔力《まりょく》を持った物を芯《しん》に使っております。一角獣《ユニコーン》のたてがみ、不死鳥の尾《お》の羽根、ドラゴンの心臓《しんぞう》の琴線《きんせん》。一角獣《ユニコーン》も、ドラゴンも、不死鳥もそれぞれの個体《こたい》がちがうのじゃから、オリバンダーの杖《つえ》には一つとして同じ杖《つえ》はない。もちろん、ほかの魔法使《まほうつか》いの杖《つえ》を使っても、けっして自分の杖《つえ》ほどの力は出せないわけじゃ」

ハリーは巻尺《まきじゃく》が勝手に鼻の穴《あな》の間を測《はか》っているのにハッと気がついた。オリバンダー老人は棚《たな》の間を飛び回って、箱を取り出していた。

「もうよい」と言うと、巻尺《まきじゃく》は床《ゆか》の上に落ちて、くしゃくしゃと丸まった。

「では、ポッターさん。これをお試しください。ブナの木にドラゴンの心臓《しんぞう》の琴線《きんせん》。二十三センチ、良質《りょうしつ》でしなりがよい。手に取って、振《ふ》ってごらんなさい」

ハリーは杖《つえ》を取り、なんだか気はずかしく思いながら杖《つえ》をちょっと振《ふ》ってみた。オリバンダー老人はあっという間にハリーの手からその杖《つえ》をもぎ取ってしまった。

「楓《かえで》に不死鳥の羽根。十八センチ、振《ふ》り応《ごた》えがある。どうぞ」

ハリーは試してみた……しかし、振《ふ》り上《あ》げるか上げないうちに、老人がひったくってしまった。

「だめだ。いかん——次は黒檀《こくたん》と一角獣《ユニコーン》のたてがみ。二十二センチ、バネのよう。さあ、どうぞ試してください」

ハリーは、次々と試してみた。いったいオリバンダー老人は何を期待しているのかさっぱりわからない。試し終わった杖《つえ》の山が古い椅子《いす》の上にだんだん高く積み上げられてゆく。それなのに、棚《たな》から新しい杖《つえ》を下ろすたびに、老人はますますうれしそうな顔をした。

「難《むずか》しい客じゃの。え？　心配なさるな。必ずぴったり合うのをお探《さが》ししますでな。……さて、次はどうするかな……おお、そうじゃ……めったにない組み合わせじゃが、柊《ひいらぎ》と不死鳥の羽根、二十八センチ、良質《りょうしつ》でしなやか」

ハリーは杖《つえ》を手に取った。急に指先が温かくなった。杖《つえ》を頭の上まで振《ふ》り上《あ》げ、ほこりっぽい店内の空気を切るようにヒュッと振《ふ》り下《お》ろした。すると、杖《つえ》の先から赤と金色の火花が花火のように流れ出し、光の玉が踊《おど》りながら壁《かべ》に反射《はんしゃ》した。ハグリッドは「オーッ」と声を上げて手をたたき、オリバンダー老人は「ブラボー！」と叫《さけ》んだ。

「すばらしい。いや、よかった。さて、さて、さて……不思議なこともあるものよ……まったくもって不思議な……」

老人はハリーの杖《つえ》を箱に戻《もど》し、茶色の紙で包みながら、まだブツブツとくり返していた。

「不思議じゃ……不思議じゃ……」

「あのう。**何が**そんなに不思議なんですか」とハリーが聞いた。

オリバンダー老人は淡《あわ》い色の目でハリーをじっと見た。

「ポッターさん。わしは自分の売った杖《つえ》はすべて覚えておる。全部じゃ。あなたの杖《つえ》に入っている不死鳥の羽根はな、同じ不死鳥が尾羽根《おばね》をもう一枚《まい》だけ提供《ていきょう》した……たった一枚《まい》だけじゃが。あなたがこの杖《つえ》を持つ運命にあったとは、不思議なことじゃ。兄弟羽根が……なんと、兄弟杖《づえ》がその傷《きず》を負わせたというのに……」

ハリーは息をのんだ。

「さよう。三十四センチのイチイの木じゃった。こういうことが起こるとは、不思議なものじゃ。杖《つえ》は持ち主の魔法使《まほうつか》いを選ぶ。そういうことじゃ……。ポッターさん、あなたはきっと偉大《いだい》なことをなさるにちがいない……。『**名前を言ってはいけないあの人**』もある意味では、偉大《いだい》なことをしたわけじゃ……恐《おそ》ろしいことじゃったが、偉大《いだい》にはちがいない」

ハリーは身震《みぶる》いした。オリバンダー老人があまり好きになれない気がした。杖《つえ》の代金に七ガリオンを支払《しはら》い、オリバンダー老人のおじぎに送られて二人は店を出た。

夕暮《ゆうぐ》れ近くの太陽が空に低くかかっていた。ハリーとハグリッドはダイアゴン横丁を、元来た道へと歩き、壁《かべ》を抜《ぬ》けて、もう人気《ひとけ》のなくなった「漏《も》れ鍋《なべ》」に戻《もど》った。ハリーはだまりこくっていた。変な形の荷物をどっさり抱《かか》え、ひざの上で雪のように白いふくろうが眠《ねむ》っている格好《かっこう》のせいで、地下鉄の乗客があぜんとして自分のことを見つめていることに、ハリーはまったく気づかなかった。パディントン駅で地下鉄を降《お》り、エスカレーターで駅の構内《こうない》に出た。ハグリッドに肩《かた》をたたかれて、ハリーはやっと自分がどこにいるのかに気づいた。

「電車が出るまで何か食べる時間があるぞ」

ハグリッドが言った。

ハグリッドはハンバーガーを買い、二人でプラスチックの椅子《いす》に座《すわ》って食べた。ハリーは周りを眺《なが》めた。なぜかすべてがちぐはぐに見える。

「大丈夫《だいじょうぶ》か？　なんだかずいぶん静かだが」とハグリッドが声をかけた。

ハリーは何と説明すればよいかわからなかった。こんなにすばらしい誕生日《たんじょうび》は初めてだった……それなのに……ハリーは言葉を探《さが》すようにハンバーガーをかみしめた。

「みんなが僕《ぼく》のことを特別だって思ってる」

ハリーはやっと口を開いた。

「『漏《も》れ鍋《なべ》』のみんな、クィレル先生も、オリバンダーさんも……でも、僕《ぼく》、魔法《まほう》のことは何も知らない。それなのに、どうして僕《ぼく》に偉大《いだい》なことを期待できるの？　有名だって言うけれど、何が僕《ぼく》を有名にしたかさえ覚えていないんだよ。ヴォル……あ、ごめん……僕《ぼく》の両親が死んだ夜だけど、僕《ぼく》、何が起こったのかも覚えていない」

ハグリッドはテーブルのむこう側から身を乗り出した。もじゃもじゃのひげと眉毛《まゆげ》の奥《おく》に、やさしい笑顔《えがお》があった。

「ハリー、心配するな。すぐに様子がわかってくる。誰《だれ》でもホグワーツで一から始めるんだ。大丈夫《だいじょうぶ》。ありのままでええ。そりゃ大変なのはわかる。おまえさんは選ばれたんだ。大変なことだ。だがな、ホグワーツは、楽しい。俺《おれ》も楽しかった。——実はいまも楽しい」

ハグリッドは、ハリーがダーズリー家に戻《もど》る電車に乗《の》り込《こ》むのを手伝《てつだ》った。

「ホグワーツ行きの切符《きっぷ》だ」

ハグリッドは封筒《ふうとう》を手渡《てわた》した。

「九月一日——キングズ・クロス駅発——全部切符《きっぷ》に書いてある。ダーズリーのとこでまずいことがあったら、おまえさんのふくろうに手紙を持たせて寄《よ》こしな。ふくろうが俺《おれ》のいるところを探《さが》し出《だ》してくれる。……じゃあな。ハリー。またすぐ会おう」

電車が走り出した。ハリーはハグリッドの姿《すがた》が見えなくなるまで見ていたかった。座席《ざせき》から立ち上がり、窓《まど》に鼻を押《お》しつけて見ていたが、瞬《まばた》きをしたとたん、ハグリッドの姿《すがた》は消えていた。

第六章　9と3／4番線からの旅

　ダーズリー家に戻《もど》って過《す》ごした出発までの一か月間は、ハリーにとって楽しいものではなかった。確《たし》かに、ダドリーはハリーを怖《こわ》がって一緒《いっしょ》の部屋《へや》にいようとはせず、ペチュニアおばさんもバーノンおじさんもハリーを物置に閉《と》じ込《こ》めたり、いやなことを無理強いしたり、どなりつけたりもしなかった……それ以上に、ハリーとは一言も口をきかなかった。怖《こわ》さ半分と怒《いか》り半分で、ダーズリー親子はハリーがどこに座《すわ》っていても、その椅子《いす》には誰《だれ》もいないかのように振《ふ》る舞《ま》った。たいていはそのほうが好都合だったが、それもしばらく続くと少し気がめいってきた。

　ハリーは買ってもらったばかりのふくろうと一緒《いっしょ》に部屋《へや》にとじこもっていた。ふくろうの名はヘドウィグに決めた。『魔法史《まほうし》』で見つけた名だ。教科書はとてもおもしろかった。ハリーはベッドに横になって、夜遅《おそ》くまで読みふけった。ヘドウィグは開け放した窓《まど》から自由に出入りした。しょっちゅう死んだネズミをくわえてきたので、ペチュニアおばさんが掃除機《そうじき》をかけに来なくなったのはかえって幸いだった。毎晩《まいばん》、寝《ね》る前に、ハリーは壁《かべ》に貼《は》った暦《こよみ》の日付を一日ずつバツ印で消し、九月一日まであと何日かを数えた。

八月の最後の日、ハリーはいよいよおじさんとおばさんに、明日《あす》、キングズ・クロス駅に行くと話さなければならなくなった。居間《いま》に行くと、みんなテレビのクイズ番組を見ているところだった。自分がそこにいることを知らせるのに、ハリーが咳払《せきばら》いすると、ダドリーは悲鳴を上げて部屋《へや》から飛び出していった。

「あの――バーノンおじさん」

おじさんは返事のかわりにウームとうなった。

「あの……あしたキングズ・クロスに行って……そこから、あの、ホグワーツに出発なんだけど」

おじさんはまたウームとうなった。

「車で送っていただけますか？」

またまたウーム。ハリーはイエスの意味だと思った。

「ありがとう」

二階に戻《もど》ろうとしたとき、やっとおじさんが口をきいた。

「魔法《まほう》学校に行くにしちゃ、おかしなやり方じゃないか。汽車なんて。空飛ぶじゅうたんはみんなパンクなのか？」

ハリーはだまっていた。

「いったい、その学校とやらはどこにあるんだ？」

「僕《ぼく》、知りません」

ハリーも初めてそのことに気がついた。ポケットからハグリッドのくれた切符《きっぷ》を引《ひ》っ張《ぱ》り出《だ》してみた。

「ただ、汽車に乗るようにって。九と四分の三番線から、十一時発」

ハリーは切符《きっぷ》を読み上げた。

おじさん、おばさんが目を丸くした。

「何番線だって？」

「九と四分の三」

「バカバカしい。九と四分の三番線なんてあるわけがない」

「僕《ぼく》の切符《きっぷ》にそう書いてあるんだ」

「あほう。連中は大バカのコンコンチキだ。まあ、そのうちわかるだろうよ。よかろう。キングズ・クロスに連れていってやろう。どうせ明日《あす》はロンドンに出かけることになっていたし。そうでなけりゃわざわざ出かけんがな」

「どうしてロンドンに行くの？」

なるべくいい雰囲気《ふんいき》にしようとしてハリーが尋《たず》ねた。

「ダドリーを病院へ連れていって、あのいまいましいしっぽを、スメルティングズに入学する前に取ってもらわにゃ」

バーノンおじさんはうなるように言った。


次の朝、ハリーは五時に目が覚めた。興奮《こうふん》と緊張《きんちょう》で目がさえてしまったので、起き出してジーンズをはいた。魔法使《まほうつか》いのマントを着て駅に入る気にはなれない……汽車の中で着替《きが》えよう。必要なものがそろっているかどうか、ホグワーツの「準備《じゅんび》するもの」リストをもう一度チェックし、ヘドウィグがちゃんと鳥かごに入っていることを確《たし》かめ、ダーズリー親子が起き出すまで部屋《へや》の中を行ったり来たりして待っていた。二時間後、ハリーの大きな重いトランクは車に乗せられ、ペチュニアおばさんに言《い》い含《ふく》められたダドリーはハリーの隣《となり》に座《すわ》り、一行は出発した。

キングズ・クロス駅に着いたのは十時半だった。バーノンおじさんは、ハリーのトランクをカートに放《ほう》り込《こ》んで駅の中まで運んでいった。ハリーはなんだか親切すぎると思った。案の定、おじさんはプラットホームの前でぴたりと止まると、ニターッと意地悪く笑った。

「そーれ、着いたぞ、小僧《こぞう》。九番線と……ほれ、十番線だ。おまえのプラットホームはその中間らしいが、まだできてないようだな、え？」

まさにそのとおりだった。「9」と書いた大きな札が下がったプラットホームの隣《となり》には、「10」と書いた大きな札が下がっている。そして、その間には、何もない。

「新学期をせいぜい楽しめよ」

バーノンおじさんはさっきよりもっとにんまりした。そしてさっさと、物も言わずに行ってしまった。ハリーが振《ふ》り向《む》くと、ダーズリー親子が車で走り去るところだった。三人とも大笑いしている。ハリーはのどがカラカラになった。いったい自分は何をしようとしているのだろう？　ヘドウィグを連れているので、周りからはじろじろ見られるし。誰《だれ》かに尋《たず》ねなければ……。

ハリーは、ちょうど通りかかった駅員を呼《よ》び止《と》めて尋《たず》ねたが、さすがに九と四分の三番線とは言えなかった。駅員はホグワーツなんて聞いたことがないと言うし、どのへんにあるのかハリーが説明できないとわかると、わざといいかげんなことを言っているんじゃないかと、うさんくさいというような顔をした。ハリーはいよいよ困《こま》り果《は》てて、十一時に出る列車はないかと聞いてみたが、駅員はそんなものはないと答えた。とうとう駅員は、時間のむだ使いだとブツクサ言いながら行ってしまった。

ハリーはパニックしないように、ぐっとこらえた。列車到着《とうちゃく》案内板の上にある大きな時計《とけい》が、ホグワーツ行きの列車があと十分で出てしまうことを告げていた。それなのに、ハリーはどうしていいのかさっぱりわからない。駅のど真ん中で、一人では持ち上げられないようなトランクと、ポケットいっぱいの魔法使《まほうつか》いのお金と、大きなふくろうを持ってとほうに暮《く》れるばかりだった。

ハグリッドは何か言い忘《わす》れたにちがいない。ダイアゴン横丁に入るには左側の三番目のれんがをコツコツとたたいたではないか。魔法《まほう》の杖《つえ》を取り出して、九番と十番の間にある改札口をたたいてみようか。

その時、ハリーの後ろを通《とお》り過《す》ぎた一団《いちだん》があった。ハリーの耳にこんな言葉が飛《と》び込《こ》んできた。

「……マグルで混《こ》み合ってるわね。当然だけど……」

ハリーは急いで後ろを振《ふ》り返《かえ》った。ふっくらしたおばさんが、そろいもそろって燃《も》えるような赤毛の四人の男の子に話しかけていた。みんなハリーと同じようなトランクを押《お》しながら歩いている……それに、「**ふくろう**」が一羽《わ》いる。

胸《むね》をドキドキさせ、ハリーはカートを押《お》してみんなにくっついて行き、みんなが立ち止まったので、ハリーもみんなの話が聞こえるぐらいのところで止まった。

「さて、何番線だったかしら」とお母さんが聞いた。

「九と四分の三よ！」

小さな女の子がかん高い声を出した。この子も赤毛だ。お母さんの手を握《にぎ》って「ママ、あたしも行きたい……」と言った。

「ジニー、あなたはまだ小さいからね。ちょっとおとなしくしててね。はい、パーシー、先に行って」

一番年上らしい少年がプラットホームの「9」と「10」に向かって進んでいった。ハリーは目を凝《こ》らして見ていた。見過《みす》ごさないよう、瞬《まばた》きしないように気をつけた……ところが、少年がちょうど二本のプラットホームの分かれ目にさしかかったとき、ハリーの前に旅行者の群《む》れがわんさとあふれてきて、その最後のリュックサックが消えたころには、少年も消え去っていた。

「フレッド、次はあなたよ」とふっくらおばさんが言った。

「僕《ぼく》フレッドじゃないよ。ジョージだよ。まったく、この人ときたら、これでも僕《ぼく》たちの母親だってよく言えるな。僕《ぼく》がジョージだってわからないの？」

「あら、ごめんなさい、ジョージちゃん」

「冗談《じょうだん》だよ。僕《ぼく》フレッドさ」

と言うと、男の子は歩きだした。双子《ふたご》の片方《かたほう》が後ろから「急げ」と声をかけた。一瞬《いっしゅん》のうちにフレッドの姿《すがた》は消えていた……でも、いったいどうやったんだろう？

今度は三番目の男の子が改札口の柵《さく》に向かってきびきびと歩きだした――そのあたりに着いた――と思ったら、またしても急に影《かげ》も形もない。

こうなったらほかに手はない。

「すみません」

ハリーはふっくらおばさんに話しかけた。

「あら、こんにちは。坊《ぼう》や、ホグワーツへは初めて？　ロンもそうなのよ」

おばさんは最後に残った男の子を指さした。背《せ》が高く、やせて、ひょろっとした子で、そばかすだらけで、手足が大きく、鼻が高かった。

「はい。でも……あの、僕《ぼく》、わからなくて。どうやって……」

「どうやってプラットホームに行くかってことね？」

おばさんがやさしく言った。ハリーはうなずいた。

「心配しなくていいのよ。九番と十番の間の柵《さく》に向かってまっすぐに歩けばいいの。立ち止まったり、ぶつかるんじゃないかって怖《こわ》がったりしないこと、これが大切よ。怖《こわ》かったら少し走るといいわ。さあ、ロンの前に行って」

「うーん……はい」

ハリーはカートをくるりと回して、柵《さく》をにらんだ。頑丈《がんじょう》そうだった。

ハリーは歩きはじめた。九番線と十番線に向かう乗客が、ハリーをあっちへ、こっちへと押《お》すので、ハリーはますます早足になった。改札口に正面衝突《しょうとつ》しそうだ。そうなったら、やっかいなことになるぞ……カートにしがみつくようにして、ハリーは突進《とっしん》した——柵《さく》がぐんぐん近づいてくる。もう止められない——カートが言うことをきかない——あと三十センチ——ハリーは目を閉《と》じた。

ぶつかる——スーッ……おや、まだ走っている……ハリーは目を開けた。

紅色《くれないいろ》の蒸気《じょうき》機関車が、乗客でごったがえすプラットホームに停車していた。ホームの上には「ホグワーツ行き特急十一時発」と書いてある。振《ふ》り返《かえ》ると、改札口のあったところに「$9\frac{3}{4}$」と書いた鉄のアーチが見えた。やったぞ。

機関車の煙《けむり》がおしゃべりな人ごみの上に漂《ただよ》い、色とりどりの猫《ねこ》が足元をぬうように歩いている。おしゃべりの声と、重いトランクをひきずる音をくぐって、ふくろうがホーホーと不機嫌《ふきげん》そうに鳴き交わしている。

手前の数両はもう生徒でいっぱいだった。窓《まど》から身を乗り出して家族と話したり、席の取り合いでけんかをしたりしていた。ハリーは空いた席を探《さが》して、カートを押《お》しながらホームを歩いた。丸顔の男の子のそばを通《とお》り過《す》ぎるとき、男の子の声が聞こえた。

「ばあちゃん。またヒキガエルがいなくなっちゃった」

「まあ、ネビルったら」

おばあさんのため息が聞こえた。

細かい三つあみを縮《ちぢ》らせたドレッドヘアの男の子の周りに小さな人垣《ひとがき》ができていた。

「リー、見せて。さあ」

その子が腕《うで》に抱《かか》えた箱のふたを開けると、得体の知れない長い毛むくじゃらの肢《あし》が中から突《つ》き出《だ》し、周りの人が悲鳴を上げた。

ハリーは人ごみをかき分け、やっと最後尾《さいこうび》の車両近くに空いているコンパートメントの席を見つけた。ヘドウィグを先に入れ、列車の戸口の階段《かいだん》から重いトランクを押《お》し上《あ》げようとしたが、トランクの片側《かたがわ》さえ持ち上がらず、二回も足の上に落として痛《いた》い目にあった。

「手伝《てつだ》おうか?」

さっき、先に改札口を通過《つうか》していった、赤毛の双子《ふたご》のどちらかだった。

「うん。お願い」ハリーが息を切らしながら言った。

「おい、フレッド! こっち来て手伝えよ」

双子《ふたご》のおかげでハリーのトランクはやっと客室の隅《すみ》に収《おさ》まった。

「ありがとう」と言いながら、ハリーは目にかぶさった汗《あせ》びっしょりの髪《かみ》をかき上げた。

「それ、何だい？」

双子《ふたご》の一人が急にハリーの稲妻形《いなずまがた》の傷痕《きずあと》を指さして言った。

「驚《おどろ》いたな。君は……？」もう一人が言った。

「彼《かれ》だ。君、ちがうかい？」最初の一人が言った。

「何が？」とハリー。

「ハリー・ポッターさ」双子《ふたご》が同時に言った。

「ああ、そのこと。うん、そうだよ。僕《ぼく》はハリー・ポッターだ」

双子《ふたご》がポカンとハリーに見とれているので、ハリーは顔が赤らむのを感じた。その時、ありがたいことに、開け放された汽車の窓《まど》から声が流《なが》れ込《こ》んできた。

「フレッド？　ジョージ？　どこにいるの？」

「ママ、いま行くよ」

もう一度ハリーを見つめると、双子《ふたご》は列車から飛《と》び降《お》りた。

ハリーは窓際《まどぎわ》に座《すわ》った。そこからだと、半分隠《かく》れて、プラットホームの赤毛一家を眺《なが》めることができたし、話し声も聞こえた。お母さんがハンカチを取り出したところだった。

「ロン。お鼻に何かついてるわよ」

すっ飛んで逃《に》げようとする末息子を、母親ががっちり捕《つか》まえて、鼻の先をこすりはじめた。

「**ママ**――ママったら――やめてよ」

ロンはもがいて逃《のが》れた。

「あらあら、ロニー坊《ぼう》や、お鼻に何かちゅいてまちゅか？」と双子《ふたご》の一人がはやしたてた。

「うるさい！」とロン。

「パーシーはどこ？」とママが聞いた。

「こっちに歩いてくるよ」

一番年上の少年が大股《おおまた》で歩いてきた。もう黒いホグワーツの制服《せいふく》に着替《きが》え、ローブをなびかせている。ハリーは、少年の胸《むね》にPの文字《もじ》が入った赤と金色のバッジが輝《かがや》いているのに気づいた。

「母さん、あんまり長くはいられないよ。僕《ぼく》、先頭の車両なんだ。Pバッジの監督生《かんとくせい》はコンパートメント二つが指定席になってるんだ……」

「おお、パーシー、君、監督生《かんとくせい》になったのかい？」

双子《ふたご》の一人がわざと驚《おどろ》いたように言った。

「そう言ってくれればいいのに。知らなかったじゃないか」

「まてよ、そういえば、一回、そんなことを言ってたな」と双子《ふたご》のもう一人《ひとり》。

「二回かな……」

「一分間に一、二回だな……」

「夏休み中言っていたような……」

「だまれ」と監督生《かんとくせい》パーシーが言った。

「どうして、パーシーは新しいローブを着てるんだろう？」双子《ふたご》の一人が言った。

「**監督生**《かんとくせい》だからよ」母親がうれしそうに言った。

「それじゃ、楽しく過《す》ごしなさいね。着いたらふくろう便をちょうだい」

母親はパーシーのほおにさよならのキスをした。パーシーがいなくなると、母親は双子《ふたご》に向きなおった。

「さて、あなたたち……今年《ことし》はお行儀《ぎょうぎ》よくするんですよ。もしも、またふくろう便が来て、あなたたちが……あなたたちがトイレを吹《ふ》き飛《と》ばしたとか何とか知らせてき……」

「トイレを吹《ふ》っ飛《と》ばすだって？　僕《ぼく》たちそんなことしたことないよ」

「すっげえアイデアだぜ。ママ、ありがとさん」

「ばかなこと言わないで。ロンの面倒見《めんどうみ》てあげてね」

「心配御無用《ごむよう》。はなたれロニー坊《ぼう》やは、僕《ぼく》たちに任《まか》せて」

「うるさい」

とロンがまた言った。もう双子《ふたご》と同じぐらい背《せ》が高いのに、お母さんにこすられたロンの鼻先はまだピンク色だった。

「ねえ、ママ。誰《だれ》に会ったと思う？　いま列車の中で会った人、だーれだ？」

ハリーは自分が見ていることに気づかれないよう、あわてて身をひいた。

「駅でそばにいた黒い髪《かみ》の子、覚えてる？　あの子はだーれだ？」

「だあれ？」

「**ハリー・ポッター！**」

ハリーの耳に女の子の声が聞こえた。

「ねえ、ママ。汽車に乗って、見てきてもいい？　ねえ、ママ、お願い……」

「ジニー、もうあの子を見たでしょ？　動物園じゃないんだから、じろじろ見たらかわいそうでしょう。でも、フレッド、ほんとなの？　なぜそうだとわかったの？」

「本人に聞いた。傷痕《きずあと》を見たんだ。ほんとにあったんだよ……稲妻《いなずま》のようなのが」

「かわいそうな子……どうりで一人だったんだわ。どうしてかしらって思ったのよ。どうやってプラットホームに行くのかって聞いたとき、ほんとうにお行儀《ぎょうぎ》がよかった」

「そんなことはどうでもいいよ。『例のあの人』がどんなだったか覚えてると思う？」

母親は急に厳《きび》しい顔をした。

「フレッド、聞いたりしてはだめよ、絶対《ぜったい》にいけません。入学の最初の日にそのことを思い出させるなんて、かわいそうでしょう」

「大丈夫《だいじょうぶ》だよ。そんなにムキにならないでよ」

笛が鳴った。

「急いで！」

母親にせかされて、三人の男の子は汽車によじ登って乗《の》り込《こ》んだ。みんな窓《まど》から身を乗り出して母親のお別れのキスを受けた。妹のジニーが泣きだした。

「泣くなよ、ジニー。ふくろう便をドッサリ送ってあげるよ」

「ホグワーツのトイレの便座《べんざ》を送ってやるよ」

「ジョージったら！」

「冗談《じょうだん》だよ、ママ」

汽車がすべり出した。母親が子供《こども》たちに手を振《ふ》っているのをハリーは見ていた。妹は半べその泣き笑い顔で汽車を追いかけて走ってきたが、追いつけない速度になったあとは立ち止まって手を振《ふ》っていた。

汽車がカーブを曲がって、女の子と母親の姿《すがた》が見えなくなるまでハリーは見ていた。家々が窓《まど》の外を飛ぶように過《す》ぎていった。

ハリーの心は躍《おど》った。何が待ちかまえているかはわからない……でも、置いてきたこれまでの暮《く》らしよりは絶対《ぜったい》ましにちがいない。

コンパートメントの戸が開いて、一番年下の赤毛の男の子が入ってきた。

「ここ空いてる？」

ハリーのむかい側の席を指さして尋《たず》ねた。

「ほかはどこもいっぱいなんだ」

ハリーがうなずいたので、男の子は席に腰《こし》かけ、ちらりとハリーを見たが、何も見なかったようなふりをして、すぐに窓《まど》の外に目を移《うつ》した。ハリーはその子の鼻の頭がまだ汚《よご》れたままなのに気づいた。

「おい、ロン」

双子《ふたご》が戻《もど》ってきた。

「なあ、俺《おれ》たち、真ん中の車両あたりまで行くぜ……リー・ジョーダンがでっかいタランチュラを持ってるんだ」

「わかった」ロンはもごもご言った。

「ハリー」双子《ふたご》のもう一人が言った。

「自己紹介《じこしょうかい》したっけ？　僕《ぼく》たち、フレッドとジョージ・ウィーズリーだ。こいつは弟のロン。じゃ、またあとでな」

「バイバイ」

ハリーとロンが答えた。

双子《ふたご》はコンパートメントの戸を閉《し》めて出ていった。

「君、ほんとにハリー・ポッターなの？」ロンがポロリと言った。

ハリーはこっくりした。

「ふーん……そう。僕《ぼく》、フレッドとジョージがまたふざけてるんだと思った。じゃ、君、ほんとうにあるの……ほら……」

ロンはハリーの額《ひたい》を指さした。

ハリーは前髪《まえがみ》をかき上げて稲妻《いなずま》の傷痕《きずあと》を見せた。ロンはじっと見た。

「それじゃ、これが『例のあの人』の……？」

「うん。でも何にも覚えてないんだ」

「何にも？」ロンが熱っぽく聞いた。

「そうだな……緑色の光がいっぱいだったのを覚えてるけど、それだけ」

「うわー」

ロンはじっと座《すわ》ったまま、しばらくハリーを見つめていたが、ハッと我《われ》に返ってあわてて窓《まど》の外に目をやった。

「君の家族はみんな魔法使《まほうつか》いなの？」

ロンがハリーに興味《きょうみ》を持ったと同じぐらい、ハリーもロンに関心を持った。

「あぁ……うん、そうだと思う」ロンが答えた。

「ママのはとこだけが会計士だけど、僕《ぼく》たちその人のことを話題にしないことにしてるし」

「じゃ、君なんか、もう魔法《まほう》をいっぱい知ってるんだろうな」

ウィーズリー家が、ダイアゴン横丁であの青白い男の子が話していた、由緒《ゆいしょ》正しい「魔法使《まほうつか》いの旧家《きゅうか》」の一つであることは明らかだった。

「君はマグルと暮《く》らしてたって聞いたよ。どんな感じなんだい？」とロン。

「ひどいもんさ……みんながそうだってわけじゃないけど。おじさん、おばさん、僕《ぼく》のいとこはそうだった。僕《ぼく》にも魔法使《まほうつか》いの兄弟が三人もいればいいのにな」

「五人だよ」

ロンの顔がなぜか曇《くも》った。

「ホグワーツに入学するのは僕《ぼく》が六人目なんだ。期待に沿《そ》うのは大変だよ。ビルとチャーリーはもう卒業したんだけど……ビルは首席だったし、チャーリーはクィディッチのキャプテンだった。今度はパーシーが監督生《かんとくせい》だ。フレッドとジョージはいたずらばっかりやってるけど成《せい》績《せき》はいいんだ。みんな二人はおもしろいやつだって思ってる。僕《ぼく》もみんなと同じように優秀《ゆうしゅう》だって期待されてるんだけど、もし僕《ぼく》が期待に応《こた》えるようなことをしたって、みんなと同じことをしただけだから、たいしたことじゃないってことになっちまう。それに、五人も上にいるもんだから、何にも新しい物がもらえないんだ。僕《ぼく》の制服《せいふく》のローブはビルのお古だし、杖《つえ》はチャーリーのだし、ペットだってパーシーのお下がりのネズミをもらったんだよ」

ロンは上着のポケットに手を突《つ》っ込《こ》んで太ったネズミを引《ひ》っ張《ぱ》り出《だ》した。ネズミはぐっすり眠《ねむ》っている。

「スキャバーズって名前だけど、役立たずなんだ。寝《ね》てばっかりいるし。パーシーは監督生《かんとくせい》になったから、パパにふくろうを買ってもらった。だけど、僕《ぼく》んちはそれ以上の余裕《よゆう》が……だから、僕《ぼく》にはお下がりのスキャバーズさ」

ロンは耳もとを赤らめた。しゃべり過《す》ぎたと思ったらしく、また窓《まど》の外に目を移《うつ》した。

ふくろうを買う余裕《よゆう》がなくたって、何も恥《は》ずかしいことはない。自分だって一か月前までは文無しだった。ハリーはロンにその話をした。ダドリーのお古を着せられて、誕生日《たんじょうび》にはろくなプレゼントをもらったことがない……などなど。ロンはそれで少し元気になったようだった。

「――それに、ハグリッドが教えてくれるまでは、僕《ぼく》、自分が魔法使《まほうつか》いだってこと全然知らなかったし、両親のことも、**ヴォルデモート**のことも……」

ロンが息をのんだ。

「どうしたの？」

「**君、『例のあの人』の名前を言った！**」

ロンは驚《おどろ》きと称賛《しょうさん》の入りまじった声を上げた。

「君の、君の口からその名を……」

「僕《ぼく》、名前を口にすることで、**勇敢《ゆうかん》なとこ**を見せようっていうつもりじゃないんだ。名前を言っちゃいけないなんて知らなかっただけなんだ。わかる？　僕《ぼく》、学ばなくちゃいけないことばっかりなんだ――きっと……」

ハリーは、ずっと気にかかっていたことを初めて口にした。

「きっと、僕《ぼく》、クラスでビリだよ」

「そんなことはないさ。マグル出身の子はたくさんいるし、そういう子でもちゃんとやってるよ」

話しているうちに汽車はロンドンをあとにして、スピードを上げ、牛や羊のいる牧場のそばを走《はし》り抜《ぬ》けていった。二人はしばらくだまって、通《とお》り過《す》ぎてゆく野原や小道を眺《なが》めていた。

十二時半ごろ、通路でガチャガチャと大きな音がして、えくぼのおばさんがニコニコ顔で戸を開けた。

「車内販売《はんばい》よ。何かいりませんか？」

ハリーは朝食がまだだったので、勢《いきお》いよく立ち上がったが、ロンはまた耳元をポッと赤らめて、サンドイッチを持ってきたからと口ごもった。ハリーは通路に出た。

ダーズリー家では甘《あま》い物を買うお金なんか持ったことがなかった。でもいまはポケットの中で金貨や銀貨がジャラジャラ鳴っている。持ちきれないほどのマーズ・バー・チョコレートが買える……でも、チョコ・バーは売っていなかった。そのかわり、バーティー・ボッツの百味《ひゃくみ》ビーンズだの、ドルーブルの風船ガムだの、蛙《かえる》チョコレート、かぼちゃパイ、大鍋《おおなべ》ケーキ、杖《つえ》形甘草《がたかんぞう》あめ、それにいままでハリーが一度も見たことがないような不思議な物がたくさんあった。一つも買いそこねたくない、とばかりにハリーはどれも少しずつ買って、おばさんに銀貨十一シックルと銅貨《どうか》七クヌートを払《はら》った。

ハリーが両腕《りょううで》いっぱいの買い物を空いている座席《ざせき》にドサッと置くのを、ロンは目を皿のようにして眺《なが》めていた。

「お腹空《なかす》いてるの？」

「ペコペコだよ」

ハリーはかぼちゃパイにかぶりつきながら答えた。

ロンはデコボコの包みを取り出して、開いた。サンドイッチが四切れ入っていた。一切れつまみ上げ、パンをめくってロンが言った。

「ママったら僕《ぼく》がコンビーフは嫌《きら》いだって言っているのに、いっつも忘《わす》れちゃうんだ」

「僕《ぼく》のと換《か》えようよ。これ、食べて……」

ハリーがパイを差し出しながら言った。

「でも、これ、パサパサでおいしくないよ」とロンが言った。そしてあわててつけ加えた。

「ママは時間がないんだ。五人も子供《こども》がいるんだもの」

「いいから、パイ食べてよ」

ハリーはいままで誰《だれ》かと分け合うようなものを持ったことがなかったし、分け合う人もいなかった。ロンと一緒《いっしょ》にパイやらケーキやらを夢中《むちゅう》で食べるのはすてきなことだった——サンドイッチはほったらかしのままだった。

「これ何だい？」

ハリーは「蛙《かえる》チョコレート」の包みを取り上げて聞いた。

「まさか、**本物の**カエルじゃないよね？」

もう何があっても驚《おどろ》かないぞという気分だった。

「まさか。でも、カードを見てごらん。僕《ぼく》、アグリッパがないんだ」

「何だって？」

「そうか、君、知らないよね……チョコを買うと、中にカードが入ってるんだ。ほら、みんなが集めるやつさ——有名な魔法使《まほうつか》いとか魔女《まじょ》とかの写真だよ。僕《ぼく》、五百枚《まい》ぐらい持ってるけど、アグリッパとプトレマイオスがまだないんだ」

ハリーは蛙《かえる》チョコの包みを開けてカードを取り出した。男の顔だ。半月形のめがねをかけ、高い鼻は鉤鼻《かぎばな》で、流れるような銀色の髪《かみ》、あごひげ、口ひげを蓄《たくわ》えている。写真の下に「アルバス・ダンブルドア」と書いてある。

「**この人が**ダンブルドアなんだ*！*」

ハリーが声を上げた。

「ダンブルドアのことを知らなかったの*！*　僕《ぼく》にも蛙《かえる》一つくれる？　アグリッパが当たるかもしれない……ありがとう……」

ハリーはカードの裏《うら》を読んだ。

アルバス・ダンブルドア

現在《げんざい》ホグワーツ校校長。近代の魔法使《まほうつか》いの中で最も偉大《いだい》な魔法使《まほうつか》いと言われている。とくに、一九四五年、闇《やみ》の魔法使《まほうつか》いグリンデルバルドを破《やぶ》ったこと、ドラゴンの血液《けつえき》の十二種類の利用法の発見、パートナーであるニコラス・フラメルとの錬金術《れんきんじゅつ》の共同研究などで有名。趣味《しゅみ》は、室内楽とボウリング。

ハリーがまたカードの表を返してみると、驚《おどろ》いたことにダンブルドアの顔が消えていた。

「いなくなっちゃったよ！」

「そりゃ、一日中その中にいるはずないよ」とロンが言った。

「また帰ってくるよ。あ、だめだ、また魔女《まじょ》モルガナだ。もう六枚《まい》も持ってるよ……君、欲《ほ》しい？　これから集めるといいよ」

ロンは、蛙《かえる》チョコの山を開けたそうに、ちらちらと見ている。

「開けていいよ」ハリーはうながした。

「でもね、ほら、何て言ったっけ、そう、マグルの世界では、ズーッと写真の中にいるよ」

「そう？　じゃ、全然動かないの？　**変なの！**」ロンは驚《おどろ》いたように言った。

ダンブルドアが写真の中にそうっと戻《もど》ってきて、ちょっと笑いかけたのを見て、ハリーは目を丸くした。ロンは有名な魔法使《まほうつか》いや魔女《まじょ》の写真より、チョコを食べるほうに夢中《むちゅう》だったが、ハリーはカードから目が離《はな》せなかった。しばらくすると、ダンブルドアやモルガナのほかに、ウッドクロフトのヘンギストやら、アルベリック・グラニオン、キルケ、パラケルスス、マーリンと、カードが集まった。ドルイド教女祭司のクリオドナが鼻の頭をかいているのを見たあとで、やっとハリーはカードから目を離《はな》し、「バーティー・ボッツの百味《ひゃくみ》ビーンズ」の袋《ふくろ》を開けた。

「気をつけたほうがいいよ」ロンが注意した。

「百味《ひゃくみ》って、**ほんとに**何でもありなんだから――そりゃ、普通《ふつう》のもあるよ。チョコ味、ハッカ味、マーマレード味なんか。でも、ほうれんそう味とか、レバー味とか、臓物《ぞうもつ》味なんてのがあるんだ。ジョージが言ってたけど、鼻くそ味にちがいないってのに当たったことがあるって」

ロンは緑色のビーンズをつまんで、よーく見てから、ちょっとだけかじった。

「ウエー、ほらね！　芽キャベツだよ」

二人はしばらく百味《ひゃくみ》ビーンズを楽しんだ。ハリーが食べたのはトースト味、ココナッツ、インゲン豆のトマト煮《に》、イチゴ、カレー、草、コーヒー、イワシ――。大胆《だいたん》にも、ロンが手をつけようともしなかったへんてこりんな灰色《はいいろ》のビーンズの端《はし》をかじってみたら、こしょう味だった。

車窓《しゃそう》に広がる景色《けしき》がだんだん荒々《あらあら》しくなってきた。整然とした畑はもうない。森や曲がりくねった川、うっそうとした暗緑色の丘《おか》が過《す》ぎていく。

コンパートメントをノックして、丸顔の男の子が泣きべそをかいて入ってきた。九と四分の三番線ホームでハリーが見かけた子だった。

「ごめんね。僕《ぼく》のヒキガエルを見かけなかった？」

二人が首を横に振《ふ》ると、男の子はめそめそ泣きだした。

「いなくなっちゃった。僕《ぼく》から逃《に》げてばっかりいるんだ！」

「きっと出てくるよ」ハリーが言った。

「うん。もし見かけたら……」男の子はしょげかえってそう言うと出ていった。

「どうしてそんなこと気にするのかなあ。僕《ぼく》がヒキガエルなんか持ってたら、なるべく早くなくしちゃいたいけどな。もっとも、僕《ぼく》だってスキャバーズを持ってきたんだから人のことは言えないけどね」

ネズミはロンのひざの上でグーグー眠《ねむ》り続けている。

「死んでたって、きっと見分けがつかないよ」ロンはうんざりした口調だ。

「昨日《きのう》、少しはおもしろくしてやろうと思って、黄色に変えようとしたんだ。でも呪文《じゅもん》が効《き》かなかった。やって見せようか——見てて……」

ロンはトランクをガサゴソ引っかき回して、くたびれたような杖《つえ》を取り出した。あちこちボロボロ欠けていて、端《はし》から何やら白いキラキラするものがのぞいている。

「一角獣《ユニコーン》のたてがみがはみ出してるけど。まあ、いいか……」

杖《つえ》を振《ふ》り上《あ》げたとたん、またコンパートメントの戸が開いた。ヒキガエルに逃《に》げられた子が、今度は女の子を連れて現《あらわ》れた。女の子はもう、新調のホグワーツ・ローブに着替《きが》えている。

「誰《だれ》かヒキガエルを見なかった？　ネビルのがいなくなったの」

なんとなく威張《いば》った話し方をする女の子だ。栗色《くりいろ》の髪《かみ》がふさふさして、前歯がちょっと大きかった。

「見なかったって、さっきそう言ったよ」とロンが答えたが、女の子は聞いてもいない。むしろ杖《つえ》に気を取られていた。

「あら、魔法《まほう》をかけるの？　それじゃ、見せてもらうわ」と女の子が座《すわ》り込《こ》み、ロンはたじろいだ。

「あー……いいよ」

ロンは咳払《せきばら》いをした。

「お陽さま、雛菊《ひなぎく》、溶《と》ろけたバター。デブで間抜《まぬ》けなねずみを黄色に変えよ」

ロンは杖《つえ》を振《ふ》った。でも何も起こらない。スキャバーズは相変わらずネズミ色でぐっすり眠《ねむ》っていた。

「その呪文《じゅもん》、まちがってない？」と女の子が言った。

「まあ、あんまりうまくいかなかったわね。私《わたし》も練習のつもりで簡単《かんたん》な呪文《じゅもん》を試してみたことがあるけど、みんなうまくいったわ。私《わたし》の家族に魔法族《まほうぞく》は誰《だれ》もいないの。だから、手紙をもらった時、驚《おどろ》いたわ。でももちろんうれしかった。だって、最高の魔法《まほう》学校だって聞いているもの……教科書はもちろん、全部暗記したわ。それだけで足りるといいんだけど……私《わたし》、ハーマイオニー・グレンジャー。あなた方は？」女の子は一気にこれだけを言ってのけた。

ハリーはロンの顔を見てホッとした。ロンも、ハリーと同じく教科書を暗記していないらしく、あぜんとしていた。

「僕《ぼく》、ロン・ウィーズリー」ロンはもごもご言った。

「ハリー・ポッター」

「ほんとに？　私《わたし》、もちろんあなたのこと全部知ってるわ。――参考書を二、三冊《さつ》読んだの。あなたのこと、『近代魔法史《まほうし》』『闇《やみ》の魔術《まじゅつ》の興亡《こうぼう》』『二十世紀の魔法大事件《まほうだいじけん》』なんかに出てるわ」

「僕《ぼく》が？」ハリーは呆然《ぼうぜん》とした。

「まあ、知らなかったの？　私《わたし》があなただったら、できるだけ全部調べるけど。二人とも、どの寮《りょう》に入るかわかってる？　私《わたし》、いろんな人に聞いて調べたけど、グリフィンドールに入りたいわ。絶対《ぜったい》一番いいみたい。ダンブルドアもそこ出身だって聞いたわ。でもレイブンクローも悪くないかもね……とにかく、もう行くわ。ネビルのヒキガエルを探《さが》さなきゃ。二人とも着替《きが》えたほうがいいわよ。もうすぐ着くはずだから」

「ヒキガエル探《さが》しの子」を引き連れて、女の子は出ていった。

「どの寮《りょう》でもいいけど、あの子のいないとこがいいな」

杖《つえ》をトランクに投げ入れながら、ロンが言った。

「ヘボ呪文《じゅもん》め……ジョージから習ったんだ。ダメ呪文《じゅもん》だってあいつは知ってたのにちがいない」

「君の兄《にい》さんたちってどこの寮《りょう》なの？」とハリーが聞いた。

「グリフィンドール」ロンはまた落《お》ち込《こ》んだようだった。

「ママもパパもそうだった。もし僕《ぼく》がそうじゃなかったら、なんて言われるか。レイブンクローだったらそれほど悪くないかもしれないけど、スリザリンなんかに入れられたら、それこそ最悪だ」

「そこって、ヴォル……つまり、『例のあの人』がいたところ？」

「ああ」

ロンはそう言うと、がっくりと席に座《すわ》り込《こ》んだ。

「あのね、スキャバーズのひげの端《はし》っこのほうが少し黄色っぽくなってきたみたい」

ハリーはロンが寮《りょう》のことを考えないように話しかけた。

「それで、大きい兄《にい》さんたちは卒業してから何してるの？」

魔法使《まほうつか》いって卒業してからいったい何をするんだろうと、ハリーは思った。

「チャーリーはルーマニアでドラゴンの研究。ビルはアフリカで何かグリンゴッツの仕事をしてる」とロンが答えた。

「グリンゴッツのこと、聞いた？『日刊予言者新聞《にっかんよげんしゃしんぶん》』にべたべた出てるよ。でもマグルのほうには配達されないね……誰《だれ》かが、特別警戒《けいかい》の金庫を荒《あ》らそうとしたらしいよ」

ハリーは目を丸くした。

「ほんと？　それで、どうなったの？」

「なーんも。だから大ニュースなのさ。捕《つか》まらなかったんだよ。グリンゴッツに忍《しの》び込《こ》むなんて、きっと強力な闇《やみ》の魔法使《まほうつか》いだろうって、パパが言うんだ。でも、何にも盗《と》っていかなかった。そこが変なんだよな。当然、こんなことが起きると、陰《かげ》に『例のあの人』がいるんじゃないかって、みんな怖《こわ》がるんだよ」

ハリーはこのニュースを頭の中で反芻《はんすう》していた。「例のあの人」と聞くたびに、恐怖《きょうふ》がチクチクとハリーの胸《むね》を刺《さ》すようになっていた。これも、「これが魔法界《まほうかい》に入るってことなんだ」とは思ったが、何も恐《おそ》れずに「ヴォルデモート」と言っていたころのほうが気楽だった。

「君、クィディッチはどこのチームのファン？」ロンが尋《たず》ねた。

「うーん、僕《ぼく》、どこのチームも知らない」ハリーは白状《はくじょう》した。

「ひえー！」

ロンはものも言えないほど驚《おどろ》いた。

「まあ、そのうちわかると思うけど、これ、世界一おもしろいスポーツだぜ……」

と言うなり、ロンは詳《くわ》しく説明しだした。ボールは四個《こ》、七人の選手のポジションはどこ、兄貴《あにき》たちと見にいった有名な試合がどうだったか、お金があればこんな箒《ほうき》を買いたい……ロンが、まさにこれからがおもしろいと、専門的《せんもんてき》な話に入ろうとしていたとき、またコンパートメントの戸が開いた。今度は、「ヒキガエル探《さが》し」のネビルでもハーマイオニーでもなかった。

男の子が三人入ってきた。ハリーは真ん中の一人が誰《だれ》であるか一目でわかった。あのマダム・マルキン洋装店《ようそうてん》にいた、青白い子だ。ダイアゴン横丁のときよりずっと強い関心を示《しめ》してハリーを見ている。

「ほんとかい？　このコンパートメントにハリー・ポッターがいるって、汽車の中じゃその話でもちきりなんだけど。それじゃ、君なのか？」

「そうだよ」とハリーが答えた。

ハリーはあとの二人に目をやった。二人ともがっしりとして、この上なく意地悪そうだった。青白い男の子の両脇《りょうわき》に立っていると、ボディガードのようだ。

「ああ、こいつはクラッブで、こっちがゴイルさ」

ハリーの視線《しせん》に気づいた青白い子が、無造作《むぞうさ》に言った。

「そして、僕《ぼく》がマルフォイだ。ドラコ・マルフォイ」

ロンは、せせら笑いをごまかすかのように軽く咳払《せきばら》いをした。ドラコ・マルフォイが目ざとくそれを見とがめた。

「僕《ぼく》の名前が変だとでも言うのかい？　君が誰《だれ》だか聞く必要もないね。父上が言ってたよ。ウィーズリー家はみんな赤毛で、そばかすで、育てきれないほどたくさん子供《こども》がいるってね」

それからハリーに向かって言った。

「ポッター君。そのうち家柄《いえがら》のいい魔法族《まほうぞく》とそうでないのとがわかってくるよ。まちがったのとはつき合わないことだね。そのへんは僕《ぼく》が教えてあげよう」

男の子はハリーに手を差し出して握手《あくしゅ》を求めたが、ハリーは応《おう》じなかった。

「まちがったのかどうかを見分けるのは自分でもできると思うよ。どうもご親切さま」ハリーは冷たく言った。

ドラコ・マルフォイは真っ赤にはならなかったが、青白い頬《ほお》にピンク色がさした。

「ポッター君。僕《ぼく》ならもう少し気をつけるがね」からみつくような言い方だ。「もう少し礼儀《れいぎ》を心得ないと、君の両親と同じ道をたどることになるぞ。君の両親も、何が自分の身のためになるかを知らなかったようだ。ウィーズリー家やハグリッドみたいな下等な連中と一緒《いっしょ》にいると、君も同類になるだろうよ」

ハリーもロンも立ち上がった。ロンの顔は髪《かみ》の毛《け》と同じぐらい赤くなった。

「もう一ぺん言ってみろ」ロンが叫《さけ》んだ。

「へえ、僕《ぼく》たちとやるつもりかい？」マルフォイはせせら笑った。

「いますぐ出ていかないならね」ハリーはきっぱり言った。

クラッブもゴイルも、ハリーやロンよりずっと大きかったので、内心は言葉ほど勇敢《ゆうかん》ではなかった。

「出ていく気分じゃないな。おまえたちもそうだろう？　僕《ぼく》たち、自分の食べ物は全部食べちゃったし、ここにはまだあるようだし」

ゴイルがロンのそばにある蛙《かえる》チョコに手を伸《の》ばした……ロンは跳《と》びかかった、が、ゴイルにさわるかさわらないうちに、ゴイルが恐《おそ》ろしい悲鳴を上げた。

ネズミのスキャバーズが指に食らいついている。鋭《するど》い小さな歯がゴイルの指にガップリと食《く》い込《こ》んでいる……ゴイルはスキャバーズをぐるぐる振《ふ》り回《まわ》し、わめき、クラッブとマルフォイはあとずさりした。とうとう振《ふ》りきられたスキャバーズが窓《まど》にたたきつけられるとすぐに、三人とも足早に消え去った。もしかしたら、菓子《かし》にもっとネズミが隠《かく》れていると思ったのかもしれないし、誰《だれ》かの足音が聞こえたのかもしれない。

ハーマイオニー・グレンジャーがまもなく顔を出した。

「いったい何やってたの？」

床《ゆか》いっぱいに散らばった菓子《かし》と、スキャバーズのしっぽをつかんでぶら下げているロンを見ながら、ハーマイオニーが言った。

「こいつ、ノックアウトされちゃったみたい」ロンはハリーにそう言いながら、もう一度よくスキャバーズを見た。

「ちがう……驚《おどろ》いたなあ……また眠《ねむ》っちゃってるよ」

本当に眠《ねむ》っていた。

「マルフォイに会ったことあるの？」

ハリーはダイアゴン横丁での出会いを話した。

「僕《ぼく》、あの家族のことを聞いたことがある」

ロンが暗い顔をした。

「『例のあの人』が消えたとき、真っ先にこっち側に戻《もど》ってきた家族の一つなんだ。魔法《まほう》をかけられてたって言ったんだって。パパは信じないって言ってた。マルフォイの父親なら、闇《やみ》の陣営《じんえい》に味方するのに特別な口実はいらなかったろうって」

ロンはハーマイオニーのほうを振《ふ》り向《む》いて、いまさらながら尋《たず》ねた。

「何かご用？」

「二人とも急いだほうがいいわ。ローブを着て。私《わたし》、前のほうに行って運転手に聞いてきたんだけど、もうまもなく着くって。二人とも、けんかしてたんじゃないでしょうね？　まだ着いてもいないうちから問題になるわよ！」

「スキャバーズがけんかしてたんだ。僕《ぼく》たちじゃないよ」

ロンはしかめっ面でハーマイオニーをにらみながら言った。

「よろしければ、着替《きが》えるから出てってくれないかな？」

「いいわよ――みんなが通路でかけっこしたりして、あんまり子供《こども》っぽい振《ふ》る舞《ま》いをするもんだから、様子を見に来てみただけよ」

ハーマイオニーはツンと小ばかにしたような声を出した。

「ついでだけど、あなたの鼻、泥《どろ》がついてるわよ。気がついてた？」

ロンはハーマイオニーが出ていくのをにらみつけていた。ハリーが窓《まど》からのぞくと、外は暗くなっていた。深い紫色《むらさきいろ》の空の下に山や森が見えた。汽車はたしかに徐々《じょじょ》に速度を落としているようだ。

二人は上着を脱《ぬ》ぎ、黒い長いローブを着た。ロンのはちょっと短すぎて、下からスニーカーがのぞいている。

車内に響《ひび》き渡《わた》る声が聞こえた。

「あと五分でホグワーツに到着《とうちゃく》します。荷物は別に学校に届《とど》けますので、車内に置いていってください」

ハリーは緊張《きんちょう》で胃がひっくり返りそうだったし、ロンのそばかすだらけの顔は青白く見えた。二人は残った菓子《かし》を急いでポケットに詰《つ》め込《こ》み、通路にあふれる人の群《む》れに加わった。

汽車はますます速度を落とし、完全に停車した。押《お》し合《あ》いへし合いしながら列車の戸を開けて外に出ると、小さな、暗いプラットホームだった。夜の冷たい空気にハリーは身震《みぶる》いした。やがて生徒たちの頭上にゆらゆらとランプが近づいてきて、ハリーの耳に懐《なつ》かしい声が聞こえた。

「イッチ（一）年生！　イッチ年生はこっち！　ハリー、元気か？」

ハグリッドの大きなひげ面が、ずらりとそろった生徒の頭のむこうから笑いかけた。

「さあ、ついてこいよ――あとイッチ年生はいないかな？　足元に気をつけろ。いいか！　イッチ年生、ついてこい！」

すべったり、つまずいたりしながら、険《けわ》しくて狭《せま》い小道を、みんなはハグリッドに続いて下りていった。右も左も真っ暗だったので、木がうっそうと生《お》い茂《しげ》っているのだろうとハリーは思った。みんな黙々《もくもく》と歩いた。ヒキガエルに逃《に》げられてばかりいた少年、ネビルが、一、二回鼻をすすった。

「みんな、ホグワーツがまもなく見えるぞ」

ハグリッドが振《ふ》り返《かえ》りながら言った。

「この角を曲がったらだ」

「うぉーっ！」

いっせいに声が湧《わ》き起《お》こった。

狭《せま》い道が急に開け、大きな黒い湖のほとりに出た。むこう岸に高い山がそびえ、そのてっぺんに壮大《そうだい》な城《しろ》が見えた。大小さまざまな塔《とう》が立《た》ち並《なら》び、キラキラと輝《かがや》く窓《まど》が星空に浮《う》かび上《あ》がっていた。

「四人ずつボートに乗って！」

ハグリッドは岸辺につながれた小船を指さした。ハリーとロンが乗り、ネビルとハーマイオニーが続いて乗った。

「みんな乗ったか？」

ハグリッドが大声を出した。一人でボートに乗っている。

「よーし、では、**進めえ！**」

ボート船団《せんだん》はいっせいに動き出し、鏡のような湖面をすべるように進んだ。みんなだまって、そびえ立つ巨大《きょだい》な城《しろ》を見上げていた。むこう岸の崖《がけ》に近づくにつれて、城《しろ》が頭上にのしかかってきた。

「頭、下げぇー！」

先頭の何艘《そう》かが崖下《がけした》に到着《とうちゃく》した時、ハグリッドが掛《か》け声《ごえ》をかけた。いっせいに頭を下げると、船団《せんだん》は蔦《つた》のカーテンをくぐり、その陰《かげ》に隠《かく》れてポッカリと空いている崖《がけ》の入口へと進んだ。城《しろ》の真下と思われる暗いトンネルをくぐると、地下の船着き場に到着《とうちゃく》した。全員が岩と小石の上に降《お》り立《た》った。

「ホイ、おまえさん！　これ、おまえのヒキガエルかい？」

みんなが船を降《お》りたあと、ボートを調べていたハグリッドが声を上げた。

「トレバー！」

ネビルは大喜びで手を差し出した。生徒たちはハグリッドのランプのあとに従《したが》ってゴツゴツした岩の路を登り、湿《しめ》ったなめらかな草むらの城影《しろかげ》の中にたどり着いた。

みんなは石段《いしだん》を上り、巨大《きょだい》な樫《かし》の木の扉《とびら》の前に集まった。

「みんな、いるか？　おまえさん、ちゃんとヒキガエル持っとるな？」

ハグリッドは大きな握《にぎ》りこぶしを振《ふ》り上《あ》げ、城《しろ》の扉《とびら》を三回たたいた。

第七章 組分《くみわ》け帽子《ぼうし》

扉《とびら》がパッと開いて、エメラルド色のローブを着た背《せ》の高い黒髪《くろかみ》の魔女《まじょ》が現《あらわ》れた。とても厳格《げんかく》な顔つきをしている。この人には逆《さか》らってはいけない、とハリーは直感した。

「マクゴナガル教授《きょうじゅ》、イッチ（一）年生のみなさんです」ハグリッドが報告《ほうこく》した。

「ご苦労さま、ハグリッド。ここからは私《わたくし》が預《あず》かりましょう」

マクゴナガル先生は扉《とびら》を大きく開けた。玄関《げんかん》ホールはダーズリーの家がまるまる入りそうなほど広かった。石壁《いしかべ》が、グリンゴッツと同じような松明《たいまつ》の炎《ほのお》に照らされ、天井《てんじょう》はどこまで続くかわからないほど高い。壮大《そうだい》な大理石の階段《かいだん》が正面から上へと続いている。

マクゴナガル先生について生徒たちは石畳《いしだたみ》のホールを横切っていった。入口の右手のほうから、何百人ものざわめきが聞こえた——学校中がもうそこに集まっているにちがいない——しかし、マクゴナガル先生はホールの脇《わき》にある小さな空き部屋に一年生を案内した。生徒たちは窮屈《きゅうくつ》な部屋《へや》に詰《つ》め込《こ》まれ、不安そうにきょろきょろしながら互《たが》いに寄《よ》りそって立っていた。

「ホグワーツ入学おめでとう」マクゴナガル先生が挨拶《あいさつ》をした。

「新入生の歓迎会《かんげいかい》がまもなく始まりますが、大広間の席に着く前に、みなさんが入る寮《りょう》を決めなくてはなりません。ホグワーツにいる間、寮生《りょうせい》が学校でのみなさんの家族のようなものですから、寮《りょう》の組分けはとても大事な儀式《ぎしき》です。教室でも寮生《りょうせい》と一緒《いっしょ》に勉強し、寝《ね》るのも寮《りょう》、自由時間は寮《りょう》の談話室で過《す》ごすことになります。

寮《りょう》は四つあります。グリフィンドール、ハッフルパフ、レイブンクロー、スリザリンです。それぞれ輝《かがや》かしい歴史があって、偉大《いだい》な魔女《まじょ》や魔法使《まほうつか》いが卒業しました。ホグワーツにいる間、みなさんのよい行いは、自分の属《ぞく》する寮《りょう》の得点になりますし、反対に規則《きそく》に違反《いはん》したときは寮《りょう》の減点《げんてん》になります。学年末には、最高得点の寮《りょう》に大変名誉《めいよ》ある寮杯《りょうはい》が与《あた》えられます。どの寮《りょう》に入るにしても、みなさん一人一人《ひとりひとり》が寮《りょう》にとって誇《ほこ》りとなるよう望みます」

「まもなく全校生の前で組分けの儀式《ぎしき》が始まります。待っている間、できるだけ身なりを整えておきなさい」

マクゴナガル先生は一瞬《いっしゅん》、ネビルのマントの結び目が左耳の下のほうにずれているのに目をやり、ロンの鼻の頭が汚《よご》れているのに目を留《と》めた。ハリーはそわそわと髪《かみ》をなでつけた。

「学校側の準備《じゅんび》ができたら戻《もど》ってきますから、静かに待っていてください」

先生が部屋《へや》を出ていった。ハリーはゴクリと生つばを飲《の》み込《こ》んだ。

「いったいどうやって寮《りょう》を決めるんだろう」

ハリーはロンにたずねた。

「試験のようなものだと思う。すごく痛《いた》いってフレッドが言ってたけど、きっと冗談《じょうだん》だ」

ハリーはドキドキしてきた。試験？　全校生徒のいる前で？　でも魔法《まほう》なんてまだ一つも知らないし――一体全体、僕《ぼく》は何をしなくちゃいけないんだろう。ホグワーツに着いたとたんにこんなことがあるなんて思ってもみなかった。ハリーは不安げにあたりを見わたしたが、ほかの生徒も怖《こわ》がっているようだった。みんなあまり話もしなかったが、ハーマイオニー・グレンジャーだけは、どの呪文《じゅもん》が試験に出るんだろうと、いままでに覚えた全部の呪文《じゅもん》について早口でつぶやいていた。ハリーはハーマイオニーの声を聞くまいと必死だった。これまでこんなに緊張《きんちょう》したことはない。以前、いったいどうやったのかはわからないが、ハリーが先生のかつらの色を青くしてしまった、という学校からの手紙をダーズリー家に持って帰ったときでさえ、こんなにびくびくはしなかった。ハリーはドアをじっと見続けた。いまにもドアが開き、マクゴナガル先生が戻《もど》ってきてハリーの暗い運命が決まるかもしれない。

突然《とつぜん》不思議なことが起こった。ハリーは驚《おどろ》いて三十センチも宙《ちゅう》に跳《と》び上《あ》がってしまったし、ハリーの後ろにいた生徒たちは悲鳴を上げた。

「いったい……？」

ハリーは息をのんだ。周りの生徒も息をのんだ。後ろの壁《かべ》からゴーストが二十人ぐらい現《あらわ》れたのだ。真珠《しんじゅ》のように白く、少し透《す》き通《とお》っている。みんな一年生のほうにはほとんど見向きもせず、互《たが》いに話をしながらするすると部屋《へや》を横切っていった。何やら議論《ぎろん》しているようだ。太った小柄《こがら》な修道士《しゅうどうし》らしいゴーストが言う。

「もう許《ゆる》して、忘《わす》れなされ。彼《かれ》にもう一度だけチャンスを与《あた》えましょうぞ」

「修道士《しゅうどうし》さん、ピーブズには、あいつにとって充分《じゅうぶん》すぎるくらいのチャンスをやったではないですか。我々《われわれ》の面汚《つらよご》しですよ。しかも、ご存《ぞん》じのように、やつは本当のゴーストではない――おや、君たち、ここで何をしているのですかな？」

ひだ襟《えり》のついた上着にタイツをはいたゴーストが、急に一年生たちに気づいて声をかけた。誰《だれ》も答えなかった。

「新入生じゃな。これから組分けされるところか？」

太った修道士《しゅうどうし》が一年生にほほえみかけた。数人の新入生がだまってうなずいた。

「ハッフルパフで会えるとよいな。わしはそこの卒業生じゃからの」と修道士《しゅうどうし》が言った。

「さあ行きますよ」厳《きび》しい声がした。

「組分け儀式《ぎしき》がまもなく始まります」

マクゴナガル先生が戻《もど》ってきたのだ。ゴーストは一人ずつ、前方の壁《かべ》を抜《ぬ》けてふわふわ出ていった。

「さあ、一列になって。ついてきてください」マクゴナガル先生が号令をかけた。

足が鉛《なまり》になったように妙《みょう》に重かった。ハリーは黄土色の髪《かみ》の少年の後ろに並《なら》び、ハリーのあとにはロンが続いた。一年生は部屋《へや》を出て再《ふたた》び玄関《げんかん》ホールに戻《もど》り、そこから二重扉《にじゅうとびら》を通って大広間に入った。

そこには、ハリーが夢《ゆめ》にも見たことのない、不思議ですばらしい光景が広がっていた。何千というろうそくが空中に浮《う》かび、四つの長テーブルを照らしていた。テーブルには上級生たちが着席し、キラキラ輝《かがや》く金色のお皿とゴブレットが置いてあった。広間の上座《かみざ》にはもう一つ長テーブルがあって、先生方が座《すわ》っていた。マクゴナガル先生は上座《かみざ》のテーブルのところまで一年生を引率《いんそつ》し、上級生のほうに顔を向け、先生方に背《せ》を向けるかっこうで一列に並《なら》ばせた。一年生を見つめる何百という顔が、ろうそくのチラチラする明かりで青白いランタンのように見えた。その中に点々と、ゴーストが銀色のかすみのように光っていた。みんなが見つめる視線《しせん》から逃《のが》れるように、ハリーが天井《てんじょう》を見上げると、ビロードのような黒い空に星が点々と光っていた。

「本当の空に見えるように魔法《まほう》がかけられているのよ。『ホグワーツの歴史』に書いてあったわ」ハーマイオニーがそう言うのが聞こえた。

そこに天井《てんじょう》があるなんてとても思えない。大広間はまさに天空に向かって開いているように感じられた。

マクゴナガル先生が一年生の前にだまって四本脚《あし》のスツールを置いたので、ハリーは慌《あわ》てて視線《しせん》を戻《もど》した。椅子《いす》の上には魔法使《まほうつか》いのかぶるとんがり帽子《ぼうし》が置かれた。この帽子《ぼうし》ときたら、つぎはぎのボロボロで、とても汚《きたな》らしかった。ペチュニアおばさんなら、こんな帽子《ぼうし》は家の中に置いておかないだろう。

もしかしたら帽子《ぼうし》からウサギを出すのかな。あてずっぽうにハリーはそんなことを考えていたが、広間中のみんなが帽子《ぼうし》をじっと見つめているのに気づいて、ハリーも帽子《ぼうし》を見た。一瞬《いっしゅん》、広間は水を打ったように静かになった。すると、帽子《ぼうし》がピクピク動いたかと思うとつばのへりの破《やぶ》れ目《め》が、まるで口のように開いて、帽子《ぼうし》が歌いだした。

私《わたし》はきれいじゃないけれど
人は見かけによらぬもの
私《わたし》をしのぐ賢《かしこ》い帽子《ぼうし》
あるなら私《わたし》は身を引こう
山高帽子《やまたかぼうし》は真っ黒で

シルクハットはすらりと高い
私《わたし》は彼《かれ》らの上をいく
ホグワーツ校の組分《くみわ》け帽子《ぼうし》
君の頭に隠《かく》れたものを
組分《くみわ》け帽子《ぼうし》はお見通し
かぶれば君に教えよう
君が行くべき寮《りょう》の名を

グリフィンドールに行くならば
勇気ある者が住《すま》う寮《りょう》
勇猛《ゆうもう》果敢《かかん》な騎士道《きしどう》で
ほかとはちがうグリフィンドール

ハッフルパフに行くならば
君は正しく忠実《ちゅうじつ》で
忍耐強《にんたいづよ》く真実で

苦労を苦労と思わない

古き賢《かしこ》きレイブンクロー
君に意欲《いよく》があるならば
機知と学びの友人を
ここで必ず得るだろう

スリザリンではもしかして
君はまことの友を得る
どんな手段《しゅだん》を使っても
目的遂《と》げる狡猾《こうかつ》さ

かぶってごらん！　恐《おそ》れずに！
おろおろせずに、お任《まか》せを！
君を私《わたし》の手にゆだね（私《わたし》に手なんかないけれど）
だって私《わたし》は考える帽子《ぼうし》！

歌が終わると広間にいた全員が拍手喝采《はくしゅかっさい》をした。四つのテーブルにそれぞれおじぎして、帽《ぼう》子《し》は再《ふたた》び静かになった。

「僕《ぼく》たちはただ帽子《ぼうし》をかぶればいいんだ！　フレッドのやつ、やっつけてやる。トロールと取っ組み合いさせられるなんて言って」ロンがハリーにささやいた。

ハリーは弱々しくほほえんだ。

――そりゃ、呪文《じゅもん》よりも帽子《ぼうし》をかぶるほうがずっといい。だけど、誰《だれ》も見ていないところでかぶるんだったらもっといいのに。

帽子《ぼうし》はかなり要求が多いように思えた。いまのところハリーは勇敢《ゆうかん》でもないし、機知があるわけでもないし、どの要求にも当てはまらないような気がした。帽子《ぼうし》が、「少し気分が悪い生徒の寮《りょう》」と歌ってくれていたなら、まさにそれがいまのハリーだったのに。

マクゴナガル先生が長い羊皮紙の巻紙《まきがみ》を手にして前に進み出た。

「ＡＢＣ順に名前を呼《よ》ばれたら、帽子《ぼうし》をかぶって椅子《いす》に座《すわ》り、組分けを受けてください」

「アボット、ハンナ！」

ピンクのほおをした、金髪《きんぱつ》のおさげの少女が、転がるように前に出てきた。帽《ぼう》子《し》をかぶると目が隠《かく》れるほどだった。腰《こし》かけた。一瞬《いっしゅん》の沈黙《ちんもく》……。

「ハッフルパフ！」と帽子《ぼうし》が叫《さけ》んだ。

右側のテーブルから歓声《かんせい》と拍手《はくしゅ》が上がり、ハンナはハッフルパフのテーブルに着いた。ハリーは太った修道士《しゅうどうし》のゴーストがハンナに向かってうれしそうに手を振《ふ》るのを見た。

「ボーンズ、スーザン！」

帽子《ぼうし》がまた**「ハッフルパフ！」**と叫《さけ》び、スーザンは小走りでハンナの隣《となり》に座《すわ》った。

「ブート、テリー！」

「レイブンクロー！」

今度は左端《ひだりはし》から二番目のテーブルに拍手《はくしゅ》が湧《わ》き、テリーが行くと何人かが立って握手《あくしゅ》で迎《むか》えた。

次の「ブロックルハースト、マンディ」もレイブンクローだったが、その次に呼《よ》ばれた「ブラウン、ラベンダー」が初めてグリフィンドールになった。一番左端《ひだりはし》のテーブルからはじけるような歓声《かんせい》が上がった。ハリーはロンの双子《ふたご》の兄弟がヒューッと口笛を吹《ふ》くのを見た。

そして「ブルストロード、ミリセント」はスリザリンになった。スリザリンについてあれこれ聞かされたので、ハリーの思《おも》い込《こ》みなのかもしれないが、この寮《りょう》の連中はどうも感じが悪いとハリーは思った。

ハリーはいよいよ決定的に気分が悪くなってきた。学校で体育の時間にチームを組んだときのことを思い出した。ハリーが下手《へた》だからというわけではなく、ハリーを誘《さそ》うとダドリーに目をつけられるので、みんないつも最後までハリーをのけものにした。

「フィンチ－フレッチリー、ジャスティン！」

「**ハッフルパフ！**」

帽子《ぼうし》がすぐに寮名《りょうめい》を呼《よ》び上《あ》げるときと、決定にしばらくかかるときがあることにハリーは気づいた。ハリーの前に並《なら》んでいた黄土色の髪《かみ》をした少年、「フィネガン、シェーマス」など、まるまる一分間椅子《いす》に座《すわ》っていた。それからやっと帽子《ぼうし》は「**グリフィンドール**」と宣言《せんげん》した。

「グレンジャー、ハーマイオニー！」

ハーマイオニーは走るようにして椅子《いす》に座《すわ》り、待ちきれないようにぐいっと帽子《ぼうし》をかぶった。

「**グリフィンドール！**」

帽子《ぼうし》が叫《さけ》んだ。ロンがうめいた。

ハリーは急に恐《おそ》ろしい考えにとらわれた。ドキドキしているから、そんな考えが浮《う》かんでくるのだ。どの寮《りょう》にも選ばれなかったらどうしよう。帽子《ぼうし》を目の上までかぶったまま永遠《えいえん》に座《すわ》り続けている――ついにマクゴナガル先生がやってきて帽子《ぼうし》をぐいと頭から取り上げ、何かのまちがいだったから汽車に乗ってお帰りなさい、と言う――もしそうなったらどうしよう？ヒキガエルに逃《に》げられてばかりいた「ロングボトム、ネビル」が呼《よ》ばれた。ネビルは椅子《いす》まで行く途中《とちゅう》で転んでしまった。決定にしばらくかかったが、帽子《ぼうし》はやっと「**グリフィンドール！**」と叫《さけ》んだ。

ネビルは帽子《ぼうし》をかぶったままかけだしてしまい、爆笑《ばくしょう》の中をとぼとぼ戻《もど》って、次の「マクドゥガル、モラグ」に渡《わた》した。

マルフォイは名前を呼《よ》ばれるとふんぞり返って前に進み出た。望みはあっという間にかなった。帽子《ぼうし》はマルフォイの頭に触《ふ》れるか触《ふ》れないうちに「**スリザリン！**」と叫《さけ》んだ。

マルフォイは満足げに仲間のクラッブやゴイルのいる席に着いた。残っている生徒は少なくなってきた。

「ムーン」……「ノット」……「パーキンソン」……、双子《ふたご》の「パチル」姉妹……、「パークス、サリー－アン」……、そして、ついに――。

「ポッター、ハリー！」

ハリーが前に進み出ると、突然《とつぜん》広間中にシーッというささやきが波のように広がった。

「ポッターって、そう言った？」

「あのハリー・ポッターなの？」

帽子《ぼうし》がハリーの目の上に落ちる直前までハリーが見ていたのは、広間中の人たちが首を伸《の》ばしてハリーをよく見ようとする様子だった。次の瞬間《しゅんかん》、ハリーは帽子《ぼうし》の内側の闇《やみ》を見ていた。ハリーはじっと待った。

「フーム」低い声がハリーの耳の中で聞こえた。「難《むず》かしい。非常《ひじょう》に難《むず》かしい。ふむ、勇気に満ちている。頭も悪くない。才能《さいのう》もある。おう、なんと、なるほど……自分の力を試したいというすばらしい欲望《よくぼう》もある。いや、おもしろい……さて、どこに入れたものかな？」

ハリーは椅子《いす》の縁《へり》を握《にぎ》りしめ、「スリザリンはだめ、スリザリンはだめ」と思い続けた。

「スリザリンはいやなのかね？」小さな声が言った。「確《たし》かかね？　君は偉大《いだい》になれる可能性《かのうせい》があるんだよ。そのすべては君の頭の中にある。スリザリンに入ればまちがいなく偉大《いだい》になる道が開ける。いやかね？　よろしい、君がそう確信《かくしん》しているなら……むしろ、**グリフィンドール！**」

ハリーは帽子《ぼうし》が最後の言葉を広間全体に向かって叫《さけ》ぶのを聞いた。帽子《ぼうし》を脱《ぬ》ぎ、ハリーはふらふらとグリフィンドールのテーブルに向かった。選んでもらえた。しかもスリザリンではなかった。その安堵感《あんどかん》でハリーの頭はいっぱいで、最高の割《わ》れるような歓声《かんせい》に迎《むか》えられていることにもまったく気づかなかった。監督生《かんとくせい》パーシーも立ち上がり、力強くハリーと握手《あくしゅ》した。双《ふた》子《ご》のウィーズリー兄弟は、「ポッターを取った！　ポッターを取った！」と歓声《かんせい》を上げていた。

ハリーはさっき出会ったひだ襟服《えりふく》のゴーストとむかい合って座《すわ》った。ゴーストはハリーの腕《うで》を軽くたたいた。とたんにハリーは冷水の入ったバケツに腕《うで》を突《つ》っ込《こ》んだようにゾクッとした。

寮生《りょうせい》のテーブルに着いたので、ハリーははじめて上座《かみざ》の来賓席《らいひんせき》を見ることができた。ハリーに近いほうの端《はし》にハグリッドが座《すわ》っていて、ハリーと目が合うと親指を上げて「よかった」という合図をした。ハリーも笑顔《えがお》を返した。来賓席《らいひんせき》の真ん中で、大きな金色の椅子《いす》にアルバス・ダンブルドアが座《すわ》っていた。汽車の中で食べた蛙《かえる》チョコレートのカードに写真があったので、すぐにその人だとわかった。広間の中では、ダンブルドアの白髪《はくはつ》だけがゴーストと同じ銀色にキラキラ輝《かがや》いていた。「漏《も》れ鍋《なべ》」にいた若《わか》い神経質《しんけいしつ》なクィレル先生もいた。大きな紫《むらさき》のターバンをつけた姿《すがた》がひときわへんてこりんだった。

まだ組分けがすんでいないのはあと三人だけになった。「ターピン、リサ」はレイブンクローになった。次はロンの番だ。ロンは青ざめていた。ハリーはテーブルの下で手を組んで祈《いの》った。帽子《ぼうし》はすぐに「**グリフィンドール！**」と叫《さけ》んだ。

ハリーはみんなと一緒《いっしょ》に大きな拍手《はくしゅ》をした。ロンはハリーの隣《となり》の椅子《いす》に崩《くず》れるように座《すわ》った。

「ロン、よくやったぞ。えらい」

ハリーの隣《となり》から、パーシー・ウィーズリーがもったいぶって声をかけた。「ザビニ、ブレーズ」はスリザリンに決まった。マクゴナガル先生はくるくると巻紙《まきがみ》をしまい、帽子《ぼうし》を片《かた》づけた。

ハリーはからっぽの金の皿を眺《なが》めた。急にお腹《なか》がペコペコなのに気がついた。かぼちゃパイを食べたのが大昔のような気がした。

アルバス・ダンブルドアが立ち上がった。腕《うで》を大きく広げ、みんなに会えるのがこの上もない喜びだというようにニッコリ笑った。

「おめでとう！　ホグワーツの新入生、おめでとう！　歓迎会《かんげいかい》を始める前に、二言《ふたこと》、三言《みこと》、言わせていただきたい。では、いきますぞ。そーれ！　わっしょい！　こらしょい！　どっこらしょい！　以上！」

ダンブルドアは席につき、出席者全員が拍手《はくしゅ》し歓声《かんせい》を上げた。ハリーは笑っていいのか悪いのかわからなかった。

「あの人……ちょっぴりおかしくない？」ハリーはパーシーに聞いた。

「おかしいだって？」

パーシーはうきうきしていた。

「あの人は天才だ！　世界一の魔法使《まほうつか》いさ！　でも少しおかしいかな、うん。君、ポテト食べるかい？」

ハリーはあっけにとられた。目の前にある大皿が食べ物でいっぱいになっている。こんなにたくさん、ハリーの食べたい物ばかり並《なら》んでいるテーブルは見たことがない。ローストビーフ、ローストチキン、ポークチョップ、ラムチョップ、ソーセージ、ベーコン、ステーキ、ゆでたポテト、グリルドポテト、フレンチフライ、ヨークシャープディング、豆、ニンジン、グレービー、ケチャップ、そしてなぜか……ハッカキャンディ。

ダーズリー家では飢《う》え死《じ》にこそしなかったが、一度もお腹《なか》いっぱい食べさせてはもらえなかった。ハリーが食べたいものは、たとえ食べ過《す》ぎて気持ちが悪くなっても、みんなダドリーが取り上げてしまった。ハリーは、ハッカキャンディ以外は全部少しずつお皿に取って食べはじめた。どれもこれもおいしかった。

「おいしそうですね」

ハリーがステーキを切っていると、ひだ襟服《えりふく》のゴーストが悲しげに言った。

「食べられないの？」

「かれこれ五百年、食べておりません。もちろん食べる必要はないのですが、でもなつかしくて。まだ自己紹介《じこしょうかい》しておりませんでしたね。ニコラス・ド・ミムジー－ポーピントン卿《きょう》といいます。お見知りおきを。グリフィンドール塔《とう》に住むゴーストです」

「僕《ぼく》、君のこと知ってる！」ロンが突然《とつぜん》口をはさんだ。

「兄《にい》さんたちから君のこと聞いてるよ。『ほとんど首無《くびな》しニック』だ！」

「呼《よ》んでいただくのであれば、むしろ、ニコラス・ド・ミムジー……」

とゴーストがあらたまった調子で言いかけたが、黄土色の髪《かみ》のシェーマス・フィネガンが割《わ》り込《こ》んできた。

「ほとんど首無《くびな》し？　どうしてほとんど首無《くびな》しになれるの？」

ニコラス卿《きょう》は会話がどうも自分の思う方向には進んでいかないので、ひどく気に障《さわ》ったようだった。

「**ほら、**このとおり」

ニコラス卿《きょう》は腹立《はらだ》たしげに自分の左耳をつかんで引《ひ》っ張《ば》った。頭が首からグラッとはずれ、蝶番《ちょうつがい》で開くように肩《かた》の上に落ちた。誰《だれ》かが首を切ろうとして、やりそこねたらしい。生徒たちが驚《おどろ》くので「ほとんど首無《くびな》しニック」はうれしそうな顔をして頭をヒョイと元に戻《もど》し、咳払《せきばら》いをしてからこう言った。

「さて、グリフィンドール新入生諸君《しょくん》、今年《ことし》こそ寮対抗優勝《りょうたいこうゆうしょう》カップを獲得《かくとく》できるようがんばってくださるでしょうな？　グリフィンドールがこんなに長い間負け続けたことはない。スリザリンが六年連続で寮杯《りょうはい》を取っているのですぞ！　『血みどろ男爵《だんしゃく》』はもう鼻持ちならない状態《じょうたい》です……スリザリンのゴーストですがね」

ハリーがスリザリンのテーブルを見ると、身の毛もよだつようなゴーストが座《すわ》っていた。うつろな目、げっそりとした顔、衣服は銀色の血でべっとり汚《よご》れている。マルフォイのすぐ隣《となり》に座《すわ》っている。マルフォイはその席がお気に召《め》さない様子なのでハリーはなんだかうれしくなった。

「どうして血みどろになったの」と興味津々《きょうみしんしん》のシェーマスが聞いた。

「私《わたくし》、聞いてみたこともありません」と、ほとんど首無《くびな》しニックが言葉をにごした。

全員がお腹《なか》いっぱいになったところで食べ物は消え去り、お皿は前と同じようにピカピカになった。まもなくデザートが現《あらわ》れた。ありとあらゆる味のアイスクリーム、アップルパイ、糖《とう》蜜《みつ》パイ、エクレア、ジャムドーナツ、トライフル、イチゴ、ゼリー、ライスプディングなど……。

ハリーが糖蜜《とうみつ》パイを食べていると、家族の話題になった。

「僕《ぼく》はハーフなんだ。僕《ぼく》のパパはマグルで、ママは結婚《けっこん》するまで魔女《まじょ》だと言わなかったんだ。パパはずいぶんドッキリしたみたいだよ」とシェーマスが言った。

みんな笑った。

「ネビルはどうだい」ロンが聞いた。

「僕《ぼく》、ばあちゃんに育てられたんだけど、ばあちゃんが魔女《まじょ》なんだ」

ネビルが話しだした。

「でも僕《ぼく》の家族はずうっと僕《ぼく》が純粋《じゅんすい》マグルだと思ってたみたい。アルジー大《おお》おじさんときたら、僕《ぼく》に不意打ちを食わせてなんとか僕《ぼく》から魔法《まほう》の力を引き出そうとしたの――僕《ぼく》をブラックプールの桟橋《さんばし》の端《はし》から突《つ》き落《お》としたりして、もう少しでおぼれるところだった。でも八歳《さい》になるまで何にも起こらなかった。八歳《さい》のとき、アルジー大《おお》おじさんがうちに夕食にきたとき、ぼくの足首をつかんで二階の窓《まど》からぶら下げたんだ。ちょうどその時エニド大《おお》おばさんがメレンゲ菓子《かし》を持ってきて、大《おお》おじさんたらうっかり手を放してしまったんだ。だけど、僕《ぼく》はまりみたいにはずんだんだ――庭に落ちて道路までね。それを見てみんな大喜びだった。ばあちゃんなんか、うれし泣きだよ。この学校に入学することになったときのみんなの顔を見せたかったよ。みんな僕《ぼく》の魔法力《まほうりょく》じゃ無理だと思ってたらしい。アルジー大《おお》おじさんなんかとても喜んでヒキガエルを買ってくれたんだ」

テーブルの反対側では、パーシーとハーマイオニーが授業《じゅぎょう》について話していた。

「ほんとに、早く始まればいいのに。勉強することがいっぱいあるんですもの。私《わたし》、特に変身術《じゅつ》に興味《きょうみ》があるの。ほら、何かをほかのものに変えるっていう術《じゅつ》。もちろんすごく難《むずか》しいって言われてるけど……」

「はじめは小さなものから試すんだよ。マッチを針《はり》に変えるとか……」

ハリーは体が温かくなり、眠《ねむ》くなってきた。来賓席《らいひんせき》を見上げると、ハグリッドはゴブレットでグイグイ飲んでいた。マクゴナガル先生はダンブルドア先生と話している。ばかばかしいターバンを巻《ま》いたクィレル先生は、ねっとりした黒髪《くろかみ》、鉤鼻《かぎばな》、土気色の顔をした先生と話していた。

その時、突然《とつぜん》それは起こった。鉤鼻《かぎばな》の先生がクィレル先生のターバン越《ご》しにハリーと目を合わせたとたん、ハリーの額《ひたい》の傷《きず》に痛《いた》みが走ったのだ。

「イタッ！」ハリーはとっさに手でパシリと額《ひたい》をおおった。

「どうしたの？」パーシーが尋《たず》ねた。

「な、なんでもない」

痛《いた》みは急に走り、同じように急に消えた。しかしあの目つきから受けた感触《かんしょく》は簡単《かんたん》には振《ふ》り払《はら》えなかった。あの目はハリーが大嫌《だいきら》いだと言っていた……。

「あそこでクィレル先生と話しているのはどなたですか」とパーシーに聞いてみた。

「おや、クィレル先生はもう知ってるんだね。あれはスネイプ先生だ。どうりでクィレル先生がおどおどしてるわけだ。スネイプ先生は『魔法薬学《まほうやくがく》』を教えているんだが、本当はその学科は教えたくないらしい――クィレルの席をねらってるって、みんな知ってるよ。闇《やみ》の魔術《まじゅつ》にすごく詳《くわ》しいんだ、スネイプって」

ハリーはスネイプをしばらく見つめていたが、スネイプは二度とハリーのほうを見なかった。

とうとうデザートも消えてしまい、ダンブルドア先生がまた立ち上がった。広間中がシーンとなった。

「エヘン――全員よく食べ、よく飲んだことじゃろうから、また二言《ふたこと》、三言《みこと》。新学期を迎《むか》えるにあたり、いくつかお知らせがある。一年生に注意しておくが、構内《こうない》にある森には立ち入らぬよう。上級生も、何人かの生徒たちには、同じことをとくに注意しておきますぞ」

ダンブルドアはいたずらっぽい目でウィーズリーの双子《ふたご》兄弟を見た。

「管理人のフィルチさんから、授業《じゅぎょう》の合間に廊下《ろうか》で魔法《まほう》を使わないようにという注意がありました」

「今学期は、二週目にクィディッチ選手の選抜《せんばつ》があるので、寮《りょう》のチームに参加したい人はマダム・フーチに連絡《れんらく》するよう」

「最後にじゃが、とても痛《いた》い死に方をしたくない者は、今年《ことし》いっぱい四階の右側の廊下《ろうか》には入らぬことじゃ」

ハリーは笑ってしまったが、笑った生徒はほんの少数だった。

「まじめに言ってるんじゃないよね？」

ハリーはパーシーに向かってつぶやいた。

「いや、まじめだよ」

パーシーがしかめっ面でダンブルドアを見ながら言った。

「変だな、どこか立入禁止《たちいりきんし》の場所があるときは、必ず理由を説明してくれるのに……森には危《き》険《けん》な動物がたくさんいるからだし、それは誰《だれ》でも知っている。せめて僕《ぼく》たち監督生《かんとくせい》にはわけを言ってくれてもよかったのに」

「では、寝《ね》る前に校歌を歌いましょうぞ！」

ダンブルドアが声を張《は》り上《あ》げた。ハリーにはほかの先生方の笑顔《えがお》が急にこわばったように見えた。

ダンブルドアが魔法《まほう》の杖《つえ》をまるで杖先《つえさき》に止まったハエを振《ふ》り払《はら》うようにヒョイと動かすと、金色のりぼんが長々と流れ出て、テーブルの上高く昇《のぼ》り、蛇《へび》のようにくねくねと曲がって文字《もじ》を書いた。

「みんな自分の好きなメロディーで。では、さん、し、はい！」

学校中が大声でうなった。

ホグワーツ　ホグワーツ
ホグホグ　ワツワツ　ホグワーツ

教えて　どうぞ　僕《ぼく》たちに
老いても　ハゲても　青二才でも
頭にゃなんとか詰《つ》め込《こ》める
おもしろいものを詰《つ》め込《こ》める
いまはからっぽ　空気詰《づ》め
死んだハエやら　ガラクタ詰《づ》め
教えて　価値《かち》のあるものを
教えて　忘《わす》れてしまったものを
ベストをつくせば　あとはお任《まか》せ
学べよ脳《のう》みそ　くさるまで

みんなバラバラに歌い終えた。とびきり遅《おそ》い葬送《そうそう》行進曲で歌っていた双子《ふたご》のウィーズリー兄弟が最後まで残った。ダンブルドアはそれに合わせて最後の何小節かを魔法《まほう》の杖《つえ》で指揮《しき》し、二人が歌い終わったときには、誰《だれ》にも負けないぐらい大きな拍手《はくしゅ》をした。

「ああ、音楽とは何にもまさる魔法《まほう》じゃ！」

感激《かんげき》の涙《なみだ》をぬぐいながらダンブルドアが言った。

「さあ、諸君《しょくん》、就寝《しゅうしん》時間。かけ足！」

グリフィンドールの一年生はパーシーに続いてペチャクチャと騒《さわ》がしい人ごみの中を通り、大広間を出て大理石の階段《かいだん》を上がった。ハリーの足はまた鉛《なまり》のように重くなったが、今度は疲《つか》れと満腹《まんぷく》のせいだった。とても眠《ねむ》かったので、廊下《ろうか》を通るとき、壁《かべ》にかけてある肖像画《しょうぞうが》の人物がささやいたり生徒を指さしたりしても、気にならず、パーシーが引き戸やタペストリーの裏《うら》にある隠《かく》しドアを二度も通《とお》り抜《ぬ》けたのに何とも思わなかった。あくびをし、足を引きずりながら、階段《かいだん》また階段《かいだん》を上り、いったいあとどのくらいかかるんだろうとハリーが思ったとたん、突然《とつぜん》みんなが止まった。

前方にステッキが一束、空中に浮《う》いていた。パーシーが一歩前進するとステッキがバラバラと飛びかかってきた。

「ピーブズだ」

とパーシーが一年生にささやいた。

「ポルターガイストのピーブズだよ」

「ピーブズ、姿《すがた》を見せろ」

パーシーは大声を出した。

風船から空気が抜《ぬ》けるような、大きい無作法な音がそれに応《こた》えた。

「『血みどろ男爵《だんしゃく》』を呼《よ》んできてもいいのか？」

ポンと音がして、意地悪そうな暗い目の、大きな口をした小男が現《あらわ》れた。あぐらをかき、ステッキの束をつかんで空中に漂《ただよ》っている。

「おおおおおお！　かーわいいい一年生ちゃん！　なんてゆかいなんだ！」

小男は意地悪なかん高い笑い声を上げ、一年生めがけて急降下《きゅうこうか》した。みんなはヒョイと身をかがめた。

「ピーブズ、行ってしまえ。そうしないと男爵《だんしゃく》に言いつけるぞ。本気だぞ！」

パーシーがどなった。

ピーブズは舌《した》をベーッと出し、ステッキを何本もネビルの頭の上に落として消えてしまった。遠のきざま、あたりに並《なら》んでいる鎧《よろい》をガラガラいわせる音が聞こえた。

「ピーブズには気をつけたほうがいい」

再《ふたた》び歩きだしながらパーシーが言った。

「ピーブズをコントロールできるのは『血みどろ男爵《だんしゃく》』だけなんだ。僕《ぼく》ら監督生《かんとくせい》の言うことでさえ聞きゃしない。さあ、着いた」

廊下《ろうか》のつきあたりに、ピンクの絹《きぬ》のドレスを着たとても太った婦人《レディ》の肖像画《しょうぞうが》がかかっていた。

「合言葉は？」とその婦人《レディ》が聞いた。

「カプート　ドラコニス」

パーシーがそう唱えると、肖像画《しょうぞうが》がパッと前に開き、その後ろの壁《かべ》に丸い穴《あな》があるのが見えた。みんながやっとその高い穴《あな》にはい登ると——ネビルは足を持ち上げてもらわなければならなかった——穴《あな》はグリフィンドールの談話室につながっていた。心地よい円形の部屋《へや》で、ふかふかしたひじかけ椅子《いす》がたくさん置いてあった。

パーシーの指示《しじ》で、女の子は女子寮《じょしりょう》に続くドアから、男の子は男子寮《だんしりょう》に続くドアから別々の部屋《へや》に入った。らせん階段《かいだん》のてっぺんに——そこは、いくつかある塔《とう》の一つにちがいない——やっとベッドが見つかった。深紅《しんく》のビロードのカーテンがかかった、四本柱の天蓋《てんがい》つきベッドが五つ置いてある。トランクはもう届《とど》いていた。くたくたに疲《つか》れてしゃべる元気もなく、みんなパジャマに着替《きが》えてベッドにもぐりこんだ。

「すごいごちそうだったね」

ロンがカーテンごしにハリーに話しかけた。

「スキャバーズ、**やめろ！**　こいつ、僕《ぼく》のシーツをかんでいる」

ハリーはロンに、糖蜜《とうみつ》パイを食べたかどうか聞こうとしたが、あっという間に眠《ねむ》り込《こ》んでしまった。

ちょっと食べ過《す》ぎたせいか、ハリーはとても奇妙《きみょう》な夢《ゆめ》を見た。ハリーがクィレル先生のターバンをかぶっていて、そのターバンがハリーに絶《た》え間《ま》なく話しかけてくる。

「すぐスリザリンに移《うつ》らなくてはならない。それが運命なのだから」と言うのだ。

「スリザリンには行きたくない」

とハリーが答えると、ターバンはだんだん重くなり、脱《ぬ》ごうとすると痛《いた》いほどにしめつけてくる――そして、マルフォイがいる。ハリーがターバンと格闘《かくとう》しているのを笑いながら見ている――突然《とつぜん》マルフォイの顔が鉤鼻《かぎばな》のスネイプ先生に変わり、その高笑いが冷たく響《ひび》く――緑色の光が炸裂《さくれつ》し、ハリーは汗《あせ》びっしょりになって震《ふる》えながら目を覚ました。

ハリーは寝返《ねがえ》りをうち、再《ふたた》び眠《ねむ》りに落ちた。翌朝《よくあさ》目覚めたときには、その夢《ゆめ》をまったく覚えていなかった。

第八章　魔《ま》法《ほう》薬《やく》の先生

「見て、見て」

「どこ？」

「赤毛ののっぽの隣《となり》」

「めがねをかけてるやつ？」

「顔見た？」

「あの傷《きず》を見た？」

翌日《よくじつ》ハリーが寮《りょう》を出たとたん、ささやき声がつきまとってきた。前のクラスが終わるのを、教室の前で行列して待っている生徒たちが、つま先立ちでハリーを見ようとしたり、廊下《ろうか》ですれちがったあとでわざわざ逆戻《ぎゃくもど》りしてきてじろじろ見たりした。ハリーにとっては迷惑《めいわく》だった。教室を探《さが》すだけでも精一杯《せいいっぱい》だったからだ。

ホグワーツには百四十二もの階段《かいだん》があった。広い壮大《そうだい》な階段《かいだん》、狭《せま》いガタガタの階段《かいだん》、金曜日にはいつもとちがうところへつながる階段《かいだん》、真ん中あたりで一段《いちだん》消えてしまうので、忘《わす》れずにジャンプしなければならない階段《かいだん》……。扉《とびら》もいろいろあった。ていねいにお願いしないと開かない扉《とびら》、正確《せいかく》に一定の場所をくすぐらないと開かない扉《とびら》、扉《とびら》のように見えるけれど実は硬《かた》い壁《かべ》が扉《とびら》のふりをしている扉《とびら》。物という物が動いてしまうので、どこに何があるのかを覚えるのもたいへんだった。肖像画《しょうぞうが》の人物もしょっちゅうお互《たが》いに訪問《ほうもん》し合っているし、鎧《よろい》だってきっと歩けるにちがいないとハリーは確信《かくしん》していた。

ゴーストも問題だった。扉《とびら》を開けようとしているときに、突然《とつぜん》ゴーストがスルリと扉《とびら》を通《とお》り抜《ぬ》けたりすると、そのたびにヒヤッとした。「ほとんど首無《くびな》しニック」はいつも喜んでグリフィンドールの新入生に道を教えてくれたが、授業《じゅぎょう》に遅《おく》れそうになったときにポルターガイストのピーブズに出くわすと、二回も鍵《かぎ》のかかった扉《とびら》にぶつかり、仕掛《しか》け階段《かいだん》を通るはめに陥《おちい》ったときと同じぐらい時間がかかってしまう。ピーブズときたら、ごみ箱を頭の上でぶちまけたり、足元のじゅうたんを引《ひ》っ張《ぱ》ったり、チョークのかけらを次々とぶつけたり、姿《すがた》を隠《かく》したまま後ろからソーッと忍《しの》びよって鼻をつまみ、「**釣《つ》れたぞ！**」とキーキー声を上げたりした。

ピーブズよりやっかいなのは……そんなのがいるとすればの話だが……管理人のアーガス・フィルチだった。一日目の朝から、ハリーとロンは根性悪《こんじょうわる》のフィルチにみごとに大当たりしてしまった。無理やり開けようとした扉《とびら》が、運の悪いことに四階の立《た》ち入《い》り禁止廊下《きんしろうか》の入口で、その現場《げんば》をフィルチに見つかってしまったのだ。道に迷《まよ》ったと言っても信用しない。わざと押《お》し入《い》ろうとしたにちがいない、地下牢《ちかろう》に閉《と》じ込《こ》めると脅《おど》された。その時はちょうど通りがかったクィレル先生のおかげで二人は救われた。

フィルチはミセス・ノリスという猫《ねこ》を飼《か》っていた。やせこけて、ほこりっぽい色をした猫《ねこ》で、目はフィルチそっくりの、ランプみたいな出目金だった。ミセス・ノリスは一人で廊下《ろうか》の見まわりをする。彼女《かのじょ》の目の前で規則違反《きそくいはん》をしようものなら、たとえ足の指一本が境界線《きょうかいせん》を越《こ》えただけでも、あっという間にフィルチにご注進だ。二秒後にはフィルチが息を切らして飛んでくる。フィルチは秘密《ひみつ》の階段《かいだん》を誰《だれ》よりもよく知っていたので——双子《ふたご》のウィーズリーには負けるかもしれないが——、ゴーストと同じくらい突然《とつぜん》ヒョイとあらわれた。生徒たちはフィルチが大嫌《だいきら》いで、ミセス・ノリスを一度しこたま蹴飛《けと》ばしたいというのが、みんなの密《ひそ》かな熱い願いだった。

やっと教室への道がわかっても、次の難関《なんかん》は授業《じゅぎょう》そのものだった。魔法《まほう》とは、ただ杖《つえ》を振《ふ》っておかしなまじないを言うだけではないと、ハリーはたちまち思い知らされた。

水曜日の真夜中には、望遠鏡で夜空を観察し、星の名前や惑星《わくせい》の動きを勉強しなくてはならなかった。週三回、ずんぐりした小柄《こがら》なスプラウト先生と城《しろ》の裏《うら》にある温室に行き、「薬草学」を学んだ。不思議な植物やキノコの育て方、どんな用途《ようと》に使われるかなどを勉強するのだ。

なんといっても一番退屈《たいくつ》なのは「魔法史《まほうし》」で、これは唯一《ゆいいつ》、ゴーストが教えるクラスだった。ビンズ先生は昔、教員室の暖炉《だんろ》の前で居眠《いねむ》りをしてしまい、その時にはすでに相当の年だったのだが、翌朝《よくあさ》起きてクラスに行くときに、生身の体を教員室に置き去りにしてきてしまったのだ。先生のものうげで一本調子の講義《こうぎ》のせいで、生徒たちは名前や年号をノートに書き取りながら、悪人エメリックと奇人《きじん》ウリックを取りちがえてしまったりするのだった。

「妖精《ようせい》の呪文《じゅもん》」はフリットウィック先生の担当《たんとう》だった。ちっちゃな魔法使《まほうつか》いで、本を積み上げた上に立ってやっと机越《つくえご》しに顔が出るほどだった。最初の授業《じゅぎょう》で出席を取り、ハリーの名前まできたと興奮《こうふん》してキャッと言ったとたん、転んで姿《すがた》が見えなくなってしまった。

マクゴナガル先生はやはりほかの先生とはちがっていた。逆《さか》らってはいけない先生だというハリーの勘《かん》は当たっていた。厳格《げんかく》で聡明《そうめい》そのものの先生は、最初の授業《じゅぎょう》でみんなが着席するなりお説教を始めた。

「『変身術《じゅつ》』は、ホグワーツで学ぶ魔法《まほう》の中で最も複雑《ふくざつ》で危険《きけん》なものの一つです。いいかげんな態度《たいど》で私《わたくし》の授業《じゅぎょう》を受ける生徒は出ていってもらいますし、二度とクラスには入れません。初めから警告《けいこく》しておきます」

それから先生は机《つくえ》を豚《ぶた》に変え、また元の姿《すがた》に戻《もど》してみせた。生徒たちは感激《かんげき》して、早く試したくてうずうずした。しかし、家具を動物に変えるようになるまでには、まだまだ時間がかかることがすぐわかった。さんざん複雑《ふくざつ》なノートを取ったあと、一人一人《ひとりひとり》にマッチ棒《ぼう》が配られ、それを針《はり》に変える練習が始まった。授業《じゅぎょう》が終わるまでにマッチ棒《ぼう》を変身させることができたのは、ハーマイオニー・グレンジャーただ一人だった。マクゴナガル先生は、クラス全員に、彼《かの》女《じょ》のマッチ棒《ぼう》がどんなに銀色で、どんなにとがっているかを見せたあと、ハーマイオニーに向かってめったに見せないほほえみを見せた。

みんなが一番待ち望んでいた授業《じゅぎょう》は、「闇《やみ》の魔術《まじゅつ》に対する防衛術《ぼうえいじゅつ》」だったが、クィレルの授《じゅ》業《ぎょう》は肩《かた》すかしだった。教室にはニンニクの強烈《きょうれつ》な臭《にお》いがプンプン漂《ただよ》っていた。うわさでは、これは先生がルーマニアで出会った吸血鬼《きゅうけつき》を寄《よ》せつけないためで、いつまた襲《おそわ》れるかもしれないとびくびくしているらしい。クィレルの話では、ターバンは、やっかいなゾンビをやっつけたときにアフリカの王子様がお礼にくれたものだということだったが、生徒たちはどうも怪《あや》しいと思った。というのは、シェーマス・フィネガンがはりきって、どうやってゾンビをやっつけたのかと質問《しつもん》すると、クィレルは赤くなって話をそらし、お天気について話しはじめたからだ。それに、ターバンがいつも変な臭《にお》いを漂《ただよ》わせているのにみんなは気がついた。双子《ふたご》のウィーズリーは、クィレルがどこにいても安全なように、ターバンにもニンニクを詰《つ》め込《こ》んでいるにちがいないと主張《しゅちょう》した。

ハリーは、ほかの生徒に比《くら》べて自分がたいして遅《おく》れを取っていないことがわかって、ホッとしていた。マグルの家から来た子もたくさんいて、彼《かれ》らもハリーと同じように、ここに来るまでは自分が魔法使《まほうつか》いや魔女《まじょ》だとは夢《ゆめ》にも思っていなかった。学ぶことがあり過《す》ぎて、ロンのような魔法《まほう》家族の子でさえ、初めから優位《ゆうい》なスタートを切ったわけではなかった。

ハリーとロンにとって金曜日は記念すべき日になった。大広間に朝食に下りて行くのに、初めて一度も迷《まよ》わずにたどり着いたのだ。

「今日は何の授業《じゅぎょう》だっけ?」オートミールに砂糖《さとう》をかけながら、ハリーがロンに尋《たず》ねた。

「スリザリンの連中と一緒《いっしょ》に、『魔法薬学《まほうやくがく》』さ。スネイプはスリザリンの寮監《りょうかん》だ。いつもスリザリンをひいきするってみんなが言ってる――本当かどうか今日《きょう》わかるだろう」とロンが答えた。

「マクゴナガルが僕《ぼく》たちをひいきしてくれたらいいのになあ」とハリー。

マクゴナガル先生はグリフィンドールの寮監《りょうかん》だが、だからといって、昨日《きのう》も、山ほど宿題を出すのをためらうわけではなかった。

ちょうどその時、郵便《ゆうびん》が届《とど》いた。ハリーはもう慣《な》れっこになったが、一番最初の朝食のときは、突然《とつぜん》大広間になだれ込《こ》んできた百羽《わ》ほどのふくろうが、テーブルの上を旋回《せんかい》し、飼《か》い主《ぬし》を見つけては手紙や小包をそのひざに落としていく光景にあぜんとしたものだった。

ヘドウィグはいままで一度も何も運んできたことはなかった。でも、ときどき飛んできてはハリーの耳をかじったりトーストをかじったりしてから、ほかのふくろうと一緒《いっしょ》に学校のふくろう小屋に戻《もど》って眠《ねむ》るのだった。ところが今朝《けさ》は、マーマレードと砂糖《さとう》入れの間にパタパタと降《お》りてきて、ハリーの皿に手紙を置いていった。ハリーは急いで封《ふう》を破《やぶ》るようにして開けた。下手《へた》な字で走り書きがしてあった。

親愛なるハリー
金曜日の午後は授業《じゅぎょう》がないはずだな。よかったら三時ごろお茶に来んか。おまえさんの最初の一週間がどんなだったかいろいろ聞きたい。ヘドウィグに返事を持たせてくれ。
ハグリッド

ハリーはロンの羽根ペンを借りて、手紙の裏《うら》に「はい。喜んで。では、またあとで」と返事を書いてヘドウィグを飛ばせた。

ハグリッドとのお茶という楽しみがあったのはラッキーだった。何しろ「魔法薬学《まほうやくがく》」の授《じゅ》業《ぎょう》が、最悪のクラスになってしまったからだ。

新入生の歓迎会《かんげいかい》のときから、スネイプ先生が自分のことを嫌《きら》っているとハリーは感じていた。「魔法薬学《まほうやくがく》」の最初の授業《じゅぎょう》で、ハリーは自分の考えがまちがいだったと悟《さと》った。スネイプはハリーのことを嫌《きら》っているのではなかった――憎《にく》んでいるのだった。

「魔法薬学《まほうやくがく》」の授業《じゅぎょう》は地下牢《ちかろう》で行われた。ここは城《しろ》の中にある教室より寒く、壁《かべ》にずらりと並《なら》んだガラス瓶《びん》の中でアルコール漬《づ》けの動物がプカプカ浮《う》いていなかったとしても、充分《じゅうぶん》気味が悪かった。

フリットウィックと同じく、スネイプもまず出席を取った。そして、フリットウィックと同じく、ハリーの名前まできてちょっと止まった。

「あぁ、さよう」猫《ねこ》なで声だ。「ハリー・ポッター。われらが新しい――**スター**だね」

ドラコ・マルフォイは仲間のクラッブやゴイルと、口を覆《おお》ってクックッと冷やかし笑いをした。出席を取り終わると、先生は生徒を見わたした。ハグリッドと同じ黒い目なのに、ハグリッドの目のような温かみは一かけらもない。冷たくて、うつろで、暗いトンネルを思わせた。

「このクラスでは、魔法薬《まほうやく》調剤《ちょうざい》の微妙《びみょう》な科学と、厳密《げんみつ》な芸術《げいじゅつ》を学ぶ」

スネイプが話しはじめた。まるでつぶやくような話し方なのに、生徒たちは一言も聞きもらさなかった――マクゴナガル先生と同じように、スネイプも何もしなくとも教室をシーンとさせる能力《のうりょく》を持っていた。

「このクラスでは杖《つえ》を振《ふ》り回《まわ》すようなバカげたことはやらん。そこで、これでも魔法《まほう》かと思う諸君《しょくん》が多いかもしれん。ふつふつと沸《わ》く大釜《おおがま》、ゆらゆらと立ち昇《のぼ》る湯気、人の血管の中をはいめぐる液体《えきたい》の繊細《せんさい》な力、心を惑《まど》わせ、感覚を狂《くる》わせる魔力《まりょく》……諸君《しょくん》がこの見事さを真に理解《りかい》するとは期待しておらん。我輩《わがはい》が教えるのは、名声を瓶詰《びんづ》めにし、栄光を醸造《じょうぞう》し、死にさえふたをする方法である――ただし、我輩《わがはい》がこれまでに教えてきたウスノロたちより諸君《しょくん》がまだましであれば、の話だが」

大演説《だいえんぜつ》のあとは教室中がいっそうシーンとなった。ハリーとロンは眉根《まゆね》をちょっと吊《つ》り上《あ》げて互《たが》いに目配せした。ハーマイオニー・グレンジャーは椅子《いす》の端《はし》に座《すわ》り、身を乗り出すようにして、自分がウスノロではないと一刻《いっこく》も早く証明《しょうめい》したくてうずうずしていた。

スネイプが突然《とつぜん》、「ポッター！」と呼《よ》んだ。

「アスフォデルの球根の粉末にニガヨモギを煎《せん》じたものを加えると何になるか？」

何の球根の粉末を、何を煎《せん》じたものに加えるって？？？

ハリーはロンをちらっと見たが、ハリーと同じように「降参《こうさん》だ」という顔をしていた。ハーマイオニーが空中に高々と手を挙げた。

「わかりません」ハリーが答えた。

スネイプは口元でせせら笑った。

「チッ、チッ、チ――有名なだけではどうにもならんらしい」

ハーマイオニーの手は無視《むし》された。

「ポッター、もう一つ聞こう。ベゾアール石を見つけてこいといわれたら、どこを探《さが》すかね？」

ハーマイオニーが思いっきり高く、椅子《いす》に座《すわ》ったままで挙げられる限界《げんかい》まで高く手を伸《の》ばした。ハリーにはベゾアール石がいったい何なのか見当もつかない。マルフォイ、クラッブ、ゴイルが身をよじって笑っているのを、ハリーはなるべく見ないようにした。

「わかりません」

「クラスに来る前に教科書を開いて見ようとは思わなかったわけだな、ポッター、え？」

ハリーはがんばって、冷たい目をまっすぐに見つめ続けた。ダーズリーの家にいたとき、教科書に目を通しはした。スネイプは、『薬草とキノコ一〇〇〇種』を隅《すみ》から隅《すみ》までハリーが覚えたとでも思っているのだろうか。

スネイプはハーマイオニーの手がプルプル震《ふる》えているのをまだ無視《むし》していた。

「ポッター、モンクスフードとウルフスベーンとのちがいはなんだね？」

この質問《しつもん》でとうとうハーマイオニーは椅子《いす》から立ち上がり、地下牢《ちかろう》の天井《てんじょう》に届《とど》かんばかりに手を伸《の》ばした。

「わかりません」

ハリーは落ち着いた口調で言った。

「ハーマイオニーがわかっていると思いますから、彼女《かのじょ》に質問《しつもん》してみたらどうでしょう？」

生徒が数人笑い声を上げた。ハリーとシェーマスの目が合い、シェーマスがウィンクした。しかし、スネイプは不快《ふかい》そうだった。

「座《すわ》れ」スネイプがピシャリとハーマイオニーに言った。

「教えてやろう、ポッター。アスフォデルとニガヨモギを合わせると、眠《ねむ》り薬《ぐすり》となる。あまりに強力なため、『生ける屍《しかばね》の水薬《みずぐすり》』と言われている。ベゾアール石は山羊《やぎ》の胃から取り出す石で、たいていの薬に対する解毒剤《げどくざい》となる。モンクスフードとウルフスベーンは同じ植物で、別名をアコナイトとも言うが、トリカブトのことだ。さて？　諸君《しょくん》、我輩《わがはい》のいま言ったことをノートに書き取らんか！」

いっせいに羽根ペンと羊皮紙を取り出す音がした。その音にかぶせるように、スネイプが言った。

「ポッター、君の無礼な態度《たいど》で、グリフィンドールは一点減点《げんてん》」

その後も「魔法薬《まほうやく》」の授業《じゅぎょう》中、グリフィンドールの状況《じょうきょう》はよくなるどころではなかった。スネイプは生徒を二人ずつ組にして、おできを治す簡単《かんたん》な薬を調合させた。長い黒マントをひるがえしながら、スネイプは生徒たちが干《ほ》しイラクサを計り、蛇《へび》の牙《きば》を砕《くだ》くのを見まわった。

どうもお気に入りらしいマルフォイを除《のぞ》いて、ほとんど全員が注意を受けた。マルフォイが角《つの》ナメクジを完璧《かんぺき》にゆでたからみんな見るように、とスネイプがそう言ったとき、地下牢《ちかろう》いっぱいに強烈《きょうれつ》な緑色の煙《けむり》が上がり、シューシューという大きな音が広がった。ネビルが、どういうわけかシェーマスの大鍋《おおなべ》を溶《と》かしてねじれた小さな塊《かたまり》にしてしまい、こぼれた薬が石の床《ゆか》を伝って広がり、生徒たちの靴《くつ》に焼《や》け焦《こ》げ穴《あな》をあけていた。たちまちクラス中の生徒が椅子《いす》の上に避難《ひなん》したが、ネビルは大鍋《おおなべ》が割《わ》れたときにぐっしょり薬をかぶってしまい、腕《うで》や足のそこら中に真《ま》っ赤《か》なおできが容赦《ようしゃ》なく吹《ふ》き出《だ》し、痛《いた》くてうめき声を上げていた。

「ばか者！」

スネイプがいまいましげにどなり、魔法《まほう》の杖《つえ》を一振《ひとふ》りして、こぼれた薬を取《と》り除《のぞ》いた。

「おおかた、大鍋《おおなべ》を火から降《お》ろさないうちに、山嵐《やまあらし》の針《はり》を入れたのだな？」

ネビルはおできが鼻にまで広がってきて、シクシク泣きだした。

「医務室《いむしつ》へ連れていきなさい」苦々しげにスネイプがシェーマスに言いつけた。それから出《だ》し抜《ぬ》けに、ネビルの隣《となり》で作業をしていたハリーとロンに鉾先《ほこさき》を向けた。

「君、ポッター、針《はり》を入れてはいけないとなぜ言わなかった？　彼《かれ》がまちがえば、自分のほうがよく見えると考えたな？　グリフィンドールはもう一点減点《げんてん》」

あまりに理不尽《りふじん》なので、ハリーは言い返そうと口を開きかけたが、ロンが大鍋《おおなべ》の陰《かげ》でスネイプに見えないようにハリーをこづいた。

「やめたほうがいい」とロンが小声で言った。

「スネイプはものすごく意地悪になるって、みんなが言ってるよ」

一時間後、地下牢《ちかろう》の階段《かいだん》を上がりながらハリーは頭が混乱《こんらん》し、めいっていた。最初の一週間でグリフィンドールの点数を二点も減《へ》らしてしまった——いったいどうしてスネイプは僕《ぼく》のことをあんなに嫌《きら》うんだろう?

「元気出せよ」ロンが言った。

「フレッドもジョージもスネイプにはしょっちゅう減点《げんてん》されてるんだ。ねえ、一緒《いっしょ》にハグリッドに会いにいってもいい?」

三時五分前に城《しろ》を出て、二人は校庭を横切った。ハグリッドは「禁《きん》じられた森」の端《はし》にある木の小屋に住んでいる。戸口に石弓と防寒《ぼうかん》用長靴《ながぐつ》が置いてあった。ノックすると、中からめちゃめちゃに戸を引っかく音と、ブーンとうなるような吠《ほ》え声が数回聞こえてきた。

「**退《さ》がれ**、ファング、**退《さ》がれ**」ハグリッドの大声が響《ひび》いた。

戸が少し開いて、すきまからハグリッドの大きなひげもじゃの顔が現《あらわ》れた。

「待て、待て、**退《さ》がれ**、ファング」とハグリッドが言った。

ハグリッドは巨大《きょだい》な黒いボアハウンド犬の首輪を押《お》さえるのに苦労しながら、ハリーたちを招《まね》き入れた。

中は一部屋だけだった。ハムやきじ鳥が天井《てんじょう》からぶら下がり、焚《た》き火《び》にかけられた銅《どう》のやかんにはお湯が沸《わ》いている。部屋《へや》の隅《すみ》にはとてつもなく大きなベッドがあり、パッチワーク・キルトのカバーがかかっていた。

「くつろいでくれや」

ハグリッドがファングを離《はな》すと、ファングは一直線にロンに飛びかかり、ロンの耳をなめはじめた。ハグリッドと同じように、ファングも見た目とちがって、まったく怖《こわ》くなかった。

「ロンです」とハリーが紹介《しょうかい》した。

ハグリッドは大きなティーポットに熱いお湯を注ぎ、ロックケーキを皿にのせた。

「ウィーズリー家の子かい。え？」

ロンのそばかすをちらっと見ながらハグリッドが言った。

「おまえさんの双子《ふたご》の兄貴《あにき》たちを森から追《お》っ払《ぱら》うのに、俺《おれ》は人生の半分を費やしてるようなもんだ」

ロックケーキは歯が折れるくらい固かったけれど、二人ともおいしそうなふりをして、初めての授業《じゅぎょう》についてハグリッドに話して聞かせた。ファングは頭をハリーのひざにのせ、服によだれをダラダラたらしていた。

ハグリッドがフィルチのことを「あの老いぼれ」と呼《よ》んだのでハリーとロンは大喜びした。

「あの猫《ねこ》だがな、ミセス・ノリスだ。いつかファングを引き合わせなくちゃな。俺《おれ》が学校に行くとな、知っとるか？　いつでもズーッと俺《おれ》をつけまわす。どうしても追《お》い払《はら》えん――フィルチのやつがそうさせとるんだ」

ハリーはスネイプの授業《じゅぎょう》のことを話した。ハグリッドはロンと同じように、気にするな、スネイプは生徒という生徒はみんな嫌《きら》いなんだから、と言った。

「でも僕《ぼく》のこと本当に憎《にく》んでるみたい」

「ばかな。なんで憎《にく》まなきゃならん？」

そう言いながら、ハグリッドはまともにハリーの目を見なかった、と、ハリーにはそう思えてならなかった。

「チャーリー兄貴《あにき》はどうしてる？」とハグリッドがロンに尋《たず》ねた。

「俺《おれ》はやっこさんが気に入っとった――動物にかけてはすごかった」

ハグリッドがわざと話題を変えたんじゃないか、とハリーは勘《かん》ぐった。ロンがハグリッドに、チャーリーのドラゴンの仕事のことをいろいろ話している間、ハリーはテーブルの上のティーポット・カバーの下から、一枚《まい》の紙切れを見つけた。「日刊《にっかん》予言者新聞」の切《き》り抜《ぬ》きだった。

グリンゴッツ侵入《しんにゅう》さる

七月三十一日に起きたグリンゴッツ侵入事件《しんにゅうじけん》については、知られざる闇《やみ》の魔法使《まほうつか》い、または魔女《まじょ》の仕業とされているが、捜査《そうさ》は依然《いぜん》として続いている。

グリンゴッツの小鬼《ゴブリン》たちは、今日《きょう》になって、何も盗《と》られたものはなかったと主張《しゅちょう》した。荒《あ》らされた金庫は、実は侵入《しんにゅう》されたその日に、すでに空《から》になっていた。

グリンゴッツの報道官《ほうどうかん》は今日《きょう》午後、「そこに何が入っていたかについては申し上げられません。詮索《せんさく》しないほうがみなさんの身のためです」と述《の》べた。

汽車の中でロンが、グリンゴッツ強盗事件《ごうとうじけん》について話してくれたことをハリーは思い出した。ロンは事件《じけん》がいつ起きたかという日付までは言わなかった。

「ハグリッド！　グリンゴッツ侵入《しんにゅう》があったのは僕《ぼく》の誕生日《たんじょうび》だ！　僕《ぼく》たちがあそこにいる間に起きたのかもしれないよ！」とハリーが言った。

今度はまちがいない。ハグリッドはハリーからはっきり目をそらした。ハグリッドはウーッと言いながらハリーにまたロックケーキをすすめた。ハリーは記事を読み返した。

「荒《あ》らされた金庫は、実は侵入《しんにゅう》されたその日に、すでに空《から》になっていた」

ハグリッドは七一三番金庫を空《から》にした。汚《きたな》い小さな包みを取り出すことが「空《から》にする」と言えるなら、泥棒《どろぼう》が探《さが》していたのはあの包みだったのか？

夕食に遅《おく》れないよう、ハリーとロンは城《しろ》に向かって歩きだした。ハグリッドの親切を断《ことわ》りきれなかったため、ロックケーキでポケットが重かった。これまでのどんな授業《じゅぎょう》よりもハグリッドとのお茶のほうがいろいろ考えさせられた。ハグリッドはあの包みを危機《きき》一髪《いっぱつ》で引き取ったのだろうか？　いま、あれはどこにあるんだろう？　スネイプについて、ハグリッドはハリーには言いたくない何事かを知っているのだろうか？

第九章 真夜中の決闘《けっとう》

ダドリーよりいやなやつがこの世の中にいるなんて、ハリーは思ってもみなかった。でもそれはドラコ・マルフォイと出会うまでの話だ。一年生ではグリフィンドールとスリザリンが一緒《いっしょ》のクラスになるのは「魔法薬学《まほうやくがく》」の授業《じゅぎょう》だけだったので、グリフィンドール寮生《りょうせい》もマルフォイのことでそれほどいやな思いをせずにすんだ。少なくとも、グリフィンドールの談話室に「お知らせ」が出るまではそうだった。掲示《けいじ》を読んでみんながっくりした。

——**飛行訓練は木曜日に始まります。グリフィンドールとスリザリンとの合同授業《じゅぎょう》です**——

「そらきた。お望みどおりだ。マルフォイの目の前で箒《ほうき》に乗って、物笑いの種になるのさ」

何よりも空を飛ぶ授業《じゅぎょう》を楽しみにしていただけに、ハリーの失望は大きかった。

「そうなるとはかぎらないよ。あいつ、クィディッチがうまいっていつも自慢《じまん》してるけど、口先だけだよ」

ロンの言うことはもっともだった。

マルフォイは確《たし》かによく飛行の話をしたし、一年生がクィディッチ・チームの寮《りょう》代表選手になれないなんて残念だと、みんなの前で聞こえよがしに不満を言った。マルフォイの長ったらしい自慢話《じまんばなし》は、なぜかいつも、マグルの乗ったヘリコプターを危《あや》うくかわしたところで終わる。自慢《じまん》するのはマルフォイばかりではない。シェーマス・フィネガンは、子供《こども》のころ、いつも箒《ほうき》に乗って、田舎《いなか》の上空を飛び回っていたという。ロンでさえ、聞いてくれる人がいれば、チャーリーのお古の箒《ほうき》に乗って、ハンググライダーにぶつかりそうになったときの話をしただろう。魔法使《まほうつか》いの家の子はみんなひっきりなしにクィディッチの話をした。ロンも同室のディーン・トーマスと、サッカーについて大論争《だいろんそう》をやらかしていた。ロンにしてみれば、ボールがたった一つしかなくて、しかも選手が飛べないゲームなんてどこがおもしろいのかわからない、というわけだ。ディーンの好きなウエストハム・ユナイテッドのポスターの前で、ロンが選手を指でつついて動かそうとしているのをハリーは見たことがある。

ネビルはいままで一度も箒《ほうき》に乗ったことがなかった。おばあさんがけっして近づかせなかったからで、ハリーも密《ひそ》かにおばあさんが正しいと思った。だいたいネビルは両足が地面に着いていたって、ひっきりなしに事故《じこ》を起こすのだから。

ハーマイオニー・グレンジャーも飛ぶことに関してはネビルと同じぐらいピリピリしていた。これぱっかりは、本を読んで暗記すればすむものではない——だからといって彼女《かのじょ》が飛行の本を読まなかったわけではない。木曜日の朝食のとき、ハーマイオニーは図書館で借りた『クィディッチ今昔《いまむかし》』で仕入れた飛行のコツをうんざりするほど話しまくった。ネビルだけは、いまハーマイオニーの話にしがみついていれば、あとで箒《ほうき》にもしがみついていられると思ったのか、必死で一言も聞きもらすまいとした。その時ふくろう便が届《とど》き、ハーマイオニーの講義《こうぎ》がさえぎられたのでみんなホッとしていた。

ハグリッドの手紙のあと、ハリーにはただの一通も手紙が来ていない。もちろんマルフォイはすぐにそれに気がついた。マルフォイのワシミミズクは、いつも家から菓子《かし》の包みを運んできたし、マルフォイはスリザリンのテーブルでいつも得意げにそれを広げてみせた。

メンフクロウがネビルに、おばあさんからの小さな包みを持ってきた。ネビルはうきうきとそれを開けて、白い煙《けむり》のようなものが詰《つ》まっているように見える大きなビー玉ぐらいのガラス玉をみんなに見せた。

「『思い出し玉』だ！　ばあちゃんは僕《ぼく》が忘《わす》れっぽいこと知ってるから――何か忘《わす》れてると、この玉が教えてくれるんだ。見ててごらん。こういうふうにギュッと握《にぎ》るんだよ。もし赤くなったら――あれれ……」

思い出し玉が突然《とつぜん》真《ま》っ赤《か》に光りだしたので、ネビルはがくぜんとした。

「……何かを忘《わす》れてるってことなんだけど……」

ネビルが何を忘《わす》れたのか思い出そうとしているとき、マルフォイがグリフィンドールのテーブルのそばを通りかかり、玉をひったくった。

ハリーとロンははじけるように立ち上がった。二人ともマルフォイとけんかする口実を心のどこかで待っていた。ところがマクゴナガル先生がサッと現《あらわ》れた。いざこざを目ざとく見つけるのはいつもマクゴナガル先生だった。

「どうしたんですか？」

「先生、マルフォイが僕《ぼく》の『思い出し玉』を取ったんです」

マルフォイはしかめっ面で、すばやく玉をテーブルに戻《もど》した。

「見てただけですよ」

そう言うと、マルフォイはクラッブとゴイルを従《したが》えてスルリと逃《に》げた。

その日の午後三時半、ハリーもロンも、グリフィンドール寮生《りょうせい》と一緒《いっしょ》に、初めての飛行訓練を受けるため、正面階段《かいだん》から校庭へと急いだ。よく晴れた少し風のある日で、足元の草がサワサワと波立っていた。傾斜《けいしゃ》のある芝生《しばふ》を下り、校庭を横切って平坦《へいたん》な芝生《しばふ》まで歩いて行くと、校庭の反対側には「禁《きん》じられた森」が見え、遠くのほうに暗い森の木々が揺《ゆ》れていた。

スリザリン寮生《りょうせい》はすでに到着《とうちゃく》していて、二十本の箒《ほうき》が地面に整然と並《なら》べられていた。ハリーは双子《ふたご》のフレッドとジョージが、学校の箒《ほうき》のことをこぼしていたのを思い出した。高い所に行くと震《ふる》えだす箒《ほうき》とか、どうしても少し左に行ってしまうくせがあるものとか。

マダム・フーチが来た。白髪《はくはつ》を短く切り、鷹《たか》のような黄色い目をしている。

「なにをぼやぼやしてるんですか」開口一番ガミガミだ。「みんな箒《ほうき》のそばに立って。さあ、早く」

ハリーは自分の箒《ほうき》をちらりと見下ろした。古ぼけて、小枝《こえだ》が何本かとんでもない方向に飛び出している。

「右手を箒《ほうき》の上に突《つ》き出《だ》して」マダム・フーチが掛《か》け声《ごえ》をかけた。

「そして、『上がれ！』と言う」

みんなが「**上がれ！**」と叫《さけ》んだ。

ハリーの箒《ほうき》はすぐさま飛び上がってハリーの手に収《おさ》まったが、飛び上がった箒《ほうき》は少なかった。ハーマイオニーの箒《ほうき》は地面をコロリと転がっただけで、ネビルの箒《ほうき》ときたらピクリともしない。たぶん箒《ほうき》も馬と同じで、乗り手が怖《こわ》がっているのがわかるんだ、とハリーは思った。ネビルの震《ふる》え声《ごえ》じゃ、地面に両足を着けていたい、と言っているのが見え見えだ。

次にマダム・フーチは、箒《ほうき》の端《はし》からすべり落ちないように箒《ほうき》にまたがる方法をやって見せ、生徒たちの列の間を回って、箒《ほうき》の握《にぎ》り方を直した。マルフォイがずっとまちがった握《にぎ》り方をしていたと先生に指摘《してき》されたので、ハリーとロンは大喜びだった。

「さあ、私《わたし》が笛を吹《ふ》いたら、地面を強く蹴《け》ってください。箒《ほうき》はぐらつかないように押《お》さえ、二メートルぐらい浮上《ふじょう》して、それから少し前かがみになってすぐに降《お》りてきてください。笛を吹《ふ》いたらですよ――一、二の――」

ところが、ネビルは、緊張《きんちょう》するやら怖気《おじけ》づくやら、一人だけ地上に置いてきぼりを食いたくないやらで、先生の唇《くちびる》が笛に触《ふ》れる前に思いきり地面を蹴《け》ってしまった。

「こら、戻《もど》ってきなさい！」先生の大声をよそに、ネビルはシャンパンのコルク栓《せん》が抜《ぬ》けたようにヒューッと飛んでいった――四メートル――六メートル――ハリーはネビルが真《ま》っ青《さお》な顔でぐんぐん離《はな》れていく地面を見下ろしているのを見た。声にならない悲鳴を上げ、ネビルは箒《ほうき》から真《ま》っ逆《さか》さまに落ちた。そして……。

ガーン――ドサッ、ポキッというういやな音をたてて、ネビルは草の上にうつぶせに墜落《ついらく》し、草地にこぶができたように突《つ》っ伏《ぶ》した。箒《ほうき》だけはさらに高く高く昇《のぼ》り続け、「禁《きん》じられた森」のほうへゆらゆら漂《ただよ》いはじめ、やがて見えなくなってしまった。

マダム・フーチは、ネビルと同じくらい真《ま》っ青《さお》になって、ネビルの上にかがみ込《こ》んだ。

「手首が折れてるわ」

ハリーは先生がそうつぶやくのを聞いた。

「さあさあ、ネビル、大丈夫《だいじょうぶ》。立って」

先生はほかの生徒のほうに向きなおった。

「私《わたし》がこの子を医務室《いむしつ》に連れていきますから、その間、誰《だれ》も動いてはいけません。箒《ほうき》もそのままにして置いておくように。さもないと、クィディッチの『ク』を言う前にホグワーツから出ていってもらいますよ」

「さあ、ネビル、行きましょう」

涙《なみだ》でぐちゃぐちゃの顔をしたネビルは、手首を押《お》さえ、先生に抱《だ》きかかえられるようにして、よれよれになって歩いていった。

二人がもう声の届《とど》かないところまで行ったとたん、マルフォイは大声で笑いだした。

「あいつの顔を見たか？　あの大まぬけの」

ほかのスリザリン寮生《りょうせい》たちもはやし立てた。

「やめてよ、マルフォイ」パーバティ・パチルがとがめた。

「へー、ロングボトムの肩《かた》を持つの？」

「パーバティったら、まさかあなたがチビデブの泣き虫小僧《こぞう》に気があるなんて知らなかったわ」

気の強そうなスリザリンの女の子、パンジー・パーキンソンが冷やかした。

「見ろよ！」

マルフォイが飛び出して草むらの中から何かを拾い出した。

「ロングボトムのばあさんが送ってきたバカ玉だ」

マルフォイが高々とさし上げると、「思い出し玉」はキラキラと陽に輝《かがや》いた。

「マルフォイ、こっちへ渡《わた》してもらおう」

ハリーの静かな声に、誰《だれ》もが口をつぐんで二人に注目した。

マルフォイはニヤリと笑った。

「それじゃ、ロングボトムがあとで取りにこられる所に置いておくよ。そうだな――木の上なんてどうだい？」

「こっちに渡《わた》せったら！」

ハリーは声を荒《あら》らげた。マルフォイはひらりと箒《ほうき》に乗り、飛び上がった。上手《じょうず》に飛べると言っていたのは確《たし》かにうそではなかった――マルフォイは樫《かし》の木の梢《こずえ》と同じ高さまで舞《ま》い上《あ》がり、そこに浮《う》いたまま呼《よ》びかけた。

「ここまで取りにこいよ、ポッター」

ハリーは箒《ほうき》をつかんだ。

「**ダメ！**　フーチ先生がおっしゃったでしょう、動いちゃいけないって。私《わたし》たちみんなが迷惑《めいわく》するのよ」

ハーマイオニーが叫《さけ》んだ。

ハリーは無視《むし》した。ドクン、ドクンと血が騒《さわ》ぐのを感じた。箒《ほうき》にまたがり地面を強く蹴《け》ると、ハリーは急上昇《きゅうじょうしょう》した。高く高く、風を切り、髪《かみ》がなびく。マントがはためく。強く激《はげ》しい喜びが押《お》し寄《よ》せてくる。

——僕《ぼく》には教えてもらわなくてもできることがあったんだ——簡単《かんたん》だよ。飛ぶってなんてすばらしいんだ！　もっと高い所に行こう。

ハリーは箒《ほうき》を上向きに引《ひ》っ張《ぱ》った。下で女の子たちが息をのみ、キャーキャー言う声や、ロンが感心して歓声《かんせい》を上げているのが聞こえた。

ハリーはくるりと箒《ほうき》の向きを変え、空中でマルフォイと向き合った。マルフォイは呆然《ぼうぜん》としている。

「こっちへ渡《わた》せよ。でないと箒《ほうき》から突《つ》き落《お》としてやる」

「へえ、そうかい？」

マルフォイはせせら笑おうとしたが、顔がこわばっていた。

不思議なことに、どうすればいいかハリーにはわかっていた。前かがみになる。そして箒《ほうき》を両手でしっかりと握《にぎ》る。すると箒《ほうき》は槍《やり》のようにマルフォイめがけて飛び出した。マルフォイは危《あや》うくかわした。ハリーは鋭《するど》く一回転して、箒《ほうき》をしっかり握《にぎ》りなおした。下では何人かが拍手《はくしゅ》をしている。

「クラッブもゴイルもここまでは助けにこないぞ。ピンチだな、マルフォイ」

マルフォイもちょうど同じことを考えたらしい。

「取れるものなら取るがいい、ほら！」

と叫《さけ》んで、マルフォイはガラス玉を空中高く放り投げ、稲妻《いなずま》のように地面に戻《もど》っていった。

ハリーにはいったん高く上がった玉が、次に落下しはじめるのが、まるでスローモーションのようによく見えた。ハリーは前かがみになって箒《ほうき》の柄《え》を下に向けた。次の瞬間《しゅんかん》、ハリーは一直線に急降下《きゅうこうか》し、見る見るスピードを上げて玉と競走していた。下で見ている人の悲鳴と交じり合って、風が耳元でヒューヒュー鳴った――ハリーは手を伸《の》ばす――地面すれすれのところで玉をつかんだ。間一髪《かんいっぱつ》でハリーは箒《ほうき》を引き上げて水平に立てなおし、草の上に転がるように軟着陸《なんちゃくりく》した。「思い出し玉」をしっかりと手のひらに握《にぎ》りしめたまま。

「**ハリー・ポッター……！**」

マクゴナガル先生が走ってきた。ハリーの気持ちは、いましがたのダイビングよりなお速いスピードでしぼんでいった。ハリーはブルブル震《ふる》えながら立ち上がった。

「**まさか**――こんなことはホグワーツで一度も……」マクゴナガル先生はショックで言葉も出

なかった。めがねが激《はげ》しく光っている。

「……**よくもまあ**、こんな大それたことを……首の骨《ほね》を折ったかもしれないのに――」

「先生、ハリーが悪いんじゃないんです……」

「おだまりなさい、ミス・パチル――」

「でも、マルフォイが……」

「ミスター・ウィーズリー、**くどいですよ**。ポッター、さあ、一緒《いっしょ》にいらっしゃい」

マクゴナガル先生は大股《おおまた》に城《しろ》に向かって歩きだし、ハリーはまひしたようにとぼとぼとついていった。マルフォイ、クラッブ、ゴイルの勝《か》ち誇《ほこ》った顔がちらりと目に入った。――僕《ぼく》は退《たい》学《がく》になるんだ。わかってる――。弁解《べんかい》したかったが、どういうわけか声が出ない。マクゴナガル先生は、ハリーには目もくれず、飛ぶように歩いた。ハリーはほとんどかけ足でないとついていけなかった。

――とうとうやってしまった。二週間ももたなかった。きっと十分後には荷物をまとめるハメになっている。僕《ぼく》が玄関《げんかん》に姿《すがた》を現《あらわ》したら、ダーズリー一家は何て言うだろう？

正面の石段《いしだん》を上り、ホールの大理石の階段《かいだん》を上がり、それでもマクゴナガル先生はハリーに一言も口をきかない。先生はドアをぐいっとひねるように開け、廊下《ろうか》を突《つ》き進《すす》む。ハリーはみじめな姿《すがた》で早足でついていく……たぶん、ダンブルドアのところに連れていくんだろうな。ハリーはハグリッドのことを考えた。彼《かれ》も退学《たいがく》にはなったけど、森の番人としてここにいる。もしかしたらハグリッドの助手になれるかもしれない。ロンやほかの子が魔法使《まほうつか》いになっていくのをそばで見ながら、僕《ぼく》はハグリッドの荷物をかついで、校庭をはいずり回っているんだ……想像《そうぞう》するだけで胃がよじれる思いだった。

マクゴナガル先生は教室の前で立ち止まり、ドアを開けて中に首を突《つ》っ込《こ》んだ。

「フリットウィック先生、申《もう》し訳《わけ》ありませんが、ちょっとウッドをお借りできませんか」

ウッド？　ウッドって、木のこと？　僕《ぼく》をたたくための棒《ぼう》のことかな。ハリーはわけがわからなかった。

ウッドは人間だった。フリットウィック先生のクラスから出てきたのはたくましい五年生で、何事だろうという顔をしていた。

「二人とも私《わたくし》についていらっしゃい」

そう言うなりマクゴナガル先生はどんどん廊下《ろうか》を歩きだした。ウッドは珍《めずら》しいものでも見るようにハリーを見ている。

「お入りなさい」

マクゴナガル先生は人気《ひとけ》のない教室を指《さ》し示《しめ》した。中でピーブズが黒板に下品な言葉を書きなぐっていた。

「出ていきなさい、ピーブズ！」

先生に一喝《いっかつ》されてピーブズの投げたチョークがごみ箱に当たり、大きな音を立てた。ピーブズは捨《す》てぜりふを吐《は》きながらスイーッと出ていった。マクゴナガル先生はその後ろからドアをピシャリと閉《し》めて、二人の方に向きなおった。

「ポッター、こちら、オリバー・ウッドです。ウッド、シーカーを見つけましたよ」

狐《きつね》につままれたようだったウッドの表情《ひょうじょう》がほころんだ。

「本当ですか？」

「まちがいありません」先生はきっぱりと言った。

「この子は生まれつきそうなんです。あんなものを私《わたくし》は初めて見ました。ポッター、初めてなんでしょう？　箒《ほうき》に乗ったのは」

ハリーはだまってうなずいた。事態《じたい》がどうなっているのか、さっぱりわからなかったが、退《たい》学処分《がくしょぶん》だけは免《まぬが》れそうだ。ようやく足にも感覚が戻《もど》ってきた。マクゴナガル先生がウッドに説明している。

「この子は、いま手に持っている玉を、十五メートルもダイビングしてつかみました。かすり傷《きず》ひとつ負わずに。チャーリー・ウィーズリーだってそんなことはできませんでしたよ」

ウッドは夢《ゆめ》が一挙に実現《じつげん》したという顔をした。

「ポッター、クィディッチの試合を見たことあるかい？」ウッドの声が興奮《こうふん》している。

「ウッドはグリフィンドール・チームのキャプテンです」先生が説明してくれた。

「体格《たいかく》もシーカーにぴったりだ」

ウッドはハリーの回りを歩きながらしげしげ観察している。

「身軽だし……すばしこいし……ふさわしい箒《ほうき》を持たせないといけませんね、先生――ニンバス２０００とか、クリーンスイープの７番なんかがいいですね」

「私《わたくし》からダンブルドア先生に話してみましょう。一年生の規則《きそく》を曲げられるかどうか。是《ぜ》が非《ひ》でも去年よりは強いチームにしなければ。あの最終試合でスリザリンに**ペシャンコ**にされて、私《わたくし》はそれから何週間もセブルス・スネイプの顔をまともに見られませんでしたよ……」

マクゴナガル先生はめがねごしに厳格《げんかく》な目つきでハリーを見た。

「ポッター、あなたが厳《きび》しい練習を積んでいるという報告《ほうこく》を聞きたいものです。さもないと処《しょ》罰《ばつ》について考えなおすかもしれませんよ」

それから突然《とつぜん》、先生はニッコリした。

「あなたのお父さまがどんなにお喜びになったことか。お父さまもすばらしい選手でした」


「**まさか**」

夕食時だった。マクゴナガル先生に連れられてグラウンドを離《はな》れてから何があったか、ハリーはロンに話して聞かせた。ロンはステーキ・キドニーパイを口に入れようとしたところだったが、そんなことはすっかり忘《わす》れて叫《さけ》んだ。

「**シーカーだって？**　だけど一年生は絶対《ぜったい》ダメだと……なら、君は最年少の寮《りょう》代表選手だよ。ここ何年来かな……」

「……百年ぶりだって。ウッドがそう言ってたよ」

ハリーはパイをかき込《こ》むように食べていた。大興奮《だいこうふん》の午後だったので、ひどくお腹《なか》が空いていた。

あまりに驚《おどろ》いて、感動して、ロンはただぼうっとハリーを見つめるばかりだった。

「来週から練習が始まるんだ。でも誰《だれ》にも言うなよ。ウッドは秘密《ひみつ》にしておきたいんだって」

その時、双子《ふたご》のウィーズリーがホールに入ってきて、ハリーを見つけると足早にやってきた。

「すごいな」ジョージが低い声で言った。「ウッドから聞いたよ。おれたちも選手なんだ――ビーターだ」

「今年《ことし》のクィディッチ・カップはいただきだぜ」とフレッドが言った。「チャーリーがいなくなってから、一度も取ってないんだよ。だけど今年《ことし》は抜群《ばつぐん》のチームになりそうだ。ハリー、君はよっぽどすごいんだな。ウッドときたら小躍《こおど》りしてたぜ」

「じゃあな、おれたち行かなくちゃ。リー・ジョーダンが学校を出る秘密《ひみつ》の抜《ぬ》け道《みち》を見つけたって言うんだ」

「それっておれたちが最初の週に見つけちまったやつだと思うけどね。きっと『おべんちゃらのグレゴリー』の銅像《どうぞう》の裏《うら》にあるやつさ。じゃ、またな」

フレッドとジョージが消えるやいなや、会いたくもない顔が現《あらわ》れた。クラッブとゴイルを従《したが》えたマルフォイだ。

「ポッター、最後の食事かい？　マグルのところに帰る汽車にいつ乗るんだい？」

「地上ではやけに元気だな。小さなお友達《ともだち》もいるしね」

ハリーは冷ややかに言った。クラッブもゴイルもどう見たって小さくはないが、上座《かみざ》のテーブルには先生がズラリと座《すわ》っているので、二人とも握《にぎ》り拳《こぶし》をボキボキ鳴らし、にらみつけることしかできなかった。

「僕《ぼく》一人でいつだって相手になろうじゃないか。ご所望なら今夜だっていい。魔《ま》法使《ほうつか》いの決闘《けっとう》だ。杖《つえ》だけだ——相手には触《ふ》れない。どうしたんだい？　魔《ま》法使《ほうつか》いの決闘《けっとう》なんて聞いたこともないんじゃないのか？」マルフォイが言った。

「もちろんあるさ。僕《ぼく》が介添人《かいぞえにん》をする。おまえのは誰《だれ》だい？」ロンが口をはさんだ。

マルフォイはクラッブとゴイルの大きさを比《くら》べるように二人を見た。

「クラッブだ。真夜中でいいな？　トロフィー室にしよう。いつも鍵《かぎ》が開いてるんでね」

マルフォイがいなくなると、二人は顔を見合わせた。

「魔法使《まほうつか》いの決闘《けっとう》ってなんだい？　君が僕《ぼく》の介添人《かいぞえにん》ってどういうこと？」

「介添人《かいぞえにん》っていうのは、君が死んだらかわりに僕《ぼく》が戦うという意味さ」

すっかり冷めてしまった食べかけのパイをようやく口に入れながら、ロンは気軽に言った。

ハリーの顔色が変わったのを見て、ロンはあわててつけ加えた。

「死ぬのは、本当の魔法使《まほうつか》い同士の本格的《ほんかくてき》な決闘《けっとう》の場合だけだよ。君とマルフォイだったらせいぜい火花をぶつけ合う程度《ていど》だろ。二人とも、まだ相手に本当のダメージを与《あた》えるような魔法《まほう》なんて使えない。マルフォイはきっと君が断《ことわ》ると思っていたんだよ」

「もし僕《ぼく》が杖《つえ》を振《ふ》っても何も起こらなかったら？」

「杖《つえ》なんか捨《す》てちゃえ。鼻にパンチを食らわせろ」ロンの意見だ。

「ちょっと、失礼」

二人が見上げると、今度はハーマイオニー・グレンジャーだった。

「まったく、ここじゃ落ち着いて食べることもできないんですかね？」とロンが言う。

ハーマイオニーはロンを無視《むし》して、ハリーに話しかけた。

「聞くつもりはなかったんだけど、あなたとマルフォイの話が聞こえちゃったの……」

「聞くつもりがあったんじゃないの」ロンがつぶやいた。

「……夜、校内をうろうろするのは**絶対**《ぜったい》**ダメ**。もし捕《つか》まったらグリフィンドールが何点減点《げんてん》されるか考えてよ。それに捕《つか》まるに決まってるわ。まったくなんて自分勝手なの」

「まったく大きなお世話だよ」ハリーが言い返した。

「バイバイ」ロンがとどめを刺《さ》した。

いずれにしても、「終わりよければすべてよし」の一日にはならなかったなと考えながら、ハリーはその夜遅《おそ》く、ベッドに横になり、ディーンとシェーマスの寝息《ねいき》に耳を澄《す》ましていた――ネビルはまだ医務室《いむしつ》から帰ってきていない――。ロンは夕食後、つきっきりでハリーに知恵《ちえ》をつけてくれた。「呪《のろ》いを防《ふせ》ぐ方法は忘《わす》れちゃったから、もし呪《のろ》いをかけられたら身をかわせ」などなど。フィルチやミセス・ノリスに見つかる恐《おそ》れもおおいにあった。同じ日に二度も校則《こうそく》を破《やぶ》るなんて、危《あぶ》ない運試しだという気がした。しかし、せせら笑うようなマルフォイの顔が暗闇《くらやみ》の中に浮《う》かび上《あ》がってくる――いまこそマルフォイを一対一でやっつけるまたとないチャンスだ。逃《のが》してなるものか。

「十一時半だ。そろそろ行くか」ロンがささやいた。

二人はパジャマの上にガウンを引っかけ、杖《つえ》を手に、寝室《しんしつ》をはって横切り、塔《とう》のらせん階段《かいだん》を下り、グリフィンドールの談話室に下りてきた。暖炉《だんろ》にはまだわずかに残り火が燃《も》え、ひじかけ椅子《いす》が弓なりの黒い影《かげ》に見えた。出口の肖像画《しょうぞうが》の穴《あな》に入ろうとした瞬間《しゅんかん》、一番近くの椅子《いす》から声がした。

「ハリー、まさかあなたがこんなことするとは思わなかったわ」

ランプがポッと現《あらわ》れた。ハーマイオニーだ。ピンクのガウンを着てしかめっ面をしている。

「**また君か！** ベッドに戻《もど》れよ！」ロンがカンカンになって言った。

「本当はあんたのお兄《にい》さんに言おうかと思ったのよ。パーシーに。監督生《かんとくせい》だから、絶対《ぜったい》にやめさせるわ」ハーマイオニーは容赦《ようしゃ》なく言った。

ハリーはここまでお節介《せっかい》なのが世の中にいるなんて信じられなかった。

「行くぞ」とロンに声をかけると、ハリーは「太った婦人《レディ》」の肖像画《しょうぞうが》を押《お》し開け、その穴《あな》を乗《の》り越《こ》えた。

そんなことであきらめるハーマイオニーではない。ロンに続いて肖像画《しょうぞうが》の穴《あな》を乗《の》り越《こ》え、二人に向かって怒《おこ》ったアヒルのように、ガアガア言い続けた。

「グリフィンドールがどうなるか気にならないの？ **自分のことばっかり**気にして。スリザリンが寮杯《りょうはい》を取るなんて私《わたし》はいやよ。私《わたし》が変身呪文《じゅもん》を知ってたおかげでマクゴナガル先生がくださった点数を、あなたたちがご破算《はさん》にするんだわ」

「あっちへ行けよ」

「いいわ。ちゃんと忠告《ちゅうこく》しましたからね。明日《あす》、家に帰る汽車の中で私《わたし》の言ったことを思い出すでしょうよ。あなたたちは本当に……」

本当に何なのか、そのあとは聞けずじまいだった。ハーマイオニーが中に戻《もど》ろうと後ろを向くと、肖像画《しょうぞうが》がなかった。太った婦人《レディ》は夜のお出かけで、ハーマイオニーはグリフィンドール塔《とう》からしめ出されてしまったのだ。

「さあ、どうしてくれるの？」ハーマイオニーはけたたましい声で問《と》い詰《つ》めた。

「知ったことか」とロンが言った。「僕《ぼく》たちはもう行かなきゃ。遅《おく》れちゃうよ」

廊下《ろうか》の入口にさえたどり着かないうちに、ハーマイオニーが追いついた。

「一緒《いっしょ》に行くわ」

「**来るな！**　来るなよ」

「ここに突《つ》っ立《た》ってフィルチに捕《つか》まるのを待ってろっていうの？　三人とも見つかったら、私《わたし》、フィルチに本当のことを言うわ。私《わたし》はあなたたちを止めようとしたって。あなたたち、私《わたし》の証人《しょうにん》になるのよ」

「君、相当いい神経《しんけい》してるぜ……」ロンが大声を出した。

「シッ。二人とも静かに！」ハリーが鋭《するど》くさえぎった。「何か聞こえるぞ」

かぎ回っているような音だ。

「ミセス・ノリスか？」

暗がりを透《す》かし見ながら、ロンがヒソヒソ声で言った。

ミセス・ノリスではない。ネビルだった。床《ゆか》に丸まってぐっすりと眠《ねむ》っていたが、三人が忍《しの》び寄《よ》るとびくっと目を覚ました。

「ああよかった！　見つけてくれて。もう何時間もここにいるんだよ。ベッドに行こうとしたら新しい合言葉を忘《わす》れちゃったんだ」

「小さい声で話せよ、ネビル。合言葉は『豚《ぶた》の鼻』だけど、いまは役に立ちゃしない。太った婦人《レディ》はどっかへ行っちまった」

「腕《うで》の具合はどう？」とハリーが聞いた。

「大丈夫《だいじょうぶ》。マダム・ポンフリーがあっという間に治してくれたよ」

「よかったね――悪いけど、ネビル、僕《ぼく》たちはこれから行くところがあるんだ。またあとでね」

「そんな、置いていかないで！」ネビルはあわてて立ち上がった。

「ここに一人でいるのはいやだよ。『血みどろ男爵《だんしゃく》』がもう二度もここを通ったんだよ」

ロンは腕時計《うでどけい》に目をやり、それからものすごい顔でネビルとハーマイオニーをにらんだ。

「もし君たちのせいで、僕《ぼく》たちが捕《つか》まるようなことになったら、クィレルが言ってた『悪霊《あくりょう》の呪《のろ》い』を覚えて君たちにかけるまでは、僕《ぼく》、絶対《ぜったい》に許《ゆる》さない」

ハーマイオニーは口を開きかけた。「悪霊《あくりょう》の呪《のろ》い」の使い方をきっちりロンに教えようとしたのかもしれない。でもハリーはシーッとだまらせ、目配せでみんなに進めと言った。

高窓《たかまど》からの月の光が廊下《ろうか》に縞模様《しまもよう》を作っていた。その中を四人はすばやく移動《いどう》した。曲がり角に来るたび、ハリーはフィルチかミセス・ノリスに出くわすような気がしたが、出会わずにすんだのはラッキーだった。大急ぎで四階への階段《かいだん》を上がり、抜《ぬ》き足差《あしさ》し足《あし》でトロフィー室に向かった。

マルフォイもクラッブもまだ来ていなかった。トロフィー棚《だな》のガラスがところどころ月の光を受けてキラキラと輝《かがや》き、カップ、盾《たて》、賞杯《しょうはい》、像《ぞう》などが、暗がりの中でときどき瞬《またた》くように金銀にきらめいた。

四人は部屋《へや》の両端《りょうはし》にあるドアから目を離《はな》さないようにしながら、壁《かべ》を伝って歩いた。マルフォイが飛びこんできて不意打ちを食らわすかもしれないと、ハリーは杖《つえ》を取り出した。数分の時間なのに長く感じられる。

「遅《おそ》いな、マルフォイのやつ、たぶん怖気《おじけ》づいたんだよ」とロンがささやいた。

その時、隣《となり》の部屋《へや》で物音がして、四人は飛び上がった。ハリーが杖《つえ》を振《ふ》り上《あ》げようとしたとき、誰《だれ》かの声が聞こえた――マルフォイではない。

「いい子だ。しっかりかぐんだぞ。隅《すみ》のほうにひそんでいるかもしれないからな」

フィルチがミセス・ノリスに話しかけている。心臓《しんぞう》が凍《こお》る思いで、ハリーはめちゃめちゃに三人を手招《てまね》きし、急いで自分についてくるよう合図した。四人は音を立てずに、フィルチの声とは反対側のドアへと急いだ。ネビルの服が曲がり角からヒョイと消えたとたん、間一髪《かんいっぱつ》、フィルチがトロフィー室に入ってくるのが聞こえた。

「どこかこのへんにいるぞ。隠《かく》れているにちがいない」フィルチがブツブツ言う声がする。

「こっちだよ！」

ハリーがほかの三人にささやいた。鎧《よろい》がたくさん飾《かざ》ってある長い回廊《かいろう》を、四人は石のようにこわばってはい進んだ。フィルチがどんどん近づいて来るのがわかる。ネビルが恐怖《きょうふ》のあまり突然《とつぜん》悲鳴を上げ、やみくもに走り出した――つまずいてロンの腰《こし》に抱《だ》きつき、二人《ふたり》そろってまともに鎧《よろい》にぶつかって倒《たお》れ込《こ》んだ。

ガラガラガッシャーン。城《しろ》中の人を起こしてしまいそうなすさまじい音がした。

「**逃《に》げろ！**」

ハリーが声を張《は》り上《あ》げ、四人は回廊《かいろう》を疾走《しっそう》した。フィルチが追いかけてくるかどうか振《ふ》り向《む》きもせず――全速力でドアを通り、次から次へと廊下《ろうか》をかけ抜《ぬ》け、いまどこなのか、どこへ向かっているか、先頭を走っているハリーにも全然わからない——壁《かべ》のタペストリーをめくり上げて隠《かく》れた抜《ぬ》け道《みち》を見つけ、矢のようにそこを抜《ぬ》け、出てきたところが「妖精《ようせい》の呪文《じゅもん》」の教室の近くだった。そこはトロフィー室からだいぶ離《はな》れていることだけはわかっていた。

「フィルチを巻《ま》いたと思うよ」

冷たい壁《かべ》に寄《よ》りかかり、額《ひたい》の汗《あせ》を拭《ぬぐ》いながらハリーは息をはずませていた。ネビルは体を二つ折りにしてゼイゼイ咳《せ》き込《こ》んでいた。

「だから——そう——言ったじゃない」

ハーマイオニーは胸《むね》を押《お》さえて、あえぎあえぎ言った。

「グリフィンドール塔《とう》に戻《もど》らなくちゃ、できるだけ早く」とロン。

「マルフォイにはめられたのよ。ハリー、あなたもわかってるんでしょう？　はじめから来る気なんかなかったんだわ——マルフォイが告げ口したのよね。だからフィルチは、誰《だれ》かがトロフィー室に来るって知ってたのよ」

ハリーもたぶんそうだと思ったが、ハーマイオニーの前ではそうだと言いたくなかった。

「行こう」

そうは問屋がおろさなかった。ほんの十歩と進まないうちに、ドアの取っ手がガチャガチャ鳴り、教室から何かが飛び出してきた。

ピーブズだ。四人を見ると歓声《かんせい》を上げた。

「だまれ、ピーブズ……お願いだから――じゃないと僕《ぼく》たち、退学《たいがく》になっちゃう」

ピーブズはケラケラ笑っている。

「真夜中にふらふらしてるのかい？　一年生ちゃん。チッ、チッ、チッ、悪い子、悪い子、捕《つか》まるぞ」

「だまっててくれたら捕《つか》まらずにすむよ。お願いだ。ピーブズ」

「フィルチに言おう。言わなくちゃ。君たちのためになることだものね」

ピーブズは聖人《せいじん》君子のような声を出したが、目は意地悪く光っていた。

「どいてくれよ」

ロンがどなってピーブズを払《はら》いのけようとした――これが大まちがいだった。

「**生徒がベッドから抜《ぬ》け出《だ》した！――『妖精《ようせい》の呪文《じゅもん》』教室の廊下《ろうか》にいるぞ！**」

ピーブズは大声で叫《さけ》んだ。

ピーブズの下をすり抜《ぬ》け、四人は命からがら逃《に》げ出《だ》した。廊下《ろうか》の突《つ》き当《あ》たりでドアにぶち当たった――鍵《かぎ》がかかっている。

「もうダメだ！」とロンがうめいた。みんなでドアを押《お》したがどうにもならない。

「おしまいだ！　一巻《いっかん》の終わりだ！」

足音が聞こえた。ピーブズの声を聞きつけ、フィルチが全速力で走ってくる。

「ちょっとどいて」

ハーマイオニーは押《お》し殺《ころ》したような声でそう言うと、ハリーの杖《つえ》をひったくり、鍵《かぎ》を杖《つえ》で軽くたたいて、つぶやいた。

「アロホモラ!」

カチッと鍵《かぎ》が開き、ドアがパッと開いた――四人はなだれを打って入《はい》り込《こ》み、いそいでドアを閉《し》めた。そしてみんなドアに耳をピッタリつけて、耳を澄《す》ました。

「どっちに行った! 早く言え、ピーブズ」フィルチの声だ。

「『どうぞ』とていねいに頼《たの》みな」

「ゴチャゴチャ言うな。さあ連中は**どっちに行った?**」

「どうぞと言わないなーら、なーんにも言わないよ」

ピーブズはいつもの変な抑揚《よくよう》のあるカンにさわる声で言った。

「しかたがない――どうぞ」

「**なーんにも!** ハハハ。言っただろう。『どうぞ』と言わなけりゃ『なーんにも』言わないって。ハッハのハーだ!」

ピーブズがヒューッと消える音と、フィルチが怒《いか》り狂《くる》って悪態《あくたい》をつく声が聞こえた。

「フィルチはこのドアに鍵《かぎ》がかかってると思ってる。もうオッケーだ――ネビル、離《はな》してくれよ！」

ハリーがヒソヒソ声で言った。ネビルはさっきからハリーのガウンのそでを引《ひ》っ張《ぱ》っていたのだ。

「え？ **なに？**」

ハリーは振《ふ》り返《かえ》った――そしてはっきりと見た。「なに」を。しばらくの間、ハリーは自分が悪夢《あくむ》にうなされているにちがいないと思った――あんまりだ。今日はもう、いやというほどいろいろあったのに。

そこはハリーが思っていたような部屋《へや》ではなく、廊下《ろうか》だった。しかも四階の「禁《きん》じられた廊《ろう》下《か》」だ。いまこそ、なぜ立《た》ち入《い》り禁止《きんし》なのか納得《なっとく》した。

四人が真正面に見たのは、怪獣《かいじゅう》のような犬の目だった――床《ゆか》から天井《てんじょう》までの空間全部がその犬で埋《う》まっている。頭が三つ。血走った三組のギョロ目。三つの鼻がそれぞれの方向にヒクヒク、ピクピクしている。三つの口から黄色い牙《きば》をむきだし、その間からダラリと、ぬめぬめした縄《なわ》のような、よだれが垂《た》れ下《さ》がっていた。

怪物犬《かいぶつけん》はじっと立ったまま、その六つの目全部でハリーたちをじっと見ている。まだ四人の命があったのは、ハリーたちが急に現《あらわ》れたので怪物犬《かいぶつけん》がふいをつかれて戸惑《とまど》ったからだ。もうその戸惑《とまど》いも消えたらしい。雷《かみなり》のようなうなり声がまちがいなくそう言っている。

ハリーはドアの取っ手をまさぐった——フィルチか死か——フィルチのほうがましだ。四人はさっきとは反対方向に倒《たお》れこんだ。ハリーがドアをバタンと閉《し》め、みんな飛ぶようにさっき来た廊下《ろうか》をかけだした。フィルチの姿《すがた》はない。急いで別の場所を探《さが》しにいっているらしい。そんなことはもうどうでもよかった——とにかくあの怪獣犬《かいじゅうけん》から少しでも遠く離《はな》れたい一心だ。かけにかけ続けて、やっと八階の太った婦人《レディ》の肖像画《しょうぞうが》までたどり着いた。

「まあいったいどこに行ってたの？」

ガウンは肩《かた》からズレ落ちそうだし、顔は紅潮《こうちょう》して汗《あせ》だくだし、婦人《レディ》は四人の様子を見て驚《おどろ》いた。

「何でもないよ——豚《ぶた》の鼻、豚《ぶた》の鼻」

息も絶《た》え絶《だ》えにハリーがそう言うと、肖像画《しょうぞうが》がパッと前に開いた。四人はやっとの思いで談話室に入り、わなわな震《ふる》えながらひじかけ椅子《いす》にへたりこんだ。口がきけるようになるまでにしばらくかかった。ネビルときたら、二度と口がきけないのじゃないかとさえ思えた。

「あんな怪物《かいぶつ》を学校の中に閉《と》じ込《こ》めておくなんて、いったい学校は何を考えているんだろう」

やっとロンが口を開いた。「世の中に運動不足の犬がいるとしたら、まさにあの犬だね」

ハーマイオニーは息も不機嫌《ふきげん》さも同時に戻《もど》ってきた。

「あなたたち、どこに目をつけてるの？」ハーマイオニーがつっかかるように言った。

「あの犬が何の上に立ってたか、見なかったの？」

「床《ゆか》の上じゃないの？」ハリーが一応《いちおう》意見を述《の》べた。「僕《ぼく》、足なんか見てなかった。頭を三つ見るだけで精一杯《せいいっぱい》だったよ」

ハーマイオニーは立ち上がってみんなをにらみつけた。

「ちがう。床《ゆか》じゃない。仕掛《しか》け扉《とびら》の上に立ってたのよ。何かを守ってるのにちがいないわ」

「あなたたち、さぞかしご満足でしょうよ。もしかしたらみんな殺されてたかもしれないのに――もっと悪いことに、退学《たいがく》になったかもしれないのよ。では、みなさん、おさしつかえなければ、休ませていただくわ」

ロンはポカンと口をあけてハーマイオニーを見送った。

「おさしつかえなんかあるわけないよな。あれじゃ、まるで僕《ぼく》たちがあいつを引《ひ》っ張《ぱ》り込《こ》んだみたいに聞こえるじゃないか、な？」

ハーマイオニーの言ったことがハリーには別の意味でひっかかった。ベッドに入ってからもそれを考えていた。犬が何かを守っている……ハグリッドが何て言ったっけ？

――何かを安全にしまっておくには、グリンゴッツが世界一安全な場所だ――たぶんホグワーツ以外ではな……――

七一三番金庫から持ってきたあの汚《きたな》い小さな包みが、いまどこにあるのか、ハリーはそれがわかったような気がした。

第十章　ハロウィーン

次の日、ハリーとロンがまだホグワーツにいるのを見て、マルフォイは目を疑《うたが》った。二人ともつかれた顔をしていたが上機嫌《じょうきげん》だった。朝になってみるとハリーもロンも、あの三つ頭の犬に出会ったことがすばらしい冒険《ぼうけん》に思えたし、次の冒険《ぼうけん》が待ち遠しくなっていた。とりあえず、ハリーはロンに例の包みのこと、それがグリンゴッツからホグワーツに移《うつ》されたのではないかということを話して聞かせた。あんなに厳重《げんじゅう》な警備《けいび》が必要なものっていったい何だろうと、二人はあれこれ話した。

「ものすごく大切か、ものすごく危険《きけん》なものだな」とロン。

「その両方かも」とハリー。

謎《なぞ》の包みについては、五センチぐらいの長さのものだろうということしかわからなかったので、それ以上、推測《すいそく》のしようもなかった。

三頭犬《さんとうけん》と仕掛《しか》け扉《とびら》の下に何が隠《かく》されているのか、ネビルもハーマイオニーもまったく興味《きょうみ》を示《しめ》さなかった。ネビルにとっては、二度とあの犬に近づかないということだけが重要だった。ハーマイオニーはハリーともロンともあれから口をきかなかったが、えらそうな知ったかぶり屋に指図されないですむのは、二人にとってむしろおまけをもらったような気分だった。ハリーとロンの思いは、いまや、どうやってマルフォイに仕返しするかだけだった。それから一週間ほどすると、なんと、そのチャンスが郵便《ゆうびん》とともにやってきた。

いつものようにふくろうが群《む》れをなして大広間に飛んできた。六羽《わ》のオオコノハズクがくわえた細長い包みがすぐにみんなの気を引いた。ハリーも興味津々《きょうみしんしん》で、あの大きな包みは何だろうと見ていると、驚《おどろ》いたことに、コノハズクはハリーの真ん前に舞《ま》い降《お》りて、その大きな包みを落とし、ハリーの食べていたベーコンを床《ゆか》にはねとばした。六羽《わ》がまだ飛び去らないうちに、もう一羽《わ》のふくろうが包みの上に手紙を落としていった。

ハリーは急いで手紙を開けた。それが正解《せいかい》だった。手紙にはこう書いてあった。

包みをここで開けないように。

中身は新品のニンバス2000です。

あなたが箒《ほうき》を持ったことがわかると、みんなが欲《ほ》しがるので、気づかれないようにしなければなりません。

今夜七時、クィディッチ競技場《きょうぎじょう》でオリバー・ウッドが待っています。

最初の練習です。

M・マクゴナガル教授《きょうじゅ》

手紙をロンに渡《わた》しながら、ハリーは喜びを隠《かく》しきれなかった。

「ニンバス2000だって？　僕《ぼく》、**さわったことさえ**ないよ」

ロンはうらやましそうにうなった。

一時間目が始まる前に二人だけで箒《ほうき》を見ようと、急いで大広間を出たが、玄関《げんかん》ホールの途《と》中《ちゅう》で、クラッブとゴイルが寮《りょう》に上がる階段《かいだん》の前に立ちふさがっているのに気づいた。マルフォイがハリーの包みをひったくって、中身を確《たし》かめるようにさわった。

「箒《ほうき》だ」

マルフォイはねたましさと苦々しさの入りまじった顔つきで、ハリーに包みを投げ返した。

「今度こそおしまいだな、ポッター。一年生は箒《ほうき》を持っちゃいけないんだ」

ロンはがまんしきれずに言い返した。

「ただの箒《ほうき》なんかじゃないぞ。なんてったって、ニンバス2000だぜ。君、家に何持ってるって言った？　コメット260かい？」

ロンはハリーに向かってニヤッと笑いかけた。

「コメットって見かけは派手《はで》だけどニンバスとは格《かく》がちがうんだよ」

「君に何がわかる、ウィーズリー。柄《え》の半分も買えないくせに。兄貴《あにき》たちと一緒《いっしょ》に小枝《こえだ》を一本ずつ貯めなきゃならないくせに」

マルフォイがかみついてきた。ロンが応戦《おうせん》しようとしたときに、フリットウィック先生がマルフォイのひじのあたりに現《あらわ》れた。

「君たち、言い争いじゃないだろうね？」先生がキーキー声で言った。

「先生、ポッターのところに箒《ほうき》が送られてきたんですよ」マルフォイがさっそく言いつけた。

「いやー、いやー、そうらしいね」先生はハリーに笑いかけた。

「マクゴナガル先生が特別措置《そち》について話してくれたよ。ところでポッター、箒《ほうき》は何型かね？」

「ニンバス２０００です」

マルフォイのひきつった顔を見て、笑いを必死でこらえながらハリーは答えた。

「実は、箒《ほうき》が持てたのはマルフォイのおかげなんです」

マルフォイの怒《いか》りと当惑《とうわく》をむき出しにした顔を見て、二人は笑いを押《お》し殺《ころ》しながら階段《かいだん》を上がった。

大理石の階段《かいだん》の上まで来たとき、ハリーは思うぞんぶん笑った。

「だって本当だもの。もしマルフォイがネビルの『思い出し玉』をかすめていかなかったら、僕《ぼく》はチームには入れなかったし……」

「それじゃ、校則《こうそく》を破《やぶ》ってごほうびをもらったと思ってるのね」

背後《はいご》から怒《おこ》った声がした。ハーマイオニーだった。ハリーが持っている包みを、けしからんと言わんばかりににらみつけ、階段《かいだん》を一段一段《いちだんいちだん》踏《ふ》みしめて上ってくる。

「あれっ、僕《ぼく》たちとは口をきかないんじゃなかったの？」とハリー。

「そうだよ。いまさら変えないでよ。僕《ぼく》たちにとっちゃありがたいんだから」とロン。

ハーマイオニーは、ツンとそっぽを向いて行ってしまった。

ハリーは一日中、授業《じゅぎょう》に集中できなかった。気がつくと寮《りょう》のベッドの下に置いてきた箒《ほうき》のことを考えていたり、今夜練習することになっているクィディッチ競技場《きょうぎじょう》のほうに気持ちがそれてしまっていた。夕食は何を食べたのかもわからないまま飲《の》み込《こ》んで、ロンと一緒《いっしょ》に寮《りょう》にかけ戻《もど》り、ようやくニンバス２０００の包みを解《と》いた。

ベッドカバーの上に転がり出た箒《ほうき》を見て、ロンは「ウワー」とため息をついた。箒《ほうき》のことは何も知らないハリーでさえ、すばらしい箒《ほうき》だと思った。すらりとしてつやがあり、マホガニーの柄《え》の先に長くまっすぐな小枝《こえだ》がすっきりと束ねられ、柄《え》の先端《せんたん》近くに金文字《きんもじ》で「ニンバス

2000」と書かれていた。

七時近く、夕暮《ゆうぐ》れの薄明《うすあ》かりの中、ハリーは城《しろ》を出てクィディッチ競技場《きょうぎじょう》へと急いだ。中に入るのは初めてだった。競技場《きょうぎじょう》のピッチの周囲には、何百という座席《ざせき》が高々とせり上げられていて、観客が高いところから観戦できるようになっていた。ピッチの両端《りょうたん》には、高い金の柱が三本ずつ立っていて、先端《せんたん》に輪がついている。十五メートルもの高さがあることを除《のぞ》けば、マグルの子供《こども》がシャボン玉を作るのに使うプラスチックの輪にそっくりだとハリーは思った。

ウッドが来るまでに、どうしてもまた飛んでみたくなり、ハリーは箒《ほうき》にまたがり地面を蹴《け》った。なんていい気分なんだろう——ハリーは高いゴールポストの輪をくぐったり、ピッチに向かって急降下《きゅうこうか》したり急上昇《きゅうじょうしょう》したりしてみた。ニンバス2000はちょっと触《ふ》れるだけで、ハリーの思いのままに飛んだ。

「おーい、ポッター、降《お》りてこい！」

オリバー・ウッドがやってきた。大きな木製《もくせい》の箱を小脇《こわき》に抱《かか》えている。ハリーはウッドのすぐ隣《となり》にぴたりと着陸した。

「おみごと」ウッドは目をキラキラさせていた。

「マクゴナガル先生の言っていた意味がわかったよ……君はまさに生まれつきの才能《さいのう》がある。今夜はルールを教えるだけだ。それから週三回のチーム練習に参加だ」

箱を開けると、大きさのちがうボールが四個《こ》あった。

「いいかい、クィディッチのルールを覚えるのは簡単《かんたん》だ。プレーするのはそう簡単《かんたん》じゃないけどね。両チームそれぞれ七人の選手がいる。そのうち三人はチェイサーだ」

「三人のチェイサー」とハリーがくり返した。

ウッドはサッカーボールぐらいの大きさの真《ま》っ赤《か》なボールを取り出した。

「このボールがクアッフルだ。チェイサーはこのクアッフルを投げ合って、相手ゴールの輪の中に入れる。そしたら得点。輪に入るたびに十点だ。ここまではいいかい？」

「チェイサーがクアッフルを投げ、輪を通ると得点」ハリーはまたくり返した。

「それじゃ、ゴールは六つあるけど、箒《ほうき》に乗ってプレーするバスケットボールのようなものじゃないかなあ？」

「バスケットボールって何だい？」ウッドが不思議そうに聞いた。

「ううん、気にしないで」ハリーはあわてて言った。

「さてと、各チームにはキーパーと呼《よ》ばれる選手がいる。僕《ぼく》はグリフィンドールのキーパーだ。味方の輪の周りを飛び回って、敵《てき》が点を入れないようにするんだ」

「チェイサーが三人、キーパーが一人、クアッフルでプレーする。オーケー、わかった」

ハリーは全部覚えこもうと意気込《いきご》んでいた。

「それは何するもの？」

ハリーは箱の中に残っている三つのボールを指さした。

「いま見せるよ。ちょっとこれを持って」

ウッドが野球のバットに似《に》た短い棍棒《こんぼう》をハリーに渡《わた》した。

「ブラッジャーが何なのか、いまから見せてあげよう。この二つがブラッジャーだ」

ウッドは赤いクアッフルより少し小さい、真っ黒なボールを二つハリーに見せた。二つともまったく同じようなボールで、箱の中にひもで留《と》めてあったが、ひもを引きちぎって飛び出そうとしているように見えた。

「下がって」とハリーに注意してから、ウッドは腰《こし》をかがめ、ブラッジャーを一つだけひもからはずした。

とたんに黒いボールは空中高く飛び上がり、まっすぐにハリーの顔めがけてぶつかってきた。鼻を折られちゃ大変と、ハリーが棍棒《こんぼう》でボールを打つと、ボールはジグザグに舞《ま》い上《あ》がった。そして二人の頭上をぐるぐる回り、今度はウッドにぶつかってきた。ウッドはボールを上から押《お》さえ込《こ》むように飛びかかり、地面に押《お》さえつけた。

「わかったろう？」

ウッドは、ハーハー言いながら、じたばたするブラッジャーを力ずくで箱に戻《もど》し、ひもで押《お》さえつけておとなしくさせた。

「ブラッジャーはロケットのように飛び回って、プレーヤーを箒《ほうき》からたたき落とそうとするんだ。そこで各チーム二人のビーターがいる――双子《ふたご》のウィーズリーがそれだ――味方の陣地《じんち》をブラッジャーから守って、敵《てき》の陣地《じんち》へ打ち返す役だよ。さあ、ここまでのところわかったかい？」

「チェイサーが三人、クアッフルで得点する。キーパーはゴールポストを守る。ビーターはブラッジャーを味方の陣地《じんち》から追《お》い払《はら》う」ハリーはすらすら答えた。

「よくできた」

「えーと……ブラッジャーが誰《だれ》かを殺しちゃったことはあるの？」

ハリーはなにげなく質問《しつもん》しているようなふりをした。

「ホグワーツでは一度もないよ。あごの骨《ほね》を折ったやつは二、三人いたけど、せいぜいその程度《ていど》だ。さて、残るメンバーはシーカー。それが君のポジションだ。クアッフルもブラッジャーも気にしなくていい……」

「……僕《ぼく》の頭を割《わ》りさえしなきゃだけど」

「心配するな。双子《ふたご》のウィーズリーにはブラッジャーもかなわないさ――つまり、二人は人間ブラッジャーみたいなものだな」

ウッドは箱に手をつっこんで、四つ目の、最後のボールを取り出した。クアッフルやブラッジャーに比《くら》べるとずいぶん小さく、大きめのクルミぐらいだった。まばゆい金色で、小さな銀色の羽をひらひらさせている。

「これが、いいかい、『金《きん》のスニッチ』だ。一番重要なボールだよ。とにかく速いし見えにくいから、捕《つか》まえるのが非常《ひじょう》に難《むずか》しい。シーカーの役目はこれを捕《と》ることだ。君はチェイサー、ビーター、ブラッジャー、クアッフルの間をぬうように飛び回って、敵《てき》のシーカーより先にこれを捕《と》らないといけない。何しろシーカーがスニッチを捕《と》ると一五〇点入る。勝利はほとんど決まったようなものだ。だから敵《てき》は何としてでもシーカーを妨害《ぼうがい》しようとする。スニッチが捕《つか》まらないかぎりクィディッチの試合は終わらない。いつまでも続く――確《たし》か最長記録は三か月だったと思う。交代選手を次々投入して、正選手は交代で眠《ねむ》ったということだ。ま、こんなとこかな。質問《しつもん》あるかい？」

ハリーは首を横に振《ふ》った。やるべきことはしっかりわかった。それができるかどうかだけが問題だ。

「スニッチを使った練習はまだやらない」

ウッドはスニッチを慎重《しんちょう》に箱にしまい込《こ》んだ。

「もう暗いから、なくすといけないし。かわりにこれで練習しよう」

ウッドはポケットからゴルフボールの袋《ふくろ》を取り出した。数分後、二人は空中にいた。ウッドはゴルフボールをありとあらゆる方向に思いきり強く投げ、ハリーにキャッチさせた。ハリーは一つも逃《のが》さなかったので、ウッドは大喜びだった。三十分もするとすっかり暗くなり、もう続けるのは無理だった。

「あのクィディッチ・カップに、今年《ことし》こそは僕《ぼく》たちの寮《りょう》の名前が入るぞ」

城《しろ》に向かってつかれた足取りで歩きながら、ウッドはうれしそうに言った。

「君はチャーリーよりうまくなるかもしれないな。チャーリーだって、ドラゴンを追っかける仕事を始めなかったら、いまごろイギリスのナショナル・チームでプレーしてたろうに」

毎日たっぷり宿題がある上、週三回のクィディッチの練習で忙《いそが》しくなった。そのせいか、気がつくと、なんとホグワーツに来てからもう二か月もたっていた。いまではプリベット通りよりも城《しろ》のほうが自分の家だという気がしていた。授業《じゅぎょう》のほうも、基礎《きそ》がだいぶわかってきたのでおもしろくなってきた。

ハロウィーンの朝、廊下《ろうか》に漂《ただよ》うパンプキンパイを焼くおいしそうな匂《にお》いでみんな目を覚ました。もっとうれしいことに、「妖精《ようせい》の呪文《じゅもん》」の授業《じゅぎょう》でフリットウィック先生が、そろそろ物を飛ばす練習をしましょうと言ったのだ。先生がネビルのヒキガエルをブンブン飛び回らせるのを見てからというもの、みんなやってみたくてたまらなかった。先生は生徒を二人ずつ組ませて練習させた。ハリーはシェーマス・フィネガンと組んだ——ネビルがハリーと組みたくてじっとこっちを見ていたので、これでホッとした。ロンは、なんと、ハーマイオニーと組むことになった。二人ともこれにはカンカンだった。ハリーが箒《ほうき》を受け取って以来、ハーマイオニーは一度も二人と口をきいていなかった。

「さあ、いままで練習してきたしなやかな手首の動かし方を思い出して」

いつものように積み重ねた本の上に立って、フリットウィック先生はキーキー声で言った。

「ビューン、ヒョイ、ですよ。いいですか、ビューン、ヒョイ。呪文《じゅもん》を正確《せいかく》に、これもまた大切ですよ。覚えてますね、あの魔法使《まほうつか》いバルッフィオは、『f』でなく『s』の発音をしたため、気がついたら、自分が床《ゆか》に寝転《ねころ》んでいて、バッファローが胸《むね》の上に乗っかっていましたね」

これはとても難《むずか》しかった。ハリーもシェーマスもビューン、ヒョイ、とやったのに、空中高く浮《う》くはずの羽根は机《つくえ》の上にはりついたままだ。シェーマスがかんしゃくを起こして、杖《つえ》で羽根をこづいて火をつけてしまったので、ハリーは帽子《ぼうし》で火を消すはめになった。隣《となり》のロンも、似《に》たり寄《よ》ったりのみじめさだった。

「**ウィンガディアム　レヴィオーサ！**」

長い腕《うで》を風車のように振《ふ》り回《まわ》してロンが叫《さけ》んでいる。ハーマイオニーのとんがった声が聞こえる。

「言い方がまちがってるわ。**ウィン・ガー・ディアム　レヴィ・オー・サ**。『ガー』と長ぁーくきれいに言わなくちゃ」

「そんなによくご存《ぞん》じなら、君がやってみろよ」とロンがどなっている。

ハーマイオニーはガウンのそでをまくり上げて杖《つえ》をビューンと振《ふ》り、呪文《じゅもん》を唱えた。

「ウィンガーディアム　レヴィオーサ！」

すると、羽根は机《つくえ》を離《はな》れ、頭上一・二メートルぐらいの所に浮《う》いたではないか。

「オーッ、よくできました！」先生が拍手《はくしゅ》をして叫《さけ》んだ。「みなさん、見てください。グレンジャーさんがやりました！」

授業《じゅぎょう》が終わったとき、ロンは最悪に不機嫌《ふきげん》だった。

「だから、誰《だれ》だってあいつにはがまんできないって言うんだ。まったく悪夢《あくむ》みたいなやつさ」

廊下《ろうか》の人ごみを押《お》し分《わ》けながら、ロンがハリーに言った。

誰《だれ》かがハリーにぶつかり、急いで追《お》い越《こ》していった。ハーマイオニーだ。ハリーが顔をちらっと見ると——驚《おどろ》いたことに、泣いている。

「いまの、聞こえたみたい」とハリー。

「それがどうした？」

ロンも少し気にしていたが、「誰《だれ》も友達《ともだち》がいないってことは、とっくに気がついているだろうさ」と言った。

ハーマイオニーは次の授業《じゅぎょう》に出て来《こ》なかったし、その日の午後は一度も見かけなかった。ハロウィーンのごちそうを食べに大広間に向かう途中《とちゅう》、パーバティ・パチルがラベンダーに話しているのをハリーたちは小耳に挟《はさ》んだ。ハーマイオニーがトイレで泣いていて、一人にしておいてくれと言ったらしい。ロンはまた少しバツの悪そうな顔をしたが、大広間でハロウィーンの飾《かざ》りつけを見た瞬間《しゅんかん》、ハーマイオニーのことなど二人の頭から吹《ふ》き飛《と》んでしまった。

千匹《びき》ものコウモリが壁《かべ》や天井《てんじょう》で羽をばたつかせ、もう千匹《びき》が低くたれこめた黒雲のようにテーブルのすぐ上まで急降下《きゅうこうか》して、くり抜《ぬ》いたかぼちゃの中のろうそくの炎《ほのお》をちらつかせた。新学期の始まりのときと同じように、金色の皿にのったごちそうが突然現《とつぜんあらわ》れた。

ハリーが皮つきポテトを皿によそっていたちょうどその時、クィレル先生が息を切らせてかけ込《こ》んできた。ターバンはゆがみ、顔は恐怖《きょうふ》で引きつっている。みんなが見つめる中を、ダンブルドア校長の席までたどり着いたクィレル先生は、テーブルに倒《たお》れこんで、あえぎあえぎ言った。

「トロールが……地下室に……お知らせしなくてはと思って」

クィレル先生はその場でばったりと気を失ってしまった。

大混乱《だいこんらん》になった。ダンブルドア先生が杖《つえ》の先から紫色《むらさきいろ》の爆竹《ばくちく》を何度か爆発《ばくはつ》させて、やっと静かにさせた。

「監督生《かんとくせい》よ」

ダンブルドア先生の声がとどろいた。

「すぐさま自分の寮《りょう》の生徒を引率《いんそつ》して寮《りょう》に帰るように」

パーシーは水を得た魚だ。

「僕《ぼく》について来て！　一年生はみんな一緒《いっしょ》に固まって！　僕《ぼく》の言うとおりにしていれば、トロールなど恐《おそ》るるに足《た》らず！　さあ、僕《ぼく》の後ろについて離《はな》れないで！　道をあけてくれ。一年生を通してくれ！　道をあけて。僕《ぼく》は監督生《かんとくせい》です！」

「トロールなんて、いったいどうやって入ってきたんだろう」階段《かいだん》を上がりながらハリーはロンに聞いた。

「僕《ぼく》に聞いたって知らないよ。トロールって、とってもバカなヤツらしいよ。もしかしたらハロウィーンの冗談《じょうだん》のつもりで、ピーブズが入れたのかな」とロンが答えた。

みんながてんでんばらばらな方向に急いでいた。右往左往《うおうさおう》しているハッフルパフの一団《いちだん》をかき分けて進もうとしていたちょうどその時、ハリーが突然《とつぜん》ロンの腕《うで》をつかんだ。

「ちょっと待って……ハーマイオニーだ」

「あいつがどうかしたかい？」

「トロールのこと知らないよ」

ロンが唇《くちびる》をかんだ。

「わかった。だけどパーシーに気づかれないようにしなきゃ」

ヒョイとかがんで、二人は反対方向に行くハッフルパフ寮生《りょうせい》にまぎれ込《こ》み、誰《だれ》もいなくなったほうの廊下《ろうか》をすり抜《ぬ》け、女子用トイレへと急いだ。角を曲がったとたん、後ろから急ぎ足でやってくる音が聞こえた。

「パーシーだ！」

ロンがささやき、怪獣《かいじゅう》グリフィンの大きな石像《せきぞう》の後ろにハリーを引《ひ》っ張《ぱ》り込《こ》んだ。

石像《せきぞう》の陰《かげ》から目を凝《こ》らしてのぞくと、パーシーではなくスネイプだった。廊下《ろうか》を渡《わた》り、視界《しかい》から消えていった。

「何してるんだろう。どうしてほかの先生と一緒《いっしょ》に地下室に行かないんだろう」

ハリーがつぶやいた。

「知るもんか」

だんだん消えていくスネイプの足音を耳で追いながら、二人はできるだけ音を立てないように身をかがめて廊下《ろうか》を歩いていった。

「スネイプは四階のほうに向かってるよ」と言うハリーを、ロンが手を上げて制《せい》した。

「何か臭《にお》わないか？」

ハリーがクンクンと鼻を使うと、汚《よご》れた靴下《くつした》と、掃除《そうじ》をしたことがない公衆《こうしゅう》トイレの臭《にお》いを混《ま》ぜたような悪臭《あくしゅう》が鼻をついた。

次に音が聞こえた……低いブァーブァーといううなり声、巨大《きょだい》な足を引きずるように歩く音。ロンが指さした……廊下《ろうか》のむこう側、左手から何か大きなものがこっちに近づいて来る。二人が物影《ものかげ》に隠《かく》れて身を縮《ちぢ》めていると、月明かりに照らされた場所にその大きなものがヌーッと姿《すがた》を現《あらわ》した。

恐《おそ》ろしい光景だった。背《せ》は四メートルもあり、墓石《はかいし》のような鈍《にぶ》い灰色《はいいろ》の肌《はだ》、大きな岩石のようなずんぐりした巨体《きょたい》に、ハゲた小さな頭がココナッツのようにちょこんとのっている。木の幹《みき》ほど太く短い脚《あし》には、ゴツゴツした平たい足がついている。体中がものすごい悪臭《あくしゅう》を放っていた。腕《うで》が異常《いじょう》に長いので、手にした巨大《きょだい》な棍棒《こんぼう》は床《ゆか》を引きずっている。

トロールはドアの前で立ち止まり、中をじっと見た。長い耳をぴくつかせ、中身のない頭で考えていたが、やがて前かがみになってのろのろと中に入った。

「鍵穴《かぎあな》に鍵《かぎ》がついたままだ。あいつを閉《と》じ込《こ》められる」ハリーが声を殺して言った。

「名案だ」ロンの声はびくびくしている。

トロールが出てきませんようにと祈《いの》りながら、二人は開けっぱなしのドアに向かってじりじりと進んだ。のどがカラカラだった。最後の一歩は大きくジャンプして、ハリーは鍵《かぎ》をつかみドアをピシャリと閉《し》めて鍵《かぎ》をかけた。

「**やった！**」

勝利に意気揚々《いきようよう》、二人はもと来た廊下《ろうか》を走ったが、曲がり角まで来たとき、心臓《しんぞう》が止まりそうな声を聞いた——かん高い、恐怖《きょうふ》で立ちすくんだような悲鳴——いま鍵《かぎ》をかけたばかりの部屋《へや》の中からだ。

「しまった」ロンの顔は「血みどろ男爵《だんしゃく》」ぐらい真《ま》っ青《さお》だった。

「女子用トイレだ！」ハリーも息をのんだ。

「**ハーマイオニーだ！**」二人が同時に叫《さけ》んだ。

これだけは絶対《ぜったい》やりたくなかったが、ほかに手段《しゅだん》があるだろうか？　回れ右をして二人はドアへと全力疾走《しっそう》した。気が動転して鍵《かぎ》がうまく回せない——開いた——ハリーがドアを開けた——二人は突入《とつにゅう》した。ハーマイオニー・グレンジャーは奥《おく》の壁《かべ》にはりついて縮《ちぢ》み上《あ》がっていた。いまにも気を失わんばかりだ。トロールは洗面台《せんめんだい》を次々となぎ倒《たお》しながら、ハーマイオニーに近づいていく。

「こっちに引きつけろ！」

ハリーは無我夢中《むがむちゅう》でロンにそう言うと、蛇口《じゃぐち》を拾って力いっぱい壁《かべ》に投げつけた。トロールはハーマイオニーのほんの一メートル手前で立ち止まった。そしてのろのろと向きを変え、にぶそうな目をパチクリさせながら何の音だろうとこっちを見た。いやしい小さな目がハリーをとらえた。一瞬《いっしゅん》迷《まよ》ったようだったが、今度はハリーのほうに棍棒《こんぼう》を振《ふ》り上《あ》げて近づいてきた。

「やーい、ウスノロ！」

ロンが反対側から叫《さけ》んで、金属《きんぞく》パイプを投げつけた。トロールはパイプが肩《かた》にあたっても何も感じないようだったが、それでも叫《さけ》び声《ごえ》は聞こえたらしく、また立ち止まった。醜《みにく》い鼻面を今度はロンのほうに向けたので、ハリーはその後ろに回り込《こ》む余裕《よゆう》ができた。

「早く、走れ、**走るんだ！**」

ハリーはハーマイオニーに向かって叫《さけ》びながらドアのほうに引っぱろうとしたが、ハーマイオニーは動けなくなっていた。恐怖《きょうふ》で口を開け、壁《かべ》にぴったりとはりついたままだった。

トイレに反響《はんきょう》する叫《さけ》び声《ごえ》がトロールを逆上《ぎゃくじょう》させてしまったようだ。再《ふたた》びうなり声を上げて、一番近くにいた、もはや逃《に》げ場《ば》のないロンのほうに向かって来た。

その時ハリーは、勇敢《ゆうかん》とも、間抜《まぬ》けともいえるような行動に出た。走っていって後ろからトロールに飛びつき、腕《うで》をトロールの首ねっこに巻《ま》きつけた。トロールにとってハリーが首にぶら下がってることなど感じもしないが、さすがに長い棒切《ぼうき》れが鼻に突《つ》き刺《さ》されば気にはなる。ハリーが飛びついたとき、杖《つえ》は持ったままだった——杖《つえ》がトロールの鼻の穴《あな》を突《つ》き上《あ》げた。

痛《いた》みにうなり声を上げながらトロールは棍棒《こんぼう》をめちゃめちゃに振《ふ》り回《まわ》したが、ハリーは渾身《こんしん》の力でぴったりとしがみついていた。トロールはしがみついてるハリーを振《ふ》り払《はら》おうともがき、いまにも棍棒《こんぼう》でハリーに強烈《きょうれつ》な一撃《いちげき》を食らわしそうだった。

ハーマイオニーは恐《おそ》ろしさのあまり、へなへなと床《ゆか》に座《すわ》り込《こ》んでしまった。ロンは自分の杖《つえ》を取り出した——自分でも何をしようとしているのかもわからないまま、ロンは最初に頭に浮《う》かんだ呪文《じゅもん》を唱えていた。

「ウィンガーディアム　レヴィオーサ！」

突然《とつぜん》、棍棒《こんぼう》がトロールの手から飛び出し、空中を高く高く上がって、ゆっくり一回転してからボクッといういやな音を立てて持ち主の頭の上に落ちた。トロールはふらふらしたかと思うと、ドサッと音を立ててその場にうつぶせに伸《の》びてしまった。倒《たお》れた衝撃《しょうげき》で、トイレ全体が揺《ゆ》れた。

ハリーが立ち上がった。ブルブル震《ふる》え、息も絶《た》え絶《だ》えだ。ロンはまだ杖《つえ》を振《ふ》り上《あ》げたまま突《つ》っ立《た》って、自分のやってしまったことをぼうっと見ていた。

ハーマイオニーがやっと口をきいた。

「これ……死んだの？」

「いや、ノックアウトされただけだと思う」

ハリーはかがみ込《こ》んで、トロールの鼻から自分の杖《つえ》を引《ひ》っ張《ぱ》り出《だ》した。灰色《はいいろ》ののりの塊《かたまり》のようなものがべっとりとついていた。

「ウエー、トロールの鼻くそだ」

ハリーはそれをトロールのズボンでふき取った。

そのとき突然《とつぜん》バタンという音がして、バタバタと大きな足音が聞こえ、三人は顔を上げた。どんなに大騒動《おおそうどう》だったか三人は気づきもしなかったが、物が壊《こわ》れる音や、トロールのうなり声を階下の誰《だれ》かが聞きつけたにちがいない。まもなくマクゴナガル先生が飛《と》び込《こ》んできた。そのすぐあとにスネイプ、最後はクィレルだった。

クィレルはトロールを一目見たとたん、ヒィヒィと弱々しい声を上げ、胸《むね》を押《お》さえてトイレに座《すわ》り込《こ》んでしまった。

スネイプはトロールをのぞき込《こ》んだ。マクゴナガル先生はハリーとロンを見すえた。ハリーはこんなに怒《おこ》った先生の顔を初めて見た。唇《くちびる》が蒼白《そうはく》だ。グリフィンドールのために五〇点もらえるかなというハリーの望みは、あっという間に消え去った。

「一体全体、あなた方はどういうつもりなのですか」

マクゴナガル先生の声は冷静だが怒《いか》りに満ちていた。ハリーはロンを見た。まだ杖《つえ》を振《ふ》り上《あ》げたままの格好《かっこう》で立っている。

「殺されなかっただけでも運がよかった。寮《りょう》にいるべきあなた方がどうしてここにいるのですか？」

スネイプはハリーに、すばやく鋭《するど》い視線《しせん》を投げかけた。ハリーはうつむいた。ロンが杖《つえ》を下ろせばいいのにと思った。

その時、暗がりから小さな声がした。

「マクゴナガル先生。聞いてください――二人とも私《わたし》を探《さが》しに来たんです」

「ミス・グレンジャー！」

ハーマイオニーはやっと立ち上がった。

「私《わたし》がトロールを探《さが》しに来たんです。私《わたし》……私《わたし》一人でやっつけられると思いました――あの、本で読んでトロールについてはいろんなことを知っていたので」

ロンは杖《つえ》を取り落とした。ハーマイオニー・グレンジャーが、先生に真《ま》っ赤《か》なうそをついている？

「もし二人が私《わたし》を見つけてくれなかったら、私《わたし》、いまごろ死んでいました。ハリーは杖《つえ》をトロールの鼻に刺《さ》し込《こ》んでくれ、ロンはトロールの棍棒《こんぼう》でノックアウトしてくれました。二人とも誰《だれ》かを呼《よ》びに行く時間がなかったんです。二人が来てくれた時は、私《わたし》、もう殺される寸前《すんぜん》で……」

ハリーもロンも、そのとおりです、という顔を装《よそお》った。

「まあ、そういうことでしたら……」マクゴナガル先生は三人をじっと見た。

「ミス・グレンジャー、なんと愚《おろ》かしいことを。たった一人で野生のトロールを捕《つか》まえようなんて、そんなことをどうして考えたのですか？」

ハーマイオニーはうなだれた。ハリーは言葉も出なかった。規則《きそく》を破《やぶ》るなんて、ハーマイオニーは絶対《ぜったい》そんなことをしない人間だ。その彼女《かのじょ》が規則《きそく》を破《やぶ》ったふりをしている。僕《ぼく》たちをかばうために。まるでスネイプが菓子《かし》をみんなに配りはじめたようなものだ。

「ミス・グレンジャー、グリフィンドールから五点減点《げんてん》です。あなたには失望しました。けががないならグリフィンドール塔《とう》におもどりなさい。生徒たちが、さっき中断《ちゅうだん》したパーティの続きを寮《りょう》でやっています」

ハーマイオニーは帰っていった。

マクゴナガル先生は今度はハリーとロンのほうに向きなおった。

「先ほども言いましたが、あなたたちは運がよかったのです。でも大人の野生トロールと対決できる一年生はそうざらにはいません。一人五点ずつあげましょう。ダンブルドア先生にご報《ほう》告《こく》しておきます。帰ってよろしい」

急いで部屋《へや》を出て二つ上の階に上がるまで、二人は何も話さなかった。何はともあれ、トロールのあの臭《にお》いから逃《のが》れられたのはうれしかった。

「二人で十点は少ないよな」

とロンがブツクサ言った。

「二人で五点だろ。ハーマイオニーの五点を引くと」とハリーが訂正《ていせい》した。

「ああやって彼女《かのじょ》が僕《ぼく》たちを助けてくれたのは確《たし》かにありがたかったよ。だけど、**僕《ぼく》たち**があいつを助けたのもたしかなんだぜ」

「僕《ぼく》たちが鍵《かぎ》をかけてヤツをハーマイオニーと一緒《いっしょ》に閉《と》じ込《こ》めたりしなかったら、助けはいらなかったかもしれないよ」ハリーはロンに正確《せいかく》な事実を思い出させた。

二人は太った婦人《レディ》の肖像画《しょうぞうが》の前に着いた。

「豚《ぶた》の鼻」の合言葉で二人は中に入っていった。

談話室は人がいっぱいでガヤガヤしていた。誰《だれ》もが談話室に運ばれてきた食べ物を食べている中で、ハーマイオニーだけが一人ポツンと扉《とびら》のそばに立って二人を待っていた。互《たが》いに気まずい一瞬《いっしゅん》が流れた。そして、三人とも顔を見もせず、互《たが》いに「ありがとう」と言ってから、急いで食べ物を取りに行った。

それ以来、ハーマイオニー・グレンジャーは二人の友人になった。共通の経験《けいけん》をすることでお互《たが》いを好きになる、そんな特別な経験《けいけん》があるものだ。四メートルもあるトロールをノックアウトしたという経験《けいけん》は、まさしくそれだった。

第十一章　クィディッチ

十一月に入ると、急に寒くなった。学校を囲む山々は灰色《はいいろ》に凍《こお》りつき、湖は冷たい鋼《はがね》のように張《は》りつめていた。校庭には毎朝霜《しも》が降《お》り、窓《まど》から見下ろすと、クィディッチ競技場《きょうぎじょう》のピッチで箒《ほうき》の霜取《しもと》りをするハグリッドの姿《すがた》が見えた。丈長《たけなが》のモールスキン・コートにくるまり、ウサギの毛の手袋《てぶくろ》をはめ、ビーバー革《かわ》のどでかいブーツをはいていた。

クィディッチ・シーズンの到来《とうらい》だ。何週間もの練習が終わり、土曜日は、いよいよハリーの初試合になる。グリフィンドール対スリザリンだ。グリフィンドールが勝てば、寮対抗総合《りょうたいこうそうごう》の二位に浮上《ふじょう》する。

寮《りょう》チームの秘密《ひみつ》兵器として、ハリーのことは、一応《いちおう》、「極秘《ごくひ》」というのがウッドの作戦だったので、ハリーが練習しているところを見た者はいなかった。ところがハリーがシーカーだという「極秘《ごくひ》」はなぜかとっくにもれていた。きっとすばらしいプレーをするだろうね、と期待されたり、みんながマットレスを持ってハリーの下を右往左往《うおうさおう》するだろうよ、とけなされたり

――ハリーにとってはどっちもどっちで、ありがたくなかった。

ハーマイオニーと友達《ともだち》になれたのは、ハリーにとって幸運だった。クィディッチの練習が追《お》い込《こ》みに入ってからのウッドのしごきの中で、ハーマイオニーがいなかったら、あれだけの宿題を全部こなすのはとうてい無理だったろう。それに『クィディッチ今昔《いまむかし》』という本も貸《か》してくれた。これがまたおもしろい本だった。

ハリーはこの本でいろんなことを学んだ。たとえば、クィディッチには七百もの反則《はんそく》があり、その全部が一四七三年のワールドカップで起きたとか、シーカーは普通《ふつう》、一番小さくて速い選手がなり、大きな事故《じこ》といえばシーカーに起きやすいこと、試合中の死亡事故《しぼうじこ》はまずないが、何人かの審判《しんぱん》が試合中に消えてしまい、数か月後にサハラ砂漠《さばく》で見つかったこと、などが書かれている。

ハーマイオニーは、野生トロールから助けてもらって以来、規則《きそく》を破《やぶ》ることに少しは寛大《かんだい》になり、おかげでずいぶんやさしくなっていた。ハリーのデビュー戦の前日のこと、休み時間に三人は凍《こお》りつくような中庭に出ていた。ハーマイオニーは魔法《まほう》でリンドウ色の火を出してくれた。ジャムの空《あ》き瓶《びん》に入れて持ち運びできる火だった。背中《せなか》を火にあてて暖《あたた》まっていると、スネイプがやってきた。片足《かたあし》を引きずっていることにハリーはすぐ気づいた。火は禁止《きんし》されているにちがいないと思い、スネイプから見えないように三人はぴったりくっついた。だが不覚にも、さも悪さをしているような顔つきが、スネイプの目に留《と》まってしまった。スネイプが足を引きずりながら近づいてきた。火は見つからなかったが、何か小言を言う口実を探《さが》しているようだった。

「ポッター、そこに持っているのは何かね？」

ハリーは『クィディッチ今昔《いまむかし》』を差し出した。

「図書館の本は校外に持ち出してはならん。よこしなさい。グリフィンドール五点減点《げんてん》」

スネイプが行ってしまうと、「規則《きそく》をでっち上げたんだ」とハリーは怒《おこ》ってブツブツ言った。

「だけど、あの足はどうしたんだろう？」

「知るもんか、でも、ものすごく痛《いた》いといいよな」とロンも悔《くや》しがった。

その夜、グリフィンドールの談話室は騒々《そうぞう》しかった。ハリー、ロン、ハーマイオニーは一緒《いっしょ》に窓際《まどぎわ》に座《すわ》って、ハーマイオニーがハリーとロンの呪文《じゅもん》の宿題をチェックしていた。答えを丸写しはさせてくれなかったが（「それじゃ覚えないでしょ？」）、宿題に目を通してくれるよう頼《たの》めば、結局は正しい答えを教えてもらうことになった。

ハリーは落ち着かなかった。『クィディッチ今昔《いまむかし》』を返してもらい、試合のことで高ぶる神《しん》経《けい》を本を読んでまぎらわしたかった。なんでスネイプをそんなに怖《こわ》がらなくちゃいけないんだ？

ハリーは立ち上がり、本を返してもらってくる、と二人に宣言《せんげん》した。

「一人で大丈夫《だいじょうぶ》？」

あとの二人が口をそろえて言った。ハリーには勝算があった。ほかの先生がそばにいたら、スネイプも断《ことわ》れないだろう。

ハリーは職員室《しょくいんしつ》のドアをノックした。答えがない。もう一度ノックする。反応《はんのう》がない。

スネイプが中に本を置きっぱなしにしているかもしれない？　のぞいてみる価値《かち》ありだ。ドアを少し開けて中をうかがうと、とんでもない光景が目に飛《と》び込《こ》んできた。

中にはスネイプとフィルチだけしかいない。スネイプはガウンをひざまでたくし上げている。片脚《かたあし》のすねがズタズタになって血だらけだ。フィルチがスネイプに包帯を渡《わた》していた。

「いまいましいヤツだ。三つの頭に同時に注意するなんてできるか？」

スネイプがそう言うのが聞こえた。

ハリーはそっとドアを閉《し》めようとした。だが……、

「**ポッター！**」

スネイプは怒《いか》りに顔をゆがめ、急いでガウンを下ろして脚《あし》を隠《かく》した。

「本を返してもらえたらと思って」

ハリーはゴクリとつばを飲んだ。

「出て行け、失せろ！」

スネイプがグリフィンドールを減点《げんてん》しないうちに、ハリーは寮《りょう》まで全速力でかけ戻《もど》った。

「返してもらった？　どうかしたのかい」

戻《もど》ってきたハリーにロンが声をかけた。ハリーはいま見てきたことをヒソヒソ声で二人に話した。

「わかるだろう、どういう意味か」

ハリーは息もつかずに話した。

「ハロウィーンの日、三頭犬《さんとうけん》の裏《うら》をかこうとしたんだ。僕《ぼく》たちが見たのは、そこへ行く途中《とちゅう》だったんだよ——あの犬が守っているものをねらってるんだ。トロールは絶対《ぜったい》**あいつ**が入れたんだ。みんなの注目をそらすために……箒《ほうき》を賭《か》けてもいい」

「ちがう。そんなはずないわ」ハーマイオニーは目を見開いて言った。「確《たし》かに意地悪だけど、ダンブルドアが守っているものを盗《ぬす》もうとする人ではないわ」

「おめでたいよ、君は。先生はみんな聖人《せいじん》だと思っているんだろう」ロンは手厳《てきび》しく言った。

「僕《ぼく》はハリーとおんなじ考えだな。スネイプならやりかねないよ。だけど何をねらってるんだろう？　あの犬、何を守ってるんだろう？」

ハリーはベッドに入ってもロンと同じ疑問《ぎもん》が頭の中でぐるぐる回っていた。ネビルは大いびきをかいていたが、ハリーは眠《ねむ》れなかった。何も考えないようにしよう――眠《ねむ》らなくちゃ、あと数時間でクィディッチの初試合なんだから――しかし、ハリーに脚《あし》を見られたときのスネイプのあの表情《ひょうじょう》は、そう簡単《かんたん》に忘《わす》れられはしなかった。

夜が明けて、晴《は》れ渡《わた》った寒い朝が来た。大広間はこんがり焼けたソーセージのおいしそうな匂《にお》いと、クィディッチの好試合を期待するうきうきしたざわめきで満たされていた。

「朝食、しっかり食べないと」

「何も食べたくないよ」

「トーストをちょっとだけでも」ハーマイオニーがやさしく言った。

「お腹空《なかす》いてないいんだよ」

あと一時間もすれば競技場《きょうぎじょう》の中だと思うと、最悪の気分だった。

「ハリー、力をつけておけよ。シーカーは真っ先に敵《てき》にねらわれるんだからな」

シェーマス・フィネガンが忠告《ちゅうこく》した。

「わざわざありがと」

シェーマスが自分の皿のソーセージにケチャップを山盛《やまも》りにしぼり出すのを眺《なが》めながらハ

リーが答えた。

十一時には学校中がクィディッチ競技場《きょうぎじょう》の観客席につめかけていた。双眼鏡《そうがんきょう》を持っている生徒もたくさんいる。観客席は空中高くに設《もう》けられていたが、それでも試合の動きが見にくいこともあった。

ロンとハーマイオニーは、ネビル、シェーマス、そしてウエストハム・ユナイテッドのファンのディーンたちと一緒《いっしょ》に最上段《さいじょうだん》に陣取《じんど》った。ハリーをびっくりさせてやろうと、スキャバーズがかじってボロボロにしたシーツで大きな旗を作り、「**ポッターを大統領《だいとうりょう》に**」と書いて、その下に絵のうまいディーンがグリフィンドール寮《りょう》のシンボルのライオンを描《えが》いた。ハーマイオニーがちょっと複雑《ふくざつ》な魔法《まほう》をかけて、絵がいろいろな色に光るようになっていた。

一方、更衣室《こういしつ》では、選手たちがクィディッチ用の真紅《しんく》のローブに着替《きが》えていた（スリザリンは緑色のローブだ）。

ウッドが咳払《せきばら》いをして選手を静かにさせた。

「いいか、野郎《やろう》ども」

「あら女性《じょせい》もいるのよ」

チェイサーのアンジェリーナ・ジョンソンがつけ加えた。

「そして女性諸君《じょせいしょくん》」ウッドが訂正《ていせい》する。「いよいよだ」

「大試合だぞ」フレッド・ウィーズリーが声を張《は》り上《あ》げた。

「待ち望んでいた試合だ」ジョージ・ウィーズリーが続けた。

「オリバーのスピーチなら空で言えるよ。僕《ぼく》らは去年もチームにいたからね」

フレッドがハリーに話しかけた。

「だまれよ。そこの二人」とウッドがたしなめた。

「今年《ことし》は、ここ何年ぶりかの最高のグリフィンドール・チームだ。この試合はまちがいなくいただきだ」

そしてウッドは「負けたら承知《しょうち》しないぞ」とでも言うように全員をにらみつけた。

「よーし。さあ時間だ。全員、がんばれよ」

ハリーはフレッドとジョージのあとについて更衣室《こういしつ》を出た。ひざが震《ふる》えませんようにと祈《いの》りながら、大歓声《だいかんせい》に迎《むか》えられてピッチに出た。

マダム・フーチが審判《しんぱん》だ。ピッチの真ん中に立ち、箒《ほうき》を手に両チームを待っていた。

「さあ、みなさん、正々堂々戦いましょう」

全選手が周りに集まるのを待って先生が言った。どうもスリザリンのキャプテン、五年生のマーカス・フリントに向かって言っているらしいことに、ハリーは気づいた。フリントって、トロールの血が流れているみたいだ、とハリーは思った。ふと旗が目に入った。「**ポッターを大統領《だいとうりょう》に**」と点滅《てんめつ》しながら、大観衆《だいかんしゅう》の頭上に高々《たかだか》とはためいている。ハリーは心が踊《おど》り、勇気がわいてきた。

「箒《ほうき》に乗って、よーい」

ハリーはニンバス２０００にまたがった。

フーチ審判《しんぱん》の銀のホイッスルが高らかに鳴った。

十五本の箒《ほうき》が空へ舞《ま》い上《あ》がる。高く、さらに高く。試合開始だ。

「さて、クアッフルはたちまちグリフィンドールのアンジェリーナ・ジョンソンが取りました――なんてすばらしいチェイサーでしょう。その上かなり魅力的《みりょくてき》であります」

「**ジョーダン！**」

「失礼しました、先生」

双子《ふたご》のウィーズリーの仲間、リー・ジョーダンが、マクゴナガル先生の厳《きび》しい監視《かんし》を受けながら実況《じっきょう》放送している。

「ジョンソン選手、突《つ》っ走《ぱし》っております。アリシア・スピネットにきれいなパス。オリバー・ウッドはよい選手を見つけたものです。去年はまだ補欠《ほけつ》でした――ジョンソンにクアッフルが返る、そして――あ、ダメです。スリザリンがクアッフルを奪《うば》いました。キャプテンのマーカス・フリントが取って飛ぶ――鷲《わし》のように舞《ま》い上《あ》がっております――ゴールを決めるか――いや、グリフィンドールのキーパー、ウッドがすばらしい動きで防《ふせ》ぎました。クアッフルは再《ふたた》びグリフィンドールへ――あ、あれはグリフィンドールのチェイサー、ケイティ・ベルです。フリントの周りですばらしい急降下《きゅうこうか》です。ゴールに向かって飛びます――**あいたっ!**――これは痛《いた》かった。ブラッジャーが後頭部にぶつかりました――クアッフルはスリザリンに取られました――今度はエイドリアン・ピュシーがゴールに向かってダッシュしています。しかし、これは別のブラッジャーにはばまれました――フレッドなのかジョージなのか見分けはつきませんが、ウィーズリーのどちらかがねらい撃《う》ちをかけました――どっちにしてもグリフィンドールのビーター、ファインプレーですね。そしてクアッフルは再《ふたた》びジョンソンの手に。前方には誰《だれ》もいません。さあ飛びだしました――ジョンソン選手、飛びます――ブラッジャーがものすごいスピードで襲《おそ》うのをかわします――ゴールは目の前だ――がんばれ、いまだ、アンジェリーナ――キーパーのブレッチリーが飛びつく――あ、ミスした――**グリフィンドール、先取点!**」

グリフィンドールの大歓声《だいかんせい》が寒空いっぱいに広がった。スリザリン側からヤジとため息が上がった。

「ちょいと詰《つ》めてくれや」

「ハグリッド！」

ロンとハーマイオニーはギュッと詰《つ》めて、ハグリッドが一緒《いっしょ》に座《すわ》れるよう広く場所を空けた。

「俺《おれ》も小屋から見ておったんだが……」

首からぶら下げた大きな双眼鏡《そうがんきょう》をポンポンたたきながらハグリッドが言った。

「やっぱり、観客の中で見るのとはまたちがうのでな。スニッチはまだ現《あらわ》れんか、え？」

「まだだよ。いまのところハリーはあんまりすることがないよ」ロンが答えた。

「トラブルに巻《ま》き込《こ》まれんようにしておるんだろうが。それだけでもええ」

ハグリッドは双眼鏡《そうがんきょう》を上に向けて豆粒《まめつぶ》のような点をじっと見た。それがハリーだった。

はるか上空で、ハリーはスニッチを探《さが》して目を凝《こ》らしながら、試合を下に見てスイスイ飛び回っていた。これがハリーとウッドの立てた作戦だった。

「スニッチが目に入るまでは、みんなから離《はな》れてるんだ。あとでどうしたって攻撃《こうげき》される。それまでは攻撃《こうげき》されるな」

とウッドから言われていた。

アンジェリーナが点を入れたとき、ハリーは二、三回宙返《ちゅうがえ》りをしてうれしさを発散させたが、いまはまたスニッチ探《さが》しに戻《もど》っている。一度パッと金色に光るものが見えたが、ウィーズリーの腕時計《うでどけい》が反射《はんしゃ》しただけだった。また一度はブラッジャーがまるで大砲《たいほう》の弾《たま》のような勢《いきお》いで襲《おそ》ってきたが、ハリーはひらりとかわし、そのあとでフレッド・ウィーズリーが球を追いかけてやってきた。

「ハリー、大丈夫《だいじょうぶ》か？」

そう叫《さけ》ぶなりフレッドは、ブラッジャーをマーカス・フリントめがけて勢《いきお》いよくたたきつけた。

リー・ジョーダンの実況《じっきょう》放送は続く。

「さて今度はスリザリンの攻撃《こうげき》です。チェイサーのピュシーはブラッジャーを二つかわし、双《ふた》子《ご》のウィーズリーをかわし、チェイサーのベルをかわして、ものすごい勢《いきお》いでゴ……ちょっと待ってください――あれはスニッチか？」

エイドリアン・ピュシーは、左耳をかすめた金色の閃光《せんこう》を振《ふ》り返《かえ》るのに気を取られて、クアッフルを落としてしまった。観客席がザワザワとなった。

ハリーはスニッチを見た。興奮《こうふん》の波が一挙に押《お》し寄《よ》せてくる。ハリーは金色の光線を追って急降下《きゅうこうか》した。スリザリンのシーカー、テレンス・ヒッグズも見つけた。スニッチを追って二人は追いつ追われつの大接戦《だいせっせん》だ。チェイサーたちも自分の役目を忘《わす》れてしまったように、宙《ちゅう》に浮《う》いたまま眺《なが》めている。

ハリーのほうがヒッグズより速かった――小さなボールが羽をパタパタさせて目の前を矢の

ように飛んでいくのがはっきり見えた――ハリーは一段《いちだん》とスパートをかけた。

グワーン！

グリフィンドール席から怒《いか》りの声が湧《わ》き上がった。マーカス・フリントがわざとハリーの邪魔《じゃま》をしたのだ。ハリーの箒《ほうき》ははじき飛ばされてコースを外れ、ハリーはかろうじて箒《ほうき》にしがみついていた。

「反則《はんそく》だ！」とグリフィンドール寮生《りょうせい》が口々に叫《さけ》んだ。フーチ先生はフリントに厳重《げんじゅう》注意を与《あた》え、グリフィンドールにゴール・ポストに向けてのペナルティ・スローを与《あた》えた。ごたごたしているうちに、スニッチはまた見えなくなってしまった。

下の観客席ではディーン・トーマスが大声で叫《さけ》んでいる。

「退場《たいじょう》させろ。審判《しんぱん》！　レッドカードだ！」

「サッカーじゃないんだよ、ディーン」ロンがなだめた。「クィディッチに退場《たいじょう》はないんだ。ところで、レッドカードって何？」

ハグリッドはディーンに味方した。

「ルールを変えるべきだわい。フリントはもうちっとでハリーを地上に突《つ》き落《お》とすとこだった」

リー・ジョーダンの実況《じっきょう》も中立を保《たも》つのが難《むずか》しくなった。

「えー、誰《だれ》が見てもはっきりと、胸《むな》くその悪くなるようなインチキのあと……」

「ジョーダン！」

マクゴナガル先生がすごみをきかせた。

「えーと、おおっぴらで不快《ふかい》なファウルのあと……」

「ジョーダン、いいかげんにしないと――」

「はい、はい、了解《りょうかい》。フリントはグリフィンドールのシーカーを殺しそうになりました。誰《だれ》にでもあり得るようなミスですね、きっと。そこでグリフィンドールのペナルティ・スローです。スピネットが投げました。決まりました。さあ、ゲーム続行。クアッフルはグリフィンドールが持ったままです」


二度目のブラッジャーをハリーがかわし、球が獰猛《どうもう》に回転しながらハリーの頭上をすれすれに通《とお》り過《す》ぎたちょうどその時……箒《ほうき》が急にひやりとするような揺《ゆ》れ方をした。一瞬《いっしゅん》、落ちると思った。ハリーは両手とひざで箒《ほうき》をしっかり押《お》さえた。こんなのは初めてだ。

また来た。箒《ほうき》がハリーを振《ふ》り落《お》とそうとしているみたいだ。しかし、ニンバス２０００が急に乗り手を振《ふ》り落《お》とそうとしたりするわけがない。ハリーは向きを変えてグリフィンドールのゴール・ポストのほうに行こうとした。ウッドにタイムを取ってもらおうか、どうしよう

か、ハリーは決めかねていた。ところが気がつくと箒《ほうき》はまったく言うことを聞かなくなってい
た。方向転換《てんかん》ができない。まったく方向が指示《しじ》できないのだ。空中をジグザグに飛び、時々
シューッと激《はげ》しく揺《ゆ》れ動《うご》いて、ハリーはあわや振《ふ》り落《お》とされるところだった。
リーは実況《じっきょう》放送を続けている。
「スリザリンの攻撃《こうげき》です――クアッフルはフリントが持っています――スピネットが抜《ぬ》かれた
――ベルが抜《ぬ》かれた――あ、ブラッジャーがフリントの顔にぶつかりました。鼻をへし折ると
いいんですが――ほんの冗談《じょうだん》です、先生――スリザリン得点です――あーあ……」
スリザリンは大歓声《だいかんせい》だった。ハリーの箒《ほうき》が変な動きをしていることには誰《だれ》も気づかないよう
だ。ハリーを乗せたまま、ぐいっと動いたり、ぴくぴくっと動いたりしながら、上へ、上へ、
ゆっくりとハリーを試合から引《ひ》き離《はな》していった。
「いったいハリーは何をしとるんだ」
双眼鏡《そうがんきょう》でハリーを見ていたハグリッドがブツブツ言った。
「あれがハリーじゃなけりゃ、箒《ほうき》のコントロールを失ったんじゃないかと思うわな……しかし
ハリーにかぎってそんなこたぁ……」
突然《とつぜん》、観客があちこちでいっせいにハリーのほうを指さした。箒《ほうき》がぐるぐる回りはじめたの
だ。ハリーはかろうじてしがみついている。次の瞬間《しゅんかん》、全員が息をのんだ。箒《ほうき》が荒々《あらあら》しく揺《ゆ》

れ、ハリーを振《ふ》り飛ばしそうだ。いまやハリーは片手《かたて》だけで箒《ほうき》の柄《え》にぶら下がっている。

「フリントがぶつかったとき、どうかしちゃったのかな？」

シェーマスがつぶやいた。

「そんなこたぁねえ。強力な闇《やみ》の魔術《まじゅつ》以外、箒《ほうき》に悪さはできん。チビどもなんぞ、ニンバス2000にはそんな手出しはできん」

ハグリッドの声はブルブル震《ふる》えていた。

その言葉を聞くやハーマイオニーはハグリッドの双眼鏡《そうがんきょう》をひったくり、ハリーのほうではなく、観客席のほうを必死になって見回した。

「何してるんだよ」真《ま》っ青《さお》な顔でロンがうめいた。

「思ったとおりだわ」ハーマイオニーは息をのんだ。

「スネイプよ……見てごらんなさい」

ロンが双眼鏡《そうがんきょう》をもぎ取った。むかい側の観客席の真ん中にスネイプが立っていた。ハリーから目を離《はな》さず絶え間《たま》なくブツブツつぶやいている。

「何かしてる――箒《ほうき》に呪《のろ》いをかけてるんだわ」ハーマイオニーが言った。

「僕《ぼく》たち、どうすりゃいいんだ？」

「私《わたし》に任《まか》せて」

ロンが次の言葉を言う前に、ハーマイオニーの姿《すがた》は消えていた。ロンは双眼鏡《そうがんきょう》をハリーに向けた。箒《ほうき》は激《はげ》しく震《ふる》え、ハリーもこれ以上つかまっていられないようだった。観客は総立《そうだ》ちだ。恐怖《きょうふ》で顔を引きつらせて見上げている。双子《ふたご》のウィーズリーがハリーに近づいていった。自分たちの箒《ほうき》に乗《の》り移《うつ》らせようとしたが、だめだ。近づくたび、ハリーの箒《ほうき》はさらに高く飛び上がってしまう。双子《ふたご》はハリーの下で輪を描《えが》くように飛びはじめた。落ちてきたら下でキャッチするつもりらしい。マーカス・フリントはクアッフルを奪《うば》い、誰《だれ》にも気づかれず、五回も点を入れた。

「早くしてくれ、ハーマイオニー」ロンは絶望的《ぜつぼうてき》な声をもらした。

ハーマイオニーは観衆《かんしゅう》をかき分け、スネイプが立っているスタンドにたどり着き、スネイプの一つ後ろの列を疾走《しっそう》していた。途中《とちゅう》でクィレルとぶつかってなぎ倒《たお》し、クィレルは頭からつんのめるように前の列に落ちたが、ハーマイオニーは、立ち止まりも謝《あやま》りもしなかった。スネイプの背後《はいご》に回ったハーマイオニーはそっとうずくまり、杖《つえ》を取り出し、二言《ふたこと》、三言《みこと》しっかり言葉を選んでつぶやいた。杖《つえ》からリンドウ色の炎《ほのお》が飛び出し、スネイプのマントのすそに燃《も》え移《うつ》った。三十秒もすると、スネイプは自分に火がついているのに気づいた。鋭《するど》い叫《さけ》び声《ごえ》が上がったので、ハーマイオニーはこれでもう大丈夫《だいじょうぶ》だと火をすくい取り、小さな空《あ》き瓶《びん》に納《おさ》めてポケットに入れると、人ごみにまぎれ込《こ》んだ——スネイプは何が起こったのかわからずじまいだろう。

それで充分《じゅうぶん》だった。空中のハリーは再《ふた》び箒《ほうき》にまたがれるようになっていた。

「ネビル、もう見ても怖《こわ》くないよ！」

ロンが呼《よ》びかけた。ネビルはこの五分間、ハグリッドのジャケットに顔をうずめて泣きっぱなしだった。

ハリーは急降下《きゅうこうか》していた。観衆《かんしゅう》が見たのは、ハリーが手で口をパチンと押《お》さえるところだった。まるで吐《は》こうとしているようだ――四つんばいになって着地した――コホン――何か金色の物がハリーの手のひらに落ちた。

「スニッチを取ったぞ！」

頭上高くスニッチを振《ふ》りかざし、ハリーが叫《さけ》んだ。大混乱《だいこんらん》の中で試合は終わった。

「あいつは**取ったん**じゃない。**飲《の》み込《こ》んだ**んだ」

二十分たってもフリントはまだわめいていたが、結果は変わらなかった。ハリーはルールを破《やぶ》ってはいない。リー・ジョーダンは大喜びで、まだ試合結果を叫《さけ》び続けていた。

「グリフィンドール、一七〇対六〇で勝ちました！」

一方、ハリーは、試合のあとも続いた騒《さわ》ぎの渦中《かちゅう》にはいなかった。ロン、ハーマイオニーと一緒《いっしょ》にハグリッドの小屋で、濃《こ》い紅茶《こうちゃ》をいれてもらっていたのだ。

「スネイプだったんだよ」とロンが説明した。

「ハーマイオニーも僕《ぼく》も見たんだ。君の箒《ほうき》にブツブツ呪《のろ》いをかけていた。ずっと君から目を離《はな》さずにね」

「バカな」

ハグリッドは自分のすぐそばの観客席でのやりとりを、試合中一言も聞いていなかったのだ。

「なんでスネイプがそんなことをする必要があるんだ？」

三人は互《たが》いに顔を見合わせ、どう言おうかと迷《まよ》っていたが、ハリーは本当のことを言おうと決めた。

「僕《ぼく》、スネイプについて知ってることがあるんだ。あいつ、ハロウィーンの日、三頭犬《さんとうけん》の裏《うら》をかこうとしてかまれたんだよ。何か知らないけど、あの犬が守ってるものをスネイプが盗《と》ろうとしたんじゃないかと思うんだ」

ハグリッドはティーポットを落とした。

「なんでフラッフィーを知ってるんだ？」

「**フラッフィー？**」

「そう、あいつの名前だ――去年パブで会ったギリシャ人のやつから買ったんだ――俺《おれ》がダンブルドアに貸《か》した。守るため……」

「何を？」ハリーが身を乗り出した。

「もう、これ以上聞かんでくれ。重大秘密《ひみつ》なんだ、これは」

ハグリッドがぶっきらぼうに言った。

「だけど、スネイプが**盗《ぬす》もう**としたんだよ」

ハグリッドはまた「バカな」をくり返した。

「スネイプはホグワーツの教師《きょうし》だ。そんなことするわけなかろうが」

「ならどうしてハリーを殺そうとしたの？」ハーマイオニーが叫《さけ》んだ。

午後の出来事《できごと》が、スネイプに対するハーマイオニーの考えを変えさせたようだ。

「ハグリッド。私《わたし》、呪《のろ》いをかけてるかどうか、一目でわかるわ。たくさん本を読んだんだから！　じーっと目をそらさずに見続けるの。スネイプは瞬《まばた》き一つしなかったわ。この目で見たんだから！」

「おまえさんはまちがっとる！　俺《おれ》が断言《だんげん》する」

ハグリッドもゆずらない。

「ハリーの箒《ほうき》が何であんな動きをしたんか、俺《おれ》にはわからん。だがスネイプは生徒を殺そうとしたりはせん。三人ともよく聞け。おまえさんたちは関係のないことに首を突《つ》っ込《こ》んどる。危《き》険《けん》だ。あの犬のことも、犬が守ってるもののことも忘《わす》れるんだ。あれはダンブルドア先生とニコラス・フラメルの……」

「あっ！」ハリーは聞《き》き逃《のが》さなかった。「ニコラス・フラメルっていう人が関係してるんだね？」

ハグリッドは口がすべった自分自身に強烈《きょうれつ》に腹《はら》を立てているようだった。

第十二章　みぞの鏡《かがみ》

もうすぐクリスマス。十二月も半ばのある朝、目覚めればホグワーツは深い雪におおわれ、湖はカチカチに凍《こお》りついていた。魔法《まほう》をかけた雪玉を数個《こ》クィレルにつきまとわせ、ターバンの後ろでポンポン跳《は》ね返《かえ》るようにしたという理由で、双子《ふたご》のウィーズリーが罰《ばっ》を受けた。猛吹《もうふぶ》雪《き》をくぐってやっと郵便《ゆうびん》を届《とど》けた数少ないふくろうは、元気を回復《かいふく》して飛べるようになるまで、ハグリッドの世話を受けていた。

みんなクリスマス休暇《きゅうか》が待ち遠しかった。グリフィンドールの談話室や大広間にはごうごうと火が燃《も》えていたが、廊下《ろうか》はすきま風で氷のように冷たく、身を切るような風が教室の窓《まど》をガタガタいわせた。最悪なのはスネイプ教授《きょうじゅ》の地下牢《ちかろう》教室だった。吐《は》く息が白い霧《きり》のように立ち昇《のぼ》り、生徒たちはできるだけ熱い釜《かま》に近づいて暖《だん》を取った。

「かわいそうに」

「魔法薬《まほうやく》」の授業《じゅぎょう》のとき、ドラコ・マルフォイが言った。

「家に帰ってくるなと言われて、クリスマスなのにホグワーツに居残《いのこ》るやつがいるんだね」

そう言いながらハリーの様子をうかがっている。クラッブとゴイルがクスクス笑った。カサゴの脊椎《せきつい》の粉末を計っていたハリーは、三人を無視《むし》した。

クィディッチの試合以来、マルフォイはますますいやなやつになっていた。スリザリンが負けたことを根に持って、ハリーを笑い者にしようと、「次の試合には大きな口の『木登り蛙《がえる》』がシーカーになるぞ」とはやしたてた。

誰《だれ》も笑わなかった。乗り手を振《ふ》り落《お》とそうとした箒《ほうき》に見事にしがみついていたハリーに、みんなとても感心していたからだ。妬《ねた》ましいやら、腹立《はらだ》たしいやらで、マルフォイは、また古い手に切《き》り替《か》え、ハリーにちゃんとした家族がないことをあざけった。

クリスマスにプリベット通りに帰るつもりはなかった。先週、マクゴナガル先生が、クリスマスに寮《りょう》に残る生徒のリストを回したとき、ハリーはすぐに名前を書いた。自分が哀《あわ》れだとは全然考えなかったし、むしろいままでで最高のクリスマスになるだろうと期待していた。ロンもウィーズリー三兄弟も、両親がチャーリーに会いにルーマニアに行くので学校に残ることになっていた。

「魔法薬《まほうやく》」のクラスを終えて地下牢《ちかろう》を出ると、行く手の廊下《ろうか》を大きな樅《もみ》の木がふさいでいた。木の下から二本の巨大《きょだい》な足が突《つ》き出《だ》し、フウフウと大きな息づかいが聞こえたのでハグリッドが木をかついでいることがすぐにわかった。

「やぁ、ハグリッド、手伝《てつだ》おうか」

とロンが枝《えだ》の間から頭を突《つ》き出《だ》して尋《たず》ねた。

「いんや、大丈夫《だいじょうぶ》。ありがとうよ、ロン」

「すみませんが、そこ、どいてもらえませんか」

後ろからマルフォイの気取った冷たい声が聞こえた。

「ウィーズリー、お小遣《こづか》い稼《かせ》ぎですかね？　君もホグワーツを出たら森の番人になりたいんだろう――ハグリッドの小屋だって君たちの家に比《くら》べたら宮殿《きゅうでん》みたいなんだろうねぇ」

ロンがマルフォイに飛びかかった瞬間《しゅんかん》、スネイプが階段《かいだん》を上がってきた。

「ウィーズリー！」

ロンはマルフォイの胸《むな》ぐらをつかんでいた手を放した。

「スネイプ先生、けんかを売られたんですよ」

ハグリッドがひげもじゃの大きな顔を木の間から突《つ》き出《だ》してかばった。

「マルフォイがロンの家族を侮辱《ぶじょく》したんでね」

「そうだとしても、けんかはホグワーツの校則違反《こうそくいはん》だろう、ハグリッド。ウィーズリー、グリフィンドールは五点減点《げんてん》。これだけですんでありがたいと思うことだ。さあ諸君《しょくん》、さっさと行きたまえ」スネイプがよどみなく言い放った。

マルフォイ、クラッブ、ゴイルの三人はニヤニヤしながら乱暴《らんぼう》に木の脇《わき》を通《とお》り抜《ぬ》け、針《はり》のような樅《もみ》の葉をそこらじゅうにまき散らした。

「覚えてろ」

ロンはマルフォイの背中《せなか》に向かって歯ぎしりした。

「いつか、やっつけてやる……」

「マルフォイもスネイプも、二人とも大嫌《だいきら》いだ」とハリーが言った。

「さあさあ、元気出せ。もうすぐクリスマスだ」

ハグリッドが励《はげ》ました。

「ほれ、一緒《いっしょ》においで。大広間がすごいから」

三人はハグリッドと樅《もみ》の木のあとについて大広間に行った。マクゴナガル先生とフリットウィック先生が忙《いそが》しくクリスマスの飾《かざ》りつけをしているところだった。

「あぁ、ハグリッド、最後の樅《もみ》の木ね――あそこの角に置いてちょうだい」

広間はすばらしい眺《なが》めだった。柊《ひいらぎ》や宿木《やどりぎ》が綱《つな》のように編《あ》まれて壁《かべ》に飾《かざ》られ、クリスマスツリーが十二本もそびえ立っていた。小さなつららでキラキラ光るツリーもあれば、何百というろうそくで輝《かがや》いているツリーもあった。

「休みまであと何日だ？」ハグリッドが尋《たず》ねた。

「あと一日よ」

ハーマイオニーが答えた。

「そう言えば――ハリー、ロン、昼食まで三十分あるから、図書館に行かなくちゃ」

「ああそうだった」

フリットウィック先生が魔法《まほう》の杖《つえ》からふわふわした金色の泡《あわ》を出して、新しいツリーを飾《かざ》りつけているのに見とれていたロンが、こちらに目を向けた。

ハグリッドは三人について大広間を出た。

「図書館？　休み前なのに？　おまえさんたち、ちぃっと勉強し過《す》ぎじゃねえか？」

「勉強じゃないんだよ。ハグリッドがニコラス・フラメルって言ってからずっと、どんな人物か調べているんだよ」

ハリーが明るく答えた。

「**何だって？**」

ハグリッドは驚《おどろ》いて言った。

「まあ、聞け――言っただろうが――ほっとけ。あの犬が何を守っているかなんて、おまえさんたちには関係ねえ」

「私《わたし》たち、ニコラス・フラメルが誰《だれ》なのかを知りたいだけなのよ」

「ハグリッドが教えてくれる？　そしたらこんな苦労はしないんだけど。僕《ぼく》たち、もう何百冊《さつ》も本を調べたけど、どこにも出ていなかった――何かヒントをくれないかなあ。僕《ぼく》、どっかでこの名前を見た覚えがあるんだ」とハリーが言った。

「俺《おれ》はなんも言わんぞ」

ハグリッドはきっぱり言った。

「それなら、自分たちで見つけなくちゃ」とロンが言った。

三人はむっつりしているハグリッドを残して図書館に急いだ。

ハグリッドがうっかりフラメルの名前をもらして以来、三人は本気でその名前を調べ続けていた。スネイプが何を盗《ぬす》もうとしているかを知るには、本を調べる以外に方法はない。やっかいなのは、フラメルが本にのる理由がわからないので、どこから探《さが》しはじめていいか見当もつかないことだった。『二十世紀の偉大《いだい》な魔法使《まほうつか》い』にものっていなかったし、『現代《げんだい》の著名《ちょめい》な魔《ま》法使《ほうつか》い』にも『近代魔法界《まほうかい》の主要な発見』、『魔法界《まほうかい》における最近の進歩に関する研究』にものっていなかった。図書館があまりに大きいのも問題だった。何万冊《さつ》もの蔵書《ぞうしょ》、何千もの書《しょ》棚《だな》、何百もの細い通路ではお手上げだ。

ハーマイオニーは調べる予定の内容《ないよう》と表題のリストを取り出し、ロンは通路を大股《おおまた》に歩きながら、並《なら》べてある本を書棚《しょだな》から手当たり次第に引《ひ》っ張《ぱ》り出《だ》した。

ハリーは「閲覧禁止《えつらんきんし》」の書棚《しょだな》になんとなく近づいた。もしかしたらフラメルの名はこの中にあるんじゃないかと、ハリーはここしばらくそう考えていた。残念ながら、ここの本を見るには先生のサイン入りの特別許可証《きょかしょう》が必要だったし、絶対《ぜったい》に許可《きょか》はもらえないとわかっていた。ここにはホグワーツではけっして教えない強力な闇《やみ》の魔術《まじゅつ》に関する本があり、上級生が「闇《やみ》の魔術《まじゅつ》に対する防衛術《ぼうえいじゅつ》」の上級編《へん》を勉強するときだけ読むことを許《ゆる》された。

「君、何を探《さが》しているの？」司書のマダム・ピンスだ。

「いえ、別に」

「それなら、ここから出たほうがいいわね。さあ、出て――出なさい！」

マダム・ピンスは毛ばたきをハリーに向けて振《ふ》った。

もっと気の利いた言《い》い訳《わけ》をとっさに考えたらよかったのに、と思いながらハリーは図書館を出た。ハリー、ロン、ハーマイオニーの間では、フラメルがどの本に出ているかマダム・ピンスには聞かない、という了解《りょうかい》ができていた。聞けば教えてくれただろうが、三人の考えがスネイプの耳に入るような危険《きけん》を犯《おか》すわけにはいかない。

ハリーは、図書館の外の廊下《ろうか》で二人を待ったが、二人が何か見つけてくるとはあまり期待していなかった。もう二週間も収穫《しゅうかく》なしだった。もっとも、授業《じゅぎょう》の合間の短い時間にしか探《さが》せなかったので、見つからなくても無理はない。できるなら、マダム・ピンスのしつこい監視《かんし》を受けずに、ゆっくり探《さが》す必要があった。

五分後、ロンとハーマイオニーも首を横に振《ふ》り振《ふ》り出てきた。三人は昼食に向かった。

「私《わたし》が家に帰っている間も続けて探《さが》すでしょう？　見つけたら、ふくろうで知らせてね」

「君のほうは、家に帰ってフラメルについて聞いてみて。パパやママなら聞いても安全だろう？」とロンが言った。

「ええ、安全よ。二人とも歯医者だから」ハーマイオニーが答えた。

クリスマス休暇《きゅうか》になると、楽しいことがいっぱいで、ロンもハリーもフラメルのことを忘《わす》れた。寝室《しんしつ》には二人しかいなかったし、談話室もいつもよりがらんとして、暖炉《だんろ》のそばの心地《ここち》よいひじかけ椅子《いす》に座《すわ》ることができた。二人は何時間も座《すわ》り込《こ》んで、串《くし》に刺《さ》せるものはおよそ何でも刺《さ》して火であぶって食べた――パン、トースト用のクランペット、マシュマロ――そして、マルフォイを退学《たいがく》させる策《さく》を練った。実際《じっさい》にうまくいくはずはなくとも、話すだけで楽しかった。

ロンはハリーに魔法使《まほうつか》いのチェスを手ほどきした。マグルのチェスとまったく同じだったが、駒《こま》が生きているところがちがっていて、まるで戦争で軍隊を指揮《しき》しているようだった。ロンのチェスは古くてよれよれだった。ロンの持ち物はみんな家族の誰《だれ》かのお下がりなのだが、チェスはおじいさんのお古だった。しかし、古い駒《こま》だからといってまったく弱みにはならなかった。ロンは駒《こま》を知りつくしていて、駒《こま》は命令のままに動いた。

ハリーはシェーマス・フィネガンから借りた駒《こま》を使っていたが、駒《こま》はハリーをまったく信用していなかった。新米プレーヤーのハリーに向かって駒《こま》が勝手なことを叫《さけ》び、ハリーを混乱《こんらん》させた。

「私《わたし》をそこに進めるのはやめろ。あそこに敵《てき》のナイトがいるのが見えないのか？　**あっちの駒《こま》**を進めろよ。**あの駒《こま》**なら取られてもかまわないから」

クリスマスイブの夜、ハリーは明日《あす》のおいしいごちそうと楽しい催《もよお》しを楽しみにベッドに入った。クリスマスプレゼントのことはまったく期待していなかったが、翌朝《よくあさ》早く目を覚ますと、真っ先に、ベッドの足元に置かれた小さなプレゼントの山が目に入った。

「メリークリスマス」

ハリーが急いでベッドから起きだしてガウンを着ていると、ロンが寝《ね》ぼけまなこで挨拶《あいさつ》した。

「メリークリスマス」

ハリーも挨拶《あいさつ》を返した。

「ねぇ、これ見てくれる？　プレゼントがある」

「ほかに何があるって言うの。大根なんて置いてあったってしょうがないだろ?」

そう言いながらロンは、ハリーのより高く積まれた自分のプレゼントの山を開けはじめた。

ハリーは一番上の包みを取り上げた。分厚《ぶあつ》い茶色の包み紙に「ハリーへ　ハグリッドより」と走り書きしてあった。中には荒削《あらけず》りな木の横笛が入っていた。ハグリッドが自分で削《けず》ったのがすぐにわかった。吹《ふ》いてみると、ふくろうの鳴き声のような音がした。

次のはとても小さな包みでメモが入っていた。


おまえの言付けを受け取った。クリスマスプレゼントを同封《どうふう》する。

バーノンおじさんとペチュニアおばさんより

メモ用紙に五十ペンス硬貨《こうか》がセロハンテープではりつけてあった。

「どうもご親切に」とハリーがつぶやいた。

ロンは五十ペンス硬貨《こうか》に夢中《むちゅう》になった。

「**へんなの!**——おかしな形。これ、ほんとにお金?」

「あげるよ」

ロンがあんまり喜ぶのでハリーは笑った。

「ハグリッドの分、おじさんとおばさんの分――それじゃこれは誰《だれ》からだろう?」

「僕《ぼく》、誰《だれ》からだかわかるよ」

ロンが少し顔を赤らめて、大きなもっこりした包みを指さした。

「それ、ママからだよ。君がプレゼントをもらうあてがないって知らせたんだ。でも――あーあ、まさか『ウィーズリー家特製《とくせい》セーター』を君に贈《おく》るなんて」ロンがうめいた。

ハリーが急いで包み紙を破《やぶ》ると、中から厚《あつ》い手編《てあ》みのエメラルドグリーンのセーターと大きな箱に入ったホームメイドのファッジが出てきた。

「ママは毎年僕《ぼく》たちのセーターを編《あ》むんだ」

ロンは自分の包みを開けた。

「僕《ぼく》のは**いつだって**栗色《くりいろ》なんだ」

「君のママって本当にやさしいね」

ハリーはファッジをかじりながら言った。とてもおいしかった。

次のプレゼントも菓子《かし》だった――ハーマイオニーからの、蛙《かえる》チョコレートの大きな箱だ。

もう一つ包みが残っていた。手に持ってみると、とても軽い。開けてみた。

銀ねず色の液体《えきたい》のようなものがするすると床《ゆか》にすべり落ちて、キラキラと折り重なった。ロンがハッと息をのんだ。

「僕《ぼく》、これが何なのか聞いたことがある」

ロンはハーマイオニーから送られた百味《ひゃくみ》ビーンズの箱を思わず落とし、声をひそめた。

「もし僕《ぼく》の考えているものだったら――とても珍《めずら》しくて、とっても貴重《きちょう》なものなんだ」

「何だい？」

ハリーは輝《かがや》く銀色の布《ぬの》を床《ゆか》から拾い上げた。水を織物《おりもの》にしたような不思議な手ざわりだった。

「これは透明《とうめい》マントだ」

ロンは貴《とうと》いものを畏《おそ》れ敬《うやま》うような表情《ひょうじょう》で言った。

「きっとそうだ――ちょっと着てみて」

ハリーはマントを肩《かた》からかけた。ロンが叫《さけ》び声《ごえ》を上げた。

「そうだよ！　下を見てごらん！」

下を見ると足がなくなっていた。ハリーは鏡の前に走っていった。鏡に映《うつ》ったハリーがこっちを見ていた。首だけが宙《ちゅう》に浮《う》いて、体はまったく見えなかった。マントを頭まで引き上げると、ハリーの姿《すがた》は鏡から消えていた。

「手紙があるよ！　マントから手紙が落ちたよ！」

ロンが叫《さけ》んだ。

ハリーはマントを脱《ぬ》いで手紙をつかんだ。ハリーには見覚えのない、風変わりな細長い文字《もじ》でこう書いてあった。

君のお父さんが、亡《な》くなる前に
これを私《わたし》に預《あず》けた。
君に返す時が来たようだ。
上手《じょうず》に使いなさい。
メリークリスマス

名前が書いてない。ハリーは手紙を見つめ、ロンのほうはマントに見とれていた。

「こういうマントを手に入れるためだったら、僕《ぼく》、**何だって**あげちゃう。ほんとに**何でも**だよ。どうしたんだい？」

「ううん、何でもない」

奇妙《きみょう》な感じだった。誰《だれ》がこのマントを送ってくれたんだろう。本当に父さんのものだったんだろうか。

ハリーがそれ以上何か言ったり考えたりする間も与《あた》えずに、寝室《しんしつ》のドアが勢《いきお》いよく開いて双《ふた》子《ご》のフレッドとジョージが入ってきた。ハリーは急いでマントを隠《かく》した。まだ、ほかの人には知られたくなかった。

「メリークリスマス！」

「おい、見ろよ——ハリーもウィーズリー家のセーターを持ってるぜ！」

フレッドとジョージも青いセーターを着ていた。片方《かたほう》には黄色の大きな文字《もじ》でフレッドのFが、もう一つにはジョージのGがついていた。

「でもハリーのほうが上等だな」

ハリーのセーターを手に取ってフレッドが言った。

「ママは身内じゃないとますます力が入るんだよ」

「ロン、どうして着ないんだい？　着ろよ。とっても暖《あたた》かいじゃないか」

とジョージがせかした。

「僕《ぼく》、栗色《くりいろ》は嫌《きら》いなんだ」

気乗りしない様子でセーターを頭からかぶりながらロンがうめくように言った。

「イニシャルがついてないな」

ジョージが気づいた。

「ママはお前なら自分の名前を忘《わす》れないと思ったんだろう。でも僕《ぼく》たちだってバカじゃないさ――自分の名前ぐらい覚えているよ。グレッドとフォージさ」

「この騒《さわ》ぎはなんだい？」

パーシー・ウィーズリーがたしなめるような顔でドアからのぞいた。プレゼントを開ける途《と》中《ちゅう》だったらしく、腕《うで》にはもっこりしたセーターを抱《かか》えていた。フレッドが目ざとく気づいた。

「監督生《かんとくせい》のP！　パーシー、着ろよ。僕《ぼく》たちも着てるし、ハリーのもあるんだ」

「やめろ……いやだ……着たくない」

パーシーのめがねがずれるのもかまわず、双子《ふたご》がむりやり頭からセーターをかぶせたので、パーシーはセーターの中でもごもご言った。

「いいかい、君はいつも監督生《かんとくせい》たちと一緒《いっしょ》のテーブルにつくんだろうけど、今日だけはダメだぞ。だってクリスマスは家族が一緒《いっしょ》になって祝うものだろ」

ジョージが言った。

パーシーはかぶせられたセーターに腕《うで》を通さないままの格好《かっこう》で、双子《ふたご》にがっちり両脇《りょうわき》を固められ、連行されていった。

こんなすばらしいクリスマスのごちそうは、ハリーにとって初めてだった。丸々太った七面鳥のローストが百羽、山盛《やまも》りのローストポテトとゆでたポテト、大皿に盛《も》った太いチポラータ・ソーセージ、深皿いっぱいのバター煮《に》の豆、銀の器に入ったこってりとした肉汁《にくじゅう》とクランベリーソース。テーブルのあちこちに魔法《まほう》のクラッカーが山のように置いてあった。ダーズリー家ではプラスチックのおもちゃや薄《うす》いぺらぺらの紙帽子《かみぼうし》が入っているクラッカーを買ってきたが、そんなちゃちなマグルのクラッカーとは物がちがう。ハリーはフレッドと一緒《いっしょ》にクラッカーのひもを引っぱった。パーンと破裂《はれつ》するどころではない。大砲《たいほう》のような音を立てて爆発《ばくはつ》し、青い煙《けむり》がもくもくとあたり一面に立《た》ち込《こ》め、中から海軍少将《しょうしょう》の帽子《ぼうし》と生きたハツカネズミが数匹《ひき》飛び出した。上座《かみざ》のテーブルではダンブルドア先生が自分の三角帽子《ぼうし》と花飾《はなかざ》りのついた婦人《ふじん》用の帽子《ぼうし》とを交換《こうかん》してかぶり、クラッカーに入っていたジョークの紙をフリットウィック先生が読み上げるのを聞いて、ゆかいそうにクスクス笑っていた。

七面鳥の次はブランデーでフランベしたクリスマスプディングが出てきた。パーシーは、取った一切れにシックル銀貨が入っていて、あやうく歯を折るところだった。ハグリッドはハリーが見ている間に何杯《はい》もワインをおかわりして、見る見る赤くなり、しまいにはマクゴナガル先生のほおにキスをした。驚《おどろ》いたことに、マクゴナガル先生は、三角帽子《ぼうし》が横っちょにずれるのもかまわず、ほおを赤らめてクスクス笑った。

食事を終えてテーブルを離《はな》れたハリーは、クラッカーから出てきたおまけをたくさん抱《かか》えていた。破裂《はれつ》しない光る風船、自分でできるイボつくりのキット、新品のチェスセットなどだった。ハツカネズミはどこかへ消えてしまったが、結局ミセス・ノリスのクリスマスのごちそうになるんじゃないかと、ハリーはいやな予感がした。

昼過《ひるす》ぎ、ハリーはウィーズリー四兄弟と猛烈《もうれつ》な雪合戦を楽しんだ。それから、ゼイゼイ息をはずませながら、びっしょりぬれて凍《こご》えた体でグリフィンドールの談話室に戻《もど》り、暖炉《だんろ》の前に座《すわ》った。新しいチェスセットを使ったデビュー戦で、ハリーはものの見事にロンに負けた。パーシーがおせっかいをしなかったら、こんなにも大負けはしなかったのにとハリーは思った。

夕食は七面鳥のサンドイッチ、マフィン、トライフル、クリスマスケーキを食べ、みんな満腹《まんぷく》で眠《ねむ》くなり、それからベッドに入るまで何もする気にもならず、フレッドとジョージに監督生《かんとくせい》バッジを取られたパーシーが、二人を追いかけてグリフィンドール中を走り回っているのを眺《なが》めていただけだった。

ハリーにとってはいままでで最高のクリスマスだった。それなのに何か一日中、心の中に引っかかるものがあった。ベッドにもぐり込《こ》んでからやっとそれが何だったのかに気づいた――透明《とうめい》マントとその贈《おく》り主《ぬし》のことだ。

ロンは七面鳥とケーキで満腹《まんぷく》になり、悩《なや》むような不可解《ふかかい》なこともないので、天蓋《てんがい》つきベッドのカーテンを引くとたちまち眠《ねむ》ってしまった。ハリーはベッドの端《はし》に寄《よ》り、下から透明《とうめい》マントを取り出した。

父さんのもの……これは父さんのものだったんだ。手に持つと、布《ぬの》はサラサラと絹《きぬ》よりもなめらかに、空気よりも軽やかに流れた。「上手《じょうず》に使いなさい」そう書いてあったっけ。いま、試してみなければ。ハリーはベッドから抜《ぬ》け出《だ》し、マントを体に巻《ま》きつけた。足元を見ると月の光と影《かげ》だけだ。とても奇妙《きみょう》な感じだった。

——上手《じょうず》に使いなさい——

ハリーは急に眠気《ねむけ》が吹《ふ》っ飛《と》んだ。このマントを着ていればホグワーツ中を自由に歩ける。シーンとした闇《やみ》の中に立つと、興奮《こうふん》が体中に湧《わ》き上がってきた。これを着ればどこでも、どんなところでも、フィルチにも知られずに行くことができる。

ロンがブツブツ寝言《ねごと》を言っている。起こしたほうがいいかな？　いや、何かがハリーを引き止めた——父さんのマントだ……ハリーはいまそれを感じた——初めて使うんだ……僕《ぼく》一人でマントを使いたい。

寮《りょう》を抜《ぬ》け出《だ》し、階段《かいだん》を下り、談話室を横切り、肖像画《しょうぞうが》の裏《うら》の穴《あな》を登った。

「そこにいるのは誰《だれ》なの？」

太った婦人《レディ》がすっとんきょうな声を上げた。ハリーは答えずに、急いで廊下《ろうか》を歩いた。

どこに行こう？　ハリーは立ち止まり、ドキドキしながら考えた。そうだ。図書館の閲覧禁《えつらんきん》止《し》の棚《たな》に行こう。好きなだけ、フラメルが誰《だれ》かわかるまで調べられる。透明《とうめい》マントをぴっちりと体に巻《ま》きつけながら、ハリーは図書館に向かって歩いた。

図書館は真っ暗で気味が悪かった。ランプをかざして書棚《しょだな》の間を歩くと、ランプは宙《ちゅう》に浮《う》いているように見えた。自分の手でランプを持っているのはわかっていても、ぞっとするような光景だった。

閲覧禁止《えつらんきんし》の棚《たな》は一番奥《おく》にあった。ロープでほかの棚《たな》と仕切られている。ハリーは慎重《しんちょう》にロープをまたぎ、ランプを高くかかげて書名を見た。

書名を見てもよくわからなかった。背表紙《せびょうし》の金文字《きんもじ》がはがれたり色あせたり、ハリーにはわからない外国語で書いてあったりした。書名のないものもある。血のような不気味な黒いしみのついた本が一冊《さつ》あった。ハリーは首筋《くびすじ》がゾクゾクした。気のせいなのか――いや、そうではないかもしれない――本の間からヒソヒソ声が聞こえるような気がした。まるで、そこにいてはいけない人間が入《はい》り込《こ》んでいるのを知っているかのようだった。

とにかくどこからか手をつけなければ。ランプをそうっと床《ゆか》に置いて、ハリーは一番下の段《だん》から見かけのおもしろそうな本を探《さが》しはじめた。黒と銀色の大きな本が目に入った。重くて引き出すのも大変だったが、やっと取り出してひざの上にのせ、バランスを取りながら本を開いた。

突然《とつぜん》血も凍《こお》るような鋭《するど》い悲鳴が夜の静寂《せいじゃく》を切りさいた――本が叫《さけ》び声《ごえ》を上げた！　ハリーは本をピシャリと閉《と》じたが、耳をつんざくような叫《さけ》びはとぎれずに続いた。ハリーは後ろによろけた拍子《ひょうし》にランプをひっくり返してしまい、灯がフッと消えた。

気は動転していたが、ハリーは廊下《ろうか》をこちらに向かってやってくる足音を聞いた――叫《さけ》ぶ本を棚《たな》に戻《もど》し、ハリーは逃《に》げた。出口付近でフィルチとすれちがった。血走った薄《うす》い色の目がハリーの体を突《つ》き抜《ぬ》けてその先を見ていた。ハリーはフィルチの伸《の》ばした腕《うで》の下をすり抜《ぬ》けて廊《ろう》下《か》を疾走《しっそう》した。本の悲鳴がまだ耳を離《はな》れなかった。

ふと目の前に背《せ》の高い鎧《よろい》が現《あらわ》れ、ハリーは急停止した。逃《に》げるのに必死で、どこに逃《に》げるかは考える間もなかった。暗いせいだろうか、いまいったいどこにいるのかわからない。たしか、キッチンのそばに鎧《よろい》があったっけ。でもそこより五階ぐらいは上のほうにいるにちがいない。

「先生、誰《だれ》かが夜中に歩き回っていたら、直接《ちょくせつ》先生にお知らせするんでしたよねぇ。誰《だれ》かが図書館に、しかも閲覧禁止《えつらんきんし》の所にいました」

ハリーは血の気が引くのを感じた。ここがどこかはわからないが、フィルチは近道を知っているにちがいない。フィルチのねっとりした猫《ねこ》なで声がだんだん近づいてくる。しかも恐《おそ》ろしいことに、返事をしたのはスネイプだった。

「閲覧禁止《えつらんきんし》の棚《たな》？　それならまだ遠くまで行くまい。捕《つか》まえられる」

フィルチとスネイプが前方の角を曲がってこちらにやってくる。ハリーはその場に釘《くぎ》づけになった。もちろんハリーの姿《すがた》は見えないはずだが、狭《せま》い廊下《ろうか》だし、もっと近づいて来ればハリーにまともにぶつかってしまう――マントはハリーの体そのものを消してはくれない。

ハリーはできるだけ静かにあとずさりした。左手のドアが少し開いていた。最後の望みの綱《つな》だ。息を殺し、ドアを動かさないようにして、ハリーはすきまからそっとすべり込《こ》んだ。よかった。二人に気づかれずに部屋《へや》の中に入ることができた。二人はハリーの真ん前を通《とお》り過《す》ぎていった。壁《かべ》に寄《よ》りかかり、足音が遠のいていくのを聞きながら、ハリーはフーッと深いため息をついた。

危《あぶ》なかった。危機一髪《ききいっぱつ》だった。数秒後、ハリーはやっと、自分がいま隠《かく》れている部屋《へや》が見えてきた。

昔使われていた教室のような部屋《へや》だった。机《つくえ》と椅子《いす》が黒い影《かげ》のように壁際《かべぎわ》に積み上げられ、ごみ箱も逆《さか》さにして置いてある――ところが、ハリーの寄《よ》りかかっている壁《かべ》の反対側の壁《かべ》に、なんだかこの部屋《へや》にそぐわないものが立てかけてあった。通りの邪魔《じゃま》になるからと、誰《だれ》かがそこに寄《よ》せて置いたみたいだった。

天井《てんじょう》まで届《とど》くような背《せ》の高い見事な鏡だ。金の装飾豊《そうしょくゆた》かな枠《わく》には、二本の鉤爪状《かぎづめじょう》の脚《あし》がついている。枠《わく》の上のほうに字が彫《ほ》ってある。

「すつうを　みぞの　のろここ　のたなあ　くなはで　おか　のたなあ　はしたわ」

フィルチやスネイプの足音も聞こえなくなり、ハリーは落ち着きを取《と》り戻《もど》しつつあった。鏡に近寄《ちかよ》って透明《とうめい》な自分の姿《すがた》をもう一度見たくて、真ん前に立ってみた。

ハリーは思わず叫《さけ》び声《ごえ》を上げそうになり、両手で口をふさいだ。急いで振《ふ》り返《かえ》って、あたりを見回した。本が叫《さけ》んだときよりもずっと激《はげ》しく動悸《どうき》がした――鏡に映《うつ》ったのは自分だけではない。ハリーのすぐ後ろにたくさんの人が映《うつ》っていたのだ。

しかし、部屋《へや》には誰《だれ》もいない。あえぎながら、もう一度ゆっくり鏡を振《ふ》り返《かえ》って見た。

ハリーが青白いおびえた顔で映《うつ》っている。その後ろに少なくとも十人くらいの人がいる。肩《かた》越《ご》しにもう一度後ろを振《ふ》り返《かえ》って見た――誰《だれ》もいない。それともみんなも透明《とうめい》なのだろうか？　この部屋《へや》には透明《とうめい》の人がたくさんいて、この鏡は透明《とうめい》でも映《うつ》る仕掛《しか》けなんだろうか？

もう一度鏡をのぞき込《こ》んでみた。ハリーのすぐ後ろに立っている女性《じょせい》が、ハリーにほほえみかけ、手を振《ふ》っている。後ろに手を伸《の》ばしてみても、空をつかむばかりだった。もし本当に女の人がそこにいるのなら、こんなにそばにいるのだから触《ふ》れることができるはずなのに、何の手応《てごた》えもなかった――女の人もほかの人たちも、鏡の中にしかいなかった。

とてもきれいな女性《じょせい》だった。深みがかった赤い髪《かみ》で、目は……僕《ぼく》の目にそっくりだ。ハリーは鏡にもっと近づいてみた。明るい緑色の目だ――形も僕《ぼく》にそっくりだ。ハリーはその女の人が泣いているのに気づいた。ほほえみながら、泣いている。やせて背《せ》の高い黒髪《くろかみ》の男性《だんせい》がそのそばにいて、腕《うで》を回して女性《じょせい》の肩《かた》を抱《だ》いている。男の人はめがねをかけていて、髪《かみ》がくしゃくしゃだ。後ろの毛が立っている。ハリーと同じだ。

鏡に近づき過《す》ぎて、鼻が鏡の中のハリーの鼻とくっつきそうになった。

「母さん？」ハリーはささやいた。「父さん？」

二人はほほえみながらハリーを見つめるばかりだった。

ハリーは鏡の中のほかの人々の顔もじっと眺《なが》めた。自分と同じような緑の目の人、そっくりな鼻の人。小柄《こがら》な老人はハリーと同じにひざこぞうが飛び出しているみたいだ――生まれて初めて、ハリーは自分の家族を見ていた。

ポッター家の人々はハリーに笑いかけ、手を振《ふ》った。ハリーは貪《むさぼ》るようにみんなを見つめ、両手をぴったりと鏡に押《お》し当てた。鏡の中に入《はい》り込《こ》み、みんなに触《ふ》れたいとでもいうように。

ハリーの胸《むね》に、喜びと深い悲しみが入りまじった強い痛《いた》みが走った。

どのくらいそこにいたのか、自分にもわからなかった。鏡の中の姿《すがた》はいつまでも消えず、ハリーは何度も何度ものぞき込《こ》んだ。遠くのほうから物音が聞こえ、ハリーはふと我《われ》に返った。いつまでもここにはいられない。何とかベッドに戻《もど》らないと。ハリーは鏡の中の母親から思いきって目を離《はな》し、「また来るからね」とつぶやいた。そして急いで部屋《へや》を出た。

「起こしてくれればよかったのに」

翌朝《よくあさ》ロンが不機嫌《ふきげん》そうにいった。

「今晩《こんばん》、一緒《いっしょ》に来ればいいよ。僕《ぼく》、また行くから。君に鏡を見せたいんだ」

「君のママとパパに会いたいよ」ロンは意気込《いきご》んだ。

「僕《ぼく》は君の家族に会いたい。ウィーズリー家の人たちに会いたいよ。ほかの兄《にい》さんとか、みんなに会わせてくれるよね」

「いつだって会えるよ。今度の夏休みに家に来ればいい。もしかしたら、その鏡は亡《な》くなった人だけを見せるのかもしれないな。しかし、フラメルを見つけられなかったのは残念だったなぁ。ベーコンか何か食べろよ。何も食べてないじゃないか。どうしたの？」

ハリーは食べたくなかった。両親に会えた。今晩《こんばん》もまた会える。ハリーはフラメルのことはほとんど忘《わす》れてしまっていた。そんなことはもう、どうでもいいような気がした。三頭犬《さんとうけん》が何を守っていようが、関係ない。スネイプがそれを盗《ぬす》んだところで、それがどうしたというんだ。

「大丈夫《だいじょうぶ》かい？　なんか様子がおかしいよ」ロンが言った。

あの鏡の部屋《へや》が二度と見つからないのではと、ハリーはそれが一番怖《こわ》かった。ロンと二人でマントを着たので、昨夜よりのろのろ歩きになった。図書館からの道筋《みちすじ》をもう一度たどりなおして、二人は一時間近く暗い通路をさまよった。

「凍《こご》えちゃうよ。もうあきらめて帰ろう」とロンが言った。

「**いやだ！**　どっかこのあたりなんだから」ハリーはつっぱねた。

背《せ》の高い魔女《まじょ》のゴーストがするすると反対方向に行くのとすれちがったほかは、誰《だれ》も見かけなかった。冷えて足の感覚がなくなったと、ロンがブツブツ言いはじめたちょうどその時、ハリーはあの鎧《よろい》を見つけた。

「ここだ……ここだった……そう」

二人はドアを開けた。ハリーはマントをかなぐり捨《す》てて鏡に向かって走った。

みんながそこにいた。父さんと母さんがハリーを見てニッコリ笑っていた。

「**ねっ？**」とハリーがささやいた。

「何も見えないよ」

「ほら！　みんなを見てよ……たくさんいるよ」

「僕《ぼく》、君しか見えないよ」

「ちゃんと見てごらんよ。さぁ、僕《ぼく》のところに立ってみて」

ハリーが脇《わき》にどいてロンが鏡の正面に立つと、ハリーには家族の姿《すがた》が見えなくなって、かわりにペイズリー模様《もよう》のパジャマを着たロンが映《うつ》っているのが見えた。

今度はロンのほうが、鏡に映《うつ》った自分の姿《すがた》を夢中《むちゅう》でのぞき込《こ》んでいた。

「僕《ぼく》を見て！」ロンが言った。

「家族みんなが君を囲んでいるのが見えるかい？」

「ううん……僕《ぼく》一人だ……でも僕《ぼく》じゃないみたい……もっと年上に見える……僕《ぼく》、首席だ！」

「**何だって？**」

「僕《ぼく》……ビルがつけていたようなバッジをつけてる……そして最優秀寮杯《さいゆうしゅうりょうはい》とクィディッチ優《ゆう》勝《しょう》カップを持っている……僕《ぼく》、クィディッチのキャプテンもやってるんだ」

ロンはほれぼれするような自分の姿《すがた》からようやく目を離《はな》し、興奮《こうふん》した様子でハリーを見た。

「この鏡は未来を見せてくれるのかなぁ？」

「そんなはずないよ。僕《ぼく》の家族はみんな死んじゃったんだから……もう一度僕《ぼく》に見せて……」

「君は昨日《きのう》ひとり占《じ》めで見たじゃないか。もう少し僕《ぼく》に見せてよ」

「君はクィディッチの優勝《ゆうしょう》カップを持ってるだけじゃないか。何がおもしろいんだよ。僕《ぼく》は両親に会いたいんだ」

「押《お》すなよ……」

突然《とつぜん》、外の廊下《ろうか》で音がして、二人は言い争いを止めた。どんなに大声で話していたかに気がつかなかったのだ。

「早く！」

ロンがマントを二人にかぶせたとたん、ミセス・ノリスの蛍《ほたる》のように光る目がドアのむこうから現《あらわ》れた。ロンとハリーは息をひそめて立っていた。二人とも同じことを考えていた。

――このマント、猫《ねこ》にも効《き》くのかな？――何年もたったような気がした。やがて、ミセス・ノリスはくるりと向きを変えて立ち去った。

「まだ安心はできない――フィルチのところに行ったかもしれない。僕《ぼく》たちの声が聞こえたにちがいないよ。さぁ」

ロンはハリーを部屋《へや》から引っぱり出した。


次の朝、雪はまだ解《と》けていなかった。

「ハリー、チェスしないか？」とロンが誘《さそ》った。

「しない」

「下におりて、ハグリッドのところに行かないか？」

「ううん……君が行けば……」

「ハリー、あの鏡のことを考えてるんだろう。今夜は行かないほうがいいよ」

「どうして？」

「わかんないけど、なんだかあの鏡のこと、悪い予感がするんだ。それに、君はずいぶん危機《きき》一髪《いっぱつ》の目にあったじゃないか。フィルチもスネイプもミセス・ノリスもうろうろしているよ。連中に君が見えないからって安心はできない。君にぶつかったらどうなる？　もし君が何かひっくり返したら？」

「ハーマイオニーみたいなこと言うね」

「本当に心配しているんだよ。ハリー、行っちゃだめだよ」

だがハリーは鏡の前に立つことしか考えていなかった。ロンが何と言おうと、止めることはできない。

三日目の夜は昨夜より早く道がわかった。あんまり速く歩いたので、自分でも用心が足りないと思うぐらい音を立てていた。だが、誰《だれ》とも出会わなかった。

父さんと母さんはちゃんとそこにいて、ハリーにほほえみかけ、おじいさんの一人は、うれしそうにうなずいていた。ハリーは鏡の前に座《すわ》り込《こ》んだ。何があろうと、一晩中《ひとばんじゅう》家族とそこにいたい。誰《だれ》も、何ものも止められやしない。

ただし……。

「ハリー、また来たのかね？」

ハリーは体中がヒヤーッと氷になったかと思った。振《ふ》り返《かえ》ると、壁際《かべぎわ》の机《つくえ》に、誰《だれ》あろう、アルバス・ダンブルドアが腰《こし》かけていた。鏡のそばに行きたい一心で、ダンブルドアの前を気づかずに通《とお》り過《す》ぎてしまったにちがいない。

「ぼ、僕《ぼく》、気がつきませんでした」

「透明《とうめい》になると、不思議にずいぶん近眼《きんがん》になるんじゃのう」とダンブルドアが言った。

先生がほほえんでいるのを見てハリーはホッとした。ダンブルドアは机《つくえ》から下りてハリーと一緒《いっしょ》に床《ゆか》に座《すわ》った。

「君だけではない。何百人も君と同じように、この『みぞの鏡』のとりこになった」

「先生、僕《ぼく》、そういう名の鏡だとは知りませんでした」

「この鏡が何をしてくれるのかはもう気がついたじゃろう」

「鏡は……僕《ぼく》の家族を見せてくれました……」

「そして君の友達《ともだち》のロンには、首席になった姿《すがた》じゃった」

「どうしてそれを……」

「わしはマントがなくても透明《とうめい》になれるのでな」

ダンブルドアは穏《おだ》やかに言った。

「それで、この『みぞの鏡』はわしたちに何を見せてくれると思うかね？」

ハリーは首を横に振《ふ》った。

「ではヒントをあげようかのう。この世で一番幸せな人には、この鏡は普通《ふつう》の鏡になる。その人が鏡を見ると、そのまんまの姿《すがた》が映《うつ》るのじゃ。これで何かわかったかね」

ハリーは考えてからゆっくりと答えた。

「何か欲《ほ》しいものを見せてくれる……何でも自分の欲《ほ》しいものを……」

「当たりでもあるし、はずれでもある」

ダンブルドアが静かに言った。

「鏡が見せてくれるのは、心の一番奥底《おくそこ》にある一番強い『のぞみ』じゃ。それ以上でもそれ以下でもない。君は家族を知らないので、家族に囲まれた自分を見る。ロナルド・ウィーズリーはいつも兄弟の陰《かげ》でかすんでいるから、兄弟の誰《だれ》よりもすばらしい自分が一人で堂々と立っている姿《すがた》が見える。しかしこの鏡は、知識《ちしき》や真実を示《しめ》してくれるものではない。鏡が映《うつ》すものが現実《げんじつ》のものか、はたして実現《じつげん》が可能《かのう》なものなのかさえ判断《はんだん》できず、鏡の前でへとへとになったり、鏡に映《うつ》る姿《すがた》に魅入《みい》られてしまったり、正気を失ってしまったりしたんじゃよ。

ハリー、この鏡は明日《あす》、よそに移《うつ》す。もうこの鏡を探《さが》してはいけないよ。たとえ再《ふた》びこの鏡に出合うことがあっても、もう大丈夫《だいじょうぶ》じゃろう。夢《ゆめ》にふけったり、生きることを忘《わす》れてしまうのはよくない。それをよく覚えておきなさい。さぁて、そのすばらしいマントを着て、ベッドに戻《もど》ってはいかがかな」

ハリーは立ち上がった。

「あの……ダンブルドア先生、質問《しつもん》してよろしいですか？」

「いいとも。いまのもすでに質問《しつもん》だったがのう」

ダンブルドアはほほえんだ。

「でも、もう一つだけ質問《しつもん》を許《ゆる》そう」

「先生ならこの鏡で何が見えるんですか」

「わしかね？　厚手《あつで》のウールの靴下《くつした》を一足、手に持っておるのが見える」

ハリーは目を見開いた。

「靴下《くつした》はいくつあってもいいものじゃ。なのに今年《ことし》のクリスマスにも靴下《くつした》は一足ももらえなかった。わしにプレゼントしてくれる人は本ばっかり贈《おく》りたがるんじゃ」

ダンブルドアは本当のことを言わなかったのかもしれない、ハリーがそう気づいたのはベッドに入ってからだった。でも……ハリーは枕《まくら》の上にいたスキャバーズを払《はら》いのけながら考えた——きっとあれはちょっと無遠慮《ぶえんりょ》な質問《しつもん》だったんだ……。

第十三章　ニコラス・フラメル

「みぞの鏡《かがみ》」を二度と探《さが》さないようにとダンブルドアに説得され、クリスマス休暇《きゅうか》が終わるまで透明《とうめい》マントはハリーのトランクの底にしまい込《こ》まれたままだった。ハリーは鏡の中で見たものを忘《わす》れたいと思ったが、そう簡単《かんたん》にはいかなかった。それからよく悪夢《あくむ》にうなされた。高笑いが響《ひび》き、両親が緑色の閃光《せんこう》とともに消え去る夢《ゆめ》を何度もくり返し見た。

ハリーがロンに夢《ゆめ》のことを話すと、ロンが言った。

「ほら、ダンブルドアの言うとおりだよ。鏡を見て気が変になる人がいるって」

新学期が始まる一日前にハーマイオニーが帰ってきた。ロンとはちがい、ハーマイオニーの気持ちは複雑《ふくざつ》だった。一方では、ハリーが三晩《ばん》も続けてベッドを抜《ぬ》け出《だ》し、学校中をうろうろしたと聞いて驚《おどろ》きあきれたが（もしフィルチに捕《つか》まっていたら！）、一方、どうせそういうことならせめてニコラス・フラメルについてハリーが何か見つければよかったのに、と悔《くや》しがった。

図書館ではフラメルは見つからないと、三人はほとんどあきらめかけていたが、ハリーには絶対《ぜったい》どこかでその名前を見たという確信《かくしん》があった。新学期が始まると、三人は再《ふたた》び十分間の休み時間中に必死で本をあさった。クィディッチの練習も始まったので、ハリーは二人より時間が取れなかった。

ウッドのしごきは前よりも厳《きび》しくなった。雪が雨に変わり、果てしなく降《ふ》り続《つづ》いてもウッドの意気込《いきご》みが湿《しめ》りつくことはなかった。ウッドはほとんどいかれてる、と双子《ふたご》のウィーズリーは文句《もんく》を言ったが、ハリーはウッドの味方だった。次の試合でハッフルパフに勝てば七年ぶりに寮対抗杯《りょうたいこうはい》をスリザリンから取《と》り戻《もど》せるのだ。確《たし》かに勝ちたいという気持ちはあったが、それとは別に、練習でつかれたあとはあまり悪夢《あくむ》を見なくなることも、ハリーは意識《いしき》していた。

ひときわ激《はげ》しい雨でびしょびしょになり、泥《どろ》んこになって練習している最中、ウッドが悪い知らせをもたらした。双子《ふたご》のウィーズリーが互《たが》いに急降下爆撃《きゅうこうかばくげき》をしかけ、箒《ほうき》から落ちるふりをするので、カンカンに腹《はら》を立てたウッドが叫《さけ》んだ。

「ふざけるのはやめろ！　そんなことをすると、今度の試合には負けるぞ。次の試合の審判《しんぱん》はスネイプだ。すきあらばグリフィンドールから減点《げんてん》しようとねらってくるぞ」

とたんにジョージ・ウィーズリーは本当に箒《ほうき》から落ちてしまった。

「**スネイプ**が審判《しんぱん》をやるって？」

ジョージは口いっぱいの泥《どろ》を吐《は》きちらしながら急《せ》き込《こ》んで聞いた。

「スネイプがクィディッチの審判《しんぱん》をやったことなんかあるか？　俺《おれ》たちがスリザリンに勝つかもしれないとなったら、きっとフェアでなくなるぜ」

チーム全員がジョージのそばに着地して文句《もんく》を言いはじめた。

「**僕**《ぼく》**の**せいじゃない。僕《ぼく》たちは、つけ込《こ》む口実を与《あた》えないよう、絶対《ぜったい》にフェアプレーをしなければ」

それはそうだとハリーは思った。しかしハリーには、クィディッチの試合中スネイプがそばにいると困《こま》る理由がもう一つあった……。

練習のあと、選手たちはいつもどおりだらだらとしゃべっていたが、ハリーはまっすぐグリフィンドールの談話室に戻《もど》った。ロンとハーマイオニーはチェスの対戦中だった。ハーマイオニーが負けるのはチェスだけだったが、負けるのは彼女《かのじょ》にとっていいことだとハリーとロンは思っていた。

「いまは話しかけないで。集中しなくちゃ……」

ロンはハリーがそばに座《すわ》るなりそう言ったが、ハリーの顔を見ると、「なんかあったのか？　なんて顔してるんだい」と聞いた。

ほかの人に聞かれないように小声で、ハリーは、スネイプが突然《とつぜん》クィディッチの審判《しんぱん》をやりたいと言いだした、という不吉《ふきつ》なニュースを伝えた。ハーマイオニーとロンはすぐに反応《はんのう》した。

「試合に出ちゃだめよ」

「病気だって言えよ」

「足を折ったことにすれば」とハーマイオニー。

「いっそ**本当に**足を折ってしまえ」とロン。

「できないよ。シーカーの補欠《ほけつ》はいないいんだ。僕《ぼく》が出ないとグリフィンドールはプレーできなくなってしまう」

その時、ネビルが談話室に倒《たお》れ込《こ》んできた。どうやって肖像画《しょうぞうが》の穴《あな》をはい登れたやら、両足がぴったりくっついたままで、「足縛《あししば》りの呪《のろ》い」をかけられたとすぐにわかる。グリフィンドール塔《とう》までずっとウサギ跳《と》びをしてきたにちがいない。

みんな笑い転げたが、ハーマイオニーだけはすぐ立ち上がって呪《のろ》いを解《と》く呪文《じゅもん》を唱えた。両足がパッと離《はな》れ、ネビルは震《ふる》えながら立ち上がった。

「どうしたの？」

ネビルをハリーとロンのそばに座《すわ》らせながらハーマイオニーが尋《たず》ねた。

「マルフォイが……」ネビルは震《ふる》え声《ごえ》で答えた。

「図書館の外で出会ったの。誰《だれ》かに呪文《じゅもん》を試してみたかったって……」

「マクゴナガル先生のところに行きなさいよ！　マルフォイがやったって報告《ほうこく》するのよ！」

とハーマイオニーが急き立てた。

ネビルは首を横に振《ふ》った。

「これ以上、面倒《めんどう》はいやだ」

「ネビル、マルフォイに立ち向かわなきゃだめだよ」ロンが言った。

「あいつは平気でみんなをバカにしてる。だからといって屈服《くっぷく》してヤツをつけ上がらせていいってもんじゃない」

「僕《ぼく》が、勇気がなくてグリフィンドールにふさわしくないって、言われなくってもわかってるよ。マルフォイがさっきそう言ったから」

ネビルが声を詰《つ》まらせた。

ハリーはポケットを探《さぐ》って蛙《かえる》チョコレートを取り出した。ハーマイオニーがクリスマスにくれたのが一つだけ残っていた。ハリーはいまにも泣きそうになっているネビルにそれを差し出した。

「マルフォイが十人束《たば》になったって君にはおよばないよ。組分《くみわ》け帽子《ぼうし》に選ばれて、君はグリフィンドールに入ったんだろう？　マルフォイはどうだい？　くされスリザリンに入れられたよ」

蛙《かえる》チョコの包み紙を開けながら、ネビルはかすかにほほえんだ。

「ハリー、ありがとう……僕《ぼく》、もう寝《ね》るよ……カードあげる。集めてるんだろう?」

ネビルが行ってしまってから、ハリーは「有名魔法使《まほうつか》いカード」を眺《なが》めた。

「またダンブルドアだ。僕《ぼく》が初めて見たカード……」

ハリーは息をのんだ。カードの裏《うら》を食い入るように見つめ、そしてロンとハーマイオニーの顔を見た。

「見つけたぞ!」

ハリーが声を殺して叫《さけ》んだ。

「フラメルを見つけた! どっかで名前を見たことがあるって**言ったよね**。ホグワーツに来る汽車の中で見たんだ……聞いて……『とくに、一九四五年、闇《やみ》の魔法使《まほうつか》い、グリンデルバルドを破《やぶ》ったこと、ドラゴンの血液《けつえき》の十二種類の利用法の発見、パートナーであるニコラス・フラメルとの錬金術《れんきんじゅつ》の共同研究などで有名』」

ハーマイオニーは飛び上がった。こんなに興奮《こうふん》したハーマイオニーを見るのは、三人の最初の宿題が採点《さいてん》されて戻《もど》ってきたとき以来だった。

「ちょっと待ってて!」

ハーマイオニーは女子寮《じょしりょう》への階段《かいだん》を脱兎《だっと》のごとくかけ上がっていった。どうしたんだろうとロンとハリーが顔を見交わす間もないうちに、巨大《きょだい》な古い本を抱《かか》えてハーマイオニーが矢のように戻《もど》ってきた。

「この本で探《さが》してみようなんて考えつきもしなかったわ」

ハーマイオニーは興奮《こうふん》しながらささやいた。

「ちょっと軽い読書をしようと思って、ずいぶん前に図書館から借り出していたの」

「**軽い？**」とロンが口走った。

ハーマイオニーは、見つけるまでだまっていてと言うなり、ブツブツひとり言を言いながらすごい勢《いきお》いでページをめくりはじめた。

いよいよ探《さが》していたものを見つけた。

「これだわ！　**思ったとおりよ！**」

「もうしゃべってもいいのかな？」とロンが不機嫌《ふきげん》な声を出した。

ハーマイオニーはおかまいなしにヒソヒソ声でドラマチックに読み上げた。「ニコラス・フラメルは、**我々《われわれ》の知るかぎり、賢者《けんじゃ》の石の創造《そうぞう》に成功した唯一《ゆいいつ》の者！**」

ハーマイオニーが期待したような反応《はんのう》がなかった。

「何、それ？」

ハリーとロンの反応《はんのう》がこれだ。

「**まったく、もう。**二人とも本を読まないの？　ほら、ここ……読んでみて」

ハーマイオニーが二人のほうに本を押《お》して寄《よ》こした。二人は読みはじめた。


錬金術《れんきんじゅつ》とは、「賢者《けんじゃ》の石」と言われる恐《おそ》るべき力をもつ伝説の物質《ぶっしつ》を創造《そうぞう》することに関わる古代の学問であった。この「賢者《けんじゃ》の石」は、いかなる金属《きんぞく》をも黄金に変える力があり、また飲めば不老不死になる「命の水」の源《みなもと》でもある。

「賢者《けんじゃ》の石」については何世紀にもわたって多くの報告《ほうこく》がなされてきたが、現存《げんそん》する唯一《ゆいいつ》の石は著名《ちょめい》な錬金術師《れんきんじゅつし》であり、オペラ愛好家であるニコラス・フラメル氏が所有している。フラメル氏は昨年六百六十五歳《さい》の誕生日《たんじょうび》を迎《むか》え、デボン州でペレネレ夫人（六百五十八歳《さい》）と静かに暮《く》らしている。


ハリーとロンが読み終わると、ハーマイオニーが言った。

「ねっ？　あの犬はフラメルの『賢者《けんじゃ》の石』を守っているにちがいないわ！　フラメルがダンブルドアに保管《ほかん》してくれって頼《たの》んだのよ。だって二人は友達《ともだち》だし、フラメルは誰《だれ》かがねらっているのを知ってたのね。だからグリンゴッツから石を移《うつ》してほしかったんだわ！」

「金を作る石、けっして死なないようにする石！　スネイプがねらうのも無理ないよ。誰《だれ》だって欲《ほ》しいもの」とハリーが言った。

「それに『魔法界《まほうかい》における最近の進歩に関する研究』にのってなかったわけだ。だって六百六十五歳《さい》じゃ厳密《げんみつ》には最近と言えないよな」とロンが続けた。


翌朝《よくあさ》、「闇《やみ》の魔術《まじゅつ》に対する防衛術《ぼうえいじゅつ》」の授業《じゅぎょう》で、狼人間《おおかみにんげん》にかまれた傷《きず》のさまざまな処置法《しょちほう》についてノートを取りながら、ハリーとロンは自分が「賢者《けんじゃ》の石」を持っていたらどうするかを話していた。ロンが自分のクィディッチ・チームを買うと言ったとたん、ハリーはスネイプと試合のことを思い出した。

「僕《ぼく》、試合に出るよ」

ハリーはロンとハーマイオニーに言った。

「出なかったら、スリザリンの連中はスネイプが怖《こわ》くて僕《ぼく》が試合に出なかったと思うだろう。目にもの見せてやる……僕《ぼく》たちが勝って、連中の顔から笑いをぬぐいさってやる」

「ピッチに落ちたあなたを、私《わたし》たちがぬぐいさるようなハメにならなければね」

とハーマイオニーが言った。


二人に向かって強がりを言ったものの、試合が近づくにつれてハリーは不安になってきた。

ほかの選手もあまり冷静ではいられなかった。七年近くスリザリンに取られっぱなしだった優《ゆう》勝《しょう》を手にすることができたなら、どんなにすばらしいだろう。でも審判《しんぱん》が公正でなかったらそれは可能《かのう》なことなのだろうか。

思《おも》い過《す》ごしかもしれないが、ハリーはどこに行ってもスネイプに出くわすような気がした。ハリーがひとりぼっちになったときに捕《つか》まえようと、後をつけてるのではないかと思うことがときどきあった。「魔法薬学《まほうやくがく》」の授業《じゅぎょう》は毎週拷問《ごうもん》にかけられているようだった。スネイプはハリーにとてもつらくあたった。ハリーたちが「賢者《けんじゃ》の石」のことを知ったと気づいたのだろうか？　そんなはずはないと思いながらも、ときどきハリーは、スネイプには人の心が読めるのではないかという恐《おそ》ろしい思いに囚《とら》われてしまうのだった。

次の日の昼過《ひるす》ぎ、ロンとハーマイオニーは更衣室《こういしつ》の外で「幸運を祈《いの》る」とハリーを見送った。はたして再《ふたた》び生きて自分に会えるかどうかと二人が考えていることをハリーは知っていた。どうも意気が上がらない。ウッドの激励《げきれい》の言葉もほとんど耳に入らないまま、ハリーはクィディッチのユニフォームを着てニンバス２０００を手に取った。

ハリーと別れたあと、ロンとハーマイオニーはスタンドでネビルの隣《となり》に座《すわ》った。ネビルはなぜ二人が深刻《しんこく》な顔をしているのか、クィディッチの試合観戦なのになぜ杖《つえ》を持ってきているのか、さっぱりわからなかった。ハリーにだまって、ロンとハーマイオニーはひそかに「足縛《あししば》りの呪文《じゅもん》」を練習していた。マルフォイがネビルに術《じゅつ》を使ったことからヒントを得て、もしスネイプがハリーを傷《きず》つけるようなそぶりをちらっとでも見せたらこの術《じゅつ》をかけようと準備《じゅんび》していた。

「いいこと、忘《わす》れちゃだめよ。ロコモーター　モルティスよ」

ハーマイオニーが杖《つえ》をそでの中に隠《かく》そうとしているロンにささやいた。

「**わかってるったら**。ガミガミ言うなよ」

ロンがピシャリと言った。

更衣室《こういしつ》ではウッドがハリーをそばに呼《よ》んで話をしていた。

「ポッター、プレッシャーをかけるつもりはないが、この試合こそ、とにかく早くスニッチを捕《つか》まえてほしいんだ。スネイプにハッフルパフをひいきする余裕《よゆう》を与《あた》えずに試合を終わらせてくれ」

「学校中が観戦に出てきたぜ」

フレッド・ウィーズリーがドアからのぞいて言った。

「こりゃ驚《おどろ》いた……ダンブルドアまで見に来てる」

ハリーの心臓《しんぞう》が宙返《ちゅうがえ》りした。

「ダンブルドア？」

ハリーはドアにかけ寄《よ》って確《たし》かめた。フレッドの言うとおりだ。あの銀色のひげはまちがいようがない。

ハリーはホッとして笑いだしそうになった。助かった。ダンブルドアが見ている前では、スネイプがハリーを傷《きず》つけるなんてできっこない。

選手がピッチに入場してきたとき、スネイプが腹《はら》を立てているように見えたのは、そのせいかもしれない。ロンもそれに気づいた。

「スネイプがあんなに意地悪な顔をしたの、見たことない」

ロンがハーマイオニーに話しかけた。

「さぁ、プレー・ボールだ。アイタッ！」

誰《だれ》かがロンの頭の後ろをこづいた。マルフォイだった。

「ああ、ごめん。ウィーズリー、気がつかなかったよ」

マルフォイはクラッブとゴイルに向かってニヤッと笑った。

「この試合、ポッターはどのくらい箒《ほうき》に乗っていられるかな？　誰《だれ》か、賭《か》けるかい？　ウィーズリー、どうだい？」

ロンは答えなかった。ジョージ・ウィーズリーがブラッジャーをスネイプのほうに打ったという理由で、スネイプがハッフルパフにペナルティ・スローを与《あた》えたところだった。ハーマイオニーはひざの上で指を十字架《じゅうじか》の形に組んで祈《いの》りながら、目を凝《こ》らしてハリーを見つめ続けていた。ハリーはスニッチを探《さが》して鷹《たか》のようにぐるぐると高い所を旋回《せんかい》していた。

「グリフィンドールの選手がどういうふうに選ばれたか知ってるかい?」

しばらくしてマルフォイが聞こえよがしに言った。ちょうどスネイプが、何の理由もなくハッフルパフにペナルティ・スローを与《あた》えたところだった。

「気の毒な人が選ばれてるんだよ。ポッターは両親がいないし、ウィーズリー一家はお金がないし……ネビル・ロングボトム、君もチームに入るべきだね。脳《のう》みそがないから」

ネビルは顔を真っ赤にしたが、座《すわ》ったまま後ろを振《ふ》り返《かえ》ってマルフォイの顔を見た。

「マルフォイ、ぼ、僕《ぼく》、君が十人束《たば》になってもかなわないぐらい価値《かち》があるんだ」

ネビルがつっかえながらも言いきった。

マルフォイもクラッブもゴイルも大笑いした。ロンは試合から目を離《はな》す余裕《よゆう》がなかったが、

「そうだ、ネビル、もっと言ってやれよ」と口を出した。

「ロングボトム、もし脳《のう》みそが金でできてるなら、君はウィーズリーより貧乏《びんぼう》だよ。つまり生《なま》半可《はんか》な貧乏《びんぼう》じゃないってことだな」

ロンはハリーのことが心配で、神経《しんけい》が張《は》りつめて切れる寸前《すんぜん》だった。

「マルフォイ、これ以上一言でも言ってみろ。ただでは……」

「ロン！」

突然《とつぜん》ハーマイオニーが叫《さけ》んだ。

「ハリーが！」

「何？　どこ？」

ハリーが突然《とつぜん》ものすごい急降下《きゅうこうか》を始めた。そのすばらしさに観衆《かんしゅう》は息をのみ、大歓声《だいかんせい》を上げた。ハーマイオニーは立ち上がり、指を十字に組んだまま口にくわえていた。ハリーは弾丸《だんがん》のように一直線に地上に向かって突《つ》っ込《こ》んでいく。

「運がいいぞ、ウィーズリー！　ポッターはきっと地面にお金が落ちているのを見つけたのにちがいない！」とマルフォイが言った。

ロンはついに切れた。マルフォイが気がついたときには、もうロンがマルフォイに馬乗りになり、地面に組《く》み伏《ふ》せていた。ネビルは一瞬《いっしゅん》ひるんだが、観客席の椅子《いす》の背《せ》をまたいで助勢《じょせい》に加わった。

「行けっ！　ハリー」

ハーマイオニーが椅子《いす》の上に跳《と》び上《あ》がり、声を張《は》り上《あ》げた。ハリーがスネイプのほうに猛《もう》スピードで突進《とっしん》してゆく。ロンとマルフォイが椅子《いす》の下で転がり回っていることにも、ネビル、クラッブ、ゴイルが取っ組み合って拳《こぶし》の嵐《あらし》の中から悲鳴が聞こえてくるのにも、ハーマイオニーはまるで気がつかなかった。

空中では、スネイプが箒《ほうき》の向きを変えた瞬間《しゅんかん》、耳元のほんの数センチ先を紅《くれない》の閃光《せんこう》がかすめていった。次の瞬間《しゅんかん》、ハリーは急降下《きゅうこうか》を止め、意気揚々《いきようよう》と手を挙げた。その手にはスニッチが握《にぎ》られていた。

スタンドがドッと沸《わ》いた。新記録だ。こんなに早くスニッチを捕《つか》まえるなんて前代未聞だ。

「ロン！　ロン！　どこ行ったの？　試合終了《しゅうりょう》よ！　ハリーが勝った！　私《わたし》たちの勝ちよ！　グリフィンドールが首位に立ったわ！」

ハーマイオニーは狂喜《きょうき》して椅子《いす》の上で跳《と》びはね、踊《おど》り、前列にいたパーバティ・パチルに抱《だ》きついた。

ハリーは地上から三十センチのところで箒《ほうき》から飛《と》び降《お》りた。自分でも信じられなかった。やった！　試合終了《しゅうりょう》だ。試合開始から五分も経《た》っていなかった。グリフィンドールの選手が次々とグラウンドに降《お》りてきた。スネイプもハリーの近くに着地した。青白い顔をして唇《くちびる》をギュッと結んでいた。誰《だれ》かがハリーの肩《かた》に手を置いた。見上げるとダンブルドアがほほえんでいた。

「よくやった」

ダンブルドアがハリーだけに聞こえるようにそっと言った。

「君があの鏡のことをよくよく考えず、一生懸命《けんめい》やってきたのは偉《えら》い……すばらしい……」

スネイプが苦々しげに地面につばを吐《は》いた。


しばらくして、ハリーはニンバス２０００を箒置《ほうき》き場に戻《もど》すため、一人で更衣室《こういしつ》を出た。こんなに幸せな気分になったことはなかった。ほんとうに誇《ほこ》りにできることをやり遂《と》げた――名前だけが有名だなんてもう誰《だれ》も言わないだろう。夕方の空気がこんなに甘《あま》く感じられたことはなかった。湿《しめ》った芝生《しばふ》の上を歩いていると、この一時間の出来事がよみがえってきた。幸せでぼうっとなった時間だった。グリフィンドールの寮生《りょうせい》がかけ寄《よ》ってきてハリーを肩車《かたぐるま》したので、ロンとハーマイオニーが遠くのほうでピョンピョン跳《と》びはねているのが見えた。ロンはひどい鼻血を流しながら歓声《かんせい》を上げていた。

箒置《ほうき》き場にやってきたハリーが、木の扉《とびら》に寄《よ》りかかってホグワーツを見上げると、窓《まど》という窓《まど》が夕日に照らされて赤くキラキラ輝《かがや》いている。グリフィンドールが首位に立った。僕《ぼく》、やったんだ。スネイプに目にもの見せてやった……。

スネイプと言えば……。

城《しろ》の正面の階段《かいだん》をフードをかぶった人物が急ぎ足で下りてきた。あきらかに人目をさけている。禁《きん》じられた森に足早に歩いていく。試合の勝利熱があっという間に吹《ふ》っ飛《と》んでしまった。あのすべるような忍《しの》び歩《ある》きが誰《だれ》なのか、ハリーにはわかる。スネイプだ。ほかの人たちが夕食を食べているときにこっそり森に行くとは——いったい何事だろう?

ハリーはまたニンバス2000に跳《と》び乗《の》り、飛び上がった。城《しろ》の上まで音をたてずに滑走《かっそう》すると、スネイプが森の中にかけ込《こ》んで行くのが見えた。ハリーは後をつけた。

木が深々《しんしん》と繁《しげ》り、ハリーはスネイプを見失った。円を描《えが》きながらだんだん高度を下げ、木の梢《こずえ》に触《ふ》れるほどの高さまできたとき、誰《だれ》かの話し声が聞こえた。声のするほうにスーッと移動《いどう》し、ひときわ高いぶなの木に音を立てずに降《お》りた。

箒《ほうき》をしっかり握《にぎ》りしめ、そっと枝《えだ》を登り、ハリーは葉っぱの陰《かげ》から下をのぞき込《こ》んだ。

木の下の薄暗《うすぐら》い平地にスネイプがいた。一人ではなかった。クィレルもいた。どんな顔をしているかハリーにはよく見えなかったが、クィレルはいつもよりひどくつかえながら話していた。ハリーは耳をそばだてた。

「……な、なんで……よりによって、こ、こんな場所で……セブルス、君にあ、会わなくちゃいけないんだ」

「このことは二人だけの問題にしようと思いましてね」

スネイプの声は氷のようだった。

「生徒諸君《しょくん》に『賢者《けんじゃ》の石』のことを知られてはまずいのでね」

ハリーは身を乗り出した。クィレルが何かもごもご言っている。スネイプがそれをさえぎった。

「あのハグリッドの野獣《やじゅう》をどう出《だ》し抜《ぬ》くか、もうわかったのかね」

「で、でもセブルス……私《わたし》は……」

「クィレル、私《わたし》を敵《てき》に回したくなかったら」

スネイプはぐいと一歩前に出た。

「ど、どういうことなのか、私《わたし》には……」

「私《わたし》が何が言いたいか、よくわかっているはずだ」

ふくろうが大きな声でホーッと鳴いたので、ハリーは木から落ちそうになった。やっとバランスを取り、スネイプの次の言葉を聞きとった。

「……あなたの怪《あや》しげなまやかしについて聞かせていただきましょうか」

「で、でも私《わたし》は、な、何も……」

「いいでしょう」

とスネイプがさえぎった。

「それでは、近々《ちかぢか》、またお話をすることになりますな。もう一度よく考えて、どちらに忠誠《ちゅうせい》を尽《つ》くすのか決めておいていただきましょう」

スネイプはマントを頭からすっぽりかぶり、大股《おおまた》に立ち去った。もう暗くなりかかっていたが、ハリーにはその場に石のように立《た》ち尽《つ》くすクィレルの姿《すがた》が見えた。


「ハリーったら、いったいどこにいたのよ？」

ハーマイオニーがかん高い声を出した。

「僕《ぼく》らが勝った！　君が勝った！　僕《ぼく》らの勝ちだ！」

ロンがハリーの背《せ》をバンバンたたきながら言った。

「それに、僕《ぼく》はマルフォイの目に青あざを作ってやったし、ネビルなんか、クラッブとゴイルにたった一人で立ち向かったんだぜ。まだ気を失ってるけど、大丈夫《だいじょうぶ》だってマダム・ポンフリーが言ってた……スリザリンに目にもの見せてやったぜ。みんな談話室で君を待ってるんだ。パーティをやってるんだよ。フレッドとジョージがケーキやら何やら、キッチンから失敬《しっけい》してきたんだ」

「それどころじゃない」

ハリーが息もつかずに言った。

「どこか誰《だれ》もいない部屋《へや》を探《さが》そう。大変な話があるんだ……」

ハリーはピーブズがいないことを確《たし》かめてから部屋《へや》のドアをぴたりと閉《し》めて、いま見てきたこと、聞いたことを二人に話した。

「僕《ぼく》らは正しかった。『賢者《けんじゃ》の石』だったんだ。それを手に入れるのを手伝えって、スネイプがクィレルを脅《おど》していたんだ。スネイプはフラッフィーを出《だ》し抜《ぬ》く方法を知ってるかって聞いていた……それと、クィレルの『怪《あや》しげなまやかし』のことも何か話してた……フラッフィー以外にも何か別なものが石を守っているんだと思う。きっと、人を惑《まど》わすような魔法《まほう》がいっぱいかけてあるんだよ。クィレルが闇《やみ》の魔術《まじゅつ》に対抗《たいこう》する呪文《じゅもん》をかけて、スネイプがそれを破《やぶ》らなくちゃいけないのかもしれない……」

「それじゃ『賢者《けんじゃ》の石』が安全なのは、クィレルがスネイプに抵抗《ていこう》している間だけということになるの？」ハーマイオニーが不安げに言った。

「それじゃ、三日ともたないな。石はすぐなくなっちまうよ」とロンが言った。

第十四章　ノルウェー・ドラゴンのノーバート

　クィレルはハリーたちが思っていた以上のねばりを見せた。それから何週間かが経《た》ち、ますます青白く、ますますやつれて見えたが、口を割《わ》った気配はなかった。

　四階の廊下《ろうか》を通るたび、ハリー、ロン、ハーマイオニーの三人は扉《とびら》にぴったり耳をつけて、フラッフィーのうなり声が聞こえるかどうかを確《たし》かめた。スネイプは相変わらず不機嫌《ふきげん》にマントを翻《ひるがえ》して歩いていたが、それこそ石がまだ無事だという証拠《しょうこ》でもあった。

　クィレルと出会うたびに、ハリーは励《はげ》ますような笑顔《えがお》を向けるようにしたし、ロンはクィレルの吃音《きつおん》をからかう連中をたしなめはじめた。

　しかし、ハーマイオニーは「賢者《けんじゃ》の石」だけに関心を持っていたわけではなかった。復習《ふくしゅう》予定表を作り上げ、ノートにはマーカーで印をつけはじめた。彼女《かのじょ》だけがすることなら、ハリーもロンも気にせずにすんだのだが、ハーマイオニーは自分と同じことをするよう二人にもしつこく勧《すす》めていた。

「ハーマイオニー、試験はまだズーッと先だよ」

「十週間先でしょ。ズーッと先じゃないわ。ニコラス・フラメルの時間にしたらほんの一秒でしょう」

ハーマイオニーは厳《きび》しい。

「僕《ぼく》たち、六百歳《さい》じゃないんだぜ」

ロンは忘《わす》れちゃいませんか、と反論《はんろん》した。

「それに、何のために復習《ふくしゅう》するんだよ。君はもう、全部知ってるじゃないか」

「何のためですって？　気は確《たし》か？　二年生に進級するには試験をパスしなけりゃいけないのよ。大切な試験なのに、私《わたし》としたことが……もう一月前から勉強を始めるべきだったわ」

ありがたくないことに先生たちもハーマイオニーと同意見のようだった。山のような宿題が出て、復活祭《ふっかつさい》の休みは、クリスマス休暇《きゅうか》ほど楽しくはなかった。ハーマイオニーがすぐそばで、ドラゴンの血の十二種類の利用法を暗唱したり、杖《つえ》の振《ふ》り方《かた》を練習したりするので、二人はのんびりするどころではなかった。うめいたりあくびをしたりしながらも、ハリーとロンは自由時間のほとんどをハーマイオニーと一緒《いっしょ》に図書館で過《す》ごし、復習《ふくしゅう》に精《せい》を出した。

「こんなのとっても覚えきれないよ」

とうとうロンは音《ね》を上げ、羽根ペンを投げ出すと、図書館の窓《まど》から恨《うら》めしげに外を見た。ここ数か月振《ぶ》りのすばらしいお天気だった。空は忘《わす》れな草色《ぐさ》のブルーに澄《す》み渡《わた》り、夏の近づく気配が感じられた。

『薬草とキノコ一〇〇〇種』で「ハナハッカ」を探《さが》していたハリーは、「ハグリッド！　図書館で何してるんだい？」というロンの声に、思わず顔を上げた。

ハグリッドがバツが悪そうにもじもじしながら現《あらわ》れた。背中《せなか》に何か隠《かく》している。モールスキンのコートを着たハグリッドは、いかにも場ちがいだった。

「いや、ちーっと見てるだけ」

ごまかし声が上ずって、たちまち三人の興味《きょうみ》を引いた。

「おまえさんたちは何をしてるんだ？」

ハグリッドが突然《とつぜん》疑《うたが》わしげに尋《たず》ねた。

「まさか、ニコラス・フラメルをまだ探《さが》しとるんじゃねえだろうな」

「そんなのもうとっくの昔にわかったさ」

ロンが意気揚揚《いきようよう》と言った。

「それだけじゃない。あの犬が何を守っているかも知ってるよ。『賢者《けんじゃ》のい――』」

「シーッ！」

ハグリッドは急いで周りを見まわした。

「そのことは大声で言い触《ふ》らしちゃいかん。おまえさんたち、まったくどうかしちまったんじゃねえか」

「ちょうどよかった。ハグリッドに聞きたいことがあるんだけど。フラッフィー以外にあの石を守っているのは何なの」ハリーが聞いた。

「**シーッ！**　いいか──あとで小屋に来てくれや。ただし、教えるなんて約束はできねえぞ。ここでそんなことをしゃべりまくられちゃ困《こま》る。生徒が知ってるはずはねえんだから。俺《おれ》がしゃべったと思われるだろうが……」

「じゃ、あとで行くよ」

とハリーが言った。

ハグリッドはもぞもぞと出ていった。

「ハグリッドったら、背中《せなか》に何を隠《かく》してたのかしら？」

ハーマイオニーが考《かんが》え込《こ》んだ。

「もしかしたら石と関係があると思わない？」

「僕《ぼく》、ハグリッドがどの書棚《しょだな》のところにいたか見てくる」

勉強にうんざりしていたロンが言った。ほどなくロンが本をどっさり抱《かか》えて戻《もど》ってきて、テーブルの上にドサッと置いた。

「**ドラゴンだよ！**」

ロンが声をひそめて言った。

「ハグリッドはドラゴンの本を探《さが》してたんだ。ほら、見てごらん。『イギリスとアイルランドのドラゴンの種類』『ドラゴンの飼《か》い方《かた》――卵《たまご》から焦熱地獄《しょうねつじごく》まで』だってさ」

「初めてハグリッドに会ったとき、ずっと前からドラゴンを飼《か》いたいと思ってたって、そう言ってたよ」ハリーが言った。

「でも、僕《ぼく》たちの世界じゃ法律違反《ほうりついはん》だよ。一七〇九年のワーロック法で、ドラゴンの飼育《しいく》は違《い》法《ほう》になったんだ。みんな知ってる。もし家の裏庭《うらにわ》でドラゴンを飼《か》ってたら、どうしたってマグルが僕《ぼく》らのことに気づくだろ――どっちみちドラゴンを手なずけるのは無理なんだ。狂暴《きょうぼう》だからね。チャーリーがルーマニアで野生のドラゴンにやられた火傷《やけど》を見せてやりたいよ」

「だけどまさか、**イギリスに**野生のドラゴンなんていないんだろう？」

とハリーが聞いた。

「いるともさ」

ロンが答えた。

「ウェールズ・グリーン普通種《ふつうしゅ》とか、ヘブリディーズ諸島《しょとう》ブラック種とか。そいつらの存在《そんざい》のうわさをもみ消すのに魔法省《まほうしょう》が苦労してるんだ。もしマグルがそいつらを見つけてしまったら、こっちはそのたびにそれを忘《わす》れさせる魔法《まほう》をかけなくちゃいけないんだ」

「じゃ、ハグリッドはいったい何を考えてるのかしら？」

ハーマイオニーが言った。


一時間後、ハグリッドの小屋を訪《たず》ねると、驚《おどろ》いたことにカーテンが全部閉《し》まっていた。ハグリッドは「誰《だれ》だ？」と確《たし》かめてからドアを開け、三人を中に入れるとすぐまたドアを閉《し》めた。中は窒息《ちっそく》しそうなほど暑かった。こんなに暑い日だというのに、暖炉《だんろ》にはごうごうと炎《ほのお》が上がっている。ハグリッドはお茶を入れ、イタチの肉を挟《はさ》んだサンドイッチをすすめたが、三人は遠慮《えんりょ》した。

「それで、おまえさん、何か聞きたいって言ってたな？」

ハリーは単刀直入に聞くことにした。

「うん。フラッフィー以外に『賢者《けんじゃ》の石』を守っているのは何か、ハグリッドに教えてもらえたらなと思って」

ハグリッドはしかめっ面をした。

「もちろんそんなことはできん。まず第一、俺《おれ》自身が知らん。第二に、お前さんたちはもう知り過《す》ぎちょる。だから俺《おれ》が知ってたとしても言わん。石がここにあるのにはそれなりのわけがあるんだ。グリンゴッツから盗《ぬす》まれそうになってなあ――もうすでにそれにも気づいとるだろうが。だいたいフラッフィーのことも、いったいどうしておまえさんたちに知られっちまったのかわからんなぁ」

「ねえ、ハグリッド。私《わたし》たちに言いたくないだけでしょう。でも、絶対《ぜったい》知ってるのよね。だって、ここで起きてることであなたの知らないことなんかないんですもの」

ハーマイオニーはやさしい声でおだてた。

ハグリッドのひげがぴくぴく動き、ひげの中でニコリとしたのがわかった。ハーマイオニーは追《お》い討《う》ちをかけた。

「私《わたし》たち、石が盗《ぬす》まれないように、誰《だれ》が、どうやって守りを固めたのかなぁって考えてるだけなのよ。ダンブルドアが信頼《しんらい》して助けを借りるのは誰《だれ》かしらね、ハグリッド以外に」

最後の言葉を聞くとハグリッドは胸《むね》をそらした。ハリーとロンはよくやったとハーマイオニーに目配せした。

「まあ、それくらいなら言ってもかまわんじゃろう……さてと……俺《おれ》からフラッフィーを借りて……何人かの先生が魔法《まほう》の罠《わな》をかけて……スプラウト先生……フリットウィック先生……マクゴナガル先生……」

ハグリッドは指を折って名前を挙げはじめた。

「それからクィレル先生、もちろんダンブルドア先生もちょっと細工したし、まてよ、誰《だれ》か忘《わす》れておるな。そうそう、スネイプ先生」

「**スネイプだって**？」

「ああ、そうだ。まだあのことにこだわっとるのか？　スネイプは石を守るほうの手助けをしたんだ。盗《ぬす》もうとするはずがなかろう」

ハリーは、ロンもハーマイオニーも自分と同じことを考えているなと思った。もしスネイプが石を守る側にいるならば、ほかの先生がどんなやり方で守ろうとしたかも簡単《かんたん》にわかるはずだ。たぶん全部わかったんだ——クィレルの呪文《じゅもん》とフラッフィーを出《だ》し抜《ぬ》く方法以外は。

「ハグリッドだけがフラッフィーをおとなしくさせられるんだよね？　誰《だれ》にも教えたりはしないよね？　たとえ先生にだって」

ハリーは心配そうに聞いた。

「俺《おれ》とダンブルドア先生以外は誰《だれ》一人《ひとり》として知らん」

ハグリッドは得意げに言った。

「そう、それなら一安心だ」

ハリーはほかの二人に向かってそうつぶやいた。

「ハグリッド、窓《まど》を開けてもいい？　ゆだっちゃうよ」

「悪いな。それはできん」

ハリーはハグリッドがちらりと暖炉《だんろ》を見たのに気づいた。

「ハグリッド——**あれ**は何？」

聞くまでもなくハリーにはわかっていた。炎《ほのお》の真ん中、やかんの下に大きな黒い卵《たまご》があった。

「えーと、あれは……その……」

ハグリッドは落ち着かない様子でひげをいじっていた。

「ハグリッド、どこで手に入れたの？　すごく高かったろう」

ロンはそう言いながら、火のそばにかがみ込《こ》んで卵《たまご》をよく見ようとした。

「賭《か》けに勝ったんだ。昨日《きのう》の晩《ばん》、村まで行って、ちょっと酒を飲んで、知らないやつとトランプをしてな。はっきり言えば、そいつは厄介払《やっかいばら》いして喜んどったな」

「だけど、もし卵《たまご》が孵《かえ》ったらどうするつもりなの？」

ハーマイオニーが尋《たず》ねた。

「それで、ちぃと読んどるんだがな」

ハグリッドは枕《まくら》の下から大きな本を取り出した。

「図書館で借りたんだ——『趣味《しゅみ》と実益《じつえき》を兼《か》ねたドラゴンの育て方』——もちろん、ちぃと古いが、何でも書いてある。母竜《ははりゅう》が息を吹《ふ》きかけるように卵《たまご》は火の中に置け。なぁ？　それからっと……孵《かえ》ったときにはブランデーと鶏《にわとり》の血を混《ま》ぜて三十分ごとにバケツ一杯《ぱい》飲ませろとか。それとここを見てみろや——卵《たまご》の見分け方——俺《おれ》のはノルウェー・リッジバックという種類らしい。こいつが珍《めずら》しいやつでな」

ハグリッドのほうは大満足そうだったが、ハーマイオニーはちがった。

「ハグリッド、この家は**木の家**なのよ」

ハグリッドはどこ吹《ふ》く風、ルンルン鼻歌まじりで薪《まき》をくべていた。

結局、もう一つ心配を抱《かか》えることになってしまった。ハグリッドが法を犯《おか》して小屋にドラゴンを隠《かく》しているのがばれたらどうなるんだろう。

「あーあ、平穏《へいおん》な生活って、どんなものかなぁ」

次々に出される宿題と来る日も来る日も格闘《かくとう》しながら、ロンがため息をついた。ハーマイオニーがハリーとロンの分も復習《ふくしゅう》予定表を作りはじめたので、二人とも気が変になりそうだった。

ある朝ヘドウィグが、ハリーにハグリッドからの手紙を届《とど》けた。たった一行の手紙だ。

——いよいよ孵《かえ》るぞ

ロンは「薬草学」の授業《じゅぎょう》をさぼって、すぐ小屋に向かおうとしたが、ハーマイオニーががんとして受けつけない。

「だって、ハーマイオニー、ドラゴンの卵《たまご》が孵《かえ》るところなんて、一生に何度も見られると思うかい？」

「授業《じゅぎょう》があるでしょ。さぼったらまた面倒《めんどう》なことになるわよ。でも、ハグリッドがしていることがばれたら、私《わたし》たちの面倒《めんどう》とは比《くら》べものにならないぐらい、あの人、ひどく困《こま》ることになるわ……」

「だまって！」ハリーが小声で言った。

マルフォイがほんの数メートル先にいて、立ち止まってじっと聞き耳を立てていた。どこまで聞かれてしまったんだろう？　ハリーはマルフォイの表情《ひょうじょう》がとても気にかかった。

ロンとハーマイオニーは「薬草学」の教室に行く間、ずっと言い争っていた。とうとうハーマイオニーも折れて、午前中の休憩《きゅうけい》時間に三人で急いで小屋に行ってみようということになった。授業《じゅぎょう》の終わりを告げるベルが城《しろ》から聞こえてくるやいなや、三人は移植《いしょく》ごてを放り投げ、校庭を横切って森のはずれへと急いだ。

ハグリッドは興奮《こうふん》で紅潮《こうちょう》していた。

「もうすぐ出てくるぞ」と三人を招《まね》き入れた。

卵《たまご》はテーブルの上に置かれ、深い亀裂《きれつ》が入っていた。中で何かが動いている。コツン、コツンという音がする。

椅子《いす》をテーブルのそばに引《ひ》き寄《よ》せ、四人とも息をひそめて見守った。

突然《とつぜん》キーッと引っかくような音がして卵《たまご》がパックリ割《わ》れ、赤ちゃんドラゴンがテーブルにポイと出てきた。かわいいとはとても言えない。しわくちゃの黒いコウモリ傘《がさ》のようだ、とハリーは思った。やせっぽちの真っ黒な胴体《どうたい》に不似合《ふにあ》いな、巨大《きょだい》な骨《ほね》っぽい翼《つばさ》、長い鼻に大きな鼻の穴《あな》、こぶのような角、オレンジ色の出目金のような目だ。

赤ちゃんがくしゃみをすると、鼻から火花が散った。

「すばらしく**美しい**だろう？」

ハグリッドがそうつぶやきながら手を差し出してドラゴンの頭をなでようとした。するとドラゴンは、とがった牙《きば》を見せてハグリッドの指にかみついた。

「こりゃすごい、ちゃんとママちゃんがわかっとる！」

「ハグリッド。ノルウェー・リッジバック種ってどれくらいの早さで大きくなるの？」

ハーマイオニーが聞いた。

答えようとしたとたん、ハグリッドの顔から血の気が引いた――はじかれたように立ち上がり、窓際《まどぎわ》にかけ寄《よ》った。

「どうしたの？」

「カーテンのすきまから誰《だれ》かが見とった……子供《こども》だ……学校のほうへかけていく」

ハリーが急いでドアにかけ寄《よ》り外を見た。遠目にだってあの姿《すがた》はまぎれもない。マルフォイにドラゴンを見られてしまった。

次の週、マルフォイが薄笑《うすわら》いを浮《う》かべているのが、三人は気になって仕方がなかった。ひまさえあれば三人でハグリッドのところに行き、暗くした小屋の中で何とかハグリッドを説得しようとした。

「外に放せば？　自由にしてあげれば？」

とハリーがうながした。

「そんなことはできん。こんなにちっちゃいんだ。死んじまう」

ドラゴンはたった一週間で三倍に成長していた。鼻の穴《あな》からは煙《けむり》がしょっちゅう噴出《ふんしゅつ》している。ハグリッドはドラゴンの面倒《めんどう》を見るのに忙《いそが》しく、家畜《かちく》の世話の仕事もろくにしていなかった。ブランデーの空《あ》き瓶《びん》や鶏《にわとり》の羽根がそこら中の床《ゆか》の上に散らかっていた。

「この子をノーバートと呼《よ》ぶことにしたんだ」

ドラゴンを見るハグリッドの目は潤《うる》んでいる。

「もう俺《おれ》がはっきりわかるらしいぞ。いいか、見てろよ。ノーバートや、ノーバート！　ママちゃんはどこ？」

「おかしくなってるぜ」ロンがハリーにささやいた。

「ハグリッド、二週間もしたら、ノーバートはこの家ぐらいに大きくなるんだよ。マルフォイがいつダンブルドアに言いつけるかわからないよ」

ハリーがハグリッドの耳に入るように大声で言った。

「そ、そりゃ……俺《おれ》もずっと飼《か》っておけんぐらいのことはわかっとる。だけんどほっぽり出すなんてことはできん。どうしてもできん」ハグリッドは唇《くちびる》をかんだ。

ハリーが突然《とつぜん》ロンに呼《よ》びかけた。

「チャーリー！」

「君までおかしくなっちゃったか。僕《ぼく》はロンだよ。わかるかい？」

「ちがうよ――チャーリーだ、君の兄《にい》さんのチャーリー。ルーマニアでドラゴンの研究をしている――チャーリーにノーバートを預《あず》ければいい。面倒《めんどう》を見て、自然に帰してくれるよ」

「名案！　ハグリッド、どうだい？」

ロンも賛成《さんせい》だ。

ハグリッドはとうとう、チャーリーに頼《たの》みたいというふくろう便を送ることに同意した。

その次の週はのろのろと過《す》ぎた。水曜日の夜、みんながとっくに寝静《ねしず》まり、ハリーとハーマイオニーの二人だけが談話室に残っていた。壁《かべ》の掛時計《かけどけい》が零時《れいじ》を告げたとき、肖像画《しょうぞうが》の扉《とびら》が突《とつ》然《ぜん》開き、ロンがどこからともなく現《あらわ》れた。ハリーの透明《とうめい》マントを脱《ぬ》いだのだ。ロンはハグリッドの小屋でノーバートに餌《えさ》をやるのを手伝《てつだ》っていた。ノーバートは死んだネズミを木箱に何杯《はい》も食べるようになっていた。

「かまれちゃったよ」

ロンは血だらけのハンカチにくるんだ手を差し出して見せた。

「一週間は羽根ペンを持てないぜ。まったく、あんな恐《おそ》ろしい生き物はいままで見たことないよ。なのにハグリッドの言うことを聞いていたら、ふわふわしたちっちゃな子ウサギかと思っちゃうよ。やつが僕《ぼく》の手をかんだというのに、僕《ぼく》がやつを怖《こわ》がらせたからだって叱《しか》るんだ。僕《ぼく》が帰るとき、子守唄《こもりうた》を歌ってやってたよ」

暗闇《くらやみ》の中で窓《まど》をたたく音がした。

「ヘドウィグだ！」

ハリーは急いでふくろうを中に入れた。

「チャーリーの返事を持ってきたんだ！」

三つの頭が手紙をのぞき込《こ》んだ。

ロン、元気かい？

手紙をありがとう。喜んでノルウェー・リッジバックを引き受けるよ。だけど、ここに連れてくるのはそう簡単《かんたん》ではない。来週、僕《ぼく》の友達《ともだち》が訪《たず》ねてくることになっているから、彼《かれ》らに頼《たの》んでこっちに連れてきてもらうのが一番いいと思う。問題は彼《かれ》らが法律違反《ほうりついはん》のドラゴンを運んでいるところを、見られてはいけないということだ。

土曜日の真夜中、一番高い塔《とう》にリッジバックを連れてこられるかい？　そしたら、彼《かれ》らがそこで君たちと会って、暗いうちにドラゴンを運び出せる。

できるだけ早く返事をくれ。

がんばれよ……。

チャーリーより

三人は互《たが》いに顔を見合わせた。

「透明《とうめい》マントがある」

ハリーが言った。

「できなくはないよ……僕《ぼく》ともう一人とノーバートぐらいなら隠《かく》せるんじゃないかな？」

ハリーの提案《ていあん》にほかの二人もすぐに同意した。ノーバートを――それにマルフォイを――追《お》っ払《ぱら》うためなら何でもするという気持ちになるぐらい、ここ一週間は大変だったのだ。

障害《しょうがい》が起きてしまった。翌朝《よくあさ》、ロンの手は二倍ぐらいの大きさに腫《は》れ上《あ》がったのだ。ロンはドラゴンにかまれたことがばれるのを恐《おそ》れて、マダム・ポンフリーの所へ行くのをためらっていた。だが、昼過《ひるす》ぎにはそんなことを言っていられなくなった。傷口《きずぐち》が気持ちの悪い緑色になったのだ。どうやらノーバートの牙《きば》には毒があったようだ。

その日の授業《じゅぎょう》が終わったあと、ハリーとハーマイオニーは医務室《いむしつ》に飛んでいった。ロンはひどい状態《じょうたい》でベッドに横になっていた。

「手だけじゃないんだ」

ロンが声をひそめた。

「もちろん手のほうもちぎれるように痛《いた》いけど。マルフォイが来たんだ。あいつ、僕《ぼく》の本を借りたいってマダム・ポンフリーに言って入ってきやがった。僕《ぼく》のことを笑いに来たんだよ。何にかまれたか本当のことをマダム・ポンフリーに言いつけるって僕《ぼく》を脅《おど》すんだ——僕《ぼく》は犬にかまれたって言ったんだけど、たぶんマダム・ポンフリーは信じてないと思う——クィディッチの試合のとき、殴《なぐ》ったりしなけりゃよかった。だから仕返しに僕《ぼく》にこんな仕打ちをするんだ」

ハリーとハーマイオニーはロンをなだめようとした。

「土曜日の真夜中ですべて終わるわよ」

ハーマイオニーのなぐさめはロンを落ち着かせるどころか逆効果《ぎゃくこうか》になった。ロンは突然《とつぜん》ベッドに起き上がり、すごい汗《あせ》をかきはじめた。

「土曜零時《れいじ》！」

ロンの声はかすれていた。

「あぁ、どうしよう……大変だ……いま、思い出した……チャーリーの手紙をあの本に挟《はさ》んだままだ。僕《ぼく》たちがノーバートを処分《しょぶん》しようとしてることがマルフォイに知れてしまう」

ハリーとハーマイオニーが答える間はなかった。マダム・ポンフリーが入ってきて、「ロンは眠《ねむ》らないといけないから」と二人を病室から追い出してしまったのだ。

「いまさら計画は変えられないよ」

ハリーはハーマイオニーにそう言った。

「チャーリーにまたふくろう便を送っている時間はないし、ノーバートを何とかする最後のチャンスだ。危険《きけん》でもやってみなくちゃ。それに、こっちには透明《とうめい》マントがあるってこと、マルフォイはまだ知らないし」

ハグリッドの所に行くと、大型犬ボアハウンドのファングがしっぽに包帯を巻《ま》かれて小屋の外に座《すわ》り込《こ》んでいた。ハグリッドは窓《まど》を開けて中から二人に話しかけた。

「中には入れてやれない」

ハグリッドはフウフウ言っている。

「ノーバートは難《むずか》しい時期でな……いや、けっして俺《おれ》の手に負えないほどではないぞ」

チャーリーの手紙の内容《ないよう》を話すと、ハグリッドは目に涙《なみだ》をいっぱいためた――ノーバートがちょうどハグリッドの足にかみついたせいかもしれないが。

「ウワーッ！　いや、俺《おれ》は大丈夫《だいじょうぶ》。ちょいとブーツをかんだだけだ……ジャレてるんだ……だって、まだ赤《あか》ん坊《ぼう》だからな」

その「赤《あか》ん坊《ぼう》」がしっぽで壁《かべ》をバーンとたたき、窓《まど》がガタガタ揺《ゆ》れた。ハリーとハーマイオニーは一刻《いっこく》も早く土曜日が来てほしいと思いながら城《しろ》へ帰っていった。

ハグリッドがノーバートに別れを告げる時がやってきた。ハリーたちは自分の心配で手いっぱいで、ハグリッドを気の毒に思う余裕《よゆう》はなかった。暗く曇《くも》った夜だった。ピーブズが入口のホールで壁《かべ》にボールを打ちつけるテニスをしていたので、終わるまで出られず、二人がハグリッドの小屋に着いたのは予定より少し遅《おそ》い時間だった。

ハグリッドはノーバートを大きな木箱に入れて準備《じゅんび》をすませていた。

「長旅だから、ネズミをたくさん入れといたし、ブランデーも入れといたよ」

ハグリッドの声がくぐもっていた。

「さびしいといけないから、テディベアのぬいぐるみも入れてやった」

箱の中からは何かを引《ひ》き裂《さ》くような物音がした。ハリーにはぬいぐるみのテディベアの頭が引きちぎられる音に聞こえた。

「ノーバート、バイバイだよ」

ハリーとハーマイオニーが透明《とうめい》マントを箱にかぶせ、自分たちもその下に隠《かく》れると、ハグリッドはしゃくり上げた。

「ママちゃんはけっしておまえを忘《わす》れないよ」

どうやって箱を城《しろ》に持ち帰ったやら、二人は覚えていない。入口のホールから大理石の階段《かいだん》を上がり、暗い廊下《ろうか》を渡《わた》り、二人が息を切らしてノーバートを運ぶ間、刻一刻《こくいっこく》と零時《れいじ》が近づいていた。一つ階段《かいだん》を上がるとまた次の階段《かいだん》——ハリーの知っている近道を使っても、作業はあまり楽にはならなかった。

「もうすぐだ！」

一番高い塔《とう》の下の階段《かいだん》にたどり着き、ハリーはハアハアしながら言った。

その時、目の前で何かが突然《とつぜん》動いた。二人はあやうく箱を落としそうになった。自分たちの姿《すがた》が見えなくなっていることも忘《わす》れて、二人は物陰《ものかげ》に小さくなって隠《かく》れた。数メートル先で二人の人間がもみ合っている姿《すがた》がおぼろげに見える。ランプが一瞬《いっしゅん》燃《も》え上《あ》がった。

タータンチェックのガウンを着て頭にヘアネットをかぶったマクゴナガル先生が、マルフォイの耳をつかんでいた。

「罰則《ばっそく》です！」

先生が声を張《は》り上《あ》げた。

「さらに、スリザリンから二十点減点《げんてん》！　こんな真夜中にうろつくなんて、何てことを……」

「先生、誤解《ごかい》です。ハリー・ポッターが来るんです……ドラゴンを連れてるんです！」

「何というくだらないことを！　どうしてそんなうそをつくんですか！　いらっしゃい……マルフォイ。あなたのことでスネイプ先生にお目にかからねば！」

それからあとは、塔《とう》のてっぺんにつながる急ならせん階段《かいだん》さえ世界一楽な道のりに思えた。夜の冷たい外気の中に一歩踏《ふ》み出《だ》し、二人はやっと透明《とうめい》マントを脱《ぬ》いだ。普通《ふつう》に息ができるのがうれしかった。ハーマイオニーは小躍《こおど》りしてはしゃいだ。

「マルフォイが罰則《ばっそく》を受けた！　歌でも歌いたい気分よ！」

「歌わないでね」

ハリーが忠告《ちゅうこく》した。

二人はマルフォイのことでクスクス笑いながらそこで待っていた。ノーバートは箱の中でドタバタ暴《あば》れていた。十分も経《た》ったろうか、四本の箒《ほうき》が闇《やみ》の中から舞《ま》い降《お》りてきた。

チャーリーの友人たちは陽気な仲間だった。四人でドラゴンを牽引《けんいん》できるよう工夫した道具を見せてくれた。六人がかりでノーバートをしっかりとつなぎ止め、ハリーとハーマイオニーは四人と握手《あくしゅ》し、礼を言った。

ついにノーバートは出発した……だんだん遠くなる……遠くなる……遠くなる……見えなくなってしまった。ノーバートが手を離《はな》れ、荷も軽く、心も軽く、二人はらせん階段《かいだん》をすべり下りた。ドラゴンはもういない――マルフォイは罰則《ばっそく》を受ける――こんな幸せに水を差すものがあるだろうか？

その答えは階段《かいだん》の下で待っていた。廊下《ろうか》に足を踏《ふ》み入《い》れたとたん、フィルチの顔が暗闇《くらやみ》の中からヌッと現《あらわ》れた。

「さて、さて、さて」

フィルチがささやくように言った。

「これは困《こま》ったことになりましたねぇ」

二人は透明《とうめい》マントを塔《とう》のてっぺんに忘《わす》れてきてしまっていた。

第十五章　禁《きん》じられた森

最悪の事態《じたい》になった。

フィルチは二人を、二階のマクゴナガル先生の研究室へ連れていった。二人とも一言も話しをせず、そこに座《すわ》って先生を待った。ハーマイオニーは震《ふる》えていた。ハリーの頭の中では、言《い》い訳《わけ》、アリバイ、とんでもないごまかしの作り話が、次から次へと浮《う》かんでは消えた。考えれば考えるほど説得力がないように思えてくる。今度ばかりはどう切《き》り抜《ぬ》けていいかまったくわからなかった。絶体絶命《ぜったいぜつめい》だ。透明《とうめい》マントを忘《わす》れるなんて、なんというドジなんだ。真夜中にベッドを抜《ぬ》け出《だ》してうろうろするなんて、ましてや授業《じゅぎょう》以外では立《た》ち入《い》り禁止《きんし》の一番高い天文台の塔《とう》に登るなんて、たとえどんな理由があってもマクゴナガル先生が許《ゆる》すわけがない。その上ノーバートと透明《とうめい》マントだ。もう荷物をまとめて家に帰る支度《したく》をしたほうがよさそうだ。

最悪の事態《じたい》なら、これ以上悪くはならない？　とんでもない。なんと、マクゴナガル先生はネビルを引き連れて現《あらわ》れたのだ。

「ハリー！」

ネビルは二人を見たとたん、はじかれたようにしゃべった。

「探《さが》してたんだよ。注意しろって教えてあげようと思って。マルフォイが君を捕《つか》まえるって言ってたんだ。あいつ言ってたんだ、君がドラゴ……」

ハリーは激《はげ》しく頭《かぶり》を振《ふ》ってネビルをだまらせたが、マクゴナガル先生に見られてしまった。三人を見下ろす先生の鼻から、ノーバートより激《はげ》しく火が噴《ふ》き出《だ》しそうだ。

「まさか、みなさんがこんなことをするとは、まったく信じられません。ミスター・フィルチは、あなたたちが天文台の塔《とう》にいたと言っています。明け方の一時にですよ。**どういうことなんですか？**」

ハーマイオニーが先生から聞かれた質問《しつもん》に答えられなかったのは、これが初めてだった。まるで銅像《どうぞう》のように身動きひとつせず、スリッパのつま先を見つめている。

「何があったか私《わたくし》にはよくわかっています」

マクゴナガル先生が言った。

「別に天才でなくとも察しはつきます。ドラゴンなんてうそっぱちでマルフォイにいっぱい食わせてベッドから誘《おび》き出《だ》し、問題を起こさせようとしたんでしょう。マルフォイはもう捕《つか》まえました。たぶんあなた方は、ここにいるネビル・ロングボトムが、こんな作り話を本気にしたのが滑稽《こっけい》だと思ってるのでしょう?」

ハリーはネビルの視線《しせん》をとらえ、先生の言ってることとは事情《じじょう》がちがうんだよと目で教えようとした。ネビルはショックを受けてしょげていた。かわいそうなネビル。ヘマばかりして……危険《きけん》を知らせようと、この暗い中で二人を探《さが》したなんて、ネビルにしてみればどんなに大変なことだったか、ハリーにはわかっていた。

「あきれはてたことです」

マクゴナガル先生が話し続けている。

「一晩《ひとばん》に四人もベッドを抜《ぬ》け出《だ》すなんて! こんなことは前代未聞です! ミス・グレンジャー、あなたはもう少し賢《かしこ》いと思っていました。ミスター・ポッター、グリフィンドールはあなたにとって、もっと価値《かち》のあるものではないのですか。三人とも処罰《しょばつ》です……ええ、あなたもですよ、ミスター・ロングボトム。どんな事情《じじょう》があっても、夜に学校を歩き回る権利《けんり》はいっさいありません。とくにこのごろ危険《きけん》なのですから……五〇点。グリフィンドールから減《げん》点《てん》です」

「**五〇点?**」

ハリーは息をのんだ――寮対抗《りょうたいこう》のリードを失ってしまう。せっかくこの前のクィディッチでハリーが獲得《かくとく》したリードを。

「一人五〇点です」マクゴナガル先生はとがった高い鼻から荒々《あらあら》しく息を吐《は》いた。

「先生……、どうかそんなことは……」

「そんな、**ひどい**……」

「ポッター、ひどいかひどくないかは私《わたくし》が決めます。さあ、みんなベッドに戻《もど》りなさい。グリフィンドールの寮生《りょうせい》をこんなに恥《は》ずかしく思ったことはありません」

一五〇点を失ってしまった。グリフィンドールは最下位に落ちた。たった一晩《ひとばん》で、グリフィンドールが寮杯《りょうはい》を取るチャンスをつぶしてしまった。ハリーは鉛《なまり》を飲《の》み込《こ》んだような気分だった。いったいどうやったら挽回《ばんかい》できるんだ？

ハリーは一晩中眠《ひとばんじゅうねむ》れなかった。ネビルが枕《まくら》に顔をうずめて、長い間泣いているのが聞こえた。なぐさめの言葉もなかった。自分と同じように、ネビルも夜が明けるのが恐《おそ》ろしいにちがいない。グリフィンドールのみんなが僕《ぼく》たちのしたことを知ったらどうなるだろう？

翌日《よくじつ》、寮《りょう》の得点を記録している大きな砂時計《すなどけい》のそばを通ったグリフィンドール寮生《りょうせい》は、真っ先に、これは掲示《けいじ》のまちがいだと思った。なんで急に昨日《きのう》より一五〇点も減《へ》っているんだ？　そしてうわさが広がりはじめた。

――ハリー・ポッターが、あの有名なハリー・ポッターが、クィディッチの試合で二回も続けてヒーローになったハリーが、寮《りょう》の点をこんなに減《へ》らしてしまったらしい。何人かのバカな一年生と一緒《いっしょ》に。

学校で最も人気があり、称賛《しょうさん》の的だったハリーは、一夜にして突然《とつぜん》、一番の嫌《きら》われ者になっていた。レイブンクローやハッフルパフでさえ敵《てき》に回った。みんなスリザリンから寮杯《りょうはい》が奪《うば》われるのを楽しみにしていたからだ。どこへ行っても、みんながハリーを指さし、声を低めることもせず、おおっぴらに悪口を言った。一方スリザリン寮生《りょうせい》は、ハリーが通るたびに拍手《はくしゅ》をし、口笛を吹《ふ》き、「ポッター、ありがとうよ。借りができたぜ！」とはやしたてた。

ロンだけが味方だった。

「数週間もすれば、みんな忘《わす》れるよ。フレッドやジョージなんか、ここに入寮《にゅうりょう》してからズーッと点を引かれっぱなしさ。それでもみんなに好かれてるよ」

「だけど一回で一五〇点も引かれたりはしなかったろう？」ハリーはみじめだった。

「ウン……それはそうだけど」ロンも認《みと》めざるを得ない。

ダメージを挽回《ばんかい》するにはもう遅《おそ》すぎたが、ハリーは、もう二度と関係のないことに首を突《つ》っ込《こ》むのはやめようと心に誓《ちか》った。コソコソ余計《よけい》なことをかぎまわるなんてもうたくさんだ。自分のいままでの行動に責任《せきにん》を感じ、ウッドにクィディッチ・チームを辞めさせてほしいと申し出た。

「**辞める？**」ウッドの雷《かみなり》が落ちた。

「それが何になる？　クィディッチで勝たなければ、どうやって寮《りょう》の点を取《と》り戻《もど》せるんだ？」

しかし、もうクィディッチでさえ楽しくはなかった。練習中、ほかの選手はハリーに話しかけようともしなかったし、どうしてもハリーと話をしなければならないときでも「シーカー」とし か呼《よ》ばなかった。

ハーマイオニーとネビルも苦しんでいた。ただ、二人は有名ではなかったおかげでハリーほどつらい目にはあわなかった。それでも誰《だれ》も二人に話しかけようとはしなかった。ハーマイオニーは教室でみんなの注目を引くのをやめ、うつむいたまま黙々《もくもく》と勉強していた。

ハリーには試験の日が近づいていることがかえってうれしかった。試験勉強に没頭《ぼっとう》することで、少しはみじめさを忘《わす》れることができた。ハリー、ロン、ハーマイオニーは三人とも、ほかの寮生《りょうせい》と離《はな》れて、夜遅《おそ》くまで勉強した。複雑《ふくざつ》な薬の調合を覚えたり、妖精《ようせい》の魔法《まほう》や呪《のろ》いの呪文《じゅもん》を暗記したり、魔法界《まほうかい》の発見や小鬼《ゴブリン》の反乱《はんらん》の年号を覚えたり……。

試験を一週間後に控《ひか》えたある日、関係のないことにはもう絶対《ぜったい》首を突《つ》っ込《こ》まない、というハリーの決心が試される事件《じけん》が突然《とつぜん》持ち上がった。その日の午後、図書館から帰る途中《とちゅう》、教室から誰《だれ》かのめそめそ声が聞こえてきた。近寄《ちかよ》ってみるとクィレルの声だった。

「だめです……だめ……もうどうぞお許《ゆる》しを……」

誰《だれ》かに脅《おど》されているようだった。ハリーはさらに近づいてみた。

「わかりました……わかりましたよ……」

クィレルのすすり泣くような声が聞こえる。

次の瞬間《しゅんかん》、クィレルが曲がったターバンを直しながら、教室から急ぎ足で出てきた。蒼白《そうはく》な顔をして、いまにも泣きだしそうだ。足早に行ってしまったので、ハリーにはまるで気づかなかったようだ。

クィレルの足音が聞こえなくなるのを待って、ハリーは教室をのぞいた。誰《だれ》もいない。だが、反対側のドアが少し開いたままになっていた。ドアに向かって半分ほど進んだところで、ハリーは、関わり合いにならないという決心を思い出した。

わざわざ追わなくともわかっている。たったいまこのドアから出ていったのはスネイプにちがいない。「賢者《けんじゃ》の石」を一ダース賭《か》けたっていい。いま聞いたことを考えると、きっとスネイプはうきうきした足取りで歩いていることだろう……クィレルをとうとう降参《こうさん》させたのだから。

ハリーは図書館に戻《もど》った。ハーマイオニーがロンに天文学のテストをしていた。ハリーはいま見聞きした出来事《できごと》をすべて二人に話した。

「それじゃ、スネイプはついにやったんだ！　クィレルが『闇《やみ》の魔術《まじゅつ》に対する防衛術《ぼうえいじゅつ》』を破《やぶ》る方法を教えたとすれば……」

「でもまだフラッフィーがいるわ」

「もしかしたら、スネイプはハグリッドに聞かなくてもフラッフィーを突破《とっぱ》する方法を見つけたかもしれないな」

周りにある何千冊《さつ》という本を見上げながら、ロンが言った。

「これだけありゃ、どっかに三頭犬《さんとうけん》を突破《とっぱ》する方法だって書いてあるよ。どうする？　ハリー」

ロンの目には冒険心《ぼうけんしん》が再《ふたた》び燃《も》え上《あ》がっていた。しかし、ハリーよりもすばやく、ハーマイオニーが答えた。

「ダンブルドアの所へ行くのよ。私《わたし》たち、ズーッと前からそうしなくちゃいけなかったんだわ。自分たちだけでなんとかしようとしたら、今度こそ退学《たいがく》になるわよ」

「だけど、僕《ぼく》たちには証拠《しょうこ》は**何にも**ないんだ！」ハリーが言った。「クィレルは怖気《おじけ》づいて、僕《ぼく》たちを助けてはくれない。スネイプは、ハロウィーンのときトロールがどうやって入ってきたのか知らないって言《い》い張《は》るだろうし、あの時四階になんて行かなかったってスネイプが言えば、それでおしまいさ……みんなどっちの言うことを信じると思う？　僕《ぼく》たちがスネイプを嫌《きら》ってるってことは誰《だれ》だって知っているし、ダンブルドアだって、僕《ぼく》たちがスネイプをクビにするために作り話をしてると思うだろう。フィルチはどんなことがあっても、僕《ぼく》たちを助けたりしないよ。スネイプとべったりの仲だし、生徒が追い出されて少なくなればなるほどいいって思っているんだから。もう一つおまけに、僕《ぼく》たちは石のこともフラッフィーのことも知らないはずなんだ。これは説明しようがないだろう」

ハーマイオニーは納得《なっとく》した様子だったが、ロンはねばった。

「ちょっとだけ探《さぐ》りを入れてみたらどうかな……」

「だめだ。僕《ぼく》たち、もう充分《じゅうぶん》、探《さぐ》りを入れ過《す》ぎてる」

ハリーはきっぱりとそう言いきると、木星の星図を引《ひ》き寄《よ》せ、木星の月の名前を覚えはじめた。

翌朝《よくあさ》、朝食のテーブルに、ハリー、ハーマイオニー、ネビル宛《あて》の三通の手紙が届《とど》いた。全員同じことが書いてあった。

処罰《しょばつ》は今夜十一時に行います。
玄関《げんかん》ホールでミスター・フィルチが待っています。
マクゴナガル教授《きょうじゅ》

減点《げんてん》のことで大騒《おおさわ》ぎだったので、そのほかにも処罰《しょばつ》があることをハリーはすっかり忘《わす》れていた。ハーマイオニーが一晩《ひとばん》分の勉強を損《そん》するとブツブツ言うのではないかと思ったが、彼女《かのじょ》は文句《もんく》一つ言わなかった。ハリーと同じようにハーマイオニーも、自分たちは処罰《しょばつ》を受けても当然のことをしたと思っていた。

夜十一時、二人は談話室でロンに別れを告げ、ネビルと一緒《いっしょ》に玄関《げんかん》ホールへ向かった。フィルチはもう来ていた――そしてマルフォイも。マルフォイも処罰《しょばつ》を受けることを、ハリーはすっかり忘《わす》れていた。

「ついて来い」

フィルチはランプを灯し、先に外に出た。

「規則《きそく》を破《やぶ》る前に、よーく考えるようになったろうねぇ。どうかね？」

フィルチは意地の悪い目つきでみんなを見た。

「ああ、そうだとも……私《わたし》に言わせりゃ、しごいて、痛《いた》い目を見せるのが一番の薬だよ――昔のような体罰《たいばつ》がなくなって、まったく残念だ……手首をくくって天井《てんじょう》から数日吊《つ》るしたもんだ。いまでも私《わたし》の事務所《じむしょ》に鎖《くさり》は取ってあるがね……万一必要になったときに備《そな》えてピカピカに磨《みが》いてあるよ――よし、出かけるとするか。逃《に》げようなんて考えるんじゃないぞ。そんなことしたらもっとひどいことになるからねぇ」

真っ暗な校庭を横切って一行は歩いた。ネビルはずっとめそめそしていた。罰《ばつ》っていったい何だろう、とハリーは思いを巡《めぐ》らせた。きっと、ひどく恐《おそ》ろしいものにちがいない。でなければフィルチがあんなにうれしそうにしているはずがない。

月は晃々《こうこう》と明るかったが、時折サッと雲がかかり、あたりを闇《やみ》にした。行く手に、ハリーはハグリッドの小屋の窓《まど》の明かりを見た。遠くから大声が聞こえた。

「フィルチか？　急いでくれ。俺《おれ》はもう出発したい」

ハリーの心は踊《おど》った。ハグリッドと一緒《いっしょ》なら、そんなに悪くはないだろう。ホッとした気持ちが顔に出たにちがいない。フィルチがたちまちそれを読んだ。

「あの木偶《でく》の坊《ぼう》と一緒《いっしょ》に楽しもうと思っているんだろうねぇ？　坊《ぼう》や、もう一度よく考えたほうがいいねぇ……おまえたちがこれから行くのは、森の中だ。もし全員無傷《むきず》で戻《もど》ってきたら私《わたし》の見込《みこ》みちがいだがね」

とたんにネビルは低いうめき声を上げ、マルフォイもその場でぴたっと動かなくなった。

「森だって？　そんなところに夜行けないよ……それこそいろんなのがいるんだろう……狼《おおかみ》男《おとこ》だとか、そう聞いてるけど」マルフォイの声はいつもの冷静さを失っていた。

ネビルはハリーのローブのそでをしっかり握《にぎ》り、ヒィーッと息を詰《つ》まらせた。

「そんなことはいまさら言っても仕方がないねぇ」

フィルチの声がうれしさのあまり上ずっている。

「狼男《おおかみおとこ》のことは、問題を起こす前に考えとくべきだったねぇ？」

ハグリッドがファングをすぐ後ろに従《したが》えて暗闇《くらやみ》の中から大股《おおまた》で現《あらわ》れた。大きな石弓を持ち、肩《かた》に矢筒《やづつ》を背負《せお》っている。

「遅《おそ》いな。俺《おれ》はもう三十分くらいも待ったぞ。ハリー、ハーマイオニー、大丈夫《だいじょうぶ》か？」

「こいつらは罰《ばつ》を受けに来たんだ。あんまり仲良くするわけにはいきませんよねぇ、ハグリッド」フィルチが冷たく言った。

「それで遅《おそ》くなったと、そう言うのか？」ハグリッドはフィルチをにらみつけた。「説教をたれてたんだろう。え？ 説教するのはおまえの役目じゃなかろうが。おまえの役目はもう終わりだ。ここからは俺《おれ》が引き受ける」

「夜明けに戻《もど》ってくるよ。こいつらの体の残ってる部分だけ引き取りにくるさ」

フィルチはいやみたっぷりにそう言うと、城《しろ》に帰っていった。ランプが暗闇《くらやみ》にゆらゆらと消えていった。今度はマルフォイがハグリッドに向かって言った。

「僕《ぼく》は森には行かない」

声が恐怖《きょうふ》におののいているのがわかるので、ハリーはいい気味だと思った。

「ホグワーツに残りたいなら行かねばならん」ハグリッドが厳《きび》しく言い返した。「悪いことをしたんだから、そのつぐないをせにゃならん」

「でも、森に行くのは召使《めしつか》いがすることだよ。生徒にさせることじゃない。同じ文章を何百回も書き取りするとか、そういう罰《ばつ》だと思っていた。もし僕《ぼく》がこんなことをするって父上が知ったら、きっと……」

「きっと、これがホグワーツの流儀《りゅうぎ》だって、そう言いきかせるだろうよ」

ハグリッドがうなるように言った。

「書き取りだって？　へっ！　それが何の役に立つ？　役に立つことをしろ、さもなきゃ退学《たいがく》しろ。おまえの父さんが、おまえが追い出されたほうがましだって言うんなら、さっさと城《しろ》に戻《もど》って荷物をまとめろ！　さあ行け！」

マルフォイは動かなかった。ハグリッドをにらみつけていたが、やがて視線《しせん》を落とした。

「よーし、それじゃ、よーく聞いてくれ。なんせ、俺《おれ》たちが今夜やろうとしていることは危険《きけん》なんだ。みんな軽はずみなことはしちゃいかん。しばらくは俺《おれ》について来てくれ」

ハグリッドが先頭に立って、森のはずれまでやってきた。ランプを高く掲《かか》げ、ハグリッドは、暗く生《お》い茂《しげ》った木々の奥《おく》へと消えていく、細い曲がりくねった獣道《けものみち》を指さした。森の中をのぞき込《こ》むと一陣《いちじん》の風がみんなの髪《かみ》を逆立《さかだ》てた。

「あそこを見ろ。地面に光ったものが見えるか？　銀色のものが見えるか？　ユニコーンの血だ。何ものかにひどく傷《きず》つけられたユニコーンが一頭、この森の中にいる。今週になって二回目だ。水曜日に最初の死骸《しがい》を見つけた。みんなでかわいそうなやつを見つけだすんだ。助からないんなら、苦しまんようにしてやらねばならん」

「ユニコーンを襲《おそ》ったやつが、先に僕《ぼく》たちを見つけたらどうするんだい？」

マルフォイは恐怖《きょうふ》を隠《かく》しきれない声で聞いた。

「俺《おれ》やファングと一緒《いっしょ》におれば、この森にすむものは誰《だれ》もおまえたちを傷《きず》つけはせん。道をそれるなよ。よーし、では二組に分かれて別々の道を行こう。そこらじゅう血だらけだ。ユニコーンは少なくとも昨日《きのう》の夜からのたうちまわってるんだろうて」

「僕《ぼく》はファングと一緒《いっしょ》がいい」ファングの長い牙《きば》を見て、マルフォイが急いで言った。

「よかろう。断《ことわ》っとくが、そいつは臆病《おくびょう》だぞ。そんじゃ、ハリーとハーマイオニーは俺《おれ》と一緒《いっしょ》に行こう。ドラコとネビルはファングと一緒《いっしょ》に別の道だ。もしユニコーンを見つけたら緑の光を打ち上げる、ええか？　杖《つえ》を出して練習しよう――それでよし――もし困《こま》ったことが起きたら、赤い光を打ち上げろ。みんなで助けに行く――そんじゃ、気をつけろよ――出発だ」

森は真っ暗でシーンとしていた。少し歩くと道が二手に分かれていた。ハグリッドたちは左の道を、ファングの組は右の道を取った。

三人は無言で足元だけを見ながら歩いた。ときどき枝《えだ》のすきまからもれる月明かりが、落葉の上に点々と滴《したた》ったシルバーブルーの血痕《けっこん》を照らし出した。

ハリーはハグリッドの深刻《しんこく》な顔に気づいた。

「狼男《おおかみおとこ》がユニコーンを殺すなんてこと、**ありうるの？**」とハリーは聞いてみた。

「あいつらはそんなにすばやくねえ。ユニコーンを捕《つか》まえるのはたやすいこっちゃねえ。強い魔力《まりょく》を持った生き物だからな。ユニコーンがけがしたなんてこたぁ、俺《おれ》はいままで聞いたことがねえな」

苔《こけ》むした切株《きりかぶ》を通《とお》り過《す》ぎるとき、ハリーは水の音を聞いた。どこか近くに川があるらしい。曲がりくねった小道には、まだあちこちにユニコーンの血が落ちていた。

「そっちは大丈夫《だいじょうぶ》か？　ハーマイオニー」ハグリッドがささやいた。

「心配するな。このひどいけがじゃそんなに遠くまでは行けねえはずだ。もうすぐ……**その木の陰《かげ》に隠《かく》れろ！**」

ハグリッドはハリーとハーマイオニーをひっつかみ、樫《かし》の巨木《きょぼく》の陰《かげ》に放《ほう》り込《こ》んだ。矢を引き出して弓につがえ、持ち上げてかまえ、いつでも矢を放てるようにした。三人は耳を澄《す》ました。何かが、すぐそばの枯葉《かれは》の上をするするすべっていく。マントが地面を引きずるような音だった。ハグリッドが目を細めて暗い道をじっと見ていたが、数秒後に音は徐々《じょじょ》に消えていった。

「思ったとおりだ」ハグリッドがつぶやいた。「ここにいるべきでない何かだ」

「狼男《おおかみおとこ》？」

「いーや、狼男《おおかみおとこ》じゃねえしユニコーンでもねえ」ハグリッドは険《けわ》しい顔をした。

「よーし、俺《おれ》について来い。気をつけてな」

三人は前よりもさらにゆっくりと、どんな小さな音も聞《き》き逃《のが》すまいと聞き耳を立てて進んだ。突然《とつぜん》、前方の開けた場所で、確《たし》かに何かが動いた。

「そこにいるのは誰《だれ》だ？　姿《すがた》を現《あらわ》せ……こっちには武器《ぶき》があるぞ！」

ハグリッドが声を張《は》り上《あ》げた。開けた空き地に現《あらわ》れたのは……人間、いや、それとも馬？　腰《こし》から上は赤い髪《かみ》に赤いひげの人の姿《すがた》。そして腰《こし》から下はつやつやとした栗毛《くりげ》に赤味がかった長い尾《お》をつけた馬。ハリーとハーマイオニーは口をポカンと開けたままだった。

「ああ、おまえさんか、ロナン」

ハグリッドがホッとしたように言った。

「元気かね？」

ハグリッドはケンタウルスに近づき握手《あくしゅ》した。

「こんばんは、ハグリッド」

ロナンの声は深く、悲しげだった。

「私《わたし》を撃《う》とうとしたんですか？」

「ロナン、用心にこしたことはない」

石弓を軽くたたきながらハグリッドが言った。

「何か悪いもんがこの森をうろついとるんでな。ところで、ここの二人はハリー・ポッターとハーマイオニー・グレンジャーだ。学校の生徒でな。お二人さん、こちらはロナンだよ。ケンタウルスだ」

「気がついていたわ」ハーマイオニーが消え入るような声で言った。

「こんばんは。生徒さんだね？　学校ではたくさん勉強してるかね？」

「えーと……」

「少しは」ハーマイオニーがおずおずと答えた。

「少し。そう。それはよかった」

ロナンはフーッとため息をつき、首をブルルッと振《ふ》って空を見上げた。

「今夜は火星がとても明るい」

「ああ」

ハグリッドもちらりと空を見上げた。

「なあ、ロナンよ。おまえさんに会えてよかった。ユニコーンが、しかもけがをしたやつがおるんだ……何か見かけんかったか？」

ロナンはすぐには返事をしなかった。瞬《まばた》きもせず空を見つめ、ロナンは再《ふたた》びため息をついた。

「いつでも罪《つみ》もない者が真っ先に犠牲《ぎせい》になる。大昔からずっとそうだった。そしていまもなお……」

「ああ。だがロナン、何か見んかったか？　いつもとちがう何かを？」ハグリッドがもう一度聞いた。

「今夜は火星が明るい」

もどかしそうなハグリッドに、ロナンは同じことをくり返した。

「いつもとちがう明るさだ」

「ああ、だが俺《おれ》が聞きたいのは火星より、もうちょいと自分に近いほうのことなんだが。そうか、おまえさんは奇妙《きみょう》なものは何も気づかなかったんだな？」

またしてもロナンはしばらく答えなかったが、ついにこう言った。

「森は多くの秘密《ひみつ》を覆《おお》い隠《かく》す」

ロナンの後ろの木立の中で何かが動いた。ハグリッドはまた弓をかまえた。だがそれは別のケンタウルスだった。真っ黒な髪《かみ》と胴体《どうたい》でロナンより荒々《あらあら》しい感じがした。

「やあ、ベイン。元気かね？」とハグリッドが声をかけた。

「こんばんは。ハグリッド、あなたも元気ですか？」

「ああ、元気だ。なあ、ロナンにもいま聞いたんだが、最近この辺で何かおかしなものを見んかったか？　実はユニコーンが傷《きず》つけられてな……おまえさん何か知らんかい？」

ベインはロナンのそばまで歩いていき、隣《となり》に立って空を見上げた。

「今夜は火星が明るい」ベインはそれだけ言った。

「もうそれは聞いた」ハグリッドは不機嫌《ふきげん》だった。

「さーて、もしお二人さんのどっちかでも何か気がついたら俺《おれ》に知らせてくれ、頼《たの》む。さあ、俺《おれ》たちは行こうか」

ハリーとハーマイオニーはハグリッドのあとについてそこから離《はな》れた。二人は肩越《かたご》しに何度も振《ふ》り返《かえ》り、木立が邪魔《じゃま》して見えなくなるまで、ロナンとベインをしげしげと見つめていた。

「ただの一度も――」ハグリッドはいらいらして言った。

「ケンタウルスからはっきりした答えをもらったためしがねえ。いまいましい夢想家《むそうか》よ。星ばっかり眺《なが》めて、月より近くのものには何の興味《きょうみ》も持っとらん」

「森にはあの人たちみたいなケンタウルスがたくさんいるの？」とハーマイオニーが尋《たず》ねた。

「ああ、まあまあだな……たいていやっこさんたちはあんまりほかのやつとは接《せっ》することがない。だが俺《おれ》が話したいときは、ちゃんと現《あらわ》れるという親切さはある。言っとくが、連中は深い。ケンタウルスはな……いろんなことを知っとるが……あまり教えちゃくれん」

「さっき聞いた音、ケンタウルスだったのかな？」ハリーが聞いた。

「あれがひづめの音に聞こえたか？　いーや、俺《おれ》にはわかる。ユニコーンたちを殺したやつの物音だ……あんな音はいままで聞いたことがねえ」

三人は深く真っ暗な茂《しげ》みの中を進んだ。ハリーは神経質《しんけいしつ》に何度も後ろを振《ふ》り返《かえ》った。なんとなく見張《みは》られているようないやな感じがするのだ。ハグリッドが一緒《いっしょ》だし、おまけに石弓もあるから大丈夫《だいじょうぶ》、とハリーは思った。ちょうど角を曲がったとき、ハーマイオニーがハグリッドの腕《うで》をつかんだ。

「ハグリッド！　見て、赤い火花よ。ネビルたちに何かあったんだわ！」

「二人ともここで待ってろ。この小道からそれるなよ。すぐ戻《もど》ってくるからな」

ハグリッドが下草をバッサバッサとなぎ倒《たお》し、ガサゴソと遠のいていく音を聞きながら、二人は顔を見合わせていた。怖《こわ》かった。とうとう、二人の周りの木の葉がカサコソと擦《す》れ合《あ》う音しか聞こえなくなった。

「あの人たち、けがしたりしてないわよね？」ハーマイオニーがささやく。

「マルフォイがどうなったってかまわないけど、ネビルに何かあったら……もともとネビルは僕《ぼく》たちのせいでここに来ることになってしまったんだから」

何分経《た》ったろう。時間が長く感じられる。聴覚《ちょうかく》がいつもより研《と》ぎ澄《す》まされているようだ。ハリーにはどんな風のそよぎも、どんな細い小枝《こえだ》の折れる音も聞こえるような気がした。何があったんだろう？　向こうの組はどこにいるんだろう？　やがてバキバキという大きな音を先ぶれにして、ハグリッドが戻《もど》ってきた。マルフォイ、ネビル、ファングを引き連れている。ハグリッドはカンカンに怒《おこ》っている。どうやらマルフォイが、こっそりネビルの後ろに回ってつかみかかるという悪ふざけをしたらしい。ネビルがパニックに陥《おちい》って火花を打ち上げたのだ。

「おまえたち二人がばか騒《さわ》ぎしてくれたおかげで、もう捕《つか》まるものも捕《つか》まらんかもしれん。よーし、組分けを変えよう……ネビル、俺《おれ》と来るんだ。ハーマイオニーも。ハリーはファングとこの愚《おろ》かもんと一緒《いっしょ》だ」

ハグリッドはハリーだけにこっそり耳打ちした。

「すまんな。おまえさんならこやつもそう簡単《かんたん》には脅《おど》せまい。とにかく仕事をやりおおせてしまわんとな」

ハリーはマルフォイ、ファングと一緒《いっしょ》にさらに森の奥《おく》へと向かった。三十分も歩いただろうか、奥《おく》に進むにつれて木立がびっしりと生《お》い茂《しげ》り、もはや道をたどるのは無理になった。ハリーには血の滴《したた》りも濃《こ》くなっているように思えた。木の根元に大量の血が飛び散っている。傷《きず》ついた哀《あわ》れな生き物がこの辺りで苦しみ、のた打ちまわったのだろう。樹齢《じゅれい》何千年の樫《かし》の古木の枝《えだ》がからみ合うそのむこうに、開けた平地が見えた。

「見て……」ハリーは腕《うで》を伸《の》ばしてマルフォイを制止《せいし》しながらつぶやいた。

地面に純白《じゅんぱく》に光り輝《かがや》くものがあった。二人はさらに近づいた。

まさにユニコーンだった。死んでいた。ハリーはこんなに美しく、こんなに悲しいものを見たことがなかった。

その長くしなやかな脚《あし》は、倒《たお》れたその場でバラリと投げ出され、その真珠《しんじゅ》色に輝《かがや》くたてがみは暗い落葉の上に広がっている。

ハリーが一歩踏《ふ》み出《だ》したその時、ずるずるすべるような音がした。ハリーの足はその場で凍《こお》りついた。平地の端《はし》が揺《ゆ》れた……そして、暗がりの中から、頭をフードにすっぽり包んだ何かが、まるで獲物《えもの》をあさる獣《けもの》のように地面をはってきた。ハリー、マルフォイ、ファングは金縛《かなしば》りにあったように立ちすくんだ。マントを着たその影《かげ》はユニコーンに近づき、かたわらに身をかがめて傷口《きずぐち》からその血を飲みはじめたのだ。

「ぎゃあああアアア！」

マルフォイが絶叫《ぜっきょう》して逃《に》げ出《だ》した……ファングも……。フードに包まれた影《かげ》が頭を上げ、ハリーを真正面から見た——ユニコーンの血がフードに隠《かく》れた顔から滴《したた》り落ちた。その影《かげ》は立ち上がり、ハリーに向かってするすると近寄《ちかよ》ってくる――ハリーは恐《おそ》ろしさのあまり動けなかった。

その瞬間《しゅんかん》、いままで感じたことのないほどの激痛《げきつう》がハリーの頭を貫《つらぬ》いた。額《ひたい》の傷痕《きずあと》が燃《も》えるようだった――目がくらみ、ハリーはよろよろと倒《たお》れかかった。背後《はいご》からひづめの音が聞こえてきた。早足でかけてくる。ハリーの真上を何かがひらりと飛《と》び越《こ》え、影《かげ》に向かって突進《とっしん》した。

激痛《げきつう》のあまりハリーはひざをついた。一分、いや二分も経《た》っただろうか。ハリーが顔を上げると、もう影《かげ》は消えていた。ケンタウルスだけがハリーを覆《おお》うように立っていた。ロナンともベインともちがう。もっと若《わか》く、明るい金髪《きんぱつ》に胴《どう》はプラチナブロンド、淡《あわ》い金茶色のパロミノのケンタウルスだった。

「けがはないかい？」ハリーを引《ひ》っ張《ぱ》り上げて立たせながらケンタウルスが声をかけた。

「ええ……、ありがとう……。あれは**何だった**のですか？」

ケンタウルスは答えない。信じられないほど青い目、まるで淡《あわ》いサファイアのようだ。その目がハリーを観察している。そして額《ひたい》の傷《きず》にじっと注がれた。傷痕《きずあと》は額《ひたい》にきわだって青く刻《きざ》まれていた。

「君があのポッターなんだね。早くハグリッドの所に戻《もど》ったほうがいい。いま、森は安全じゃない……とくに君にはね。私《わたし》に乗れるかな？　そのほうが早いから」

「私《わたし》の名はフィレンツェだ」

前脚《まえあし》を曲げ身体を低くしてハリーが乗りやすいようにしながらケンタウルスが名のった。

その時突然《とつぜん》、平地の反対側から疾走《しっそう》するひづめの音が聞こえてきた。木の茂《しげ》みを破《やぶ》るように、ロナンとベインが現《あらわ》れた。脇腹《わきばら》がフウフウと波打ち、汗《あせ》で光っている。

「フィレンツェ！」ベインがどなった。

「なんということを……人間を背中《せなか》に乗せるなど恥《は》ずかしくないのか？　君はただのロバなのか？」

「この子が誰《だれ》だかわかってるのですか？　あのポッターなのですよ。この子は一刻《いっこく》も早くこの森を離《はな》れるほうがいい」とフィレンツェが言った。

「君はこの子に何を話していたのだ？　フィレンツェ、忘《わす》れてはいけない。我々《われわれ》は天に逆《さか》らわないと誓《ちか》った。惑星《わくせい》の動きから、何が起こるかを読み取ったはずではないかね」ベインがうなるように言った。

「私《わたし》はフィレンツェが最善《さいぜん》と思うことをしているんだと信じています」

ロナンは落ち着かない様子で、ひづめで地面をかきながら、例のくぐもった声で言った。

「最善《さいぜん》！　それが我々《われわれ》と何の関わりがあると言うのかね？　ケンタウルスは予言されたことにだけ関心を持てばそれでよい！　森の中でさまよう人間を追いかけてロバのように走り回るの

が我々《われわれ》のすることだろうか！」

ベインは怒《おこ》って後脚《あとあし》を蹴《け》り上げた。

フィレンツェも怒《おこ》り、急に後脚《あとあし》で立ちあがったので、ハリーは振《ふ》り落《お》とされないように必死に彼《かれ》の肩《かた》につかまった。

「あのユニコーンを見なかったのですか？」フィレンツェはベインに向かって声を荒《あら》らげた。「なぜ殺されたのか、あなたにはわからないのですか？惑星《わくせい》がその秘密《ひみつ》を教えてはいないのですか？ベイン、私《わたし》はこの森に忍《しの》び寄《よ》るものに立ち向かう。そう、必要とあらば人間とも手を組みます」

フィレンツェがさっと向きを変え、ハリーは必死でその背《せ》にしがみついた。二人はロナンとベインをあとに残し、木立の中に飛《と》び込《こ》んだ。

何が起こっているのかハリーにはまったく見当がつかなかった。

「どうしてベインはあんなに怒《おこ》っていたの？　あなたはいったい何から僕《ぼく》を救ってくれたのですか？」

フィレンツェはスピードを落とし、並足《なみあし》になった。低い枝《えだ》にぶつからないよう頭を低くしているように注意はしてくれたが、ハリーの質問《しつもん》には答えなかった。二人はだまったまま木立の中を進んだ。長いこと沈黙《ちんもく》が続いたので、フィレンツェはもう口をききたくないのだろうとハリーは考えた。ところが、ひときわ木の生《お》い茂《しげ》った場所を通る途中《とちゅう》、フィレンツェが突然《とつぜん》立ち止まった。

「ハリー・ポッター、ユニコーンの血が何に使われるか知っていますか?」

「ううん」ハリーは突然《とつぜん》の質問《しつもん》に驚《おどろ》いた。「角とか尾《お》の毛とかを『魔法薬《まほうやく》』の時間に使ったきりです」

「それはね、ユニコーンを殺すなんて非情《ひじょう》きわまりないことだからなのです。失うものは何もなく、しかも殺すことで自分の利益《りえき》になる者だけが、そのような罪《つみ》を犯《おか》す。ユニコーンの血は、たとえ死の淵《ふち》にいるときでも命を長らえさせてくれる。でも恐《おそ》ろしい代償《だいしょう》を払《はら》わなければならない。自らの命を救うために、純粋《じゅんすい》で無防備《むぼうび》な生き物を殺害するのだから、得られる命は完全な命ではない。その血に唇《くちびる》が触《ふ》れた瞬間《しゅんかん》から、その者は呪《のろ》われた命を生きる、生きながらの死の命なのです」

フィレンツェの髪《かみ》は月明かりで銀色の濃淡《のうたん》をつくり出していた。ハリーはその髪《かみ》を後ろから見つめた。

「いったい誰《だれ》がそんなに必死に?」ハリーは考えながら話した。「永遠《えいえん》に呪《のろ》われるんだったら、死んだほうがましだと思うけど。ちがいますか?」

「そのとおり。しかし、ほかの何かを飲むまでの間だけ生き長らえればよいとしたら——完全な力と強さを取《と》り戻《もど》してくれる何か——けっして死ぬことがなくなる何か。ポッター君、いまこの瞬間《しゅんかん》に、学校に何が隠《かく》されているか知っていますか？」

「『賢者《けんじゃ》の石』——そうか——命の水だ！　だけどいったい誰《だれ》が……」

「力を取《と》り戻《もど》すために長い間待っていたのが誰《だれ》なのか、思い浮《う》かばないですか？　命にしがみついて、チャンスをうかがってきたのは誰《だれ》なのか？」

ハリーは鉄の手で突然心臓《とつぜんしんぞう》をわしづかみにされたような気がした。木々のざわめきの中から、ハグリッドに初めて会ったあの夜に聞いた言葉がよみがえってきた。

——あやつが死んだという者もいる。俺《おれ》に言わせりゃ、くそくらえだ。やつに人間らしさのかけらでも残っていれば死ぬこともあろうさ——

「それじゃ……」ハリーの声がしわがれた。「僕《ぼく》が、いま見たのはヴォル……」

「ハリー！　**ハリー**、あなた大丈夫《だいじょうぶ》？」

ハーマイオニーが道のむこうからかけてきた。ハグリッドもハアハア言いながらその後ろを走ってくる。

「僕《ぼく》は大丈夫《だいじょうぶ》だよ」

ハリーは自分が何を言っているのかほとんどわからなかった。

「ハグリッド、ユニコーンが死んでる。森の奥《おく》の開けたところにいたよ」

「ここで別れましょう。君はもう安全だ」

ハグリッドがユニコーンを確《たし》かめに急いで戻《もど》っていくのを見ながら、フィレンツェがつぶやいた。

「ハリーはフィレンツェの背中《せなか》からすべり降《お》りた。

「幸運を祈《いの》りますよ、ハリー・ポッター。ケンタウルスでさえも惑星《わくせい》の読みをまちがえたことがある。今回もそうなりますように」

フィレンツェは森の奥《おく》深くへゆるやかに走り去った。ブルブル震《ふる》えているハリーを残して……。

みなの帰りを待っているうちに、ロンは真っ暗になった談話室で眠《ねむ》り込《こ》んでしまった。ハリーが乱暴《らんぼう》に揺《ゆ》り動《うご》かして起こそうとしたとき、クィディッチだのファウルだのと寝言《ねごと》を叫《さけ》んだ。しかし、ハリーがハーマイオニーとロンに、森での出来事《できごと》を話すうちに、ロンはすっかり目を覚ますことになった。

ハリーは座《すわ》っていられなかった。まだ震《ふる》えが止まらず、暖炉《だんろ》の前を往《い》ったり来たりした。

「スネイプはヴォルデモートのために あの石が欲《ほ》しかったんだ……ヴォルデモートは森の中で待っているんだ……僕《ぼく》たち、いままでずっと、スネイプはお金のためにあの石が欲《ほ》しいんだと思っていた……」

「その名前を言うのはやめてくれ！」

ロンはヴォルデモートに聞かれるのを恐《おそ》れるかのように、こわごわささやいた。

ハリーの耳には入らない。

「フィレンツェは僕《ぼく》を助けてくれた。だけどそれはいけないことだったんだ……ベインがものすごく怒《おこ》っていた……惑星《わくせい》が起こるべきことを予言しているのに、それに干渉《かんしょう》するなって言ってた……惑星《わくせい》はヴォルデモートが戻《もど》ってくると予言しているんだ……ヴォルデモートが僕《ぼく》を殺すなら、それをフィレンツェが止めるのはいけないって、ベインはそう思ったんだ……僕《ぼく》が殺されることも星が予言してたんだ」

「**頼《たの》むからその名前を言わないで！**」ロンがシーッという口調で頼《たの》んだ。

「だから、僕《ぼく》はスネイプが石を盗《ぬす》むのをただ待ってればいいんだ」

ハリーは熱に浮《う》かされたように話し続けた。

「そしたらヴォルデモートがやってきて僕《ぼく》の息の根を止める……そう、それでベインは満足するだろう」

ハーマイオニーも怖《こわ》がっていたが、ハリーをなぐさめる言葉をかけた。

「ハリー、ダンブルドアは『あの人』が唯一《ゆいいつ》恐《おそ》れている人だって、みんなが言ってるじゃない。ダンブルドアがそばにいるかぎり、『あの人』はあなたに指一本触《ふ》れることはできないわ。それに、ケンタウルスが正しいなんて誰《だれ》が言った？　私《わたし》には占《うらな》いみたいなものに思えるわ。マクゴナガル先生がおっしゃったでしょう。占《うらな》いは魔法《まほう》の中でも、とっても不正確《ふせいかく》な分野だって」

話《はな》し込《こ》んでいるうちに、空が白みはじめていた。ベッドに入ったときには三人ともくたくたで、話し過《す》ぎてのどがヒリヒリした。だがその夜の驚《おどろ》きはまだ終わってはいなかった。

ハリーがシーツをめくると、そこにはきちんとたたまれた透明《とうめい》マントが置いてあった。小さなメモがピンで止めてある。

「必要な時のために」

第十六章　仕《し》掛《か》けられた罠《わな》

ヴォルデモートがいまにもドアを破《やぶ》って襲《おそ》ってくるかもしれない、そんな恐怖《きょうふ》の中で、いったいどうやって試験を終えることができたのだろう。これから先何年かが過《す》ぎてもハリーはこの時期のことを正確《せいかく》には思い出せないにちがいない。いつのまにかじわじわと数日が過《す》ぎていた。フラッフィーはまちがいなくまだ生きていて、鍵《かぎ》のかかったドアのむこうで踏《ふ》んばっていた。

うだるような暑さの中、筆記試験の大教室はことさら暑かった。試験用に、カンニング防止《ぼうし》の魔法《まほう》がかけられた特別な羽根ペンが配られた。

実技《じつぎ》試験もあった。フリットウィック先生は、生徒を一人ずつ教室に呼《よ》び入《い》れ、パイナップルを机《つくえ》の端《はし》から端《はし》までタップダンスさせられるかどうかを試験した。マクゴナガル先生の試験は、ネズミを「かぎたばこ入れ」に変えることだった。美しい箱は点数が高く、ひげのはえた箱は減点《げんてん》された。スネイプは、「忘《わす》れ薬《ぐすり》」の作り方を思い出そうとみんな必死になっている時に、生徒のすぐ後ろに回ってまじまじと監視《かんし》するので、みんなどぎまぎした。

森の事件《じけん》以来、ハリーは額《ひたい》にずきずきと刺《さ》すような痛《いた》みを感じていたが、忘《わす》れようと努めた。ハリーが眠《ねむ》れないのを見て、ネビルはハリーが重症《じゅうしょう》の試験恐怖症《きょうふしょう》だろうと思ったようだが、本当は、例の悪夢《あくむ》のせいで何度も目を覚ましたのだった。しかも、これまでより怖《こわ》い悪夢《あくむ》になり、フードをかぶった影《かげ》が血を滴《したた》らせて現《あらわ》れるのだ。

ロンやハーマイオニーは、ハリーほど「石」を心配していないようだった。ハリーが森で見たあの光景を二人は見ていなかったし、額《ひたい》の傷《きず》が燃《も》えるように痛《いた》むこともないからかもしれない。二人とも確《たし》かにヴォルデモートを恐《おそ》れてはいたが、ハリーのように夢《ゆめ》でうなされることはなかった。その上、復習《ふくしゅう》で忙《いそが》しくて、スネイプであれ誰《だれ》であれ、何を企《たくら》んでいようが、気にしている余裕《よゆう》がなかったのだ。

最後の試験は「魔法史《まほうし》」だった。一時間の試験で、「鍋《なべ》が勝手に中身をかき混《ま》ぜる大鍋《おおなべ》」を発明した風変わりな老魔法使《まほうつか》いたちについての答案を書き終えると、すべて終了《しゅうりょう》だ。一週間後に試験の結果が発表されるまでは、すばらしい自由な時間が待っている。幽霊《ゆうれい》のビンズ先生が、羽根ペンを置いて答案羊皮紙を巻《ま》きなさい、と言った時には、ハリーもほかの生徒たちと一緒《いっしょ》に思わず歓声《かんせい》を上げた。

「思ってたよりずーっとやさしかったわ。一六三七年の狼人間《おおかみにんげん》の行動綱領《こうりょう》とか、熱血漢エルフリックの反乱《はんらん》なんか勉強する必要なかったんだわ」

さんさんと陽の射《さ》す校庭に、ワッとくり出した生徒の群《む》れに加わって、ハーマイオニーが言った。

ハーマイオニーはいつものように、試験の答え合わせをしたがったが、ロンがそんなことをすると気分が悪くなると言ったので、三人は湖までぶらぶら下りて行き、木陰《こかげ》に寝《ね》ころんだ。ウィーズリーの双子《ふたご》とリー・ジョーダンが、暖《あたた》かな浅瀬《あさせ》で日向ぼっこをしている大イカの足をくすぐっていた。

「もう復習《ふくしゅう》しなくてもいいんだ」

ロンが草の上に大の字になりながらうれしそうにホーッと息をついた。

「ハリー、もっとうれしそうな顔をしろよ。試験でどんなにしくじったって、結果が出るまでにまだ一週間もあるんだ。いまからあれこれ考えたってしょうがないだろ」

「いったいこれはどういうことなのか知りたいよ！」

ハリーは額《ひたい》をこすりながら、怒《いか》りを吐《は》き出《だ》すように言った。

「ずーっと傷《きず》がうずくんだ……いままでもときどきこういうことはあったけど、こんなに続くのは初めてだ」

「マダム・ポンフリーのところに行ったほうがいいわ」

ハーマイオニーが言った。

「僕《ぼく》は病気じゃない。きっと警告《けいこく》なんだ……何か危険《きけん》が迫《せま》っている証拠《しょうこ》なんだ」

ロンはそれでも反応《はんのう》しない。何しろ暑すぎるのだ。

「ハリー、リラックスしろよ。ハーマイオニーの言うとおりだ。ダンブルドアがいるかぎり、『石』は無事だよ。スネイプがフラッフィーを突破《とっぱ》する方法を見つけたっていう証拠《しょうこ》もないし。いっぺん足をかみ切られそうになったんだから、スネイプがすぐにまた同じことをやるわけないよ。それに、ハグリッドが口を割《わ》ってダンブルドアを裏切《うらぎ》るなんてありえない。そんなことが起こるくらいなら、ネビルはとっくにクィディッチ世界選手権《せんしゅけん》のイングランド代表選手になってるよ」

ハリーはうなずいた。しかし、何か忘《わす》れているような感じがしてならない。何か大変なことを。ハリーがそれを説明すると、ハーマイオニーが言った。

「それって、試験のせいよ。私《わたし》も昨日《きのう》、夜中に目を覚まして、『変身術《へんしんじゅつ》』のノートのおさらいを始めたのよ。半分ぐらいすんだとき、この試験はもう終わってたってことを思い出したの」

この落ち着かない気分は試験とはまったく関係ないと、ハリーには、はっきりわかっていた。まぶしいほどの青空に、ふくろうが手紙をくわえて学校のほうに飛んでいくのが見えた。ハリーに手紙をくれたのはハグリッドだけだ。ハグリッドはけっしてダンブルドアを裏切《うらぎ》ることはない。ハグリッドがどうやってフラッフィーを手なずけるかを、誰《だれ》かに教えるはずがない……絶対《ぜったい》に……しかし――

ハリーは突然《とつぜん》立ち上がった。

「どこに行くんだい？」

ロンが眠《ねむ》たそうに聞いた。

「いま気づいたことがあるんだ」

ハリーの顔は真《ま》っ青《さお》だった。

「すぐ、ハグリッドに会いに行かなくちゃ」

「どうして？」

ハリーに追いつこうと、息を切らしながらハーマイオニーが聞いた。

「おかしいと思わないか？」

草の茂《しげ》った斜面《しゃめん》をよじ登りながらハリーが言った。

「ハグリッドはドラゴンが欲《ほ》しくてたまらなかった。でも、いきなり見ず知らずの人間が、たまたまドラゴンの卵《たまご》をポケットに入れて現《あらわ》れるかい？　魔法界《まほうかい》の法律《ほうりつ》で禁止《きんし》されているのに、ドラゴンの卵《たまご》を持ってうろついている人がざらにいるかい？　ハグリッドにたまたま出会ったなんて、話がうますぎると思わないか？　どうしていままで気づかなかったんだろう」

「何が言いたいんだい？」とロンが聞いたが、ハリーは答えもせずに、校庭を横切って森へと全力疾走《しっそう》した。

ハグリッドは家の外にいた。ひじかけ椅子《いす》に腰《こし》かけて、ズボンもそでもたくし上げ、大きなボウルを前において、豆のさやをむいていた。

「よう。試験は終わったかい。お茶でも飲むか？」

ハグリッドはニッコリした。

「うん。ありがとう」

とロンが言いかけるのをハリーがさえぎった。

「ううん。僕《ぼく》たち急いでるんだ。ハグリッド、聞きたいことがあるんだけど。ノーバートを賭《か》けで手に入れた夜のことを覚えているかい。トランプをした相手って、どんな人だった？」

「わからんよ。マントを着たままだったしな」

ハグリッドはこともなげに答えた。

三人が絶句《ぜっく》しているのを見て、ハグリッドは眉《まゆ》をちょっと動かしながら言った。

「そんなに珍《めずら》しいこっちゃない。『ホッグズ・ヘッド』なんてとこにゃ……村にあるパブだがな、おかしなやつがうようよしちょる。もしかしたらドラゴン売人だったかもしれん。そうじゃろ？　顔も見んかったよ。フードをすっぽりかぶったまんまだったし」

ハリーは豆のボウルのそばにへたりこんでしまった。

「ハグリッド。その人とどんな話をしたの？　ホグワーツのこと、何か話した？」

「話したかもしれん」

ハグリッドは思い出そうとして顔をしかめた。

「うん……俺《おれ》が何をしているのかって聞いたんで、森番をしているって言ったな……そしたらどんな動物を飼《か》ってるかって聞いてきたんで……それに答えて……それで、ほんとはずーっとドラゴンが欲《ほ》しかったって言ったな……それから……あんまり覚えとらん。なにせ次々酒をおごってくれるんで……そうさなあ……うん、それからドラゴンの卵《たまご》を持ってるけどトランプで卵《たまご》を賭《か》けてもいいってな……でもちゃんと飼《か》えなきゃだめだって、どこにでもくれてやるわけにゃいかんって……だから言ってやったよ。フラッフィーに比《くら》べりゃ、ドラゴンなんか楽なもんだって……」

「それで、そ、その人はフラッフィーに興味《きょうみ》あるみたいだった？」

ハリーはなるべく落ち着いた声で聞いた。

「そりゃそうだ……三頭犬《さんとうけん》なんて、たとえホグワーツだって、そんなに何匹《ひき》もいねえだろう？だから俺《おれ》は言ってやったよ。フラッフィーなんか、なだめ方さえ知ってれば、お茶の子さいさいだって。ちょいと音楽を聞かせればすぐねんねしちまうって……」

ハグリッドは突然《とつぜん》、しまった大変だという顔をした。

「おまえたちに話しちゃいけなかったんだ！」

ハグリッドはあわてて言った。

「忘《わす》れてくれ！　おーい、みんなどこに行くんだ？」

玄関《げんかん》ホールに着くまで、互《たが》いに一言も口をきかなかった。校庭の明るさに比《くら》べると、ホールは冷たく、陰気《いんき》に感じられた。

「ダンブルドアのところに行かなくちゃ」とハリーが言った。

「ハグリッドが怪《あや》しいやつに、フラッフィーをどうやって手なずけるか教えてしまった。マントの人物はスネイプかヴォルデモートだったんだ……ハグリッドを酔《よ》っ払《ぱら》わせてしまえば、あとは簡単《かんたん》だったにちがいない。ダンブルドアが僕《ぼく》たちの言うことを信じてくれればいいけど。ベインさえ止めなければ、フィレンツェが証言《しょうげん》してくれるかもしれない。校長室はどこだろう？」

三人はあたりを見回した。どこかに矢印で校長室と書いてないだろうか。そう言えば、ダンブルドアがどこに住んでいるのか聞いたことがないし、誰《だれ》かが校長室に呼《よ》ばれたという話も聞いたことがない。

「こうなったら僕《ぼく》たちとしては……」

とハリーが言いかけたとき、突然《とつぜん》ホールのむこうから声が響《ひび》いてきた。

「そこの三人、こんなところで何をしているのですか？」

山のような本を抱《かか》えたマクゴナガル先生だった。

「ダンブルドア先生にお目にかかりたいんです」

ハーマイオニーが勇敢《ゆうかん》にも（と、ハリーもロンもそう思った）そう言った。

「ダンブルドア先生にお目にかかる？」

マクゴナガル先生は、そんなことを望むのはどうも怪《あや》しいとでも言うように、おうむ返しに聞いた。

「理由は？」

ハリーはグッとつばを飲みこんだ——さあどうしよう？

「ちょっと秘密《ひみつ》なんです」

ハリーはそう言うなり、言わなきゃよかったと思った。マクゴナガル先生の鼻の穴《あな》がふくらむのを見たからだ。

「ダンブルドア先生は十分前にお出かけになりました」

マクゴナガル先生が冷たく言った。

「魔法省《まほうしょう》から緊急《きんきゅう》のふくろう便が来て、すぐにロンドンに飛び発《た》たれました」

「先生が**いらっしゃらない？　この肝心《かんじん》な時に？**」

ハリーはあわてた。

「ポッター。ダンブルドア先生は偉大《いだい》な魔法使《まほうつか》いですから、大変ご多忙《たぼう》でいらっしゃる……」

「でも、重大なことなんです」

「ポッター。魔法省《まほうしょう》の件《けん》よりあなたの用件《ようけん》のほうが重要だと言うんですか？」

「実は……」ハリーは慎重《しんちょう》さをかなぐり捨《す》てて言った。「先生……『賢者《けんじゃ》の石』の件《けん》なのです……」

この答えだけはさすがのマクゴナガル先生にも予想外だった。先生の手からバラバラと本が落ちたが、先生は拾おうともしない。

「どうしてそれを……？」

先生はしどろもどろだ。

「先生、僕《ぼく》の考えでは、いいえ、僕《ぼく》は**知ってる**んです。スネイ……いや、誰《だれ》かが『石』を盗《ぬす》もうとしています。どうしてもダンブルドア先生にお話ししなくてはならないのです」

マクゴナガル先生は驚《おどろ》きと疑《うたが》いの入りまじった目をハリーに向けていたが、しばらくして、やっと口を開いた。

「ダンブルドア先生は、明日《あす》お帰りになります。あなたたちがどうしてあの『石』のことを知ったのかわかりませんが、安心なさい。磐石《ばんじゃく》の守りですから、誰《だれ》も盗《ぬす》むことはできません」

「でも先生……」

「ポッター、二度同じことは言いません」

先生はきっぱりと言った。

「三人とも外に行きなさい。せっかくのよい天気ですよ」

先生はかがんで本を拾いはじめた。

三人とも外には出なかった。


「今夜だ」

マクゴナガル先生が声の届《とど》かないところまで行ってしまうのを待って、ハリーが言った。

「スネイプが仕掛《しか》け扉《とびら》を破《やぶ》るなら今夜だ。必要なことは全部わかったし、ダンブルドアも追《お》い払《はら》った。スネイプが手紙を送ったんだ。ダンブルドア先生が顔を出したら、きっと魔法省《まほうしょう》じゃキョトンとするにちがいない」

「でも私《わたし》たちに何ができるって……」

突然《とつぜん》ハーマイオニーが息をのんだ。ハリーとロンが急いで振《ふ》り返《かえ》ると、そこにスネイプが立っていた。

「やあ、諸君《しょくん》」

スネイプがいやに愛想よく挨拶《あいさつ》をした。

三人はスネイプをじっと見つめた。

「こんな日には屋内にいるものではない」

スネイプはとってつけたようなゆがんだほほえみを浮《う》かべた。

「僕《ぼく》たちは……」

ハリーは、そのあと何を言ったらよいのか考えつかなかった。

「もっと慎重《しんちょう》に願いたいものですな。こんなふうにうろうろしているところを人が見たら、何か企《たくら》んでいるように見えますぞ。グリフィンドールとしては、これ以上減点《げんてん》される余裕《よゆう》はないはずだろう？」

ハリーは顔に血がのぼるのを感じた。三人が外に出ようとすると、スネイプが呼《よ》び止《と》めた。

「ポッター、警告《けいこく》しておく。これ以上夜中にうろついているのを見かけたら、我輩《わがはい》が自ら君を退校処分《たいこうしょぶん》にするぞ。さあもう行きたまえ」

スネイプは大股《おおまた》に職員室《しょくいんしつ》のほうに歩いていった。

入口の石段《いしだん》のところで、ハリーは二人に向かって緊迫《きんぱく》した口調でささやいた。

「よし。こうしよう。誰《だれ》か一人がスネイプを見張《みは》るんだ……職員室《しょくいんしつ》の外で待《ま》ち伏《ぶ》せして、スネイプが出てきたらあとをつける。ハーマイオニー、君がやってくれ」

「なんで私《わたし》なの？」

「あたりまえだろう」ロンが言った。

「フリットウィック先生を待ってるふりをすればいいじゃないか」

ロンはハーマイオニーの声色《こわいろ》を使った。

「ああ、フリットウィック先生。私《わたし》、14ｂの答えをまちがえてしまったみたいで、とっても心配なんですけど……」

「まあ失礼ね。だまんなさい！」

それでも結局ハーマイオニーがスネイプを見張《みは》ることになった。

「僕《ぼく》たちは四階の例の廊下《ろうか》の外にいよう。さあ行こう」とハリーはロンをうながした。

だがこっちの計画は失敗だった。フラッフィーを隔離《かくり》しているドアの前に着いたとたん、またマクゴナガル先生が現《あらわ》れたのだ。今度こそ堪忍袋《かんにんぶくろ》の緒《お》が切れたようだ。

「何度言ったらわかるんです！　あなたたちのほうが、何重もの魔法陣《まほうじん》の守りより強いとでも思っているのですか！」とすごい剣幕《けんまく》だ。

「こんな愚《おろ》かしいことはもう許《ゆる》しません！　もしあなたたちがまたこのあたりに近づいたと私《わたくし》の耳に入ったら、グリフィンドールは五〇点減点《げんてん》です！　ええ、そうですとも、ウィーズリー、私《わたくし》自身の寮《りょう》でも減点《げんてん》します！」

ハリーとロンは寮《りょう》の談話室に戻《もど》った。

「でも、まだハーマイオニーがスネイプを見張《みは》ってる」とハリーが言ったとたん、太った婦人《レディ》の肖像画《しょうぞうが》がパッと開いてハーマイオニーが入ってきた。

「ハリー、ごめん！」

おろおろ声だ。

「スネイプが出てきて、何してるって聞かれたの。フリットウィック先生を待ってるって言ったのよ。そしたらスネイプがフリットウィック先生を呼《よ》びに行ったの。だから私《わたし》、ずっと捕《つか》まっちゃってて、いまやっと戻《もど》ってこられたの。スネイプがどこに行ったかわからないわ」

「じゃあ、もう僕《ぼく》が行くしかない。そうだろう？」とハリーが言った。

ロンとハーマイオニーはハリーを見つめた。青ざめたハリーの顔に緑の目が燃《も》えていた。

「僕《ぼく》は今夜ここを抜《ぬ》け出《だ》す。『石』を何とか先に手に入れる」

「気は確《たし》かか！」とロンが言った。

「だめよ！　マクゴナガル先生にもスネイプにも言われたでしょ。退校《たいこう》になっちゃうわ！」

「だから何だっていうんだ？」

ハリーが叫《さけ》んだ。

「わからないのかい？　もしスネイプが『石』を手に入れたら、ヴォルデモートが戻《もど》ってくるんだ。あいつがすべてを征服《せいふく》しようとしていたとき、どんなありさまだったか、聞いてるだろう？　退校《たいこう》にされようにも、ホグワーツそのものがなくなってしまうんだ。ペシャンコにされてしまう。でなければ闇《やみ》の魔術《まじゅつ》の学校にされてしまうんだ！　減点《げんてん》なんてもう問題じゃない。それがわからないのかい？　グリフィンドールが寮対抗杯《りょうたいこうはい》を獲得《かくとく》しさえしたら、君たちや家族には手出しをしないとでも思ってるのかい？　もし僕《ぼく》が『石』にたどり着く前に見つかってしまったら、そう、退校《たいこう》になった僕《ぼく》はダーズリー家に戻《もど》り、そこでヴォルデモートがやってくるのをじっと待つしかない。死ぬのが少しだけ遅《おそ》くなるだけだ。だって僕《ぼく》は絶対《ぜったい》に闇《やみ》の陣営《じんえい》には屈服《くっぷく》しないから！　今晩《こんばん》、僕《ぼく》は仕掛《しか》け扉《とびら》を開ける。君たちが何と言おうと僕《ぼく》は行く。いいかい、僕《ぼく》の両親はヴォルデモートに殺されたんだ」

ハリーは二人をにらみつけた。

「そのとおりだわ、ハリー」

ハーマイオニーが消え入るような声で言った。

「僕《ぼく》は透明《とうめい》マントを使うよ。マントが戻《もど》ってきたのはラッキーだった」

「でも三人全員入れるかな？」とロンが言った。

「全員って……君たちも行くつもりかい？」

「バカ言うなよ。君だけを行かせると思うのかい？」

「もちろん、そんなことできないわ」

とハーマイオニーが威勢《いせい》よく言った。

「私《わたし》たち二人なしで、どうやって『石』までたどり着くつもりなの？　こうしちゃいられないわ。私《わたし》、本を調べてくる。何か役にたつことがあるかも……」

「でも、もし捕《つか》まったら、君たちも退校《たいこう》になるよ」

「それはどうかしら」

ハーマイオニーが決然と言った。

「フリットウィック先生がそっと教えてくれたんだけど、彼《かれ》の試験で私《わたし》は一〇〇点満点中一一二点だったんですって。これじゃ私《わたし》を退校《たいこう》にはできないわ」


夕食のあと、談話室で三人は落ち着かない様子でみんなから離《はな》れて座《すわ》った。もう誰《だれ》も三人のことを気に留《と》めなかったし、グリフィンドール寮生《りょうせい》はハリーに口をきかなくなっていた。今夜ばかりは、三人は無視《むし》されても気にならなかった。ハーマイオニーはこれから突破《とっぱ》しなければならない呪《のろ》いを一つでも見つけようとノートをめくっていた。ハリーとロンはだまりがちで、二人ともこれからやろうとしていることに考えを巡《めぐ》らせていた。

寮生《りょうせい》が少しずつ寝室《しんしつ》に去っていき、談話室は人気《ひとけ》がなくなってきた。最後にリー・ジョーダンが伸《の》びをしてあくびをしながら出ていった。

「マントを取ってきたら」とロンがささやいた。

ハリーは階段《かいだん》をかけ上がり暗い寝室《しんしつ》に向かった。透明《とうめい》マントを引《ひ》っ張《ぱ》り出《だ》すと、ハグリッドがクリスマスプレゼントにくれた横笛がふと目に留《と》まった。フラッフィーの前で吹《ふ》こうと、笛をポケットに入れた——とても歌う気持ちにはなれそうにもなかったからだ。

ハリーは談話室にかけ戻《もど》った。

「ここでマントを着てみたほうがいいな。三人全員隠《かく》れるかどうか確《たし》かめよう……もしも足が一本だけはみ出たまま歩き回っているのをフィルチにでも見つかったら……」

「君たち、何してるの？」

部屋《へや》の隅《すみ》から声が聞こえた。ネビルがひじかけ椅子《いす》の陰《かげ》から現《あらわ》れた。自由を求めてまたしても逃亡《とうぼう》したような顔のヒキガエルのトレバーをしっかりとつかんでいる。

「何でもないよ、ネビル。何でもない」

ハリーは急いでマントを後ろに隠《かく》した。

「また外に出るんだろ」

ネビルは三人の後ろめたそうな顔を見つめた。

「ううん。ちがう。ちがうわよ。出てなんかいかないわ。ネビル、もう寝《ね》たら？」

とハーマイオニーが言った。

ハリーは扉《とびら》の脇《わき》の大きな柱時計《はしらどけい》を見た。もう時間がない。スネイプがこの瞬間《しゅんかん》にもフラッフィーに音楽を聞かせて眠《ねむ》らせているかもしれない。

「外に出てはいけないよ。また見つかったら、グリフィンドールはもっと大変なことになる」

とネビルが言った。

「君にはわからないことだけど、これは、とっても重要なことなんだ」

とハリーが言っても、ネビルは必死にがんばり、譲《ゆず》ろうとしなかった。

「行かせるもんか」

ネビルは出口の肖像画《しょうぞうが》の前に急いで立ちはだかった。

「僕《ぼく》、僕《ぼく》、君たちと戦う！」

「**ネビル**」

ロンのかんしゃく玉が破裂《はれつ》した。

「そこをどけよ。バカはよせ……」

「バカ呼《よ》ばわりするな！　もうこれ以上規則《きそく》を破《やぶ》ってはいけない！　恐《おそ》れずに立ち向かえと

言ったのは君じゃないか」

「ああ、そうだ。でも立ち向かう相手は僕《ぼく》たちじゃない」

ロンがいきりたった。

「ネビル、君は自分が何をしようとしてるのかわかってないんだ」

ロンが一歩前に出ると、ネビルがヒキガエルのトレバーをポロリと落とした。トレバーはピョンと飛んで、行方をくらました。

「やるならやってみろ。殴《なぐ》れよ！　いつでもかかってこい！」

ネビルが拳《こぶし》を振《ふ》り上《あ》げて言った。

ハリーはハーマイオニーを振《ふ》り返《かえ》り、弱りはてて頼《たの》んだ。

「**何とかしてくれ**」

ハーマイオニーが一歩進み出た。

「ネビル、ほんとに、ほんとにごめんなさい」

ハーマイオニーは杖《つえ》を振《ふ》り上《あ》げ、ネビルに杖《つえ》の先を向けた。

「ペトリフィカス　トタルス、石になれ！」

ネビルの両腕《りょううで》が体の脇《わき》にピチッとはりつき、両足がパチッと閉《と》じた。体が固くなり、その場でゆらゆらと揺《ゆ》れ、まるで一枚板《いちまいいた》のようにうつ伏《ぶ》せにばったり倒《たお》れた。

ハーマイオニーがかけ寄《よ》り、ネビルをひっくり返した。ネビルはあごをくいしばり、話すこともできなかった。目だけが動いて、恐怖《きょうふ》の色を浮《う》かべ三人を見ていた。

「ネビルに何をしたんだい？」とハリーが小声でたずねた。

「『全身金縛《かなしば》り』をかけたの。ネビル、ごめんなさい」

ハーマイオニーはつらそうだ。

「ネビル、こうしなくちゃならなかったんだ。訳《わけ》を話してるひまがないけど」とハリーが言った。

「あとできっとわかるよ、ネビル」とロンが言った。

三人はネビルをまたぎ、透明《とうめい》マントをかぶった。

動けなくなったネビルを床《ゆか》に転がしたまま出ていくのは、幸先のよいことだとは思えなかった。三人とも神経《しんけい》がピリピリしていたので、銅像《どうぞう》の影《かげ》を見るたびに、フィルチかと思ったり、遠くの風の音までが、ピーブズの襲《おそ》いかかってくる音に聞こえたりした。

最初の階段《かいだん》の下まで来ると、ミセス・ノリスが階段《かいだん》の上を忍《しの》び歩きしているのが見えた。

「ねえ、蹴《け》っ飛《と》ばしてやろうよ。一回だけ」とロンがハリーの耳元でささやいたが、ハリーは首を横に振《ふ》った。気づかれないように慎重《しんちょう》に彼女《かのじょ》をよけて上がっていくと、ミセス・ノリスはランプのような目で三人のほうを見たが、何もしなかった。

四階に続く階段《かいだん》の下にたどり着くまで、あとは誰《だれ》にも出会わなかった。四階への階段《かいだん》の途《と》中《ちゅう》で、ピーブスがひょこひょこ上下に揺《ゆ》れながら、誰《だれ》かをつまずかせようとじゅうたんをたるませていた。

「そこにいるのはだーれだ？」

三人が階段《かいだん》を上っていくと、突然《とつぜん》ピーブズが意地悪そうな黒い目を細めた。

「見えなくたって、そこにいるのはわかってるんだ。だーれだ。幽霊《ゆうれい》っ子、亡霊《ぼうれい》っ子、それとも生徒のいたずらっ子か？」

ピーブズは空中に飛び上がり、プカプカしながら目を細めて三人のほうを見た。

「見えないものが忍《しの》び歩きしてる。フィルチをよーぼう。呼《よ》ばなくちゃ」

突然《とつぜん》ハリーはひらめいた。

「ピーブズ」ハリーは低いしわがれ声を出した。

「血みどろ男爵様《だんしゃく》が、訳《わけ》あって身を隠《かく》しているのがわからんか」

ピーブズは肝《きも》をつぶして空中から転落しそうになったが、あわや階段《かいだん》にぶつかる寸前《すんぜん》に、やっとのことで空中に踏《ふ》みとどまった。

「も、申《もう》し訳《わけ》ありません。血みどろ閣下《かっか》、男爵様《だんしゃく》」

ピーブズはとたんにへりくだった。

「手前の失態《しったい》でございます。まちがえました……お姿《すがた》が見えなかったものですから……そうですとも、透明《とうめい》で見えなかったのでございます。老いぼれピーブズめの茶番劇《ちゃばんげき》を、どうかお許《ゆる》しください」

「わしはここに用がある。ピーブズ、今夜はここに近寄《ちかよ》るでない」

ハリーがしわがれ声で言った。

「はい、閣下《かっか》。仰《おお》せのとおりにいたします」

ピーブズは再《ふた》び空中に舞《ま》い上《あ》がった。

「首尾《しゅび》よくお仕事が進みますように。男爵《だんしゃく》様、お邪魔《じゃま》はいたしません」

ピーブズはサッと消えた。

「**すごいぞ、**ハリー！」ロンが小声で言った。

まもなく三人は四階の廊下《ろうか》にたどり着いた。扉《とびら》はすでに少し開いていた。

「ほら、やっぱりだ」ハリーは声を殺した。

「スネイプはもうフラッフィーを突破《とっぱ》したんだ」

開いたままの扉《とびら》を見ると、三人は自分たちのしようとしていることが何なのかを改めて思い知らされた。マントの中でハリーは二人を振《ふ》り返《かえ》った。

「君たち、戻《もど》りたかったら、恨《うら》んだりしないから戻《もど》ってくれ。マントも持っていっていい。僕《ぼく》にはもう必要がないから」

「バカ言うな」

「一緒《いっしょ》に行くわ」ロンとハーマイオニーが言った。

ハリーは扉《とびら》を押《お》し開けた。

扉《とびら》はきしみながら開き、低い、グルルルといううなり声が聞こえた。三つの鼻が、姿《すがた》の見えない三人のいる方向をさかんにかぎ回った。

「犬の足元にあるのは何かしら」とハーマイオニーがささやいた。

「ハープみたいだ。スネイプが置いていったにちがいない」とロンが言った。

「きっと音楽が止んだとたんに起きてしまうんだ」とハリーが言った。

「さあ、はじめよう……」

ハリーはハグリッドにもらった横笛を唇《くちびる》にあてて吹《ふ》きはじめた。メロディーとも言えないものだったが、最初の音を聞いた瞬間《しゅんかん》から、三頭犬《さんとうけん》はとろんとしはじめた。ハリーは息も継《つ》がずに吹《ふ》いた。だんだんと犬のうなり声が消え、よろよろっとしたかと思うと、ひざをついて座《すわ》り込《こ》み、ごろんと床《ゆか》に横たわった。ぐっすりと眠《ねむ》り込《こ》んでいる。

「吹《ふ》き続けてくれ」

三人がマントを抜《ぬ》け出《だ》すとき、ロンが念を押《お》した。三人はそっと仕掛《しか》け扉《とびら》のほうに移動《いどう》し、犬の巨大《きょだい》な頭に近づいた。熱くて臭《くさ》い鼻息がかかった。

犬の背中《せなか》越《ご》しにむこう側をのぞきこんで、ロンが言った。

「扉《とびら》は引《ひ》っ張《ば》れば開くと思うよ。ハーマイオニー、先に行くかい？」

「いやよ！」

「ようし！」

ロンがギュッと歯を食いしばって、慎重《しんちょう》に犬の足をまたいだ。かがんで仕掛《しか》け扉《とびら》の引き手を引《ひ》っ張《ば》ると、扉《とびら》が跳《は》ね上《あ》がった。

「何が見える？」ハーマイオニーがこわごわ尋《たず》ねた。

「何にも……真っ暗だ……下りていく階段《かいだん》もない。落ちていくしかない」

ハリーはまだ横笛を吹《ふ》いていたが、ロンに手で合図をし、自分自身を指さした。

「君が先に行きたいのかい？　本当に？」とロンが言った。

「どのくらい深いかわからないよ。ハーマイオニーに笛を渡《わた》して、犬を眠《ねむ》らせておいてもらおう」

ハリーは横笛をハーマイオニーに渡《わた》した。ほんのわずか音がとだえただけで、犬はグルルとうなり、ぴくぴく動いた。ハーマイオニーが吹《ふ》きはじめると、またすぐ深い眠《ねむ》りに落ちていった。

ハリーは犬を乗り越《のりこ》え、仕掛《しか》け扉《とびら》から下を見た。底が見えない。

ハリーは穴《あな》に入り、最後に指先だけで扉《とびら》にしがみつき、ロンのほうを見上げて言った。

「もし僕《ぼく》の身に何か起きたら、ついてくるなよ。まっすぐふくろう小屋に行って、ダンブルドア宛《あて》にヘドウィグを送ってくれ。いいかい？」

「了解《りょうかい》」

「じゃ、あとで会おう。できればね……」

ハリーは指を放した。冷たい湿《しめ》った空気を切って、ハリーは落ちて行った。下へ……下へ……下へ……そして――

ドシン。奇妙《きみょう》な鈍《にぶ》い音をたてて、ハリーは何やらやわらかいものの上に着地した。ハリーは座《すわ》りなおし、まだ目が暗闇《くらやみ》に慣《な》れていなかったので、あたりを手探《てさぐ》りでさわった。何か植物のようなものの上に座《すわ》っている感じだった。

「オーケーだよ！」

入口の穴《あな》は切手ぐらいの小ささに見えた。その明かりに向かってハリーが叫《さけ》んだ。

「軟着陸《なんちゃくりく》だ。飛《と》び降《お》りても大丈夫《だいじょうぶ》だよ！」

ロンがすぐ飛《と》び降《お》りてきた。ハリーのすぐ隣《となり》に大の字になって着地した。

「これ、何だい？」ロンの第一声だった。

「わかんない。何か植物らしい。落ちるショックを和らげるためにあるみたいだ。さあ、ハーマイオニー、おいでよ！」

遠くのほうで聞こえていた笛の音がやんだ。犬が大きな声で吠《ほ》えている。でもハーマイオニーはもうジャンプしていた。ハリーの脇《わき》に、ロンとは反対側に着地した。

「ここって、学校の何キロも下にちがいないわ」とハーマイオニーが言った。

「この植物のおかげで、ほんとにラッキーだった」ロンが言った。

「ラッキーですって！」

ハーマイオニーが悲鳴を上げた。

「二人とも自分を見てごらんなさいよ！」

ハーマイオニーははじけるように立ち上がり、じとっと湿《しめ》った壁《かべ》のほうに行こうともがいた。ハーマイオニーが着地したとたん、植物のツルが蛇《へび》のように足首にからみついてきたのだ。知らないうちにハリーとロンの足は長いツルで固くしめつけられていた。

ハーマイオニーは、植物が固く巻《ま》きつく前だったので何とか振《ふ》りほどき、ハリーとロンがツルと奮闘《ふんとう》するのを、引きつった顔で見ていた。振《ふ》りほどこうとすればするほど、ツルはますます巻《ま》きつく、すばやく二人に巻きついた。

「動かないで！」ハーマイオニーが叫《さけ》んだ。

「私《わたし》、知ってる……これ、『悪魔《あくま》の罠《わな》』だわ！」

「ああ。何て名前か知ってるなんて、大いに助かるよ」

ロンが首に巻《ま》きつこうとするツルから逃《のが》れようと、のけぞりながらうなった。

「だまってて！　どうやってやっつけるか思い出そうとしてるんだから！」とハーマイオニーが言った。

「早くして！　もう息ができないよ」

ハリーは胸《むね》に巻《ま》きついたツルと格闘《かくとう》しながらあえいだ。

「『悪魔《あくま》の罠《わな》』、『悪魔《あくま》の罠《わな》』っと……スプラウト先生は何て言ったっけ？　暗闇《くらやみ》と湿気《しっけ》を好み……」

「だったら火をつけて！」

ハリーは息も絶《た》え絶《だ》えだ。

「そうだわ……それよ……でも薪《まき》がないわ！」

ハーマイオニーがいらいらと両手をよじりながら叫《さけ》んだ。

「気が変になったのか！　君はそれでも魔女《まじょ》か！」ロンが大声を出した。

「あっ、そうだった！」

ハーマイオニーはサッと杖《つえ》を取り出し、何かつぶやきながら振《ふ》った。すると、スネイプに仕《し》掛《か》けたのと同じリンドウ色の炎《ほのお》が植物めがけて噴《ふ》き出《だ》した。光と温もりで草がすくみ上がり、二人の体をしめつけていたツルが、見る見るほどけていった。草は身をよじり、へなへなとほぐれ、二人はツルを振《ふ》り払《はら》って自由になった。

「ハーマイオニー、君が『薬草学』をちゃんと勉強してくれていてよかったよ」

額《ひたい》の汗《あせ》をぬぐいながら、ハリーもハーマイオニーのいる壁《かべ》のところに行った。

「ほんとだ。それにこんな危険《きけん》な状態《じょうたい》で、ハリーが冷静でよかったよ……それにしても、『薪《まき》がないわ』なんて、**まったく……**」とロンが言った。

「こっちだ」

ハリーは奥《おく》へ続く石の一本道を指さした。

足音以外に聞こえるのは、壁《かべ》を伝い落ちる水滴《すいてき》のかすかな音だけだった。通路は下り坂で、ハリーはグリンゴッツを思い出していた。そういえば、あの魔法《まほう》銀行ではドラゴンが金庫を守っているとか……ハリーの心臓《しんぞう》にいやな震《ふる》えが走った。もしここでドラゴンに出くわしたら、それも大人のドラゴンだったら。赤《あか》ん坊《ぼう》のノーバートだって手に負えなかったのに……。

「何か聞こえないか?」とロンが小声で言った。

ハリーも耳を澄《す》ました。前のほうから、やわらかく擦《す》れ合《あ》う音やチリンチリンという音が聞こえてきた。

「ゴーストかな?」

「わからない……羽の音みたいに聞こえるけど」

「前のほうに光が見える……何か動いている」

三人は通路の出口に出た。目の前にまばゆく輝《かがや》く部屋《へや》が広がった。天井《てんじょう》は高くアーチ形をしている。宝石《ほうせき》のようにキラキラとした無数の小鳥が、部屋《へや》いっぱいに飛び回っていた。部屋《へや》のむこう側には分厚《ぶあつ》い木の扉《とびら》がある。

「僕《ぼく》たちが部屋《へや》を横切ったら鳥が襲《おそ》ってくるんだろうか?」とロンが聞いた。

「たぶんね。そんなに獰猛《どうもう》には見えないけど、もし全部いっぺんに飛びかかってきたら……でも、ほかに手段《しゅだん》はない……僕《ぼく》は走るよ」とハリーが言った。

大きく息を吸《す》い込《こ》み、腕《うで》で顔をおおい、ハリーは部屋《へや》をかけ抜《ぬ》けた。いまにも鋭《するど》いくちばしや爪《つめ》が襲《おそ》ってくるかもしれない、と思ったが何事も起こらなかった。ハリーは無傷《むきず》で扉《とびら》にたどり着いた。取っ手を引いてみたが、鍵《かぎ》がかかっていた。

ロンとハーマイオニーが続いてやってきた。三人で押《お》せども引けども扉《とびら》はびくともしない。

ハーマイオニーがアロホモラ呪文《じゅもん》を試してみたがだめだった。

「どうする?」ロンが言った。

「鳥よ……鳥はただの飾《かざ》りでここにいるんじゃないはずだわ」とハーマイオニーが言った。

三人は頭上高く舞《ま》っている鳥を眺《なが》めた。輝《かがや》いている——輝《かがや》いている？

「鳥じゃないんだ！」

ハリーが突然《とつぜん》言った。

「鍵《かぎ》なんだよ！　羽のついた鍵《かぎ》だ。よく見てごらん。ということは……」

ハリーは部屋《へや》を見渡《みわた》した。ほかの二人は目を細めて鍵《かぎ》の群《む》れを見つめていた。

「……よし。ほら！　箒《ほうき》がある！　ドアを開ける鍵《かぎ》を捕《つか》まえなくちゃいけないんだ！」

「でも、**何百羽《わ》**もいるよ！」

ロンは扉《とびら》の錠《じょう》を調べた。

「大きくて昔風の鍵《かぎ》を探《さが》すんだ……たぶん取っ手と同じ銀製《ぎんせい》だ」

三人はそれぞれ箒《ほうき》を取り、地面を蹴《け》って、鍵《かぎ》の雲のまっただ中へと舞《ま》い上《あ》がった。三人ともつかもうとしたり、引っかけようとしたりしたが、魔法《まほう》にかけられた鍵《かぎ》たちはスイスイとすばやく飛び去り、急降下《きゅうこうか》し、とても捕《つか》まえることができなかった。

しかし、ハリーはだてに今世紀最年少のシーカーをやっているわけではない。ほかの人には見えないものを見つける能力《のうりょく》がある。一分ほど虹色《にじいろ》の羽の渦《うず》の中を飛びまわっているうちに、大きな銀色の鍵《かぎ》を見つけた。一度捕《つか》まって無理やり鍵穴《かぎあな》に押《お》し込《こ》まれたかのように、片方《かたほう》の羽が折れている。

「あれだ！」ハリーは二人に向かって叫《さけ》んだ。

「あの大きいやつだ……そこ、ちがうよ、そこだよ……明るいブルーの羽だ……羽が片方《かたほう》、ひん曲がっている」

ロンはハリーの指さす方向に猛《もう》スピードで向かい、天井《てんじょう》にぶつかってあやうく箒《ほうき》から落ちそうになった。

「三人で追いこまなくちゃ！」

曲がった羽の鍵《かぎ》から目を離《はな》さずに、ハリーが呼《よ》びかけた。

「ロン、君は上のほうから来て……ハーマイオニー、君は下にいて降下《こうか》できないようにしておいてくれ。僕《ぼく》が捕《つか》まえてみる。それ、**いまだ！**」

ロンが急降下《きゅうこうか》し、ハーマイオニーが急上昇《きゅうじょうしょう》した。鍵《かぎ》は二人をかわしたが、ハリーが一直線に鍵《かぎ》を追った。鍵《かぎ》は壁《かべ》に向かってスピードを上げた。ハリーが前かがみになった。バリバリッといういやな音がしたかと思うと、ハリーは片手《かたて》で鍵《かぎ》を石壁《いしかべ》に押《お》さえつけていた。ロンとハーマイオニーの歓声《かんせい》が部屋中に響《ひび》きわたった。

三人は大急ぎで着地し、ハリーは手の中でバタバタもがいている鍵《かぎ》をしっかりつかんで扉《とびら》に向かって走った。鍵穴《かぎあな》に突《つ》っ込《こ》んで回す――うまくいった。扉《とびら》がカチャリと開いた。その瞬《しゅん》間《かん》、鍵《かぎ》はまた飛び去った。二度も捕《つか》まったので、鍵《かぎ》はひどく痛《いた》めつけられた飛び方をした。

「いいかい？」ハリーが取っ手に手をかけながら二人に声をかけた。二人がうなずいた。ハリーが引《ひ》っ張《ぱ》ると扉《とびら》が開いた。

次の部屋《へや》は真っ暗で何も見えなかった。が、一歩中に入ると、突然《とつぜん》光が部屋中にあふれ、驚《おどろ》くべき光景が目の前に広がった。

大きなチェス盤《ばん》がある。三人は黒い駒《こま》の側に立っていた。チェスの駒《こま》は三人よりも背《せ》が高く、黒い石のような物でできていた。部屋《へや》のずっとむこう側に、こちらを向いて白い駒《こま》が立っていた。三人は少し身震《みぶる》いした――見上げるような白い駒《こま》はみんなのっぺらぼうだった。

「さあ、どうしたらいいんだろう？」ハリーがささやいた。

「見ればわかるよ。だろう？　むこうに行くにはチェスをしなくちゃ」とロンが言った。

白い駒《こま》の後ろに、もう一つの扉《とびら》が見えた。

「どうやるの？」ハーマイオニーは不安そうだった。

「たぶん、僕《ぼく》たちがチェスの駒《こま》にならなくちゃいけないんだ」とロン。

ロンは黒のナイトに近づき、手を伸《の》ばして馬に触《ふ》れた。すると石に命が吹《ふ》き込《こ》まれた。馬はひづめで地面をかき、兜《かぶと》をかぶったナイトがロンを見下ろした。

「僕《ぼく》たち……あの……むこうに行くにはチェスに参加しなくちゃいけませんか？」

黒のナイトがうなずいた。ロンは二人を振《ふ》り返《かえ》った。

「ちょっと考えさせて……」とロンが言った。

「僕《ぼく》たち三人がひとつずつ黒い駒《こま》の役目をしなくちゃいけないんだ……」

ハリーとハーマイオニーはロンが考えを巡《めぐ》らせているのをおとなしく見ていた。しばらくしてロンが言った。

「気を悪くしないでくれよ。でも二人ともチェスはあまり上手じゃないから……」

「気を悪くなんかするもんか。何をしたらいいのか言ってくれ」ハリーが即座《そくざ》に答えた。

「じゃ、ハリー。君はビショップとかわって。ハーマイオニーはその隣《となり》でルークのかわりをするんだ」

「ロンは？」

「僕《ぼく》はナイトになるよ」

チェスの駒《こま》はロンの言葉を聞いていたようだ。黒のナイトとビショップとルークがくるりと白に背《せ》を向け、チェス盤《ばん》を下りて、ハリーとロンとハーマイオニーに持ち場をゆずった。

「白駒《しろごま》が先手なんだ」とロンがチェス盤《ばん》のむこう側をのぞきながら言った。

「ほら……見て……」

白のポーンが二つ前に進んだ。

ロンが黒駒《くろごま》に動きを指示《しじ》しはじめた。駒《こま》はロンの言うとおり黙々《もくもく》と動いた。ハリーはひざが震《ふる》えた。負けたらどうなるんだろう？

「ハリー、斜《なな》め右に四つ進んで」

ロンと対になっている黒のナイトが取られてしまったときが最初のショックだった。白のクイーンが黒のナイトを床《ゆか》にたたきつけ、チェス盤《ばん》の外に引きずり出したのだ。ナイトは身動きもせず盤外《ばんがい》にうつ伏《ぶ》せに横たわった。

「こうしなくちゃならなかったんだ」

ロンが震《ふる》えながら言った。

「ハーマイオニー、君があのビショップを取るために、道をあけとかなきゃならなかったんだ。さあ、進んで」

白は、黒駒《くろごま》を取ったときに何の情《なさ》けもかけなかった。しばらくすると負傷《ふしょう》した黒駒《くろごま》が壁際《かべぎわ》に累々《るいるい》と積み上がった。ハリーとハーマイオニーが取られそうになっているのに、ロンが危機一髪《ききいっぱつ》のところで気づいたことも二回あった。ロンもチェス盤《ばん》上を走り回って、取られたと同じくらいの白駒《しろごま》を取った。

「詰《つ》めが近い」ロンが急につぶやいた。

「ちょっと待てよ——うーん……」

白のクイーンがのっぺらぼうの顔をロンに向けた。

「やっぱり……」ロンが静かに言った。

「これしか手はない……僕《ぼく》が取られるしか」

「**だめ！**」

ハリーとハーマイオニーが同時に叫《さけ》んだ。

「これがチェスなんだ！」ロンはきっぱりと言った。

「犠牲《ぎせい》を払《はら》わなくちゃ！　僕《ぼく》が一駒《ひとこま》前進する。そうするとクイーンが僕《ぼく》を取る。ハリー、それで君が動けるようになるから、キングにチェックメイトをかけるんだ！」

「でも……」

「スネイプを食い止めたいんだろう。ちがうのかい？」

「ロン……」

「急がないと、スネイプがもう『石』を手に入れてしまったかもしれないぞ！」

そうするしかない。

「いいかい？」

ロンが青ざめた顔で、しかしきっぱりと言った。

「じゃあ、僕《ぼく》は行くよ……いいかい、勝ったらここでぐずぐずしてたらダメだぞ」

ロンが前に出た。白のクイーンが飛びかかった。ロンの頭を石の腕《うで》で殴《なぐ》りつけ、ロンは床《ゆか》に倒《たお》れた――ハーマイオニーは悲鳴を上げたが、自分の持ち場に踏《ふ》みとどまった――白のクイーンがロンを片隅《かたすみ》に引きずっていった。ロンは気絶《きぜつ》しているようだった。

震《ふる》えながら、ハリーは三つ左に進んだ。

そして、白のキングは王冠《おうかん》を脱《ぬ》ぎ、ハリーの足元に投げ出した――勝った。チェスの駒《こま》は左右に分かれ、前方の扉《とびら》への道をあけておじぎをした。もう一度だけロンを振《ふ》り返《かえ》ってから、ハリーとハーマイオニーは扉《とびら》に突進《とっしん》し、次の通路を進んだ。

「もしロンが……？」

「大丈夫《だいじょうぶ》だよ」

ハリーが自分に言い聞かせるように言った。

「次は何だと思う？」

「スプラウトはすんだわ。悪魔《あくま》の罠《わな》だった……鍵《かぎ》に魔法《まほう》をかけたのはフリットウィックにちがいない……チェスの駒《こま》を変身させて命を吹《ふ》き込《こ》んだのはマクゴナガルだし……とすると、残るはクィレルの呪文《じゅもん》とスネイプの……」

二人は次の扉《とびら》にたどり着いた。

「いいかい？」

とハリーがささやいた。

「開けてちょうだい」

ハリーが扉《とびら》を押《お》し開けた。

むかつくような臭《にお》いが鼻をつき、二人はローブを引っぱり上げて鼻をおおった。目をしょぼつかせながら見ると、前にやっつけたのよりもさらに大きなトロールだった。頭のこぶは血だらけで、気絶《きぜつ》して横たわっていた。

「こんなトロールと戦わなくてよかった」

小山のような足をそっとまたぎながら、ハリーがつぶやいた。

「さあ行こう、息が詰《つ》まりそうだ」

ハリーは次の扉《とびら》を開けた。何が出てくるか、二人ともまともに見られないような気持ちだった。が、何も恐《おそ》ろしいものはなかった。ただテーブルがあって、その上に形のちがう七つの瓶《びん》が一列に並《なら》んでいた。

「スネイプだ」

ハリーが言った。

「何をすればいいんだろう」

扉《とびら》の敷居《しきい》をまたぐと、二人がいま通ってきたばかりの入口でたちまち炎《ほのお》が燃《も》え上《あ》がった。ただの炎《ほのお》ではない。紫《むらさき》の炎《ほのお》だ。同時に前方のドアの入口にも黒い炎《ほのお》が上がった。閉《と》じ込《こ》められた。

「見て！」

ハーマイオニーが瓶《びん》の横に置かれていた巻紙《まきがみ》を取り上げた。ハリーはハーマイオニーの肩越《かたご》しにその紙を読んだ。

前には危険《きけん》　後ろは安全
君が見つけさえすれば　二つが君を救うだろう
七つのうちの一つだけ　君を前進させるだろう
別の一つで退却《たいきゃく》の　道が開ける　その人に
二つの瓶《びん》は　イラクサ酒
残る三つは殺人者　列にまぎれて隠《かく》れてる
長々居《い》たくないならば　どれかを選んでみるがいい
君が選ぶのに役に立つ　四つのヒントを差し上げよう
まず第一のヒントだが　どんなにずるく隠《かく》れても
毒入り瓶《びん》のある場所は　いつもイラクサ酒の左
第二のヒントは両端《りょうたん》の　二つの瓶《びん》は種類がちがう

君が前進したいなら　二つのどちらも友ではない
第三のヒントは見たとおり　七つの瓶《びん》は大きさがちがう
小人も巨人《きょじん》もどちらにも　死の毒薬は入ってない
第四のヒントは双子《ふたご》の薬　ちょっと見た目はちがっても
左端《ひだりはし》から二番目と　右の端《はし》から二番目の　瓶《びん》の中身は同じ味

ハーマイオニーはホーッと大きなため息をついた。なんと、ほほえんでいる。こんな時に笑えるなんて、とハリーは驚《おどろ》いた。

「すごいわ！」

ハーマイオニーが言った。

「これは魔法《まほう》じゃなくて論理《ろんり》よ。パズルだわ。大魔法使《だいまほうつか》いと言われるような人って、論理《ろんり》のかけらもない人がたくさんいるの。そういう人はここで永久《えいきゅう》に行き止まりだわ」

「でも僕《ぼく》たちもそうなってしまうんだろう？　ちがう？」

「もちろん、そうはならないわ」とハーマイオニーが言った。

「必要なことは全部この紙に書いてある。七つの瓶《びん》があって、三つは毒薬、二つはお酒、一つは安全に黒い炎《ほのお》の中を通してくれ、一つは紫《むらさき》の炎《ほのお》を通《とお》り抜《ぬ》けて戻《もど》れるようにしてくれる」

「でも、どれを飲んだらいいか、どうやったらわかるの？」

「ちょっとだけ待って」

ハーマイオニーは紙を何回か読み直した。それから、ブツブツひとり言をつぶやいたり、瓶《びん》を指さしたりしながら、瓶《びん》の列に沿《そ》って行ったり来たりした。そしてついにパチンと手を打った。

「わかったわ。一番小さな瓶《びん》が、黒い炎《ほのお》を通《とお》り抜《ぬ》けて『石』のほうへ行かせてくれる」

ハリーはその小さな瓶《びん》を見つめた。

「一人分しかないね。ほんの一口しかないよ」

二人は顔を見合わせた。

「紫《むらさき》の炎《ほのお》をくぐって戻《もど》れるようにする薬はどれ？」

ハーマイオニーが一番右端《みぎはし》にある丸い瓶《びん》を指さした。

「君がそれを飲んでくれ」とハリーが言った。

「いいからだまって聞いてほしい。戻《もど》ってロンと合流してくれ。それから鍵《かぎ》が飛び回っている部屋《へや》に行って箒《ほうき》に乗る。そうすれば仕掛《しか》け扉《とびら》もフラッフィーも飛《と》び越《こ》えられる。まっすぐふくろう小屋に行って、ヘドウィグをダンブルドアに送ってくれ。彼《かれ》が必要なんだ。しばらくならスネイプを食い止められるかもしれないけど、やっぱり僕《ぼく》じゃかなわないはずだ」

「でもハリー、もし『例のあの人』がスネイプと一緒《いっしょ》にいたらどうするの？」

「そうだな。僕《ぼく》、一度は幸運だった。そうだろう？」

ハリーは額《ひたい》の傷《きず》を指さした。

「だから二度目も幸運かもしれない」

ハーマイオニーは唇《くちびる》を震《ふる》わせ、突然《とつぜん》ハリーにかけより、両手で抱《だ》きついた。

「ハーマイオニー！」

「ハリー、あなたって、偉大《いだい》な魔法使《まほうつか》いよ」

「僕《ぼく》、君にかなわないよ」

ハーマイオニーが手を放すと、ハリーはどぎまぎしながら言った。

「私《わたし》なんて！　本が何よ！　頭がいいなんて何よ！　もっと大切なものがあるのよ……友情《ゆうじょう》とか勇気とか……ああ、ハリー、お願い、**気をつけてね！**」

「まず君から飲んで。どの瓶《びん》が何の薬か、自信があるんだね？」

「絶対《ぜったい》よ」

ハーマイオニーは列の端《はし》にある大きな丸い瓶《びん》を飲《の》み干《ほ》し、身震《みぶる》いした。

「毒じゃないんだろうね？」

ハリーが心配そうに聞いた。

「大丈夫《だいじょうぶ》……でも氷みたいなの」

「さあ、急いで。効《き》き目《め》が切れないうちに」

「幸運を祈《いの》ってるわ。気をつけてね」

「**早く!**」

ハーマイオニーはきびすを返して、紫《むらさき》の炎《ほのお》の中をまっすぐに進んでいった。

ハリーは深呼吸《しんこきゅう》し、小さな瓶《びん》を取り上げ、黒い炎《ほのお》に顔を向けた。

「行くぞ」そう言うと、ハリーは小さな瓶《びん》を一気に飲《の》み干《ほ》した。

まさに冷たい氷が体中を流れていくようだった。ハリーは瓶《びん》を置き、歩きはじめた。気を引きしめ、黒い炎《ほのお》の中を進んだ。炎《ほのお》がメラメラとハリーの体をなめたが、熱くはなかった。しばらくの間、黒い炎《ほのお》しか見えなかった……が、とうとう炎《ほのお》のむこう側に出た。そこは最後の部屋《へや》だった。

すでに誰《だれ》かがそこにいた。しかし——それはスネイプではなかった。ヴォルデモートでさえもなかった。

第十七章　二つの顔をもつ男

そこにいたのはクィレルだった。

「**あなたが！**」ハリーは息をのんだ。

クィレルは笑いを浮《う》かべた。その顔はいつもとちがい、けいれんなどしていなかった。

「私《わたし》だ」落《お》ち着《つ》き払《はら》った声だ。「ポッター、君にここで会えるかもしれないと思っていたよ」

「でも、僕《ぼく》は……スネイプだとばかり……」

「セブルスか？」

クィレルは笑った。いつものかん高い震《ふる》え声《ごえ》ではなく、冷たく鋭《するど》い笑いだった。

「確《たし》かに、セブルスはまさにそんなタイプに見える。彼《かれ》が育ち過《す》ぎたコウモリみたいに飛び回ってくれたのがとても役に立った。スネイプのそばにいれば、誰《だれ》だって、か、かわいそうな、お、臆病者《おくびょうもの》の、ク、クィレル先生を疑《うたが》いやしないだろう？」

ハリーは信じられなかった。そんなはずはない。何かのまちがいだ。

「でもスネイプは僕《ぼく》を殺そうとした！」

「いや、いや、いや。殺そうとしたのは**私《わたし》だ**。あのクィディッチの試合で、君の友人のミス・グレンジャーがスネイプに火をつけようとして急いでいたとき、たまたま私《わたし》にぶつかって、私《わたし》は倒《たお》れてしまった。それで君から目を離《はな》してしまったんだ。もう少しで箒《ほうき》から落としてやれたんだが。君を救おうとして、スネイプが私《わたし》のかけた呪文《じゅもん》を解《と》く反対呪文《じゅもん》を唱えてさえいなければ、もっと早くたたき落とせたんだ」

「スネイプが僕《ぼく》を**救おうと**していた？」

「そのとおり」

クィレルは冷たく言い放った。

「彼《かれ》がなぜ次の試合で審判《しんぱん》を買って出たと思うかね？　私《わたし》が二度と同じことをしないようにだよ。まったく、おかしなことだ……そんな心配をする必要はなかったのだ。ダンブルドアが見ている前では、私《わたし》だって何もできなかったのだから。ほかの先生方は全員、スネイプがグリフィンドールの勝利を阻止《そし》するために審判《しんぱん》を申し出たと思った。スネイプは憎《にく》まれ役《やく》を買って出たわけだ……ずいぶんと時間をむだにしたものよ。どうせ今夜、私《わたし》がおまえを殺すというのに」

クィレルが指をパチッと鳴らした。縄《なわ》がどこからともなく現《あらわ》れ、ハリーの体に固く巻《ま》きついた。

「ポッター、君はいろんな所に首を突っ込み過《つこす》ぎる。生かしてはおけない。ハロウィーンのときもあんなふうに学校中をチョロチョロしおって。『賢者《けんじゃ》の石』を守っているのが何なのかを見に、私《わたし》が戻《もど》ってきたときも、君は私《わたし》を見てしまったようだ」

「あなたがトロールを入れたのですか？」

「さよう。私《わたし》はトロールについては特別な才能《さいのう》がある……ここに来る前の部屋《へや》で、私《わたし》が倒《たお》したトロールを見たね。残念なことに、あの時、みながトロールを探《さが》して走り回っていたのに、私《わたし》を疑《うたが》っていたスネイプだけが、まっすぐに四階に来て私《わたし》の前に立ちはだかった……私《わたし》のトロールが君を殺しそこねたばかりか、三頭犬《さんとうけん》はスネイプの足をかみ切りそこねた。

さあポッター、おとなしく待っておれ。このなかなかおもしろい鏡を調べなくてはならないからな」

その時初めてハリーはクィレルの後ろにあるものに気がついた。あの「みぞの鏡《かがみ》」だった。

「この鏡が『石』を見つける鍵《かぎ》なのだ」

クィレルは鏡の枠《わく》をコツコツたたきながらつぶやいた。

「ダンブルドアなら、こういうものを考えつくだろうと思った……しかし、彼《かれ》はいまロンドンだ……帰ってくるころには、私《わたし》はとっくに遠くに去っている……」

ハリーにできることは、とにかくクィレルに話し続けさせ、鏡に集中できないようにすることだ。それしか思いつかない。

「僕《ぼく》、あなたが森の中でスネイプと一緒《いっしょ》にいるところを見た……」

ハリーが出《だ》し抜《ぬ》けに言った。

「ああ」

クィレルは鏡の裏側《うらがわ》に回り込《こ》みながら生返事をした。

「スネイプは私《わたし》に目をつけていて、私《わたし》がどこまで知っているかを確《たし》かめようとしていた。初めからずっと私《わたし》のことを疑《うたが》っていた。私《わたし》を脅《おど》そうとしたんだ。私《わたし》にはヴォルデモート卿《きょう》がついているというのに……それでも脅《おど》せると思っていたのだろうかね」

クィレルは鏡の裏《うら》を調べ、また前に回って、食い入るように鏡に見入った。

「『石』が見える……ご主人様にそれを差し出しているのが見える……でもいったい石はどこだ？」

ハリーは縄《なわ》をほどこうともがいたが、結び目は固かった。**何とかして**クィレルの注意を鏡からそらさなくては。

「でもスネイプは僕《ぼく》のことをずっと憎《にく》んでいた」

「ああ、そうだ」

　クィレルがこともなげに言った。

「まったくそのとおりだ。おまえの父親と彼《かれ》はホグワーツの同窓《どうそう》だった。知らなかったのか？　互《たが》いに毛嫌《けぎら》いしていた。だがけっしておまえを**殺そう**とは思わなかった」

「でも二、三日前、あなたが泣いている声を聞きました……スネイプが脅《おど》しているんだと思った」

　クィレルの顔に初めて恐怖《きょうふ》がよぎった。

「時には、ご主人様の命令に従《したが》うのが難《むずか》しいこともある……あの方は偉大《いだい》な魔法使《まほうつか》いだし、私《わたし》は弱い……」

「それじゃ、あの教室で、あなたは『あの人』と一緒《いっしょ》にいたんですか？」

　ハリーは息をのんだ。

「私《わたし》の行く所、どこにでもあの方がいらっしゃる」

　クィレルが静かに言った。

「世界旅行をしていたとき、あの方に初めて出会った。当時私《わたし》は愚《おろ》かな若輩《じゃくはい》だったし、善悪《ぜんあく》についてばかげた考えしかもっていなかった。ヴォルデモート卿《きょう》は、私《わたし》がいかに誤《あやま》っているかを教えてくださった。善《ぜん》と悪が存在《そんざい》するのではなく、力と、力を求めるには弱すぎる者とが存在《そんざい》するだけなのだと……それ以来、私《わたし》はあの方の忠実《ちゅうじつ》な下僕《げぼく》になった。だがあの方を何度も失望させてしまった。だから、あの方は私《わたし》にとても厳《きび》しくしなければならなかった」

突然《とつぜん》クィレルは震《ふる》えだした。

「過《あやま》ちは簡単《かんたん》に許《ゆる》してはいただけない。グリンゴッツから『石』を盗《ぬす》みだすのにしくじったときは、とてもご立腹《りっぷく》だった。私《わたし》を罰《ばっ》した……そして、私《わたし》をもっと間近で見張《みは》らなければならないと決心なさった……」

クィレルの声が次第に小さくなっていった。ハリーはダイアゴン横丁に行ったときのことを思い出していた——なんでいままで気がつかなかったんだろう？　ちょうどあの日にクィレルに会っている。「漏《も》れ鍋《なべ》」で握手《あくしゅ》までしたじゃないか。

クィレルは低い声でののしった。

「いったいどうなってるんだ……『石』は鏡の中にうまっているのか？　鏡を割《わ》ってみるか？」

ハリーは目まぐるしくいろいろなことを考えていた。

——いま、僕《ぼく》が一番望んでいるのは、クィレルより先に『賢者《けんじゃ》の石』を見つけることだ。だからもしいま鏡を見れば、『石』を見つけた自分の姿《すがた》が映《うつ》るはずだ。つまり、『石』がどこに隠《かく》されているかが見えるはずだ！　クィレルに悟《さと》られないように鏡を見るにはどうしたらいいんだろう？

ハリーはクィレルに気づかれないように鏡の前に行こうと、左のほうににじり寄《よ》ったが、縄《なわ》がくるぶしをきつく縛《しば》っているので、つまずいて倒《たお》れてしまった。クィレルはハリーを無視《むし》してブツブツひとり言を言い続けていた。

「この鏡はどういう仕掛《しか》けなんだ？　どういう使い方をするんだろう？　ご主人様、助けてください！」

別の声が答えた。しかも声は、クィレル自身から出てくるようだった。ハリーはぞっとした。

「その子を使うんだ……その子を使え……」

クィレルが突然《とつぜん》ハリーを振《ふ》り向《む》いた。

「わかりました……ポッター、ここへ来い」

手を一回パンと打つと、ハリーを縛《しば》っていた縄《なわ》が落ちた。

ハリーはのろのろと立ち上がった。

「ここへ来るんだ」

クィレルが言った。

「鏡を見て何が見えるかを言え」

ハリーはクィレルのほうに歩いていった。

——うそをつかなくては——ハリーは必死に考えた。——鏡に何が見えても、うそを言えばいい——

クィレルがハリーのすぐ後ろに回った。変な臭《にお》いがした。クィレルのターバンから出る臭《にお》いらしい。ハリーは目を閉じて鏡の前に立ち、そこで目を開けた。

青白くおびえた自分の姿《すがた》が目に入った。次の瞬間《しゅんかん》、鏡の中のハリーが笑いかけた。鏡の中のハリーがポケットに手を突《つ》っ込《こ》み、血のように赤い石を取り出した。そしてウィンクをするとまたその石をポケットに入れた。すると、そのとたん、ハリーは自分のポケットの中に何か重い物が落ちるのを感じた。なぜか——信じられないことに——**ハリーは「石」を手に入れてしまった。**

「どうだ？」クィレルが待ちきれずに聞いた。「何が見える？」

ハリーは勇気を奮《ふる》い起《お》こした。

「僕《ぼく》がダンブルドアと握手《あくしゅ》をしているのが見える」

作り話だ。

「僕《ぼく》……僕《ぼく》のおかげでグリフィンドールが寮杯《りょうはい》を獲得《かくとく》したんだ」

「そこをどけ」クィレルがまたののしった。

脇《わき》によけるときに、ハリーは「賢者《けんじゃ》の石」が自分の脚《あし》に触《ふ》れるのを感じた。思いきって逃《に》げ出《だ》そうか？　しかし、ほんの五歩も歩かないうちに、クィレルが唇《くちびる》を動かしていないのに高い声が響《ひび》いた。

「こいつはうそをついている……うそをついているぞ……」

「ポッター、ここに戻《もど》れ！　本当のことを言うんだ。いま、何が見えたんだ？」

クィレルが叫《さけ》んだ。再《ふたた》び高い声がした。

「俺様《おれさま》が話す……直に話す……」

「ご主人様、あなた様はまだ充分《じゅうぶん》に力がついていません！」

「このためなら……使う力がある……」

「悪魔《あくま》の罠《わな》」がハリーをその場に釘《くぎ》づけにしてしまったような感じだった。ハリーは指一本動かせなくなってしまった。クィレルがターバンをほどくのを、ハリーは石のように硬《かた》くなったままで見ていた。何をしているんだろう？　ターバンが落ちた。ターバンをかぶらないクィレルの頭は、奇妙《きみょう》なくらい小さかった。クィレルはその場でゆっくりと体を後ろ向きにした。

ハリーは悲鳴を上げるところだった。が、声が出なかった。クィレルの頭の後ろに、もう一つの顔があった。ハリーがこれまで見たこともないほどの恐《おそ》ろしい顔が。ろうのように白い顔、ギラギラと血走った目、鼻孔《びこう》は蛇《へび》のように裂《さ》け目《め》になっていた。

「ハリー・ポッター……」

顔がささやいた。ハリーはあとずさりしようとしたが、足が動かなかった。

「このありさまを見ろ」

顔が言った。

「ただの影《かげ》と霞《かすみ》にすぎない……誰《だれ》かの体を借りて初めて形になることができる……しかし、常《つね》に誰《だれ》かが、喜んで俺様《おれさま》をその心に入《はい》り込《こ》ませてくれる……この数週間は、ユニコーンの血が俺《おれ》様《さま》を強くしてくれた……忠実《ちゅうじつ》なクィレルが、森の中で俺様《おれさま》のために血を飲んでいるところを見ただろう……命の水さえあれば、俺様《おれさま》は自身の体を創造《そうぞう》することができるのだ……さて……ポケットにある『石』をいただこうか」

彼《かれ》は知っていたんだ。突然《とつぜん》足の感覚が戻《もど》った。ハリーはよろめきながらあとずさりした。

「バカなまねはよせ」

顔が低くうなった。

「命を粗末《そまつ》にするな。俺様《おれさま》の側につけ……さもないとおまえもおまえの両親と同じ目にあうぞ……二人とも命乞《いのちご》いをしながら死んでいった……」

「うそだ！」ハリーが突然叫《とつぜんさけ》んだ。

ヴォルデモートがハリーを見たままでいられるように、クィレルは後ろ向きで近づいてきた。邪悪《じゃあく》な顔がニヤリとした。

「胸《むね》を打たれるねぇ……」顔が押《お》し殺《ころ》したような声を出した。

「俺様《おれさま》はいつも勇気を称《たた》える……そうだ、小僧《こぞう》、おまえの両親は勇敢《ゆうかん》だった……俺様《おれさま》はまず父

親を殺した。勇敢《ゆうかん》に戦ったがね……しかしおまえの母親は死ぬ必要はなかった……母親はおまえを守ろうとしたのだ……母親の死をむだにしたくなかったら、さあ『石』をよこせ」

「やるもんか！」ハリーは炎《ほのお》の燃《も》えさかる扉《とびら》に向かってかけ出した。

「捕《つか》まえろ！」

ヴォルデモートが叫《さけ》んだ。

次の瞬間《しゅんかん》、ハリーはクィレルの手が自分の手首をつかむのを感じた。そのとたん、針《はり》で刺《さ》すような鋭《するど》い痛《いた》みが額《ひたい》の傷痕《きずあと》を貫《つらぬ》いた。頭が二つに割《わ》れるかと思うほどだった。ハリーは悲鳴を上げ、力を振《ふ》り絞《しぼ》ってもがいた。驚《おどろ》いたことに、クィレルはハリーの手を放した。額《ひたい》の痛《いた》みがやわらいだ……クィレルがどこに行ったのか、ハリーはいそいで周りを見回した。クィレルは苦痛《くつう》に体を丸め、自分の指を見ていた……見る見るうちに指に火ぶくれができていた。

「捕《つか》まえろ！　捕《つか》まえるのだ！」

ヴォルデモートがまたかん高く叫《さけ》んだ。クィレルが跳《と》びかかり、ハリーの足をすくって引《ひ》き倒《たお》し、ハリーの上にのしかかって両手をハリーの首にかけた……額《ひたい》の傷《きず》の痛《いた》みでハリーは目がくらんだが、それでも、クィレルが激《はげ》しい苦痛《くつう》でうなり声を上げるのが見えた。

「ご主人様、こやつを押《お》さえていられません……手が……私《わたし》の手が！」

クィレルはひざでハリーを地面に押《お》さえつけてはいたが、ハリーの首から手を放し、いぶかしげに自分の手のひらを見つめていた……ハリーの目に、真《ま》っ赤《か》に焼けただれ、皮がベロリとむけた手が見えた。

「それなら殺せ、愚《おろ》か者め、始末してしまえ！」

ヴォルデモートが鋭《するど》く叫《さけ》んだ。クィレルは手を上げて死の呪《のろ》いをかけはじめた。ハリーはとっさに手を伸《の》ばし、クィレルの顔をつかんだ。

「あああアァァ！」

クィレルが転がるようにハリーから離《はな》れた。顔も焼けただれていた。

ハリーにはわかった。クィレルはハリーの皮膚《ひふ》に触《ふ》れることができないのだ。触《ふ》れればひどい痛《いた》みに責《せ》めさいなまれる……クィレルにしがみつき、痛《いた》みのあまり呪《のろ》いをかけることができないようにする――それしか道はない。

ハリーは跳《と》び起《お》きて、クィレルの腕《うで》をつかまえ、力のかぎり強くしがみついた。クィレルは悲鳴を上げ、ハリーを振《ふ》りほどこうとした……ハリーの額《ひたい》の痛《いた》みはますますひどくなった……何も見えない……クィレルの恐《おそ》ろしい悲鳴とヴォルデモートの叫《さけ》びが聞こえるだけだ。

「殺せ！　殺せ！」

もう一つ別の声が聞こえてきた。ハリーの頭の中で聞こえたのかもしれない。叫《さけ》んでいる。

「ハリー！　ハリー！」

ハリーは固く握《にぎ》っていたクィレルの腕《うで》がもぎ取られていくのを感じた。すべてを失ってしまったのがわかった。

ハリーの意識《いしき》は闇《やみ》の中へと落ちていった。下へ……下へ……下へ……。

ハリーのすぐ上で何か金色のものが光っていた。スニッチだ！　捕《つか》まえようとしたが、腕《うで》がとても重い。

瞬《まばた》きをした。スニッチではなかった。めがねだった。おかしいなあ。

もういっぺん瞬《まばた》きをした。ハリーの上にアルバス・ダンブルドアのにこやかな顔がすうっと現《あらわ》れるのが見えた。

「ハリー、こんにちは」

ダンブルドアの声だ。ハリーはダンブルドアを見つめた。記憶《きおく》がよみがえった。

「先生！　『石』！　クィレルだったんです。クィレルが『石』を持っています。先生！　早く……」

「落ち着いて、ハリー。君は少うし時間がずれておるよ。クィレルは『石』を持ってはおらん」

「じゃあ誰《だれ》が？　先生、僕《ぼく》……」

「ハリー、いいから落ち着きなさい。でないと、わしがマダム・ポンフリーに追い出されてしまう」

ハリーはゴクッとつばを飲《の》み込《こ》み、周りを見まわした。医務室《いむしつ》にいるらしい。白いシーツのベッドに横たわり、脇《わき》のテーブルには、まるで菓子屋《かしや》が半分そっくりそこに引《ひ》っ越《こ》してきたかのように、甘《あま》い物が山のように積み上げられていた。

「君の友人や崇拝者《すうはいしゃ》からの贈《おく》り物《もの》だよ」

ダンブルドアがニッコリした。

「地下で君とクィレル先生との間に起きたことは『秘密《ひみつ》』でな。秘密《ひみつ》ということはつまり、学校中が知っているというわけじゃ。君の友達《ともだち》のミスター・フレッド、ミスター・ジョージ・ウィーズリーは、確《たし》か君にトイレの便座《べんざ》を送ってきたのう。君がおもしろがると思ったんじゃろう。だが、マダム・ポンフリーがあんまり衛生的《えいせいてき》ではないと言って、没収《ぼっしゅう》してしまった」

「僕《ぼく》はどのくらいここにいたんですか?」

「三日間じゃよ。ミスター・ロナルド・ウィーズリーとミス・グレンジャーは、君が気がついたと知ったらホッとするじゃろう。二人ともそれはそれは心配しておった」

「でも先生、『石』は……」

「君の気持ちをそらすことはできないようじゃな。よかろう。『石』だが、クィレル先生は君から石を取り上げることができなかった。わしがちょうど間に合って、食い止めた。しかし、君は一人で本当によくやった」

「先生があそこに？　ハーマイオニーのふくろう便を受け取ったんですね？」

「いや、空中ですれちがってしまったらしい。ロンドンに着いたとたん、わしがおるべき場所は出発してきた所だったとはっきり気がついたのじゃ。それで、クィレルを君から引《ひ》き離《はな》すのにやっと間に合った……」

「あの声は、**先生**だったんですか」

「遅《おそ》すぎたかと心配したが」

「もう少しで手遅《ておく》れのところでした。あれ以上長くは『石』を守ることはできなかったと思います……」

「いや、『石』ではなくて、ハリー、大切なのは君じゃよ……君があそこまでがんばったことで、危《あや》うく死ぬところじゃった。一瞬《いっしゅん》、もうだめかと、わしは肝《きも》を冷やしたよ。『石』じゃが の、あれはもう壊《こわ》してしもうた」

「壊《こわ》した？」

　ハリーはぼうぜんとした。

「でも、先生のお友達《ともだち》……ニコラス・フラメルは……」

「おお、ニコラスを知っているのかい？」

ダンブルドアがうれしそうに言った。

「君はずいぶんきちんと調べて、あのことに取り組んだんじゃの。わしはニコラスとちょっと話しおうてな、こうするのが一番いいということになったんじゃ」

「でも、それじゃニコラスご夫妻《ふさい》は死んでしまうんじゃありませんか？」

「あの二人は、身辺をきちんと整理するのに充分《じゅうぶん》な命の水を蓄《たくわ》えておる。それから、そうじゃ、二人は死ぬじゃろう」

ハリーの驚《おどろ》いた顔を見て、ダンブルドアがほほえんだ。

「君のように若《わか》い者にはわからんじゃろうが、ニコラスとペレネレにとって、死とは長い一日の終わりに眠《ねむ》りにつくようなものなのじゃ。結局、きちんと整理された心をもつ者にとっては、死は次の大いなる冒険《ぼうけん》にすぎないのじゃよ。よいか、『石』はそんなにすばらしいものではない。欲《ほ》しいだけのお金と命なんぞ！　大方の人間が何よりもまずこの二つを選んでしまうじゃろう……困《こま》ったことに、どういうわけか人間は、自らにとって最悪のものを欲《ほ》しがるくせがあるようじゃ」

ハリーはだまって横たわっていた。ダンブルドアは鼻歌を歌いながら天井《てんじょう》のほうを見てほほえんだ。

「先生、ずっと考えていたことなんですが……先生、『石』がなくなってしまっても、ヴォル……あの、『例のあの人』が……」

「ハリー、ヴォルデモートと呼《よ》びなさい。ものには必ず適切《てきせつ》な名前を使うことじゃ。名前を恐《おそ》れていると、そのもの自身に対する恐《おそ》れも大きくなる」

「はい、先生。ヴォルデモートはほかの手段《しゅだん》でまた戻《もど》って来るんじゃありませんか。つまりいなくなってしまったわけではないですよね？」

「ハリー、いなくなったわけではない。どこかに行ってしまっただけじゃ。乗《の》り移《うつ》る別の体を探《さが》していることじゃろう。本当に生きているわけではないから、殺すこともできん。クィレルをも見殺しにしたやつじゃ。自分の家来を、敵《てき》と同じように情《なさ》け容赦《ようしゃ》なく扱《あつか》う。とは言え、ハリー、君がやったことは、ヴォルデモートが再《ふたた》び権力《けんりょく》を手にするのを遅《おく》らせただけかもしれんし、次にまた誰《だれ》かが、一見勝ち目のない戦いをしなくてはならないかもしれん。しかし、そうやって彼《かれ》のねらいが何度も何度もくじかれ、遅《おく》れれば……そう、彼《かれ》は二度と権力《けんりょく》を取《と》り戻《もど》すことができなくなるかもしれんのじゃ」

ハリーはうなずいた。でも頭が痛《いた》くなるので、すぐにうなずくのをやめた。

「先生、僕《ぼく》、ほかにも、もし先生に教えていただけるなら、知りたいことがあるんですけど……真実を知りたいんです……」

「真実か」

ダンブルドアはため息をついた。

「それはとても美しくも恐《おそ》ろしいものじゃ。だからこそ注意深く扱《あつか》わなければなるまい。しかし、答えないほうがいいというはっきりした理由がないかぎり、答えてあげよう。答えられない理由があるときには許《ゆる》してほしい。もちろん、わしはうそはつかん」

「ヴォルデモートが母を殺したのは、母が僕《ぼく》を彼《かれ》の魔手《ましゅ》から守ろうとしたからだと言っていました。でも、そもそもなぜ僕《ぼく》を殺したかったんでしょう?」

ダンブルドアが今度は深いため息をついた。

「おお、なんと、最初の質問《しつもん》なのに、わしは答えてやることができん。今日は答えられん。いまはだめじゃ。時が来ればわかるじゃろう……ハリー、いまは忘《わす》れるがよい。もう少し大きくなれば……こんなことは聞きたくないじゃろうが……その時が来たらわかるじゃろう」

ハリーには、ここで食い下がってもどうにもならないということがわかった。

「でも、どうしてクィレルは僕《ぼく》にさわれなかったんですか」

「君の母上は、君を守るために死んだ。ヴォルデモートに理解《りかい》できないことがあるとすれば、それは愛じゃ。君の母上の愛情《あいじょう》が、その愛の印を君に残していくほど強いものだったことに、彼《かれ》は気づかなかった。傷痕《きずあと》のことではない。目に見える印ではない……それほどまでに深く愛を注いだということが、たとえ愛したその人がいなくなっても、永久《えいきゅう》に愛されたものを守る力になるのじゃ。それが君の肌《はだ》に残っておる。クィレルのように憎《にく》しみ、欲望《よくぼう》、野望に満ちた者、ヴォルデモートと魂《たましい》を分け合うような者は、それがために君に触《ふ》れることができなかったのじゃ。かくもすばらしいものによって刻印《こくいん》された君のような者に触《ふ》れるのは、苦痛《くつう》でしかなかったのじゃ」

ダンブルドアはその時、窓辺《まどべ》に止まった小鳥になぜかとても興味《きょうみ》を持って、ハリーから目をそらした……そのすきにハリーはこっそりシーツで涙《なみだ》をぬぐうことができた。そしてやっと声が出るようになったとき、ハリーはまた質問《しつもん》した。

「あの『透明《とうめい》マント』は……誰《だれ》が僕《ぼく》に送ってくれたか、ご存《ぞん》じですか？」

「ああ……君の父上が、たまたま、わしに預《あず》けていかれた。君の気に入るじゃろうと思うてな」

ダンブルドアの目がいたずらっぽくキラキラッとした。

「便利なものじゃ。君の父上がホグワーツに在学中《ざいがく》は、もっぱらこれを使って台所に忍《しの》び込《こ》み、食べ物を失敬《しっけい》したものじゃ」

「そのほかにもお聞きしたいことが……」

「どんどん聞くがよい」

「クィレルが言うには、スネイプが」

「ハリー、スネイプ**先生**じゃろう」

「はい。その人です……クィレルが言ったんですが、彼《かれ》が僕《ぼく》のことを憎《にく》むのは、僕《ぼく》の父を憎《にく》んでいたからだと。それは本当ですか？」

「そうじゃな、お互《たが》いに嫌《きら》っておった。君とミスター・マルフォイのようなものじゃ。そして、君の父上が行ったあることをスネイプはけっして許《ゆる》せなかった」

「なんですか？」

「スネイプの命を救ったんじゃよ」

「**なんですって？**」

「さよう……」ダンブルドアは遠くを見るような目で話した。

「人の心とはおかしなものよ。のう？　スネイプ先生は君の父上に借りがあるのが、がまんならなかった……この一年間、スネイプは君を守るために全力を尽《つ》くした。これで父上と五分五分になると考えたのじゃ。そうすれば、心安らかに再《ふた》び君の父上の思い出を憎《にく》むことができる、とな……」

ハリーは懸命《けんめい》に理解《りかい》しようとしたが、また頭がずきずきしてきたので考えるのをやめた。

「先生もう一つあるんですが？」

「もう一つだけかな？」

「僕《ぼく》はどうやって鏡の中から『石』を取り出したんでしょう?」

「おぉ、これは聞いてくれてうれしいのう。例の鏡を使うのはわしのアイデアの中でも一段《いちだん》とすばらしいものでな、ここだけの話じゃが、これは実にすごいことなのじゃよ。つまり『石』を見つけたい者だけが――よいか、**見つけたい**者であって、使いたい者ではないぞ――それを手に入れることができる。さもなければ、鏡に映《うつ》るのは、黄金を作ったり、命の水を飲む姿《すがた》だけじゃ。わしの脳《のう》みそは、ときどき自分でも驚《おどろ》くことを考えつくものじゃよ……さあ、もう質《しつ》問《もん》は終わり。そろそろこのお菓子《かし》に取りかかってはどうかね。あっ! バーティー・ボッツの百《ひゃく》味《み》ビーンズがある! わしは若《わか》いとき、不幸にもゲロの味に当たってのう。それ以来あまり好まんようになってしもうたのじゃ……でもこのおいしそうなタフィーなら大丈夫《だいじょうぶ》だと思わんか?」

ダンブルドアはニコッとして、こんがり茶色のビーンズを一粒《ひとつぶ》口に放《ほう》り込《こ》んだ。とたんにむせかえってしまった。

「なんと、耳くそ味だ!」

校医のマダム・ポンフリーはいい人だったが、とても厳《きび》しかった。

「**たったの**五分でいいから」とハリーが懇願《こんがん》した。

「いいえ。絶対《ぜったい》にいけません」

「ダンブルドア先生は入れてくださったのに……」

「そりゃ、校長先生ですから、ほかとはちがいます。あなたには休息が必要なんです」

「僕《ぼく》、休息してます。ほら、横になってるし。ねえ、マダム・ポンフリーお願い……」

「仕方ないわね。でも、五分だけですよ」

そして、ロンとハーマイオニーは病室に入れてもらえた。

「**ハリー!**」

ハーマイオニーはいまにもまた両手でハリーを抱《だ》きしめそうだった。でも、思いとどまってくれたので、頭がまだひどく痛《いた》むハリーはホッとした。

「あぁ、ハリー。私《わたし》たち、あなたがもうダメかと……ダンブルドア先生がとても心配してらっしゃったのよ……」

「学校中がこの話でもちきりだよ。**本当は**何があったの?」とロンが聞いた。

事実が、とっぴなうわさ話よりもっと不思議でドキドキするなんて、めったにない。しかし、この事実こそまさにそれだった。ハリーは二人に一部始終を話して聞かせた。クィレル、鏡、賢者《けんじゃ》の石、そしてヴォルデモート。ロンとハーマイオニーは聞き上手《じょうず》だった。ここぞという時に、ハッと息をのみ、クィレルのターバンの下に何があったかを話したときは、ハーマイオニーが大きな悲鳴を上げた。

「それじゃ『石』はなくなってしまったの？　フラメルは……**死んじゃうの？**」

最後にロンが尋《たず》ねた。

「僕《ぼく》もそう聞いたんだ。でも、ダンブルドア先生は……ええと、何て言ったっけかな……『整理された心をもつ者にとっては、死は次の大いなる冒険《ぼうけん》にすぎない』って」

「だからいつも言ってるだろう。ダンブルドアはズレてるって」

ロンは自分の尊敬《そんけい》するヒーローの調子っぱずれぶりにひどく感心したようだった。

「それで、君たち二人のほうはどうしたんだい？」ハリーが聞いた。

「ええ、私《わたし》、ちゃんと戻《もど》れたわ。私《わたし》、ロンの意識《いしき》を回復《かいふく》させて……ちょっと手間がかかったけど……そしてダンブルドアに連絡《れんらく》するために、二人でふくろう小屋に行ったら、玄関《げんかん》ホールで本人と出会ったの……。ダンブルドアはもう知っていたわ……『ハリーはもう追いかけて行ってしまったんだね』とそれだけ言うと、矢のように四階にかけていったわ」

「ダンブルドアは君がこんなことをするように仕向けたんだろうか？　だって君のお父さんのマントを送ったりして」

とロンが言った。

「**もしも……**」

ハーマイオニーがカッとなって言った。

「もしも、そんなことをしたんだったら……言わせてもらうわ……ひどいじゃない。ハリーは殺されてたかもしれないのよ」

「ううん、そうじゃないさ」

ハリーが考えをまとめながら答えた。

「ダンブルドアって、おかしな人なんだ。たぶん、僕《ぼく》にチャンスを与《あた》えたいって気持ちがあったんだと思う。あの人はここで何が起きているか、ほとんどすべて知っているんだと思う。僕《ぼく》たちがやろうとしていたことを、相当知っていたんじゃないのかな。僕《ぼく》たちを止めないで、むしろ僕《ぼく》たちの役に立つよう、必要なことだけを教えてくれたんだ。鏡の仕組みがわかるように仕向けてくれたのも偶然《ぐうぜん》じゃなかったんだ。僕《ぼく》にそのつもりがあるのなら、ヴォルデモートと対決する権利《けんり》があるって、あの人はそう考えていたような気がする……」

「あぁ、ダンブルドアってまったく変わっているよな」

ロンが誇《ほこ》らしげに言った。

「ねえ、あしたは学年末のパーティがあるんだから元気になって起きてこなくちゃ。得点は全部計算がすんで、もちろんスリザリン寮《りょう》が勝ったんだ。君が最後のクィディッチ試合に出られなかったから、レイブンクローにこてんぱんにやられてしまったよ。でもごちそうはあるよ」

その時マダム・ポンフリーが勢《いきお》いよく入ってきて、きっぱりと言った。

「もう十五分も経《た》ちましたよ。さあ、**出なさい**」


その夜はぐっすり眠《ねむ》ったので、ハリーはほとんど回復《かいふく》したように感じた。

「パーティに出たいんですけど。行ってもいいでしょうか」

山のような菓子《かし》の箱を片《かた》づけているマダム・ポンフリーにハリーは頼《たの》んだ。

「ダンブルドア先生が行かせてあげるようにとおっしゃいました」

マダム・ポンフリーは鼻をフンと鳴らした。ダンブルドア先生はパーティの危険性《きけんせい》をご存《ぞん》じないとでも言いたげだった。

「ああそれから、また面会の人が来てますよ」

「うれしいなあ。誰《だれ》？」

ハリーの言葉が終わらないうちに、ハグリッドがドアから体を斜《なな》めにして入ってきた。部屋《へや》の中では、ハグリッドはいつも場ちがいなほど大きく見える。ハリーの隣《となり》に座《すわ》ってちらっと顔を見るなり、ハグリッドはオンオンと泣き出してしまった。

「みんな……俺《おれ》の……ばかな……しくじりのせいだ！」

手で顔をおおい、しゃくり上げた。

「悪いやつに、フラッフィーを出《だ》し抜《ぬ》く方法をしゃべくってしもうた。俺《おれ》がヤツに話したんだ！　ヤツはこれだけは知らんかったのに、しゃべくってしもうた！　おまえさんは死ぬとこだった！　たかがドラゴンの卵《たまご》のせいで。もう酒はやらん！　俺《おれ》なんか、つまみ出されて、マグルとして生きろと言われてもしょうがねえ！」

悲しみと後悔《こうかい》に体を震《ふる》わせ、ハグリッドのあごひげに大粒《おおつぶ》の涙《なみだ》がポロポロと流れ落ちている。

「ハグリッド！」

ハリーは泣きじゃくる姿《すがた》に驚《おどろ》いて呼《よ》びかけた。

「ハグリッド、あいつはどうせ見つけだしていたよ。相手はヴォルデモートだもの。ハグリッドが何も言わなくたって、どうせ見つけていたさ」

「おまえさんは死ぬとこだったんだ」

とハグリッドがしゃくり上げた。

「それに、その名前を言わんでくれ！」

「**ヴォルデモート**」

ハリーは大声でどなった。ハグリッドは驚《おどろ》いて泣きやんだ。

「僕《ぼく》はあいつに会ったし、あいつを名前で呼《よ》ぶんだ。さあ、ハグリッド。元気を出して。僕《ぼく》たち、『石』は守ったんだ。もうなくなってしまったから、あいつは『石』を使うことはできないよ。さあ、蛙《かえる》チョコレートを食べて。山ほどあるから……」

ハグリッドは手《て》の甲《こう》でぐいっと鼻をぬぐった。

「おぉ、それで思い出した。俺《おれ》もプレゼントがあるんだ」

「イタチ・サンドイッチじゃないだろうね」

ハリーが心配そうに言うと、やっとハグリッドがクスッと笑った。

「いんや。これを作るんで、きのうダンブルドア先生が俺《おれ》に休みをくれた。あの方にクビにされて当然なのに……とにかく、ほい、これ」

しゃれた革表紙《かわびょうし》の本のようだった。いったい何だろうとハリーが開けてみると、そこには魔法使《まほうつか》いの写真がぎっしりと貼《は》ってあった。どのページでもハリーに笑いかけ、手を振《ふ》っている。父さん、母さんだ。

「あんたのご両親の学友たちにふくろうを送って、写真を集めたんだ。だっておまえさんは一枚《まい》も持っとらんし……気に入ったか?」

ハリーは言葉が出なかった。でもハグリッドにはよくわかった。

その夜ハリーは一人で学年度末パーティに行った。マダム・ポンフリーがもう一度最終診察《しんさつ》をするとうるさかったので、大広間に着いたときにはもう広間はいっぱいだった。スリザリンが七年連続で寮対抗杯《りょうたいこうはい》を獲得《かくとく》したお祝いに、広間はグリーンとシルバーのスリザリン・カラーで飾《かざ》られていた。スリザリンの蛇《へび》を描《えが》いた巨大《きょだい》な横断幕《おうだんまく》が、上座《かみざ》のテーブルの後ろの壁《かべ》を覆《おお》っていた。

ハリーが入っていくと突然《とつぜん》シーンとなり、その後全員がいっせいに大声で話しはじめた。ハリーはグリフィンドールのテーブルで、ロンとハーマイオニーの間に座《すわ》り、みんながハリーを見ようと立ち上がっているのを無視《むし》しようとした。

運良くダンブルドアがすぐに現《あらわ》れ、ガヤガヤ声が静かになった。

「また一年が過《す》ぎた！」

ダンブルドアがほがらかに言った。

「さて、ごちそうにかぶりつく前に、老いぼれのたわごとをお聞き願おう。何という一年だったろう！　君たちの頭も以前に比《くら》べて少し何かが詰《つ》まっていればいいのじゃが……新学年を迎《むか》える前に、君たちの頭がきれいさっぱりからっぽになる夏休みがやってくる。

それではここで、寮対抗杯《りょうたいこうはい》の表彰《ひょうしょう》を行うことになっておる。点数は次のとおりじゃ。四位、グリフィンドール、三一二点。三位、ハッフルパフ、三五二点。レイブンクローは四二六点。そしてスリザリン、四七二点」

スリザリンのテーブルから嵐《あらし》のような歓声《かんせい》と足を踏《ふ》み鳴《な》らす音が上がった。

ドラコ・マルフォイがゴブレットでテーブルをたたいているのが見えた。胸《むね》の悪くなるような光景だった。

「よし、よし、スリザリン。よくやった。しかし、つい最近の出来事《できごと》も勘定《かんじょう》に入れなくてはなるまいて」とダンブルドアが言った。

部屋《へや》全体がシーンとなった。スリザリン寮生《りょうせい》の笑いが少し消えた。

「エヘン」

ダンブルドアが咳払《せきばら》いをした。

「かけ込《こ》みの点数をいくつか与《あた》えよう。えーと、そうそう……まず最初は、ロナルド・ウィーズリー君」

ロンの顔が赤くなった。まるでひどく日焼けした赤カブみたいだった。

「この何年間か、ホグワーツで見ることができなかったような、最高のチェス・ゲームを見せてくれたことを称《たた》え、グリフィンドールに五〇点を与《あた》える」

グリフィンドールの歓声《かんせい》は、魔法《まほう》をかけられた天井《てんじょう》を吹《ふ》き飛《と》ばしかねないくらいだった。頭上の星がグラグラ揺《ゆ》れたようだ。

「僕《ぼく》の兄弟さ！　一番下の弟だよ。マクゴナガルの巨大《きょだい》チェスを破《やぶ》ったんだ」

パーシーがほかの監督生《かんとくせい》にこう言うのが聞こえてきた。広間はやっと静かになった。

「次に……ハーマイオニー・グレンジャー嬢《じょう》に……火に囲まれながら、冷静な論理《ろんり》を用いて対《たい》処《しょ》したことを称《たた》え、グリフィンドールに五〇点を与《あた》える」

ハーマイオニーは腕《うで》に顔をうずめた。きっとうれし泣きしているにちがいないとハリーは思った。

グリフィンドールの寮生《りょうせい》が、テーブルのあちこちで我《われ》を忘《わす》れて狂喜《きょうき》している……一〇〇点も増《ふ》えた。

「三番目はハリー・ポッター君……」

大広間が水を打ったようにしんとなった。

「……その完璧《かんぺき》な精神力《せいしんりょく》と、並《なみ》はずれた勇気を称《たた》え、グリフィンドールに六〇点を与《あた》える」

耳をつんざく大騒音《だいそうおん》だった。声がかすれるほど叫《さけ》びながら足し算ができた人がいたなら、グリフィンドールが四七二点になったことがわかったろう……スリザリンとまったく同点だ。寮《りょう》杯《はい》は引き分けだ……ダンブルドアがハリーにもう一点多く与《あた》えてくれたらよかったのに。

ダンブルドアが手を挙げた。広間の中が少しずつ静かになった。

「勇気にもいろいろある」

ダンブルドアはほほえんだ。

「敵《てき》に立ち向かっていくのには大いなる勇気がいる。しかし、味方の友人に立ち向かっていくのにも同じくらい勇気が必要じゃ。そこで、わしはネビル・ロングボトム君に十点を与《あた》えたい」

大広間の外に誰《だれ》かいたら、爆発《ばくはつ》が起きたと思ったかもしれない。

それほど大きな歓声《かんせい》がグリフィンドールのテーブルから湧《わ》き上がった。

ハリー、ロン、ハーマイオニーは立ち上がって叫《さけ》び、歓声《かんせい》を上げた。ネビルは驚《おどろ》いて青白くなったが、みんなに抱《だ》きつかれ、人にうもれて姿《すがた》が見えなくなった。ネビルは、これまでグリフィンドールのために一点も稼《かせ》いだことはなかった。

ハリーは歓声《かんせい》を上げながらロンの脇腹《わきばら》をつついてマルフォイを指さした。マルフォイは、「金縛《かなしば》りの術《じゅつ》」をかけられたよりももっと驚《おどろ》き、恐《おそ》れおののいた顔をしていた。

レイブンクローもハッフルパフも、スリザリンがトップからすべり落ちたことを祝って、喝《かっ》采《さい》に加わっていた。嵐《あらし》のような喝采《かっさい》の中で、ダンブルドアが声を張《は》り上《あ》げた。

「したがって、飾《かざ》りつけをちょいと変えねばならんのう」

ダンブルドアが手をたたいた。次の瞬間《しゅんかん》グリーンの垂《た》れ幕《まく》が真紅《しんく》に、銀色が金色に変わった。巨大《きょだい》なスリザリンの蛇《へび》が消えてグリフィンドールのそびえ立つようなライオンが現《あらわ》れた。スネイプが苦々しげな作り笑いでマクゴナガル教授《きょうじゅ》と握手《あくしゅ》をしていた。スネイプの目がハリーをとらえた。スネイプの自分に対する感情《かんじょう》が、まったく変わっていないのがハリーにはすぐわかったが、気にならなかった。来学期はまたこれまでと変わらないまともな日常《にちじょう》が戻《もど》ってくるだけの話だ。――ホグワーツにとっての「まともな」日常《にちじょう》が。

その夜はハリーにとって、いままでで一番すばらしい夜だった。クィディッチに勝ったときよりも、クリスマスよりも、野生のトロールをやっつけたときよりもすてきだった……。今夜のことはずっと忘《わす》れないだろう。

試験の結果がまだ出ていないことを、ハリーはほとんど忘《わす》れていたが、それが発表された。驚《おどろ》いたことに、ハリーもロンもよい成績《せいせき》だった。もちろんハーマイオニーは学年でトップだった。ネビルはすれすれだったが、「薬草学」の成績《せいせき》がよくて「魔法薬学《まほうやくがく》」のどん底の成績《せいせき》を補《おぎな》っていた。

意地悪なばかりかバカなゴイルが退校《たいこう》になればいいのにと、みんなが期待していたが、彼《かれ》もパスした。残念だったが、ロンに言わせれば、人生ってそういいことばかりではない。

そして、あっという間に洋服だんすは空《から》になり、旅行鞄《りょこうかばん》はいっぱいになった。ネビルのヒキガエルはトイレの隅《すみ》に隠《かく》れているところを見つかってしまった。「休暇中《きゅうかちゅう》、魔法《まほう》を使わないように」という注意書きが全生徒に配られた――「こんな注意書き、配るのを忘《わす》れりゃいいのにって、いつも思うんだ」とフレッド・ウィーズリーが悲しそうに言った。

ハグリッドが湖を渡《わた》る船に生徒たちを乗せ、そして全員ホグワーツ特急に乗《の》り込《こ》んだ。しゃべったり笑ったりしているうちに、車窓《しゃそう》の田園の緑が濃《こ》くなり、こぎれいになっていった。バーティー・ボッツの百味《ひゃくみ》ビーンズを食べているうちに、汽車はマグルの町々を通《とお》り過《す》ぎた。みんなは魔法使《まほうつか》いのマントを脱《ぬ》ぎ、上着やコートに着替《きが》えた。そしてキングズ・クロス駅の九と四分の三番線ホームに到着《とうちゃく》した。

プラットフォームを出るのにしばらくかかった。年寄《としよ》りのしわくちゃな駅員が改札口に立っていて、ゲートから数人ずつバラバラに外に送り出していた。堅《かた》い壁《かべ》の中から、いっぺんにたくさんの生徒が飛び出すと、マグルがびっくりするからだ。

「夏休みに二人とも家に泊《と》まりにきてよ。ふくろう便を送るよ」とロンが言った。

「ありがとう。僕《ぼく》も楽しみに待っていられるようなものが何かなくちゃ……」とハリーが言った。

人の波に押《お》されながら三人はゲートへ、マグルの世界へと進んでいった。何人かが声をかけていく。

「ハリー、バイバイ」

「またね。ポッター」

「いまだに有名人だね」とロンがハリーに向かってニヤッとした。

「これから帰るところではちがうよ」とハリー。

ハリーとロンとハーマイオニーは一緒《いっしょ》に改札口を出た。

「まあ、彼《かれ》だわ。ねえ、ママ、見て」

ロンの妹のジニー・ウィーズリーだった。が、指さしているのはロンではなかった。

「ハリー・ポッターよ。ママ、見て！ 私《わたし》、見えるわ」

とジニーは金切り声をあげた。

「ジニー、おだまり。指さすなんて失礼ですよ」

ウィーズリーおばさんが三人に笑いかけた。

「忙《いそが》しい一年だった？」

「ええ、とても。お菓子《かし》とセーター、ありがとうございました。ウィーズリーおばさん」

「まあ、どういたしまして」

「準備《じゅんび》はいいか」

バーノンおじさんだった。相変わらず赤ら顔で、相変わらず口ひげをはやし、相変わらずハリーのことを普通《ふつう》でないと腹《はら》を立てているようだった。そもそも普通《ふつう》の人であふれている駅で、ふくろうの鳥かごをぶら下げているなんて、どんな神経《しんけい》をしてるんだと怒《おこ》っている。その後ろにはペチュニアおばさんとダドリーが、ハリーの姿《すがた》を見るのさえも恐《おそ》ろしいという様子で立っていた。

「ハリーのご家族ですね」

とウィーズリーおばさんが言った。

「まあ、そうとも言えるでしょう」

とバーノンおじさんはそう言うなり、

「小僧《こぞう》、さっさとしろ。おまえのために一日をつぶすわけにはいかん」

と、とっとと歩いていってしまった。

ハリーは少しの間、ロンやハーマイオニーと最後の挨拶《あいさつ》を交わした。

「じゃあ夏休みに会おう」

「楽しい夏休み……あの……そうなればいいけど」

ハーマイオニーは、あんないやな人間がいるなんて、とショックを受けて、バーノンおじさんの後《うし》ろ姿《すがた》を不安げに見送りながら言った。

「もちろんさ」

ハリーが、うれしそうに顔中ほころばせているので、二人は驚《おどろ》いた。

「僕《ぼく》たちが家で魔法《まほう》を使っちゃいけないことを、**あの連中は**知らないんだ。この夏休みは、ダドリーと大いに楽しくやれるさ……」

組分け

「寮《りょう》は四つあります。グリフィンドール、ハッフルパフ、レイブンクロー、スリザリンです。それぞれ輝《かがや》かしい歴史があって、偉大《いだい》な魔女《まじょ》や魔法使《まほうつか》いが卒業しました」
——マクゴナガル教授《きょうじゅ》（1巻・第7章「組分《くみわ》け帽子《ぼうし》」）

新入生が初めて「大広間」に入ると、大きな長テーブルが四卓並《たくなら》んでいるのが見える。それぞれのテーブルには、望みや資質《ししつ》を同じくすることで結ばれた生徒たちが座《すわ》っている。ハッフルパフ、グリフィンドール、スリザリン、そしてレイブンクローの四つの寮《りょう》は、ホグワーツ校を創立《そうりつ》した四人の友人が——そのうちの何人かはやがて対立することになるが——それぞれの創始者《そうししゃ》のもっとも大切にする資質《ししつ》に基《もと》づいて生徒を自分の寮《りょう》に入れた時代から続いている。

歓迎《かんげい》の宴《うたげ》の前に、新入生は四つの寮《りょう》のどれかに組分けされる。マクゴナガル教授《きょうじゅ》が新入生を一人ずつ前に呼《よ》び、古いボロボロの「組分《くみわ》け帽子《ぼうし》」を被《かぶ》せて、帽子《ぼうし》の判断《はんだん》を待つ。ほとんどは数秒で終わるが、時にはもっと長くかかることがある。ごく稀《まれ》に、組分けするのが難《むずか》しい新入生の場合、帽子《ぼうし》が「立往生《たちおうじょう》」して、判断《はんだん》するのに五分以上かかることがある。マクゴナガル教授《きょうじゅ》自身がそういう新入生だった。ホグワーツに彼女《かのじょ》が入学したとき、帽子《ぼうし》は、この若《わか》い魔女《まじょ》をグリフィンドールに入れるか、レイブンクローにするかを決めかねて長考した。

ホグワーツ・クイズ

ホグワーツ校と各寮《りょう》について、どのくらい知っていますか？
クイズに答えて試してみましょう。

1. ホグワーツ城《じょう》の塔《とう》に寮《りょう》があるのは、どの寮《りょう》でしょう？

a. ハッフルパフとグリフィンドール
b. グリフィンドールとレイブンクロー
c. レイブンクローとハッフルパフ
d. グリフィンドールとスリザリン

2. ハリー・ポッターは、グリフィンドールの談話室以外に、どの寮《りょう》の談話室に招《まね》かれて入ったことがありますか？

a. ハッフルパフ　b. レイブンクロー　c. スリザリン
d. なし——ハリーは、他のどの寮《りょう》の談話室にも招《まね》かれて入ったことがない。

3. 組分《くみわ》け帽子《ぼうし》は、ハーマイオニーとネビルの寮《りょう》を決めるのに苦労しました。もしも帽子《ぼうし》が別な寮《りょう》を選んでいたとしたら、ハーマイオニーとネビルは、それぞれどの寮《りょう》に入っていたでしょう？

a. ハッフルパフとレイブンクロー　b. レイブンクローとハッフルパフ
c. スリザリンとレイブンクロー　d. ハッフルパフとスリザリン

4. ハッフルパフの寮監《りょうかん》は誰《だれ》ですか？

a. マクゴナガル教授《きょうじゅ》　b. ビンズ教授《きょうじゅ》　c. スプラウト教授《きょうじゅ》　d. スネイプ教授《きょうじゅ》

5. ロウェナ・レイブンクローの娘《むすめ》の名前は？

a. エレノア　b. レオノラ　c. アリアナ　d. ヘレナ

6. ホグワーツの生徒で、サラザール・スリザリンの子孫は誰《だれ》でしょう？

a. ドラコ・マルフォイ　b. トム・リドル
c. マーカス・フリント　d. ビンセント・クラッブ

7. ハッフルパフ寮《りょう》のゴーストは誰《だれ》でしょう？

a. 太った婦人《レディ》　b. 血みどろ男爵《だんしゃく》　c. 太った修道士《しゅうどうし》　d. ピーブズ

8. ダンブルドア校長は、クィレル教授《きょうじゅ》を打ち負かすのに力をかしたハリー、ロン、ハーマイオニー、ネビルに、かなりの点数を与《あた》えました。ネビルは何点もらったでしょう?

a. 150点　b. 50点　c. 60点　d. 10点

9. レイブンクロー寮《りょう》の点数を示《しめ》す砂時計《すなどけい》には、どの宝石《ほうせき》が入っていますか?

a. エメラルド　b. ルビー　c. ダイヤモンド　d. サファイア

10. 昔からお互《たが》いにライバル視《し》してきた寮《りょう》はどことどこですか?

a. ハッフルパフとスリザリン　b. レイブンクローとハッフルパフ

c. レイブンクローとグリフィンドール　d. スリザリンとグリフィンドール

この本の最後のページの一番下に正解《せいかい》があります。

あなたの寮《りょう》のことをもっと知りたければ、続きを読んでください。

グリフィンドール

GRYFFINDOR

寮《りょう》の談話室

グリフィンドールの談話室は、ホグワーツ城《じょう》の7階にあり、廊下《ろうか》の突《つ》き当《あた》りの、ピンクのサテンのドレスを着たとても太った婦人《レディ》の大きな肖像画《しょうぞうが》が入り口になっている。中に入ると、居心地《いごこち》の良い円形の談話室があり、ふかふかの肘掛椅子《ひじかけいす》があちこちに置かれていて、ごうごうと火の燃《も》える暖炉《だんろ》が部《へ》屋《や》を暖《あたた》めている。男子寮《だんしりょう》と女子寮《じょしりょう》はそれぞれ塔《とう》の高いところにあり、紅《くれない》色のベルベットで飾《かざ》られている。「太った婦人《レディ》」は、談話室の入り口の番人として、常《つね》に頼《たよ》りになるとは言えない。時々ほかの肖像画《しょうぞうが》に描《えが》かれた友人を訪《たず》ねていて不在《ふざい》になり、その間談話室に入りたいグリフィンドール生は、婦人《レディ》が帰るまで待たされることになる。

談話室へのパスワードはかなり奇抜《きばつ》なものだ。特に印象的なものを挙げると…

せっせい（節制）／ボールダーダッシュ（たわごと）／バナナ・フリッター／ボーブル（玉飾《たまかざ》り）
カプート　ドラコニス（竜《りゅう》の頭）／ディリグロウト／フェアリー・ライト（豆電球）
フリバティジベット（おしゃべり）／フォルチュナ・マジョール（たなぼた）
オヅボディキンズ（チクショウ）／豚《ぶた》の鼻（ピッグ　スナウト）
何事やある（クイッド　アジス）／下賤《げせん》な犬め（スカービー　カー）
サナダムシ（テープワーム）／ミミダレミツスイ（ワトルバード）

記《き》憶《おく》に残るグリフィンドール生

ハリー・ジェームズ・ポッター

外見 くしゃくしゃな黒髪《くろかみ》、緑の目。めがねをかけ、額《ひたい》に稲妻《いなずま》の形の傷痕《きずあと》。

家族 ハリー・ポッターはリリー・エバンズ（マグル生まれの魔女《まじょ》）とジェームズ・ポッターの一人息子。リリーもジェームズも、ハリーをヴォルデモート卿《きょう》から守ろうとして亡《な》くなり、ハリーはリリーの姉であるペチュニアとその夫のバーノン・ダーズリーに育てられた。

杖《つえ》 柊《ひいらぎ》に不死鳥の尾羽根《おばね》の芯《しん》。28センチ。ヴォルデモート卿《きょう》の杖《つえ》とは兄弟杖《つえ》。二本とも、ダンブルドアのペットの不死鳥、フォークスの尾羽根《おばね》を芯《しん》に持つ。

守護霊《しゅごれい》 牡鹿《おじか》

特技《とくぎ》 蛇語《へびご》を話し、「闇《やみ》の魔術《まじゅつ》に対する防衛術《ぼうえいじゅつ》」に秀《ひい》でている。

所属《しょぞく》と受賞 グリフィンドールのシーカーで、寮《りょう》代表のクィディッチ・チームの選手として過去《かこ》百年間で最年少。三校対抗《たいこう》試合では、ホグワーツの選手として、セドリック・ディゴリーとともに優勝《ゆうしょう》。「ダンブルドア軍団《ぐんだん》」のメンバー。

知っていましたか？

ハリーが見るボガートは、吸魂鬼《ディメンター》の姿《すがた》をとる。これは、ハリーが一番怖《こわ》いのは、恐《おそ》れそのものだということを意味する。

ハーマイオニー・ジーン・グレンジャー

呼《よ》び名《な》 ハーミー
外見 縮《ちぢ》れた栗色《くりいろ》の髪《かみ》とちょっと大きい前歯。
家族 両親ともマグル。
杖《つえ》 ブドウの木にドラゴンの心臓《しんぞう》の琴線《きんせん》の芯《しん》。27センチ。
守護霊《しゅごれい》 カワウソ
特技《とくぎ》 ハーマイオニーは、同世代で一番頭のいい魔女《まじょ》。
知っていましたか？ ハーマイオニーのペットのクルックシャンクスは、実は猫《ねこ》とニーズルの雑種《ざっしゅ》。

ロナルド・ビリウス・ウィーズリー

呼《よ》び名《な》 ロン
外見 背《せ》が高く、赤毛でそばかすだらけ。

家族　純血《じゅんけつ》の魔法使《まほうつか》いの旧家《きゅうか》の出身。家族はほとんど全員グリフィンドールに「組分け」されている。両親のモリーとアーサーもグリフィンドールだったし、ロンの五人の兄も妹もそうだった。

杖《つえ》　ロンの最初の杖《つえ》は兄のチャーリーのお下がり。二番目の杖《つえ》は36センチで、柳《やなぎ》の木にユニコーンの尻尾《しっぽ》の芯《しん》。

守護霊《しゅごれい》　ジャックラッセル・テリア

特技《とくぎ》　グリフィンドールのクィディッチ・チームのキーパー。チェスの達人。

知っていましたか？　ロンが一番怖《こわ》いのは、蜘蛛《くも》。

グリフィンドールの著名《ちょめい》な卒業生

アルバス・パーシバル・ウルフリック・ブライアン・ダンブルドア

外見　高い鼻が途中《とちゅう》で折れ曲がっている。髪《かみ》もあご鬚《ひげ》も口髭《くちひげ》も白く輝《かがや》き、半月形のめがねを掛《か》けている。

家族　父親はパーシバル・ダンブルドア（魔法使《まほうつか》い）で、母親はケンドラ・ダンブルドア（マグル生まれの魔女《まじょ》）。弟はアバーフォース、妹のアリアナは十代の初めに亡《な》くなった。

杖《つえ》 ニワトコにセストラルの尻尾《しっぽ》の芯《しん》。38センチ。

守護霊《しゅごれい》 不死鳥

特技《とくぎ》 ダンブルドアは近代随一《ずいいち》の魔法使《まほうつか》いと言われる。ヴォルデモート卿《きょう》が恐《おそ》れる唯一《ゆいいつ》の魔法使《まほうつか》いであり、グリンデルバルドを打ち負かしたことでも有名。

所属《しょぞく》と受賞 ホグワーツ校の校長、不死鳥の騎士団《きしだん》を創設《そうせつ》、マーリン勲章《くんしょう》勲一等。その他多数。

知っていましたか？ ダンブルドアの膝《ひざ》の上にある傷痕《きずあと》は、ロンドンの地下鉄の地図の形になっている。

ダンブルドアの一言 「ハリー、自分がほんとうに何者かを示《しめ》すのは、持っている能力《のうりょく》ではなく、自分がどのような選択《せんたく》をするかということなんじゃよ」（2巻《かん》・第18章「ドビーのごほうび」）

グリフィンドールの寮監《りょうかん》

ミネルバ・マクゴナガル教授《きょうじゅ》

職業《しょくぎょう》　変身術《じゅつ》の教授《きょうじゅ》でホグワーツ校の副校長。
誕生日《たんじょうび》　10月4日
杖《つえ》　モミの木にドラゴンの心臓《しんぞう》の琴線《きんせん》の芯《しん》。24センチ。
守護霊《しゅごれい》　猫
特技《とくぎ》　マクゴナガル教授《きょうじゅ》は「動物もどき《アニメーガス》」で、トラ猫《ねこ》に変身できる。とても知的な魔女《まじょ》で、組分《くみわ》け帽子《ぼうし》は、グリフィンドールに入れるべきか、レイブンクローにすべきかで数分間長考した。
外見　黒髪《くろかみ》をきっちりと髷《まげ》に結い、めがねを掛《か》け、タータンチェックのローブを着ている。
よくいる場所
変身術《じゅつ》の教室
知っていましたか？
マクゴナガル教授《きょうじゅ》はホグワーツの生徒だったとき、グリフィンドール寮《りょう》のクィディッチ代表選手だった。
マクゴナガルの一言
「グリフィンドールの減点《げんてん》はいたしません」
先生の言葉でハリーの気持ちがずっと楽になった。
「ただし、二人とも罰則《ばっそく》を受けることになります」（2巻《かん》・第5章「暴れ柳《あばれやなぎ》」）

MINERVA
McGONAGALL

ホグワーツ校寮杯《りょうはい》

毎年学年末に、一番得点数の高かった寮《りょう》にホグワーツ校寮杯《りょうはい》が与《あた》えられる。マクゴナガル教授《きょうじゅ》によれば、「みなさんのよい行いは、自分の属《ぞく》する寮《りょう》の得点になりますし、反対に規則《きそく》に違反《いはん》したときは寮《りょう》の減点になります」。寮《りょう》の点数を記録するのは、玄関《げんかん》ホールの隅《すみ》にある、四本の巨大《きょだい》な魔法《まほう》の砂《すな》時計《どけい》。点数は寮《りょう》ごとに違《ちが》う宝石《ほうせき》で表され、得点すると宝石《ほうせき》が積み上がり、減点《げんてん》されると宝石《ほうせき》は下に落ちていく。

模範的《もはんてき》な行為《こうい》に点数を与《あた》えることで、その学年度にもっとも獲得点《かくとくてん》の多かった寮《りょう》に栄誉《えいよ》が与《あた》えられるという、公正な制度《せいど》のはずなのだが、時には寮《りょう》ごとの点数制度《せいど》がフェアだとは言えないことがあった。ドローレス・アンブリッジが校長だった時、配下の「尋問官親衛隊《じんもんかんしんえいたい》」が、やや偏《かたよ》ったやりかたで減点《げんてん》したり点数を与《あた》えたりした。

グリフィンドールの点数を記録する砂時計《すなどけい》には、ルビーが詰《つ》まっている。スリザリンの六年連続優勝《ゆうしょう》記録にストップをかけたのはグリフィンドールだった。ハリー・ポッター、ロン・ウィーズリー、ハーマイオニー・グレンジャー、ネビル・ロングボトムの四人のそれぞれが、クィレル教授《きょうじゅ》を打ち負かす役目を果たしたことで、駆《か》け込《こ》みの１７０点を与《あた》えられたからだ。その後二年間、グリフィンドールが寮杯《りょうはい》を獲得《かくとく》し、三年連続優勝《ゆうしょう》した。この間、グリフィンドールの寮杯獲得《りょうはいかくとく》に大きく寄与《きよ》したのは、クィディッチ・チームの活躍《かつやく》だった。

GRYFFINDOR

J・K・ローリング――魔法《まほう》の20年間

グリフィンドール、スリザリン、ハッフルパフ、レイブンクロー……この魔法《まほう》のことばが初めて活字になってから、20年が経《た》つ。全世界の読者の想像力《そうぞうりょく》に極めて大きな影響《えいきょう》を与《あた》えることになる作家の、処女作《しょじょさく》の登場だった。J・K・ローリングの『ハリー・ポッターと賢者《けんじゃ》の石』が英国で出版《しゅっぱん》されたのは、1997年6月26日。全7巻《かん》のハリー・ポッターシリーズは、歴史に残るベストセラーの一つになり、これまでに全世界で5億部以上を売り、80の言語に訳《やく》されて、200以上の地域《ちいき》で読まれている。2001年に、J・K・ローリングは、児童文学への貢献《こうけん》に対して、OBE（大英《だいえい》帝国《ていこく》四等勲位《くんい》）を授与《じゅよ》された。

J・K・ローリングは、四つの寮《りょう》の中では、グリフィンドールに入れてほしかったと言う。勇気こそ、一番大切に思う資質《ししつ》だからだ。

「私《わたし》はどんな徳目《とくもく》よりも、勇気を高く評価《ひょうか》します。
ただし肉体的な勇気だけではなく……
心の勇気をも意味しています」
――J・K・ローリング

ハリー・ポッターシリーズの刊行《かんこう》が終わってからも、J・K・ローリングは執筆《しっぴつ》を続け、多くのこ

とを成《な》し遂《と》げている。

「私《わたし》は常《つね》に物語を書いています」　――J・K・ローリング

最初の大人向けの小説である『カジュアル・ベイカンシー　突然《とつぜん》の空席（Casual Vacancy）』を刊行《かんこう》したのが2012年で、その後、ロバート・ガルブレイスのペンネームで犯罪《はんざい》小説を書いている。2012年には、ポッターモア（Pottermore）という、電子版《でんしばん》のゲームやクイズなどの娯楽《ごらく》とeービジネスの会社を立ち上げ、ファンのためにニュースや特集記事、J・K・ローリングのオリジナルものも掲載《けいさい》している。

さらに、児童のための国際的《こくさいてき》な慈善団体《じぜんだんたい》である「ルーモス」を設立《せつりつ》した。この組織《そしき》は、世界中どこでも子どもを施設《しせつ》に入れるのを止めさせ、すべての子どもが安全で愛情《あいじょう》ある環境《かんきょう》で育つことを目指している。2007年には、『吟遊詩人《ぎんゆうしじん》ビードルの物語』という手書きの特製本《とくせいぼん》を七冊《さつ》作り、そのうちの一冊《さつ》はオークションで195万ポンドで落札されたが、J・K・ローリングは、それをこの組織《そしき》の目的のために寄付《きふ》した。ほかにも、自身が主《しゅ》催《さい》する「ヴォラント」という慈善《じぜん》目的のトラストや、母親の名前を冠《かん》した「アン・ローリング神経再生医療《しんけいさいせいいりょう》クリニック」を通じてのMS（多発性《たはっせい》硬《こう》化症《かしょう》）の研究など、多くの慈善《じぜん》事業を支援《しえん》している。

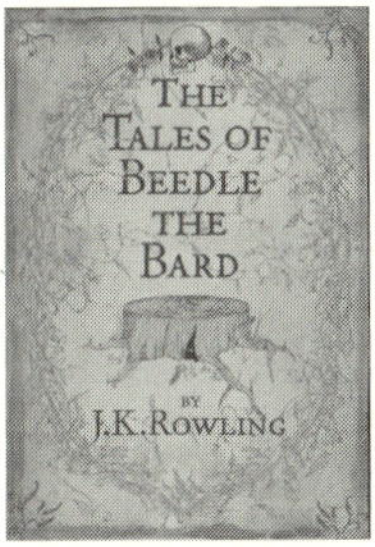

あらゆる形の抑圧《よくあつ》に反対し、人類の最善《さいぜん》のために戦うというPENの

使命を、自らの作品を通じて果たしている、大いに称賛《しょうさん》されるべき作家として、2016年にはPEN文学貢献《こうけん》賞を授与《じゅよ》された。

「才能豊《さいのうゆた》かな物語作家であり、検閲《けんえつ》には激《はげ》しく反対し、
婦女子《ふじょし》の権利《けんり》を主張《しゅちょう》し、教育を受ける権利《けんり》を断固《だんこ》として擁護《ようご》する
ローリングは、子どもたちのために、よりよい、より公正な世界を
作ろうとして、自らの使えるすべての手段《しゅだん》を駆使《くし》している」

——アメリカPEN　会長　アンドリュー・ソロモン

ハリー・ポッターのファンにとって大変うれしいことには、2016年に、J・K・ローリングとジャック・ソーン、ジョン・ティファニーによるオリジナルの物語に基《もと》づいてジャック・ソーンが書いた新しい舞台劇《ぶたいげき》「ハリー・ポッターと呪《のろ》いの子　第一部、第二部」が、ロンドンで開幕《かいまく》し、さらに、「ファンタスティック・ビーストと魔法使《まほうつか》いの旅」の映画《えいが》、第一部がリリースされた。これはJ・K・ローリングの映画《えいが》脚本《きゃくほん》デビュー作となり、アメリカの魔法魔術《まほうまじゅつ》学校であるイルヴァーモーニー校の四つの寮《りょう》の名前が明らかになった。サンダーバード、ワンプス、角水蛇《ホーンド・サーペント》、パクワジだ。『ハリー・ポッターと賢者《けんじゃ》の石』の出版《しゅっぱん》20周年を祝うため、2017

年、ブリティッシュ・ライブラリーは、ハリー・ポッターの本の魔法《まほう》に触発《しょくはつ》された大掛《おおが》かりな展示《てんじ》会《かい》を催《もよお》した。

訳者紹介
松岡 佑子（まつおか・ゆうこ）
翻訳家。国際基督教大学卒、モントレー国際大学院大学国際政治学修士。日本ペンクラブ会員。スイス在住。訳書に「ハリー・ポッター」シリーズ全7巻のほか、「少年冒険家トム」シリーズ全3巻、『ブーツをはいたキティのおはなし』、『ファンタスティック・ビーストと魔法使いの旅』、『とても良い人生のために』（以上静山社）がある。

ハリー・ポッターと賢者の石　グリフィンドール（20周年記念版）

2018年11月1日　初版発行
2019年1月15日　第2刷発行
著者　J.K.ローリング
訳者　松岡佑子

発行者　松岡佑子
発行所　株式会社静山社
〒102-0073　東京都千代田区九段北1-15-15
電話・営業　03-5210-7221
https://www.sayzansha.com

日本語版デザイン　坂川栄治+鳴田小夜子（坂川事務所）
組版　アジュール
印刷・製本　凸版印刷株式会社

Published by Say-zan-sha Publications, Ltd.
ISBN978-4-86389-460-0 Printed in Japan

ホグワーツクイズの答え

1.b／2.b／3.b／4.c／5.d／6.b／7.c／8.d／9.d／10.d